옥중 19년

GOKUCHU JUKYUNEN, Kankoku Seijihan no Tatakai by Sung Suh
Copyright © 1994 by Sung Suh
First published 1994 in Japanese by Iwanami Shoten Publishers, Tokyo.

This revised edition published 2018 by The Truth Foundation, Seoul,
by arrangement with the author.

옥중 19년

서승 지음

진실의힘

다시 살아 숨 쉬게 되리

『옥중 19년 – 한국 정치범들의 투쟁』이 처음 일본의 이와나미 서점(岩波書店)에서 출간된 것은 1994년 7월이었다. 벌써 24년 전 이야기다. 무기수였던 내가 1990년 2월에 석방된 것은 1987년 6월 민주화대항쟁을 거쳐 1989년 사회안전법 폐지와 비전향 장기수들의 석방이라는 민주화 진전의 결과였다고 할 수 있다. 그러나 다른 한편으로는 세계적인 규모로 전개된 한국 정치범 석방운동에 힘입은 바도 있다. 김지하의 필화 사건에 이어서 김대중 전 대통령의 납치 사건과 때를 같이해 나와 동생 준식의 투옥 사건(서형제 사건)이 큰 파문을 던지면서 1970년대에 국제적으로 지원운동이 일어났다. 특히 일본에서는 전국적인 석방운동이 전개되었다.

1980년대에 들어서자 이와나미 서점은 잡지 『세카이(世界)』에 동생 경식의 해제(解題)로 여러 차례 우리 형제의 옥중 서간을 게재하는 등 우리 형제의 석방에 크게 힘을 썼다. 나는 석방된 후, 우리의 석방을 위해 애쓴 이와나미 서점의 옥중 수기를 써 달라는 요청을 마다할 수 없었다. 그러나 1990년 2월 28일에 출소하여 5월에 일본에 돌아가자, 수많은 미디어의 취재 요청과 일본 각지의 강연회 초청이 쇄도했으며, 가을에는 한 달에 이르는 미국 강연 투어 등 눈코 뜰 새 없는 생활이 이어졌다. 그때는 나자신도 옥중 생활 기간은 물론 그 이전의 학창 시절에도 글다운 글을 써

본 일이 없었으므로, 19년에 이르는 옥중 생활을 어떻게 책으로 묶어야 할지 구상이 전혀 정리되지 않았다.

1991년 캘리포니아 대학교 버클리의 초청으로 2년여의 미국 생활을 했다. 1993년 일본으로 돌아오자 이와나미 서점은 그 동안 몇 차례의 독촉에도 집필할 기미가 보이지 않는 나를 도쿄 칸다에 있는 야마노우에 호텔에 '모시고(감금하고)' 원고지와 펜을 들이밀며 집필을 압박하기까지 했다. 그러나 내가 내키지 않는 붓을 든 것은 같은 해 가을, 화상으로 오그라든 손바닥을 펴는 성형수술을 받기 위해 오사카 항에 있는 선원병원에 입원한 다음의 일이었다.

어느 날 입원해 있던 내게 코베에서 병원을 하는 선배가 노트북을 들고 찾아왔다. 그는 "병원에서 심심할 테니까 한 손으로 키보드를 두들기며 심심풀이라도 해"라며 간단하게 조작 방법을 가르쳐주고, 녹아내릴 듯 인자한 웃음을 띠며 돌아갔다. 화상으로 양손이 모두 오그라들고 있었지만 손바닥을 펴는 수술은 한 손씩 했다. 그래야 다른 한 손으로 식사도 하고 볼일도 볼 수 있으니까. 그래서 수술을 하고 남은 한 손으로 키보드를 두드리기 시작했다. 감옥에서는 물론이고 출소한 후에도 컴퓨터를 만져본 적이 없는 '컴맹' 상태였던 나는 겨우 한 손가락으로 장님이 길을 더듬듯 한 글자씩 『옥중 19년』을 쓰기 시작했다.

수술을 받는 반 년 넘는 기간 동안 『옥중 19년』의 줄거리를 썼고, 퇴원한 다음에는 자료를 찾고 옛 옥중 동지들을 만나 사실 관계를 확인하는 작업을 했다. 그리고 이와나미에 원고를 넘기기 전에 먼저 동생 경식에게 보여주었다. 어릴 적부터 문학 소년이었던 경식은 일본 에세이스트클럽 상을 받은 문인이었다. 그는 글을 훑어보더니 "형, 이게 일본어야?"라며 실망한 기색을 감추지 않았다. 체면을 잃은 나는 창피하기도 하고 할 말도 없어서 "그래?" 일부러 아무렇지 않은 투로 말하고 헤어졌다. 원고를 받은 이와나미 서점에서도 난감했던지 편집자가 "한자어도 많고, 한국말을 직역한 듯한 표현이 너무 많네요"라고 완곡하게 다시 쓸 것을 요구했다. 나는 눈이 빠지도록 글을 읽고 또 다시 읽고, 열 번 정도 원고를 다시 고쳐 썼다. 그런 후 다시 경식에게 글을 보이니, "형! 신기한 일도 있네! 마치 필름을 되돌린 것 같아. 산산이 부서진 항아리가 다시 원상을 되찾았네!"라고 하지 않는가! 내가 잃었던 문장력을 되찾는 순간이었다. 문장 수업을 제대로 하지 못한 내가 그 후 어쭙잖은 글을 써왔던 것은 이때의 자기 식의 문장 수업 덕일 것이다.

세상의 문장의 달인들은 한 글자도 틀리지 않는 완결된 문장을 단숨에 써 내려가기도 한다는데, 나는 글을 여러 번 읽고 나 자신과 대화를 하면서 수없이 고치고 또 고치며 퇴고를 한다. 이 책을 쓰면서 나는 무엇보다 사실에 충실하고자 했다. 또한 문장은 단순 명료하게, 되도록이면 장식을 깎아내고 짧게 쓰려고 했다. 그렇게 해서 나온 이 책을, 감옥의 세부에 대해서까지 객관적으로 기술하고 있다 하여 '감옥의 사회학'이라고 평하는 사람들도 있으며, 『옥중 19년』의 시대적 배경인 70년대, 80년대가 한국 현대사의 격동기였기에 한·일 양국의 몇몇 대학에서는 이 책을 한국 현대정치사의 부교재로 쓰기도 했다.

책이 나온 후, 이와나미 서점의 편집자들은 "다음에는 옥중 정신사를 써주세요"라고 주문했다. 한국 정치범 옥중 수기뿐 아니라 일본 정치범들의 옥중 수기도 내면세계의 고뇌나 정신사적인 측면을 많이 다루고 있고, 독자들이 그것을 기대하기도 한다. 그러나 나는 아직 그런 책을 못 쓰고 있다. 우리나라 근현대사에서 특히 정치범의 내면적 정신세계, 정치사상사를 쓰는 것은 너무나 어렵고 위험한 작업이라서 아직 한 글자도 못 쓰고 있다. 요즘 기력도 머리도 쇠퇴하고 눈도 흐릿해져 앉으면 자꾸 졸음이 오는 내가, 이 생애에 한국 옥중 정신사를 쓰는 것은 하늘의 별을 따는 것과 같은 일일 것이다.

내 책은, 당시 내가 우리말이 매우 짧았던 사정도 있었지만, 우리 형제를 지원하는 사람들이 많고 출판의 자유가 있었던 일본에서 먼저 나왔다. 원래는 반인권적이고 비인간적인 감옥 내부 사정과, 30~40년 이상 감옥에 갇혀 있는 비전향 장기수들의 실정을 먼저 알릴 필요가 있었던 곳은 한국이었다. 그러나 내가 출소한 후에도 신군부 세력인 노태우 정권이 여전히 권력을 잡고 있었기에 출간이 어려웠다. 1999년이 되어서야 겨우 역사비평사에서 김경자 씨의 번역으로 우리말 판이 나올 수 있었다. 그 무렵 일본에서 서울로 가는 비행기 안에서 한겨레신문을 펼쳤다가 『옥중 19년』의 서평이 문화란의 반 면에 걸쳐 실려 있는 걸 보고 신기하게 느꼈던 것이 기억에 선하다. 일본에서 서울로 가는 대한항공 기내라는 똑같은 상황인데, 30년 전에는 나를 잡아들이기 위한 소재 확인 기내방송을 들었고 1999년에는 석방되어 옥중 생활을 되돌아보는 책을 소개한 신문을 읽고 있었으니 인생은 한편의 역전 드라마가 아닌가.

그 후, 한때 베트남 반전 운동가였으며, 지금은 코넬(Cornell) 대학에 적을 두고 진보적인 출판 사업을 하고 있는 마크 쉘던(Mark Sheldon)의 권유로 영문판을 내게 되었다. 일본 쿠레(吳)에 사는 진 잉글리스(Jean Inglis)의 매우 성실하고 꼼꼼한 번역으로 2001년에 『Unbroken Spirits-Nineteen Years in South Korea's Gulag』(Rowman & Little Field Publishers, INC.)로 세상에 나왔다.

또한 타이완에서는 장루싱(臧如興)의 3년에 걸친 번역 작업 끝에 작년 9월, 런잰(人間)출판사에서 출간되었다. 장루싱은 원래 서울 소공동에서 태어난 화교이고, 고려대학을 나온 타이완노동당 운동가다. 런잰출판사는 재작년에 돌아가신 '타이완의 루쉰(魯迅)'으로 일컬어지는 천잉전(陳映眞) 선생이 창설한 진보적 출판사다. 뤼정후이(呂正惠) 사장은 내 책을 중국 대륙에서도 출판하겠다고 하는데, 중국 독자들에게 얼마나 읽히게 될지는 모르겠지만, 동아시아에서 압도적인 인구를 차지하는 중국 사람들에게 읽히는 책으로 나온다면 뜻깊은 일이다.

가끔 책을 구하려고 하는 독자의 문의가 있지만 역사비평사에서 책이 나온 지 오래되어 절판된 상태라 판권도 이미 이와나미에 반납되었다고 한다. 또한 우리말 판을 김경자 씨가 잘 번역해주셨지만, 당시 출판을 서두르느라 그랬던지 원저에 있는 사진, 도판, 표가 생략되었고, 독자를 위해 번다하고 전문적인 부분은 여러 군데 번역이 생략되어 있다. 부끄러운 이야기지만, 나는 일단 쓴 글은 다시 읽기 내키지 않아 하는 게으른 성질이 있고, 예전에는 몹시 바쁘기도 했던 탓에 우리말 판을 거의 읽지 못했었다.

그런데 제주에 계시는 김미정 선생에게서, 4, 5년 전부터 『옥중 19년』 일본어판을 조금씩 번역해서 자기 블로그에 올렸는데 독자들이 재미있어 한다는 이야기를 들었다. 이를 계기로 개정판을 내자는 말이 나왔는데, 앞에서 말했듯이 역사비평사에서는 이미 절판되었을 뿐만 아니라 기존 우리말 판에 몇 가지 아쉬움도 있어서 완전히 다시 번역을 해야 할 것 같았다. 처음에는 김미정 선생 번역을 그냥 쓸까 하는 생각도 했으나, 역시 임시 번역이라 꼼꼼히 다시 봐야 한다는 결론을 내렸다. 그러던 차에 내게 제1회 인권상을 수여한 재단법인 '진실의 힘'에서 나의 책을 신역·개정판으로 내자는 제의를 해왔다. '진실의 힘'은 2016년에 『세월호, 그날의 기록』을 출간하여 주목을 받은 바 있다. 나는 이제 대학 강의도 접고 한가해졌으니 처음부터 직접 새로이 번역하기로 했다. 민가협에서 오랫동안 일했고 우리 정치범과 감옥에 대해서는 누구보다도 정통한 '진실의 힘' 송소연 상임이사가 사실관계를 전면 확인하여 보완 작업을 해주었다. 그 결과 이번 책은 완전히 새로운 책으로 거듭나게 되었다.

다만, 출소한 지 사반세기나 지난 옛이야기가 지금 독자들에게 무슨 의미가 있을지는 의문이었다. 이번 번역과 교정의 과정을 통해 불가불 나는 자신의 책을 몇 번이나 되풀이해 읽게 되었는데, 옛 일들이 때로는 고통으로, 때로는 부끄러움과 슬픔으로 다가오고, 어머니와 형제들 그리고 옛 동지들의 모습이 살아 움직이는 것 같았다. 지나간 세월의 한 장면 한 장면이 어제 일처럼 되살아났다. 물론 이토록 뜨거운 피와 눈물을 독자 여러분과 그대로 공유할 수 있다고 생각하지는 않지만, 일상 속에서 다분히 엷어진 영혼을 흔드는 감동으로 다가갈 수 있지 않을까 하는 생각도 들었다. 우리는 촛불 시위를 통해 엄청난 정치적인 성장과 돌파를 경험했고 촛불 정권을 세우기에 이르렀다. 지금 문재인 대통령은 전쟁 직전의 상황을 역전시키고 올림픽을 계기로 우리 겨레에 평화를 실현하려는 아슬아슬한 줄타기 정치를 하고 있다. 그러나 결코 낙관할 수는 없다. 잠시의 축제와 평화 뒤에 생살을 저미는 것과 같은 잔인한 불안과 위협이 재현될 수도 있다.

우리나라는 혁명적인 변화를 이루어냈으나, 한편으로는 아직도 변하지 않는 구조 속에 갇혀 있다. 일제의 유산이자 파쇼적 인권 탄압법인 국가보안법과 보안관찰법이 상존하고 있으며, 70년 넘는 분단의 역사는 아직 그대로이고, 한국전쟁의 상처와 고통도 아직 욱신거리고 있다. 감옥에서 겪어온 폭력과 광기와 비인간성이 여전히 살아있으니 내가 겪었던 폭력의 시대에 관한 기억도 많은 이들과 공유될 필요가 있는 게 아닐까?

지금으로부터 20여 년 전에 출간된 책이 한 바퀴를 돌아 다시 살아 숨쉰다는 것은 내 인생에서 특단의 사건이며 인생을 마감해가는 시기에 마무리로서 뜻이 있으리라. 전면적인 헌신으로 이 책의 출간을 가능케 해준 재단법인 '진실의 힘'에게 특별한 사의를 드린다. 글을 꼼꼼하게 다듬어주신 김혜형 님, 아름다운 책을 만들어주신 공미경 님에게 감사를 드린다. 그리고 이 책의 개정판이 만들어지는 계기를 만들어주신 김미정 님에게 감사와 함께 내 태만으로 출간이 늦어진 점 사과를 드린다. 끝으로 부산·울산 역사교사 여러분, 이 책의 출간을 격려해주신 많은 분들에게 감사를 드린다. 더불어 내 석방을 위해 성원을 보내주신 온 세계의 수많은 분들과도 기쁨을 나누고 싶다. 마지막으로 원출판권자인 이와나미 서점은 비영리단체인 '진실의 힘'에서 책을 내는 취지를 양해하고 일체의 출판권료를 흔쾌히 포기해주었음을 명기하며 감사의 말을 갈음한다.

이 책을 내며 2000년 9월 평양으로 돌아간 옛 옥중 동지들의 건강을 기원하고, 우리에게 평화가 뿌리를 내려 찢겨진 산하가 하나 되어 갈라진 자들 모두가 마음껏 다시 만날 수 있는 날이 오기를 바라 마지않는다.

2018년 2월 8일
베트남 하노이에서
서승

낭만적 망명자의 선택

1999년 1월 31일, 3·1절 특사로 비전향 장기수 17명을 석방한다는 법무부의 발표가 있었다. 준법서약서를 쓰지 않더라도 그들을 인도적 차원에서 석방하겠다는 것이다. 30~40년씩이나 일흔이 넘도록 옥살이를 해오신 장기수들의 석방은 때늦은 일이나 참으로 잘된 일이다.

고락을 같이했던 장기수들의 얼굴이 떠오른다. 옥중에서 부모나 가족의 죽음을 맞은 선생들, 보고 싶은 사람을 만나지 못하고 한없는 그리움을 꾹꾹 누르고 살아온 세월, 침침한 감방에서 '그날'을 얼마나 기다렸을까.

'그날'은 왔다. 인생의 절반 이상을 옥중에서 보내고, 저물어가는 길에 겨우 해방의 날을 맞은 그들의 가슴속에는 어떤 생각이 오갈까? 나 자신을 돌이켜 짐작컨대, 짓누르는 무거운 짐을 벗은 듯한 홀가분함과 함께 동서남북을 알 수 없는 들판에 서서 어디로 가야 할지 모르는 얼떨떨한 불안감이 뒤섞일 것이다. 당신들이 평생을 바쳐 추구해오신 통일과 사회정의가 실현되지 않은 채 그날을 맞이한 당혹감은 없을까.

E. H. 카의 『낭만적 망명자』라는 책이 떠오르면서, 파리에 머물고 있는 홍세화 씨가 생각난다. 쉰이 넘어서도 그는 꿈을 꿀 수 있는 낭만주의자이다. 세상인심은 손해보다 이익을 보는 쪽으로, 어려운 길보다 쉬운 길

로 가게 마련인데, 가끔 그 반대로 자꾸 어렵고 좁은 길로 들어가다 끝내는 벽에다 머리를 박는 이들도 있다. 그런 우직한 사람들은 이 세상을 눈앞의 이해득실로만 붕붕 뜨지 않게 하는 누름돌과 같은 존재들이다.

1998년에 정부는 홍세화 씨에게 여권을 발급했다. 기나긴 망명 생활에서 이제는 마음만 먹으면 고향으로 돌아갈 수 있게 되었다. 그러나 그는 말한다.

"나는 기차를 타고 갈래요. 시베리아를 돌아 평양을 거쳐 서울로."

이제 그는 망명자의 처지를 스스로 선택한다. 그는 과연 빨리 고향으로 돌아오라는 벗들의 성화에도 망명자의 고독을 참고 버틸 수 있을 것인가? 아마 그는 버틸 것이다. 그는 두 동강난 겨레에 굳건히 발을 내딛는 고지식한 망명자이다.

이번에 석방되는 장기수들도 사상전향서만 쓰면 무서운 긴장과 비인간적인 감옥살이에서 벗어날 수 있었는데도, 반평생 사상전향을 거부하고 스스로 고독 속에서 버텨왔다. 그들은 기차를 타고, 아니 버스라도 괜찮으니 감옥에서 사회로, 서울에서 평양으로 가는 '그날'을 기다리며 살아왔다. 꽃피는 봄을 꿈꾸며 스스로 택한 겨울을 참고 견디는 그들도 '낭만적 망명자'라 하겠다.

'내 고향 남쪽바다 그 물새들 나는' 통영의 잔잔한 바다를 그리워하며 윤이상 선생은 이국땅에서 돌아가셨다. 남부 독일 '검은 숲' 속에 있는 어느 별장에서 말씀하시던 모습이 어제 일처럼 떠오른다.

"나는 조상님들이 물려주신 우리 음악에 서양 양념을 조금 쳐서 팔아먹을 뿐이야. 만약 우리 겨레를 위해 필요하다면 내 평생의 모든 작품을 당장 여기서 불살라버려도 조금도 후회하지 않겠네."

언젠가는 38선에서 음악회를 열겠다는 꿈을 말씀하시다가, "한국에서 여러 번 들어오라고 했는데, 감옥에 양심수들이 있는 한 갈 수 없네. 내 머리를 보게나. 정보부 놈들이 독일에서 나를 납치했을 때, 너무 분해서 철창에 머리를 박아 죽으려고 하다 생긴 상처야" 하고 머리카락을 헤치며 흉터투성이의 머리를 보여주셨다. '상처!' 식민지시대와 분단시대를 거치며 우리 겨레가 입어온 상처인 것이다.

지난 1998년 8월, 제주에서 4·3 사건 50주년을 기념하는 '동아시아의 평화와 인권' 국제심포지엄이 열렸다. 모임의 대미를 장식한 것은 김석범 선생이었다. 김석범 선생은 1997년 9월, 제주 4·3 사건을 소재로 한 대하소설 『화산도』 7권을 20년에 걸쳐 완간했으며, 재일동포를 대표하는 문학가로 높이 평가 받고 있다. 제주심포지엄에서는 다들 숨죽이고 있던 암울한 시대에 한결같이 4·3을 고발해온 김선생을 모실 계획이었다. 그동안 정보기관은 외국인등록증에 표시된 '조선'을 고집하는 김선생에게 '한국'으로 바꿀 것을 계속 요구하며 입국을 방해해왔다. 그가 '조선' 표시를 고집해온 이유는 민족의 분단을 인정하고 싶지 않다는 데 있다.

"조선은 남도 북도 아닌 조선반도의 통칭이며, 남쪽이나 북쪽의 국적을 취득하지 않는 '통일조선'이 조국이라는 생각이 나의 한국 국적 취득을 거부하게 한다." (『마이니치 신문』, 1998년 9월 9일자)

해방 후 일본에 살고 있던 동포들은 일본 사람도 아니고 우리나라 사람도 아닌, 이른바 '제3국인'으로 취급되었다. 해방 후부터 한일기본조약이 맺어질 때까지 일본은 남과 북 어느 쪽과도 국교가 없었으며, 따라서 재일동포의 외국인등록증의 국적 기재란에는 '조선'이라는 표시가 매겨졌다. 1965년 한일국교정상화 이후 한국 국적이 생기고 재일동포 중에는 한국 국적을 택하는 사람과 '조선' 표시를 그대로 두는 사람으로 갈라졌다. 이것이 민단과 총련의 세력 분포를 나타내는 것으로 해석됨으로써, 한국정부는 재일동포에게 한국 국적을 선택하도록 온갖 수단을 동원했으며, 이로 인해 교포사회에 분단의 골이 더욱 깊어졌다.

김선생은 이를 비판하여, 분단된 국적 표시를 마다해온 것이다. 제주국제심포지엄에 참석하기 위한 김선생의 입국을 안기부가 불허하자, 제주도지사·국회의원을 비롯한 모든 참가자들의 거센 반발에 부딪혀 외교통상부는 국제적 체면을 생각하여 대회 마지막 날에 겨우 입국을 허락하였다. 김선생이 회의장 문을 들어서자 심포지엄 참가자들은 모두 일어서서 터져나갈 듯한 환호로 맞이했다. 이 사건은 작지만 분단을 거부하는 정신의 승리였으며, 제주 4·3 사건이 공론의 무대로 등장하는 또 하나의 새로운 계기가 되었다.

이들 모두가 겨레의 분단과 비인간화를 '거부'하는 사람들이다. 분단 시대에 겨레의 삶은 온통 뭉개지고 비틀어져 왔다. 한국전쟁은 말할 나위 없이, 제주 4·3 사건, 거창양민 학살 사건, 5·18 광주시민 학살 사건과 같은 난리와 대량학살, 반세기나 이어온 국가보안법에 의한 처형·투옥, 정보기관에 의한 고문·납치·암살, 군대·학교·지역사회·가정에까지 무서운 폭력이 난무하였던 것이 우리 역사였다. 물론 억압받고 가만히 당하기만 한 것은 아니다. 여러 사람들의 저항이 방방곡곡에서 이어져 왔고, 담대한 반역, 전면적 봉기도 있었다. 물리적으로 저항할 수 없는 상황 아래서 정신적인 '거부'의 표명도 역시 우리 역사에 나타난 위대한 저항이라 하겠다.

이번 특사에서도 석방되지 못한다면, 옥중에서 '거부'의 정신은 강용주에 의해 이어져갈 것이다. 그는 안동교도소에서 15년째 감옥살이를 하고 있다. 전남대 의예과 2학년 때, 고등학교 선배이자 '구미유학생 간첩단 사건'의 주범인 양동화에게 학내 유인물을 건네주었다는 이유로 잡혀, 간첩죄로 무기형을 받았다. 그동안 전향을 하지 않는다고 석방되지 않았으며, 이제는 준법서약서를 쓰지 않는다는 이유로, 주범들은 옛날에 전향해 다 나가버린 상태에서 그만 아직도 감옥살이를 하고 있다. 군사독재정권에 빼앗긴 청춘을 보상받았으면 받았지 준법서약서를 쓰고 말고 할 이유가 그에게는 없다는 것이다. 준법서약서를 쓴다는 것은, 징역을 15년이나 살고서도 군사정권이 씌운 누명을 그대로 인정해 무릎을 꿇는 꼴이 되고 만다는 주장이다.

해방 후 50년 동안 정치범들이 양심을 걸고 싸워왔던, 아니 일제가 1930년대 이 제도를 만들었을 때부터 따진다면 70년 가까이 싸워온 사상전향제도가 준법서약제도로 이름이 바뀌어 지금도 숨 쉬고 있다. "준법서약서를 쓰고 나오면 될 텐데, 무엇 때문에 버티는가", "준법서약서는 정부가 석방시켜주기 위해서 마련한 것인데, 아비 마음을 새끼가 모른다"라는 말이 그럴듯하게 오가고 있다. 물론 구금 생활이라는 엄청난 고통을 생각할 때, 고통을 면하기 위해서 전향서든 서약서든 본인이 쓰겠다고 한다면 누가 반대할 것인가. 그러나 전향서나 서약서를 쓰지 않는 사람을 완고하다거나 편협하다고 비난하거나 훈계하려 드는 태도는 본말이 전도된 것이다. 민주사회에서는 양심수건 정치범이건 있을 수 없다. 비난받아야 할 것은 준법서약을 거부하는 사람이 아니라, 사람의 마음을 쇠사슬로 묶으려는 국가보안법이요, 사상전향제도요, 준법서약제도이다.

1998년 12월, 국가보안법 제정 50주년을 맞이하여 보안법 전면 폐지를 요구하는 대대적인 행사가 이어졌다. 유엔 인권이사회는 국가보안법(제7조)에 의한 유죄판결을 국제인권규약 위반이라고 결정하고 피해자에 대한 배상을 명령했다. 국가보안법을 폐지하고 모든 정치범을 석방해야 한다는 것은 피할 수 없는 시대적 과업으로 떠오르고 있다.

국가보안법이나 사상전향제도와 같은 분단에서 기인하는 근본문제의 해결이 시급함은 말할 나위도 없다. 그러나 그에 못지않게 석방된 사람들에게 인간적인 삶의 근거를 마련해주는 것도 중요하다. 출소한 장기수들은 말한다.

"지금 출소해서 무엇 한담. 나와 봐야 집도 절도 없고, 기나긴 감옥 생활로 온전한 인간으로서 배워야 하는 것들을 배울 수 있는 기회를 송두리째 빼앗기고 폐물인간이 되어 세상에 내동댕이쳐진 것을……."

북에 있는 가족들과의 결합은커녕, 보통사람이면 집안에서 조용히 노후를 보낼 나이인 일흔이 넘어 여든이 가까워지도록, 늙은 몸에 채찍질하면서 매일 새벽 취로사업에 나가 길거리에서 청소나 막일을 해야만 하는 것이다. 자유는 자유를 향유할 수 있는 조건이 부여됨으로써 비로소 진정한 모습을 갖출 수 있다. 정부는 출소한 노인들의 생계 마련은커녕, 오히려 보안관찰법으로 행동의 자유를 빼앗고 있다.

일본어판 머리말에도 썼듯이, 이 책을 써야겠다고 마음먹은 것은 나의 옥중 기록을 남기자는 것이 아니었다. 양심수의 전원 석방, 특히 몇십 년이나 감옥에서 살고 있는 늙고 병든 장기수의 석방 문제가 무엇보다 시급했고, 국가보안법을 폐지하고 열악한 정치범들의 옥중 처우를 개선하는 데 작은 목소리라도 내야 한다는 의무감에서 비롯된 것이었다. 덧붙여 우리 현대사에서 가장 깊숙이 가려진 정치범 특수감옥의 역사를 아무도 기록하지 않고 비워둘 수 없다는 절박함도 있었다.

일본어판이 나온 뒤 5년의 세월이 흐른 지금, 이미 많은 출소자들의 옥중기가 세상에 나왔기에 이 책을 우리나라에서 출판하는 것이 너무 때늦지 않았나 싶다. 그동안 몇몇 출판사의 제의가 있었지만, 장기수나 국가보안법 문제는 이미 널리 알려지기도 했고, 내 형편을 보더라도 책을 번역하고 검토할 시간적 여유가 없어 방치해왔다. 지난 1998년 봄에 역사비평사의 적극적인 추진에 힘입어 비로소 출간하게 되었다.

나는 일본에서 태어나 지금은 일본에서 살고 있지만, 마음은 언제나 우리 겨레와 함께 있다. 이 책은 먼저 우리나라에서 나왔어야 했지 않았나 하는 아쉬움을 갖고 있었는데 이제라도 출간하게 되니 괜스레 마음이 뜨거워진다. 우리말로 옮기는 작업에 수고를 아끼지 않은 김경자 님, 이 책이 한국에서 빛을 보도록 해준 역사비평사의 장두환 사장, 편집에 애쓴 윤양미 님, 무엇보다도 감옥 시절의 일을 꼼꼼히 되새겨 글의 잘못을 하나하나 바로잡아주신 최하종 선생님에게 진심으로 감사의 말씀을 드린다.

공교롭게도 책의 출간 시점이 장기수 선생들의 출소 날짜와 미리 맞추기라도 한 듯이 되어버렸다. 선생들의 출소를 진심으로 축하하며, 그들에게 이 작은 책을 바친다.

1999년 2월
일본 교토 아라시야마에서
서승

차례

머리말 5 초판 머리말 13

들어가며 23

1장 보안사 감옥 생활의 시작————————27

납치 29 4월 어느 아침의 푸른 하늘 분신 35 국군수도통합병원 39
서울구치소 병사 2방 42 간수부장 49 공판 52 실미도 사건 54
빨간 세모판 57 정치범 64 인간의 작품 66 베트남전쟁의 악몽 70
7·4 남북공동성명 72 유신 감옥 74 상반된 통일의 염원 77
최후진술과 상고이유서 79 10사하의 정치범 84 눈 뜰 자유도 없이 86

2장 죄수의 나날 70년대 대구교도소————————91

물살을 거스르는 잉어처럼 93 정치범 특별사동 95 통방·통모 97
군화발에 짓밟힌 아침 인사 101 거대한 '인간 창고' 103 '참고 소식' 106
감옥이 달라지면 밥도 달라진다 109 죄수의 나날 111 종이(紙)와 신(神) 115
큰 물고기가 작은 물고기를 117 감옥 안의 감옥 119 춘하추동 131
광풍, 천둥소리, 소나기 사형 집행 138 긴급조치 140 단식투쟁 144
도서 검열 148 감옥의 제갈공명 149 옥 귀신 153

3장 사상전향제도와의 투쟁————————159

사상전향인가 죽음인가 161 사상전향 심사 165 전향공작 대상자 166

간첩 171 종이 한 장 때문에 173 차별 지배의 구조 177
사상전향 공작의 시작 180 기아 작전 185 혈육의 정 187 백색테러 189
준식의 폭로 192 붉은 별 사건 196 독재자의 죽음, 70년대의 종말 203

4장 어머니 80년대 대구교도소 ──────────────── 205

어머님 영전에 207 어머니 209 인혁당, 남민전 216 감옥의 봄 218
새로운 사상전향 공작 224 감옥에 생매장되어 228 아버지의 죽음 229
형제보다 좋은 우리 동지 233 김일성 장군 만세! 237

5장 재회 80년대 대전 중구금교도소 ──────────── 243

하얀 공룡 245 폐쇄독방 249 물고문 251 항의 자살 253
크리스마스 선물 255 오지산을 바라보며 256
인간도처유청산(人間到處有靑山) 261 한 점 부끄러움 없이 264
민주화의 힘 269 통일에 대한 염원, 자유를 향한 꿈 278
그래도 계속되는 전향공작 282 재회 1990년 2월 28일 284

나가며 289

부록 ──────────────────────────── 293

서승 화보 294 일본어판 해설 304
초판 추천사 1 임헌영 311 초판 추천사 2 박원순 323 서승 연보 330

새벽 강에 높이 뛰는 붕어

새벽 강가에서 낚싯줄을 드리우는 아버지. 낚싯찌가 갑자기 물속으로 쑥 끌려들어가며 낚싯대가 크게 휘었다. 낚싯대 끝에 커다란 은빛 붕어가 비늘을 반짝이며 높이 뛰었다. 그 반짝임은 무수한 잔물결에 어리어 아직 날이 채 밝지 않은 강을 찬연히 빛냈다.

1945년 4월 3일 새벽, 뜬눈으로 출산을 기다리다가 깜박 졸았던 아버지는 갓 태어난 아기의 울음소리에 꿈에서 깨어났다. 살아생전 낚시가 유일한 도락이었던 아버지다운 태몽이었다. 오키나와에 미군이 상륙하고 일본이 패전의 나락으로 굴러 떨어지던 그 즈음, 징용을 피해 도주 생활을 하던 아버지는 이제 곧 태어날 둘째 아들을 보려고 교토 산골에 있던 집으로 몰래 숨어들었다. 아버지의 꿈에는, 내일을 알 수 없는 전쟁의 한복판에서 가족과 자신의 운명에 대한 숨막히는 불안과 긴장, 암담한 현실 속에서도 빛을 찾으려는 절박함이 서려 있는 것 같다.

내가 태어난 그 해에 대일본제국은 침략전쟁에서 패하고 조선은 오랜 고통의 식민지배에서 해방되었다. 그러나 그 기쁨도 잠시, 해방된 민족의 평화와 번영에 대한 기대는 미·소 양국에 의한 국토분단으로 무참히 짓밟히고, 식민지시대보다 더한 고난의 분단시대가 시작되었다.

재일조선인들이 겪어온 고통도 식민지배와 민족분단으로 말미암은 것이었다. 우리 민족 전체가 그러하듯이 재일조선인 또한 일제에 의해 조국과 고향과 인간의 존엄을 빼앗긴 사람들이다. 얄궂게도 조선의 분단이 계속되는 가운데 일본은 경제대국이 되어 재일조선인의 일본 정주화(定住化)가 진행되었다. 해방 후 우리가 분단되지 않고 평화와 번영의 길을 걸었더라면, 많은 재일동포들은 당연히 고향으로 돌아갔을 것이다. 역사적인 의미에서 이 문제는 지금도 여전히 청산되지 않았다. 나의 청년시대는 한마디로 말해 재일동포 스스로를 '빼앗긴 자'로 강하게 의식한 시기였다.

나의 조부모는 1920년대에 조선의 가난한 농촌을 떠나 일거리를 찾아서 교토로 왔다. 나의 부모님은 태평양전쟁 전후의 험난한 시대를 젊음과 근면만을 밑천으로 살아내면서, 다섯이나 되는 아이들을 키우고 가정을 꾸려왔다.

보육원에 들어갈 무렵, 나는 아버지의 손에 이끌려 어느 소학교에서 열린 우리 동포들의 모임에 따라갔다. 어둑어둑한 강당 정면에는 청홍색이 서로 물려 있는 커다란 태극기가 걸려 있었다. 사람들이 드문드문 서서 처량한 가락의 스코틀랜드 민요 〈석별의 정(Auld lang syne)〉의 멜로디에 맞추어 애국가를 불렀다. 그리고 영화가 시작되었다. 비가 내리는 것처럼 심하게 긁힌 화면에는 비행기의 총격을 받아 어미 잃은 병아리처럼 갈팡질팡 도망치는 사람들, 작렬하는 포탄에 찢겨지는 논밭, 불길에 휩싸인 집 등이 나타났다가 사라졌다. 한국전쟁의 뉴스 필름이었다. 내가 조국이라는 것을 의식한 첫 번째 사건이었다.

어린 시절부터 일본사회는 내가 일본인이 아니라는 사실을 나로 하여금 늘 의식하게 했고, 그것은 나의 정체성 형성의 주된 요인이 되었다. 교토 시에서 고등학교를 졸업하고 도쿄에서 대학을 다녔지만, 공부보다는 '조선인이란 무엇인가'를 생각하고 '조선인답게 살아가는 것'에 더 큰 관심을 가졌다. '빼앗긴 자'로서 나 자신의 정체성을 찾아, 내가 귀속할 조국과 민족을 찾고 싶었다. 대학을 졸업한 후, 갈라지고 찢겨진 민족의 불행을 덜고 존엄한 인간으로 살고자 한국으로 가기로 결심했다. 그리고 거기서 19년간 분단의 틈바구니에 갇혀 생사지경을 헤매며 분단의 톱니바퀴에 깔린 민족의 몸서리쳐지는 무서운 현장을 목격했다.

1990년에 석방되어 이 책을 쓰겠다고 약속한 후로 벌써 4년이 흘렀다. 4년이란 시간은 옥중에서의 19년을 반추하고 평가하기에는 충분하다고 말할 수 없다. 그러나 시간이 흘러가면서 기억은 점점 희미해진다. 무엇보다도 지금도 감옥에서 고통 받는 동지들의 모습을 떠올리면 더 이상 주저하고 게으름을 피울 수 없다.

내가 말하려고 하는 것은, 지나가버린 나날의 추억이 아니다. 오랜 군사정권의 지배가 끝나고 문민정부가 들어섰지만 아직도 한국에서는 북한을 적대관계로 규정하고 인권을 억압하는 국가보안법이 엄존하고 있다. 그리고 신념을 버리지 않는다는 이유로 30~40년에 걸쳐 감옥에 갇혀 있는, 늙고 병들고 지친 33명의 비전향 장기수들이 있다. 내가 겪은 비인간적인 감옥 상황은 현재진행형이다.

나는 출옥 직후 "19년 동안의 감옥 생활은 사상전향제도와의 싸움이었다"고 말한 바가 있다. 폭력과 박해, 협박과 기만, 인간심리의 약점을 찌르는 비열한 술책에 항거하면서 한국의 비전향 장기수들은 반세기 동안 싸워왔다. 어떤 이유에서든 폭력적인 사상전향의 강요가 용서되어서는 안 될 것이다. 그렇지만 한국 정부는 지금도 반공 분단체제를 유지하기 위한 최후의 보루로서 사상전향제도를 고수하고 있다.

이데올로기의 시대가 끝났다고 하는 오늘날, 사상이나 신조를 지키기 위해 옥중투쟁을 하는 것이 얼마나 의미가 있을지는 알 수 없다. 게다가 모든 것이 변해가고 있는 이 세상에서 하나의 사상을 지키려고 하는 것은 각주구검(刻舟求劍 : 강물에 떨어뜨린 칼을 찾기 위해 배에 그 자리를 새겨서 나중에 그 칼을 찾으려 한다)의 우를 범하는 일이라는 지적도 있을 것이다. 그러나 정치범들이 희구했던 민족의 통일과 자주, 정의와 평등의 실현이라는 이상이 조선반도에서 이미 실현되어 그 의미가 사라졌다고는 생각하지 않는다. 변해가는 세계에서 변하지 않는 것들의 소중함을 그들은 몸소 보여주고 있다. 더욱이 폭력과 강제 앞에 무릎 꿇지 않고 인간의 존엄을 지키는 싸움은 세상이 바뀌었다 해도 소중한 것이다. 그러기에 나는 그들의 싸움 한 가닥이라도 기록해 남기고 싶었다.

나는 옥중에서 심심풀이로 이런저런 책을 읽었다. 그 중에서도 베이징의 거리와 민중을 사랑하고 그 생활과 저항을 생생하게 묘사한 중국의 작가 라오서(老舍)의 작품이 좋았다. 나는 감옥을 증오한다. 그러나 그 안에 갇혀 있는 사람들을 사랑하고 그 싸움에 경의를 표한다. 언젠가 나도 라오서처럼 아기자기하고 농밀한 필치로 감옥 생활을 그려보았으면 하는 생각이 있었다. 그렇지만 감옥 안에서는 종이도 펜도 허락되지 않아 아무것도 기록할 수 없었던 탓에, 그곳에서 일어났던 수많은 사건은 잊히고 사라져갔다. 거기에 더해서 지면의 제약과 내 능력 부족으로 나의 바람은 이루어지지 않았다. 다만 기억을 불러내고, 함께 고생한 동지들의 도움을 받아 옥중의 일들을 가능한 한 정확하게 써나가려고 한다.

이 책에 실린 그림과 표는, 교도소 건물배치도를 참조한 '서울구치소 약도'를 제외하고는 내 기억에 따라 만들었다. 인용한 편지와 소송 관계 문서, 선언 등은 이 책을 쓰면서 내가 찾아서 실은 것이다. 민족적·지리적 총칭은 조선이라고 하고, 국가를 가리킬 때는 한국과 북조선을 사용했다.

1장

보안사

감옥 생활의 시작

서울구치소 10사·11사 외관. 왼쪽 10사의 17방에 저자가 있었다. 2008년.(사진 배진환)

납치

현해탄을 넘으면 대지의 색이 달라진다. 바위산이 두드러진 화강암질의 흰 토양에 찰싹 달라붙은 듯한 작달막한 나무들과 초가지붕들. 수천 년의 오랜 역사 동안 수많은 외세의 침략을 받으면서 유라시아 대륙 끄트머리에 매달려 명맥을 이어온 겨레.

세계 역사를 살펴보면 인간끼리 저질러온 수많은 살상과 잔인한 억압 따위가 있다. 우리만 특별히 큰 고통이나 희생을 강요당한 것은 아닐 터이다. 그렇다 해도, 대륙과 섬나라 사이에 끼여 강물처럼 흘린 피와 눈물의 대가로 시련을 이겨내고 긍지 높게 독립을 지켜온 겨레다. 까닭 없이 짊어진 운명의 가혹함에 시달리면서도, 절망의 끝에서 되살아나온 겨레다.

나를 부르는 기내방송 때문에 상념은 중단되었다. 화려한 치마저고리를 입은 스튜어디스는 그냥 '탑승 확인'이라고 한다. 이제껏 열 번 넘게 비행기를 탔지만 탑승 확인은 처음이다. 무슨 일일까?

1971년 3월 6일, 김포공항에 내려섰다. 2년간의 서울대학교 대학원 석사과정을 마치고, 교토의 집에서 마지막 겨울방학을 보내고 돌아오는 길이었다. 새 학기부터는 교양과정부 조교가 될 참이었다.

여느 때는 그악스럽게 짐을 뒤져보던 세관 직원도 내 얼굴을 보자마자 "서승 씨군요. 그냥 통과하세요" 했다. 게이트를 나서서 택시 승차장으로 향하니 차를 기다리는 사람들의 긴 줄이 늘어서 있었다. 그때 갑자기 기둥 그늘에서 젊은 남자가 나타나 우격다짐으로 짐을 낚아챘다. "집까지 갑시다." 순간, 그 즈음 공항에 판치고 있던 불법영업 자가용인가 싶었다. "얼마에 갈 거요?" "걱정 마쇼. 싸게 가요." 그러더니 조수로 보이는 남자가 내 짐을 잽싸게 실어버렸다.

독립문 근처의 내 하숙집에서 고작 100m도 안 되는 지점에 차가 갑자기 멈췄다. 뒤따라오던 지프에서 네댓 명의 남자가 내리더니 후다닥 달려들어, 두 명이 차 문을 열고 양 옆으로 올라타 내 손을 비틀고 머리를 눌러 검은 점퍼를 뒤집어 씌웠다. '정보기관원이다'라고 직감했다. 차는 10여 분을 달려 한적한 주택가의 높은 담으로 둘러싸인 목조 모르타르 2층 건물 앞마당에 멈췄다. 나중에 알았는데, 청와대 바로 옆의 보안사(육군 보안사령부) 옥인동 대공분실(對共分室)이었다.

보안사는 해방 후 미군정청 정보과에서 시작하여, 국군 창설(1948년) 뒤 국군 정보국으로 발족해 육군본부 특무대(1950년), 육군 방첩부대(1960년), 육군 보안사령부(1968년), 국군 보안사령부(1977년)로 이름을 바꿔왔다. 보안사의 본래 임무는 군 내부의 정보 수집과 수사다. 다시 말해, 군 내부의 반란, 쿠데타, 부정부패, 그리고 불순분자(좌익) 감시, 정보 수집과 수사다.

1945년 해방 후 이승만은 남북 분단을 빌미로 극단적인 반공정책을 내걸고 1948년에 남쪽만의 단독정부인 대한민국을 수립했다. 반공은 국시(국가의 근본이념)일 뿐만 아니라 정적을 쓰러뜨리고 독재와 영구집권을 정당화하는 가장 좋은 무기였다. 박정희는 1961년에 5·16 쿠데타를 일으켜 권력을 장악하고 같은 해에 중앙정보부(KCIA)를 창설했다. 그 이전에는 특무대·방첩대가 가장 강력한 정보기관이었지만, 그때부터 보안사가 중앙정보부·치안본부 대공국과 함께 한국의 3대 정보기관의 하나로서 정보 공포정치의 흉기가 되었다. 또한 반공을 암행어사의 마패처럼 휘두르며, 민간인에 대한 수사 권한이 없음에도 불법적으로 민간인을 체포, 감금한 채 고문 수사를 자행했다.

1980년 보안사령관 전두환의 쿠데타 후에는 중앙정보부를 능가해 전능한 권력을 휘둘렀다. 1990년 10월 군 복무 중 보안사에 연행되어 프락치 활동을 강요당해온 윤석양 이병이 보안사가 민간인들을 광범위하게 사찰하고 있음을 보여주는 색인표, 신상카드 등을 폭로하면서 거센 비판에 직면했다. 1991년 그 명칭을 '국군 기무사령부'로 바꾸고 민간인 사찰을 금지했다. 그 후 김영삼 정권에서는 정치 개입과 부정부패로 비판받아 기구 축소 결정이 내려졌다.

홀에 끌려 들어간 내가 처음 맞닥뜨린 것은 박박 깎은 머리에 몸이 깡마르고 키가 큰, 뱀처럼 차가운 눈빛의 남자였다. 그는 평안도 사투리로 "내가 대공처장 김교련(金敎鍊)이야!"라고 말했다. "왜 나를 잡아온 겁니까? 체포영장을 보여주세요" 했더니 "간첩에게 무슨 영장이야. 언제라도 죽여도 돼"라고 내뱉더니, 부하에게 "야, 끌고 가" 하고 명령했다. 2층에서 짐 검사를 당하고 안경을 빼앗기고 알몸뚱이가 되어 벨트 없는 군복으로 갈아입고, 1층 홀에 이어진 신문실로 끌려갔다.

신문실은 두 평쯤 되는 좁은 방이었다. 책상이 하나, 의자가 셋 놓여 있었다. 3면의 벽과 문은 방음 쿠션이 든 지저분한 녹색 비닐로 덮여 있고, 1면은 커다란 감시용 유리창이었다. 유리창 너머는 캄캄해서 아무것도 보이지 않았다.

2인 1조로 구성된 협박·고문조와 회유조가 번갈아가면서 집요하게 신문을 이어갔다. 이름, 주소, 가족관계부터 시작해 온갖 것을 되풀이해서 신문했다. 그들은 내가 북한의 간첩이라고 했다. 한 줄기 빛도 들지 않고 알전등만 휘황한 방에서 밤인지 낮인지 시간의 흐름조차 가능할 수 없었다. 몇 날 몇 밤이 지나갔을까? 등받이 없는 의자에 앉은 채 졸음에 겨워 눈을 감으면 가차 없이 몽둥이가 날아들었다. 의식이 흐려져서, 나

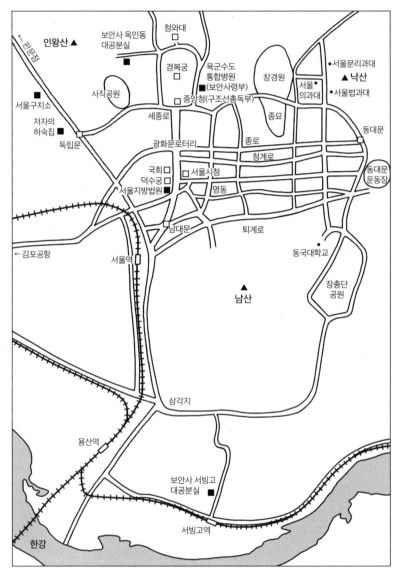

서승 사건 관련 서울시 약도, 1970년경 (■ 서승 사건 관련 지점)

는 의지를 잃고 점점 자포자기로 빠지고 있었다.

1차 신문이 끝나고, 보안사 서빙고 대공분실로 옮겨졌다. 수많은 정치범을 고문하고 사건을 날조해 '서빙고 호텔'로 악명을 떨치게 될 그곳은 1990년 폐쇄될 때까지 사람들에게 두려움의 대상이었다. 내가 붙잡혀 간 그때는 아직 그 '호텔'을 짓고 있던 중이라서, 군 수송부대 한구석을 임시로 사용하고 있었다. 가시철조망을 얹은 높은 콘크리트 담에 둘러싸인 기지 정문을 들어서니 양 옆으로 드럼통을 세로로 쪼갠 꼴의 반원통형 막사가 줄지어 서 있고, 오르막 막바지의 한 단 더 높인 자리에 대공분실로 사용하는 막사가 있었다.

막사에 들어서니 경비병 거주구역인 내무반이었다. 3m쯤 되는 복도를 끼고 양 옆으로 20개 가까운 야전침대가 놓여 있었고, 한구석에는 텔레비전이 있었다. 청바지에 검은 가죽점퍼를 입은 경비병이 셰퍼드 개를 거느리고 다녔는데, 그때까지는 국군에 드물었던 M16 자동소총을 들고 있었다.

내무반을 지나서 문을 빠져나가니 베니어판으로 짜 맞춘 독방이 양 옆으로 10칸쯤 있었다. 각 방에는 누군가 수용되어 있는 듯했지만, 쥐죽은 듯 조용했다. 거기서 다시 문을 빠져나가니 사방 8m쯤의 휑뎅그렁한 신문실이 있고, 가장 깊숙한 곳에 자그마한 사무실이 두 칸 있었다.

독방은 폭 2m 길이 2.5m쯤으로, 책상과 의자, 그리고 이부자리 한 벌이 놓여 있었다. 문짝에는 감시창이 있고 밖으로부터 자물쇠가 걸렸다. 반원통 모양 막사의 지붕을 따라 반원형을 그리고 있는 천장에는 알전등이 매달려 있었다. 키 높이 부분에 조그마한 창이 있었지만 철망이 쳐져 있었다. 나는 그 방에서 매일 자술서를 써야 했고, 수시로 불려나가 신문을 받았다. 신문은 2인 1조로 3개 조가 교대로 했다. 신문하다 막히면 "인간 이하로 다뤄볼까?"라거나 "북에서 온 골수분자도 여기서는 설설 기

고 울면서 항복해. 너 따위 애송이가 얼마나 버틸 거 같아? 맛 좀 볼래?",
"말 안 들으면 미군 수용소로 보낼 거야" 따위로 협박을 하며, 고문을 전
문으로 하는 조와 교대했다. 북한을 비난하고 전향해서 '자유대한'의 품
에 안긴 귀순용사가 얼마나 행복한지 선전하고 세뇌시키려고 1968년 청
와대 습격 사건의 김신조 등의 전향자와 만나게 하기도 했다.

여기서는 잠을 잘 수는 있었지만 턱없이 모자랐다. 2~3시간 재우고는
깨워서 신문을 되풀이했다. 꽁꽁 묶어놓고 작대기로 마구 패기도 하고
발로 차기도 하고 주먹으로 갈기기도 하며 고문했다. 앞으로 내민 손바
닥을 가느다란 작대기로 힘껏 내려치면 손이 떨어져나가듯 아프고 전류
가 골수를 강타했다. 고문을 당하면서 나는 시멘트 바닥을 구르며 "차라
리 죽여줘", "죽여라!", "죽여!" 애원했다. 다음에 올 고통에 대한 두려움
과 긴장 앞에서는 체면도 자존심도 다 날아가버렸다. 바닥에 엎드려, 목
숨을 빈 것이 아니라 죽음을 구걸했다.

그들은 2주 남짓 대공분실에서 벌인 조사로 자기들이 바라는 조서를
꾸민 다음, "재일교포 학생이므로 반성할 기회를 준다. 앞으로 국가에
충성을 다하라. 앞으로의 행동에 따라서는 처벌하지 않을 수도 있다. 여
기서 있었던 모든 일을 입 밖에 내지 마라"며 일단 석방하였다.

아우 준식은 교토의 고등학교를 졸업하고 나보다 1년 빠른 1967년에
한국으로 유학 와 있었다. 그는 서울대학교 법과대학 4학년으로 진급할
참이었다. 겨울방학을 교토 집에서 보내고 새 학기가 시작될 무렵인 2월
16일에 한국으로 돌아왔는데, 그 역시 김포공항에서 납치되었다. 나와
는 다른 곳에서 잔혹한 고문과 신문을 받았다고 한다. 준식도 일단 석방
되었지만, 나중에 다시 체포되었다.

4월 어느 아침의 푸른 하늘

분신

내가 붙잡혀갔던 1971년은 박정희와 김대중 후보가 대통령 선거로 맞붙은 해였다. 박정희는 1961년 군부 쿠데타 후, 군의 정치적 중립, 민정이양, 대통령 선거 불출마를 공약했다. 그러나 공약을 파기하고 1963년 선거에 출마했고, 두 차례(5대, 6대)에 걸쳐 8년 동안 대통령을 했다. 박정희가 만든 제3공화국 헌법은 대통령의 3선을 금지하고 있었고, 박정희도 여러 번 3선 불출마를 공약했다. 그러나 다시 공약을 깨고 헌법 개악을 강행하여 영구집권, 종신 대통령의 길로 들어섰다.

한편, 민중들은 군사독재의 영구집권에 강하게 반발하였다. 학생을 시작으로 야당, 언론인, 종교인, 지식인 등이 개헌 반대와 3선 저지 투쟁을 위해 일어섰다. 그 즈음 박정희 정권은 반독재 운동의 선봉이었던 학생운동을 저지하기 위해, 현역 군인을 훈련 교관단으로 하여 대학과 고등학교에 상주시켰다. 군사 교련을 실시하며 학원의 병영화를 꾀했던 것이다. 학생들은 이에 대해서도 맹렬한 반대 투쟁을 펼쳐나갔다. 박정희 대통령 3선 저지 운동은 점점 가열되어 갔다. 그런 가운데 반독재 민주화 투쟁의 기수이자 40대의 청신한 야당 대통령 후보인 김대중의 인기는 예상 외로 높았다.

대통령 선거를 열흘 앞둔 4월 18일, 김대중 후보의 서울 지역 연설이 있었다. 연설회 장소인 장충단 공원에는 100만이 넘는 사람들이 모였다. 연설이 끝나고, 김대중 후보의 차를 뒤따르는 수만 명의 사람들이 예정에 없던 데모 행진을 했다. "독재 타도!", "영구집권 반대!" 슬로건을 외치는 데모대는 동대문을 향하여 북쪽으로 올라가다 종로에서 왼쪽으로 꺾어 중앙청 앞 광화문 사거리까지 밀고 나가 기동대와 치열한 공방

전을 펼쳤다. 돌이 어지럽게 날아가고 최루가스가 자욱한 가운데서도 군사독재 타도의 기세는 하늘을 찔렀다.

그날 밤, 보안사의 검은 지프차가 다시 나를 서빙고의 대공분실로 연행해갔다. 처음과는 다른 막사였다. 4월 중순이 지났음에도, 살풍경한 알전구에 비친 휑뎅그렁한 신문실의 시멘트 바닥에선 한기가 배어나왔다. 드럼통으로 만든 군용 경유 난로는 허우대만 클 뿐, 창고 같은 공간을 데우기에 역부족이었다.

수사관은, 동그란 검은색 뿔테 안경을 낀 문어대가리 같은 대머리의 중년과, 얼굴이 온통 쭈글쭈글한 주름투성이에다 까무잡잡한, 옛 남로당원을 자칭하는 마흔 살 가량의 '어선생'이라는 자였다. 이 두 사람은 너무나 잔인했다. 한 손에 작대기를 든 채로 처음부터 거칠게 신문이 진행됐다. 문어대가리의 입에서 나온 첫마디는 "난 무자비해!"였다.

신문은 다시 처음부터 시작되었다. 요점은 두 가지였다. 하나는, 내가 북에서 지령을 받아 서울대학에 지하조직을 만들어 학생들의 군사교련 반대 투쟁과 박정희 3선 반대 투쟁을 배후에서 조종하고, 정부 타도와 공산주의 폭력 혁명을 기도했다는 것이었다. 또 하나는, 내가 신세졌던 김상현 의원(당시 김대중 후보의 심복으로 선거 참모였다)을 통해 김대중 후보에게 북의 자금을 전했다는 것이었다. 대통령 선거 전에 반독재 투쟁의 선봉이었던 학생운동에 타격을 가하고, 야당 후보에게는 용공의 낙인을 찍고, 공포 분위기 속에서 박정희가 3선의 야망을 이루려는 시나리오였다.

신문은 말 그대로 무자비했다. "매를 이기는 장사는 없다"는 속담이 있다. 두들겨 맞고 뒹굴면서, 이 고문을 참아내지 못할 것 같다는 절박한 공포감이 엄습해왔다. '만약 이 시나리오를 받아들인다면?' 무서운 질문이었다. 1960년의 '4·19 학생혁명' 이후, 강물처럼 피를 흘리며 힘겹게 쌓아올린 민주화와 통일을 염원하는 학생운동이 엄청난 타격을 입을 것이다. 조국과 민족을 향한 나의 뜨거운 마음은 조국의 통일과 정의를 구하는 학생들과의 공감에서부터 시작되었다. 적어도 그들과의 정신적인 일체감이 나의 민족적 정체성을 지탱해온 것이 아니었던가. 이로써 민중의 군사독재 타도와 미래의 희망은 꺾이고 마는 것인가. 입이 찢어져도 "예, 그래요"라고 말할 수 없었다. 죽는 한이 있어도…….

　창밖으로 서울대 사회학과 학생들이 연행되는 모습이 스쳐갔다. 옆막사에서는 밤새 학생들의 처참한 신음소리와 비명이 들려왔다. 시나리오를 움직일 수는 없었다. 조서 작성을 위한 가혹한 고문만이 남아 있었다. "마음대로 해!"라는 자포자기한 항복의 소리가 목구멍에서 튀어나오려는 것을 필사적으로 눌렀다. 수사관에게 매달리며 "죽여! 죽여! 죽여주시오!"라고 몇 번이나 애원했는지 모른다. 이틀에 걸친 고문과 신문으로 나는 기진맥진했다. 악몽 같은 밤이 지나갔다. 수사관들도 지친 것 같았다. 창밖이 밝아지자 어선생이 문어대가리에게 "아침이라도 먹으러 갑시다"라고 말을 걸었다. 문어대가리는 교대자가 오기 전에 나가는 걸 망설이는 것 같았다. 누더기처럼 너부러진 나와 경비병을 잠시 번갈아 쏘아보더니 "뭐, 괜찮겠지"라고 뇌까리며 일어섰다.

　수사관들이 일어나서 가버리자, 경비병은 탁자에 엎어져 퍼져 있는 나를 힐끗 보고는 문을 열고 밖으로 나갔다. 반쯤 열린 문으로 들어온 아침 햇살에 보랏빛 담배 연기가 모락모락 느슨하게 소용돌이치며 피어올랐다. '나 혼자가 되다니!' 상시 감시는 수용 시설 근무의 철칙이다. 기적 같은 일이 일어난 것이다. '지금밖에 기회는 없다. 또 다시 수사관이 들어오면 모든 게 그들의 시나리오대로 되고 말 것이다.' 활활 타고 있는 난로가 눈에 들어왔다. 조금 떨어진 곳에 한 말 들이 연료통이 비닐파이프로 난로와 연결되어 있었다. "펑!" 하는 소리와 함께 솟아오르는 새빨간 불기둥에 휩싸여 태연히 좌선을 트는 베트남의 승려가 머릿속에 떠올랐다.

자켓을 벗어 개어서 탁자에 놓았다. 기름통을 들어 올려 뚜껑을 열고 머리 위로부터 기름을 들이부었다. 기름은 골고루 젖어들지 않고 조금 왼쪽으로 치우쳐 젖어들었다. 성냥이나 라이터를 찾았지만 보이지 않았다. 탁자 위에 있던 조서 한 장을 집어서 둘둘 가늘게 말아 난로 불을 붙였다. 불을 복부에 붙였지만 예상과 달리 불이 확 타오르지 않았다. 석유와 달리 경유는 불이 잘 안 붙는다는 것을 몰랐던 것이다. 경비병이 담배를 다 피우고 방에 들어온다면 더 무서운 고문이 시작될 것이다. 초조함 때문에 몸이 부르르 떨리면서 심장이 찢어질 것 같았다. 불을 왼손에 바꿔 쥐고 약지와 새끼손가락 사이에 끼워 불이 팔을 따라 타오르기를 기다렸다. 아래로 내린 종이의 불이 가늘게 타오르면서 손가락에서 팔꿈치까지 태우긴 했지만 여전히 불은 확 타오르지 않았다. 감질나게 느릿느릿 손가락에서 손으로 옮겨 붙기 시작했다. 팔을 감싼 얇은 스웨터가 타면서 찌르는 듯한 통증이 밀려들었다. 경비병이 눈치 채지 못하도록 필사적으로 비명을 참았지만, 불꽃이 점점 거세지며 어깨와 얼굴로 퍼지자 더는 견디지 못해 "어, 어! 어억!" 목구멍 사이로 비명이 터지면서 시멘트 바닥을 데굴데굴 굴렀다. 죽으려고 했는데, 본능적으로 불을 끄려 하고 있었다. 죽지 않으면 안 된다는 의지와 죽음에 대한 본능적 공포 사이에서 단말마적 갈등으로 바닥을 뒹굴었다.

비명을 듣고 감시병이 달려왔다. 갈팡질팡 허둥대던 그가 난로 곁에 있던 방화수 양동이를 들어 물을 끼얹었다. 그 순간 "퍼엉!" 소리를 내며 불길이 확 치솟았다. 감시병은 놀라서 도움을 청하러 문밖으로 뛰쳐나갔다. 나는 바닥을 구르다가 문밖으로 굴러나갔다. 몰려온 병사들이 모래를 뿌리고 군용 담요를 씌웠다. 일단 불길을 잡고 들것과 트럭과 병원을 수배하기 위해 흩어졌다.

4월 아침의 태양은 찬란하게 빛나고, 구름 한 점 없는 하늘은 푸르고 높았다. 어떤 고통도 없고, "이것으로 다 끝났다" 하는 고요한 안도와 평안만이 있었다. 들판에 홀로 남겨진 아이처럼 서글픈 고요 속에서, 빨려 들어갈 듯이 푸른 하늘을 올려다보고 있었다. 눈물이 눈자위를 따라 흘렀다. 입속에서는 되풀이해서 중얼거리고 있었다.

"어머니, 죄송해요. 어머니, 용서해주세요."

국군수도통합병원

트럭은 천천히 한남동, 삼각지를 거쳐 혼잡한 서울 도심의 태평로를 지나 경복궁 건춘문 앞에 있는 국군수도통합병원(이듬해 병원이 김포로 이전하고 여기는 보안사 본부가 되었다)으로 향했다. 응급실에 들어가자 2~3명의 군의관이 달려들어 살갗에 달라붙은 불 탄 스웨터와 바지를 가위로 잘라내고 핀셋으로 잡아당겼다. 수박처럼 부풀어 오른 얼굴에 바셀린 거즈를 대고는 산소 호흡기 대롱을 밀어넣기 위해 목에 구멍을 뚫었다. 마취도 없이 메스로 목을 푹 찌르고는 가위로 울대의 물렁뼈를 으직으직 잘랐다. 불길을 들이마시면서 입천장까지 홀랑 벗겨져버렸고, 얼굴이 부어올라 호흡이 곤란해졌기 때문이다. 으드득으드득 자르는 소리를 들으며 의식은 어둠 속으로 가물가물 멀어져갔다. 그로부터 한 달 넘게 혼수상태였다. 가끔 통증 때문에 의식이 돌아올 때도 있었지만 얼굴이 붕대로 칭칭 감겨 있어서 아무 것도 볼 수 없었다.

마취를 하고 수술을 했는지 모르겠다. 무서운 통증 때문에 의식이 돌아올 때가 있었다. 끝이 타버린 왼쪽의 약지와 새끼손가락이 절반쯤 잘려나가 없어진 것을 나중에야 알았다. 가끔씩 손바닥의 맨 살갗을 쇠로 된 솔로 긁어내는 듯한 통증을 느꼈던 것을 기억한다. 나중에 알고 보니 살갗이 벌겋게 벗겨진 손바닥을 소독면으로 닦을 때 드러난 신경을 건드렸던 거였다. 의식을 잃고 있던 동안, 체액의 유출과 근육조직의 감염을 방지하기 위해 얼굴, 팔, 가슴 등에 1차 피부 이식을 했다. 피부 이식을 위해 등과 허벅지, 엉덩이에서 피부를 떼어냈기 때문에, 애초의 화상 부위 45퍼센트에 더해, 무릎 아래를 제외하곤 거의 온몸이 만신창이가 되고 말았다.

악몽의 연속이었다. 보안사에서 고문당하는 꿈, 옆의 지하 신문실에서 들려오는 비명 소리, 쫓기는 꿈, 황망하고 어두운 광야를 달리고 달려 다 다른 항구의 부두를 헤매는 꿈……. 맥락을 알 수 없는 수많은 꿈이 이제는 흐릿해지고 말았지만, 아직도 머릿속에 선명히 남아 있는 꿈이 있다.

서울시청 앞 광장에, 플래카드와 깃발을 들고 주먹을 높이 들며 대규모 시위 군중이 몰려왔다. 덕수궁의 대한문 편액이 엄청난 크기로 머리를 누를 듯이 걸려 있다. 깃발이 나부끼고 노랫소리가 소용돌이치며 솟아오른다. 군중은 어깨동무를 하고 성난 파도처럼 외치며, 용솟음치는 커다란 소용돌이처럼 격렬하게 광장을 돌았다. "승리의 날이 왔다!", "해방의 날이 왔다!", "…… 혁명 만세! 만세!" 외치는 소리. "아, 승리했구나." 내 가슴은 고동쳐 숨이 막힐 지경이었다. 보이지 않는 눈에서 눈물이 한없이 흘렀다.

한 달 넘게 내가 국군수도통합병원에 있다는 것을 잊고 있었다. 의식이 회복되고, 눈에 감긴 붕대를 벗겨내니 비로소 국군수도통합병원 장교용 중환자실에 와 있다는 게 기억났다. 꿈속에서 들었던 갖가지 함성과 신음소리는, 38선 전방에서 후송되어온 빈사 상태의 군인들이 옆 응급실에서 내지르던 소리들이었다.

눈을 감싼 붕대를 풀자 세상은 반짝거리는 투명한 빛으로 가득했다. 눈을 뜨긴 했지만 왼쪽 눈꺼풀은 화상으로 당겨 올라가 감기지 않았기에 거즈를 대었다. 어느 날 젊은 간호장교가 내 얼굴을 들여다보더니 "속눈썹이 이렇게 예쁘게 돋아나네요"라고 속삭였다. 그러나 1년가량 나는 내 얼굴을 볼 수 없었다. 보안사의 감시병들과 의사들이, 무참하게 망가진 얼굴을 보고 내가 충격 받아 자살할까봐 내 주변의 거울이란 거울을 모두 치워버리도록 지시한 것이다. 모두 입을 모아 "수술이 잘 됐다. 미남자네" 하고 추켜세웠지만, 입은 빨대 하나가 겨우 들어갈 정도로 오그라들었고 눈썹도 귀도 녹아버렸다. 원자폭탄에 타버린 들판처럼 무너지고 짓무른 내 얼굴에 희미하게 움트는 새로운 생명의 징후가 속눈썹이었다.

그로부터 며칠 지나 발을 들어 올려보았다. 발이 천근의 무게여서 한 치도 올릴 수 없었다. "이렇게 발이 무거울 줄이야……." 며칠간 시도하다 겨우 발을 들어 올려서 보았는데, 풀 베는 낫처럼 움푹 패어져 보였다. 발바닥은 평평한 것이라고 생각했었는데, 살이 빠진 발은 골격만 드러나 초승달 모양이었다. 매일 누운 채로 발을 올렸다 내렸다 운동을 했다. 그런 후 며칠 지나 경비병의 부축을 받아 일어났다가 심하게 현기증이 나서 침대에 쓰러졌다. 그렇게 매일 연습을 거듭해 겨우 일어났다. 체중을 달았더니 40kg이 채 되지 않았다. 원래 74kg이었던 몸무게가 반토막이 난 것이다.

의식을 회복하고 얼마 되지 않아 이규명 검사가 왔다. 검찰조서라는 말도 없이 조서를 꾸미고는 발가락에 인주를 눌러 찍고 갔다. 이때부터 열심히 반복시켰던 보행 연습은 나를 구치소로 되돌려 보내려는 준비였다.

서울구치소 병사 2방

6월 말, 간신히 조금씩 걸을 수 있게 되었을 즈음에 귀신처럼 험상궂게 생긴 검찰 직원이 찾아왔다. 서둘러 옷을 갈아입게 하더니 덕수궁 옆의 서울지방법원 판사실로 데리고 갔다. 판사는 이름, 주소, 일본 주소 등을 확인하더니 나를 구속한다고 했다. 그 길로 나는 서울구치소에 입감되었다.

지금은 신축되어 서울 남쪽의 의왕시로 옮겼지만, 서울구치소는 일제가 조선을 실질적으로 지배하는 제3차 한일협약을 맺었던 1907년에 '경성감옥'이란 이름으로 서대문구 현저동에 짓기 시작해 1908년에 완공한 시설이다. 1912년에 '서대문감옥', 1923년에 '서대문형무소'로 이름을 바꾸었는데, 일제가 수많은 독립운동가와 죄 없는 조선 민중을 가두고 죽였던 곳이기에 우리 백성의 원한의 대상이었다.

피를 머금은 듯한 검붉은 벽돌 담장을 올려다보며 거대한 회색 철문을 지나갔다. 보안과에서 신분장(재소자에 관한 모든 사항이 기록된 파일)을 작성하고 푸른 광목 수의로 갈아입고 검은 고무신을 신었다. 보안과에서 옥사로 이어지는 복도를 왼쪽으로 돌았더니 2관구(二管區) 중앙이 나왔다.

구치소는 두 개의 관할구역으로 나뉘어 있었다. 남쪽의 1관구는 1사에서 6사까지 1960년대에 건축된 시멘트 건물이었고, 북쪽의 2관구는 7사부터 12사까지 병사(病舍)와 사형장까지 있는 옛 벽돌 감옥이었다. 2

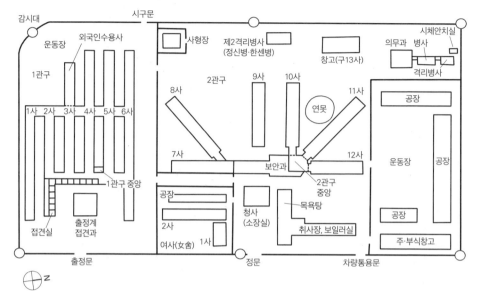

서울구치소 약도, 1972년경

관구의 중앙은 10, 11, 12사가 펼쳐진 부채꼴 모양의 매듭 부분에 해당된다. 10여 평의 중앙에는 관구를 통제하는 관구실이 있으며, 2관구에 출입하는 미결수는 이곳에서 신입 검사를 받는다.

2관구 중앙에는 안창코에 이마가 좁은 50대 중반의 의무과장이 서 있고, 그 옆에는 김꼰대 간병부(看病夫)가 흰색 야구모자와 가운을 입고 시립(侍立)하고 있었다. 감옥의(監獄醫)는 혼탁한 눈길을 던지며 입을 떼었다.

"손의 붕대는 뭐야?"

"얼마 전에 손바닥을 펴는 수술을 했는데, 손이 오그라들지 않게 기브스를 하고 있어서……."

끝까지 듣지도 않고, 쭈글쭈글 마른 원숭이 같은 김꼰대에게 불쑥 "소독해!"라고 하고는 획 돌아서 총총히 사라졌다. 김꼰대는 왼손에 관장

약을 항문에 주입하는 원추형의 양철통을 들고, 오른손으로는 호스를 잡고, 손에 감은 붕대와 기브스를 풀지도 않고 그 위에 대강대강 한두 번 소독액 같은 액체를 칙칙 뿌리더니 허둥지둥 과장 뒤를 쫓아갔다. 나는 '지도'(교도관을 보조하는 사람으로, 재소자 가운데서 뽑는다)의 부축을 받아 10사의 긴 복도를 지나 사동 끝 철문을 빠져나갔다. 거기서 구내 빈터를 지나 스무 단 정도 계단을 올라 이윽고 병사에 다다랐다.

병사는 구치소 북서 모서리의 감시대 바로 아래 있었다. 배후는 금계 산의 산자락이라서 병사는 구내에서 한 단 높은 곳에 있었다. 세 동의 사 동 중에서 맨 앞의 사동은 의무과장 사무실, 치료실, 조제실, 치과 치료 실 등이 있는 의무·관리동이었다. 가운데 동은 기와지붕이 오래되어 파 도처럼 굴곡이 진 데다 군데군데 기와가 벗겨지고 곧 무너질 것 같은 단 층 목조의 일반 병동으로 방이 6개 있었다. 마지막 건물은 작은 방이 4 개인데 결핵환자용 격리 병실이었다. 그 뒤쪽 끝에 있는 창고 같은 건물 은 시체안치실인데, 시체안치실이 격리 병사의 음습함을 더해주고 있었 다.

일제강점기에 지어진 병실은 퇴락하여 마모되고 있었다. 옛날에는 병 실을 데워주었을 법한 벽난로는 해방 후 한 번도 사용한 적이 없었는지 녹슬어 있었다. 창틀도 삐걱거리고, 알전구가 달랑 매달린 천장은 비가 새는지 커다란 지도가 그려져 있었다. 다만 세월의 때가 묻어 검은 빛이 나는 쇠창살과 세 치나 됨직한 두꺼운 나무문만이 영원한 생명을 가진 것처럼 단단했다. "여기가 병실인가?" 4평 정도 넓이의 음산한 방에는 병실로 짐작될 만한 것이 아무 것도 없었다. 마루방에 환자용 흰 이불이 깔려 있을 뿐이었다.

병사에서 가장 큰 7~8평 크기의 1방에 스무 명 가까운 진짜 환자가 수용되어 있었다. 3방에서 6방까지는 2~3평으로 6~7명씩 수용되어 있었지만 대부분은 '나이롱환자'였다. 나이롱환자란 돈이나 빽을 사용해 병실에 들어온 가짜 환자를 말한다. 뇌물을 받은 보건사회부의 약정국장, 뇌물을 준 제약회사 사장, 밀수범의 금괴를 가로챈 형사, 고급 사기꾼 같은 사람들이었다.

내가 있던 병사 2방은 독방이었다. 당국이 다른 미결수와 내가 접촉할까봐 그들을 내보냈기 때문이다. 다만 나를 감시하기 위해 '지도'와 3명의 간병부가 함께 지냈는데, 낮에는 모두 일하러 나갔기에 방에는 나 혼자 남아 있었다. '지도'는 강간, 폭행치사죄 등으로 2~3년 징역형을 받은 중기 죄수 중에서 선발해 간수(교도관)의 보조와 대행을 맡긴 사람으로, 재소자를 동행 감시하는 계호(戒護)와 보초 같은 일을 했다. 군복 비슷한 지도복에 '지도'라고 쓴 완장을 차고 있었고, 간수와 동행하지 않고 혼자서 구치소 안을 돌아다닐 수 있는 '독보권(獨步權)'이라는 특권도 있었다. 그들은 간수의 앞잡이지만, 때로는 간수 이상으로 횡포가 심했다. 같은 재소자를 때리고 걸어차며 마치 간수라도 되는 양 거드름을 피웠다. 보안과장은 '지도'를 간수를 감시하는 스파이로 이용했기 때문에 간수들조차 '지도'를 두려워했다. 그 힘을 배경으로 '지도'는 담배 장사 등의 범칙(犯則: 규율 위반, 즉 부정행위)을 저지르며 감옥 내 부패의 한 원인이 되고 있었다.

간병부는 간호부(看護婦)의 역할을 맡고 있었다. 흉기가 될 수도 있는 의료 기구를 취급하고 구치소 안에서 비싸게 암거래되는 약을 다루어야 했기에, 주로 종교적 확신범인 '여호와의 증인' 신자 중에서 뽑았다. 그들은 기독교원리주의 교리에 따라 국기에 대한 경례와 총 드는 것을 거부하여, 병역법 위반으로 징역형을 받고 있었다.

7명의 간병부 가운데 5명은 여호와의 증인이었고, 나머지는 병원 무자격 조수 출신으로 불법 낙태수술로 임산부를 죽게 하여 잡혀온 자칭 외과의사 '김꼰대'와, 밀수약품을 유통시키다 잡혀온 약제사 '구(具)간병부'였다.

의무과 직원으로는 여의사 1명을 포함해 의사가 3명, 간수부장 2명, 간수 3명이 있었다. 감옥 의사는 공무원으로 과장급의 대우와 기술수당을 받았지만, 한국 의사의 평균 수입과 비교하면 월급이 형편없었다. 그러나 오전 중 서너 시간만 근무하고 오후에는 다른 일로 돈을 벌 수 있었고, 환자는 어차피 도둑놈이니까 치료를 대충 해도 통했으며, 감옥의로서 이런저런 돈도 챙기고 재미도 보았다. 형사소송법에 의하면, 기결수가 건강 악화로 인해 구금 생활을 견딜 수 없을 경우에는 형집행정지가 되고, 미결수의 경우 구속이 정지되는데(병보석이라고도 한다), 먼저 감옥의가 진단하여 병이 무겁다는 중통(重痛) 보고서를 내면, 검사가 확인하고 구속정지를 시킨다. 또한 감옥 안의 천국이라는 병사에 들어가기 위해서도 의사의 판정이 필요하다. 돈이면 귀신도 부릴 수 있다고 하니, 가짜 환자들은 출소하거나 또는 병사에서 옥살이를 편하게 하려고 거액의 돈으로 의사를 매수했다. 그 벌이가 제법 쏠쏠하여 감옥 의사 봉급의 몇 배에서 수십 배가 되었다.

재소자는 감옥 의사를 '돌팔이'라고 부르며 우습게 여겼다. 당시 감옥 의사 중에는 위생병이나 산파 출신, 또는 '한지의사(限地醫師)'였던 사람이나, 의무과 부정을 하다 어찌어찌하여 의사 면허를 딴 자들이 많아서 기술적으로 믿을 수 없는 경우가 많았다. 예전에는 의사가 모자라서 무의촌이 많았기에, 정규 의학 교육을 거치지 않은 자일지라도 일정한 시험을 거쳐 지정된 농어촌이나 벽지에 한해 개업을 허락하는 '한지의사' 자격이라는 것이 있었다. 내 큰고모부도 평안남도 출신으로, 인민군 간호병으로 내려왔다가 잡힌 후 반공 포로로 석방되어 고모와 시골에서 살다가 '한지의사' 자격을 따서 농촌에 단칸의 약방 겸 병원을 열고 괜찮게 살았다.

구치소에 입소한 날은, 처음으로 국군수도통합병원 병실에서 나와 긴 거리를 걸어 다니느라 너무 지쳤다. 병사 2방에 도착하자 곧 쓰러져버렸다. 저녁식사 때 간병부가 나를 일으켜 새우젓 반찬에 숟가락으로 죽을 떠 먹여주려 했지만 목에 넘어가지 않았다.

쇠창살이 있는 병실에 누워서 천장을 바라보았다. "여기가 감옥이구나." 일제강점기에 지어진 병실의 나무 천장은 빗물에 얼룩져 거무스름하고 복잡한 무늬가 그려져 있었다. 몇천 몇백 명의 죄수들이 나처럼 잠 못 이루는 밤을 지새웠을까? 이 천장을 올려다보며 민족과 가족과 고향을 그리워했을 그들의 사념이 이런 얼룩을 만들었을까? 문득 몇백 개의 눈동자가 나를 내려다보고 있는 것 같은 환각이 밀려왔다.

의무과의 나에 대한 처방은 '다이아진'(항균제) 투여와 붕대 교환뿐이었다. 치료실을 도맡아 관리하던 김꼰대는 오그라들면서 점점 굽어지고 있는 내 손가락을 보고는 진찰 소견을 내놓았다. "손톱이 길어지면서 오그라드니까 손가락도 구부러진다. 손톱을 자주 깎아라." 그 말을 듣고 보니, 화상으로 손톱에 붙어버린 손가락의 살이 길어진 손톱과 함께 굽어지는 것처럼 보였다. 그 바보 같은 말을 듣고 한동안 부지런히 손톱을 깎았다. 합리적인 문제의 설명이나 해석을 내놓지 못하면 멸치대가리라도 믿게 되는 것이다. 그런 류의 인간이 감옥에서는 "자격이 없을 뿐이지 실력은 진짜 의사보다 용한 의료의 도사"로 버젓이 통하고 있었다.

감옥의 식사는, 보리 절반에 쌀과 콩을 각각 1/4씩 섞은 한 홉(合=180g)의 가다밥에 일국 일찬의 부식과 온수가 나온다. 가다(型)는 일본말로, 수용자의 누진처우의 급수에 따라 1등에서 5등까지 크기가 다른 원추대형의 틀로 찍어낸 밥을 가다밥이라 한다. 환자의 경우 신청하면 흰죽을 먹을 수 있지만, 취사부들이 일반 죄수에게 죽을 팔려고 물을 타서 양을 불린 날에는 아주 멀겋게 나왔다. 반찬은 주로 무장아찌, 양파지, 오이지, 새우젓이었고 일주일에 한 번은 반쯤 썩은 갈치자반이나 어묵이 나왔다. 국은 무 잎이나 양배추 잎이 조금 들어간 된장국이었다. 채소를 잘 씻지 않아서 그릇 아래에는 언제나 모래나 흙이 고여 있었다. 흙을 가라앉히고 위의 국물만 먹어가면서 "이집트 문명은 나일강의 선물"이라는 구절을 떠올렸다. 나일강은 상류의 밀림지대에 우기가 오면 1년에 한번 큰물이 나서 강 옆의 땅들이 물에 잠기는데, 물이 빠지면 영양분이 풍부한 진흙이 가라앉아 온 땅을 덮는다. 그것이 비료가 되어 농사가 잘되니 이집트 문명은 나일강의 선물이라고 했던 것이다.

감옥에서 제공되는 '관식'은 언제나 돈 없는 자들이 먹었다. 행형법(감옥법)에는 "미결은 식사와 침구의 자변(자부담)을 원칙으로 한다"고 되어 있어서, 돈이 있는 자들은 개인 돈으로 '사식'을 사 먹었다. 사식에는 불고기 도시락, 찌개 정식, 오므라이스, 볶음밥, 오뎅 정식, 돼지수육 등의 식사와 우동, 찐빵, 자장면 같은 간식이 있었다. 이름은 번지르르해도 내용은 형편없고 가격만 일반 식당과 같았다. 구치소의 독점 사업이었기에 "싫으면 먹지 마" 식으로 폭리를 취했다.

구매부에서는 버터(반 파운드의 마가린), 간장, 고추장, 마늘, 튀김, 김치, 멸치조림 같은 반찬 종류, 건빵, 빵, 사과, 사탕, 과자, 복숭아 통조림 등의 간식과 러닝셔츠, 팬티, 양말, 한복, 비누, 치약, 칫솔, 수건 따위의 일용품을 팔았다. 돈도 식욕도 없었기 때문에 나는 죽에 간장을 타서 먹었다.

간수부장

구치소와 교도소(감옥)에서는 소장이 황제다. 행형법에는 각 조항마다 "소장은 ……하지 않으면 안 된다", "소장은 ……를 할 수 있다"라고 나온다. 마음만 먹으면 교도소에서 소장이 못하는 일이 없다. 교도소는 독립기관이므로 기관장인 소장은 어느 누구와도 협의를 하지 않고 교도소 내의 일을 결정하는 전권(全權)을 쥐고 있다. 공무원의 급수로 본다면 2급의 부이사관 공무원으로, 도의 경찰국장이나 군수보다 높다. 다만 그 권한이 감옥 안에 한정되었으니 사회적 권위와 권력은 없다. 소장은 보통, 담장 밖의 소장실에 앉아 있는 '구름 위의 사람'이어서 담 안에 있는 죄수들은 소장의 얼굴을 볼 기회가 전혀 없다.

　재소자들과 밀접한 관계에 있는 가장 무서운 상대는 8급 공무원인 부장이다. 교도소 안에서 부장은 영향력이 막대하다. 점검(점호)도 부장이 한다. 감옥의 모든 문제는 부장이 결정하고 해결한다. 부장 앞에서 간수는 고양이 앞의 쥐다. 부장은 사회의 직책으로는 과장의 위다. 감옥에서도 그 끗발로 보면 소장 다음 정도로 세지만, 실은 하급 말단 공무원이다. 처음에 나는 회사의 부장 정도 되는 줄 알았다. 그러나 은색 무궁화 이파리 두 개짜리 견장을 단 부장은, 모자에 금테를 두른 주임과 계장급의 똥테(금빛이 똥빛이라 해서 재소자들은 똥테라고 부른다)들에게 경례를 붙인다. 과장 이상인 부소장, 소장 같은 '말똥'들이 순시를 하러 온다고 하면 구치소 안은 야단법석이 되니, 마치 일본 다이묘(영주) 행차 같다. 과장 이상은 커다랗고 둥근 금색 무궁화 견장과 휘장을 달고 있어서 그 모양에 따라 말똥이라 불렀다. 말똥 하나가 과장, 두 개가 부소장, 세 개가 소장이었다.

　감옥에는 일제 감옥이 남긴 제도와 관습이 짙게 남아 있다. 정부는 일

한국 교정직제와 조직 (1980년경)

직위	직급	계급	일제시대 직위	교회직 직급
소장	교정부이사관(矯正副理事官)	2급	전옥(典獄)	
부소장	교정감(矯正監)	3급 갑	전옥보(典獄補)	교회감(教誨監)
과장	교정관(矯正官)	3급 을	간수장(看守長)	교회관(教誨官)
(계장)	교감(矯監)	4급 갑	간수장보(看守長補)	교회사(教誨師)
(주임)	교위(矯尉)	4급 을		교회사보(教誨師補)
(부장)	교도(矯導)	5급 갑	간수부장(看守部長)	
(담당)	교도보(矯導補)	5급 을	간수(看守)	

* ( )는 관습적 호칭

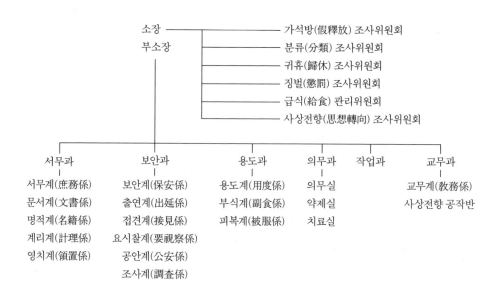

제와는 다르다는 걸 강조하기 위해 감옥법을 행형법이라 하고, 명칭도 '형무소'에서 '교도소'로 바꾸었다. 메이지(明治) 시대의 감옥법을 지금까지도 답습하고 있는 일본(메이지 시대의 감옥법은 2006년에 개정)에 비해서 법률로서는 행형법이 근대적이고 앞서 있다. 그러나 내용과 관습이 그렇게 간단히 변하는 것은 아니다. '영치(領置), 차입(差入), 차하(差下), 조출(早出), 병출(並出), 비번(非番), 출번(出番), 시말서(始末書), 미농지(美濃紙), 신분장(身分帳), 개방(開房), 폐방(閉房), 입방(入房), 환방(還房), 연출(連出), 호출(呼出), 접견(接見), 출역(出役), 외역(外役), 내역(內役), 시승(施繩), 포승(捕繩), 교승(絞繩), 해탈(解脫), 중통(重痛), 통방(通房)' 등등 우리말로는 익숙지 않은 일본 감옥 용어가 한자음만 우리말로 바뀐 채 여전히 그대로 사용되고 있었다. 해방 후 일제의 잔재가 청산되지 않은 한국현대사의 악폐가 여기에도 그대로 남아 있는 것이다.

'부장'은 일제강점기에 사용했던 '간수부장(看守部長)'이란 직명에서 유래한다. 정식 명칭은 '교도'〔옛 5급 갑, 현재는 8급 교사(橋査)〕로, 말단 공무원이다. 과장 이상은 1~2년마다 전국 34개소 정도의 교도소를 전전한다. 주임과 계장은 2~4년마다 전근한다. 부장은 간수(교도보)에서부터 경력을 쌓아올려 각 교도소에 정착해 적어도 20년 이상의 근무 경험을 갖고 있는 베테랑들이다. 조선시대에도 과거에 합격한 이들로 중앙에서 파견한 관리인 군수·현감·현령이 있고, 지방에서 실무를 맡아 행정을 좌지우지하는 지방관인 아전이 있던 것처럼, 교도소의 일상 실무는 실정을 알고 주무를 수 있는 지위 낮은 부장이 장악하고 있기에, 간부들도 부장을 가볍게 대할 수 없었다.

공판

1971년 7월 19일은 첫 공판이 있는 날이었다. 들것으로 1관구의 출정계 (出廷係) 복도까지 옮겨졌다. 서소문에 있는 서울지방법원까지 어떻게 갔는지는 기억이 안 난다. 사람들은 타버린 내 얼굴과 가슴에 달린 좌익수 표시인 적갈색 죄수번호, 중범죄자임을 표시하는 사방 2cm의 빨간 플라스틱 분류판을 흘끔흘끔 보았다. 서울지방법원 대기실에서 처음으로 학우들, 고모부, 그리고 재일동포학생 등을 만났다. 나는 그들이 구속된 것을 모르고 있었다. 더구나 대통령 선거를 일주일 앞둔 4월 20일, 정부가 우리 형제와 학우들 5명을 포함해 51명가량으로 이루어진 '재일동포학생 학원침투 간첩단 사건'을 대대적으로 발표하고, 선거를 위해 십분 이용했음을 알 턱이 없었다.

보안사는 북한의 지령을 받은 재일동포 모국유학생 등 4개 망이 대학 안팎에서 지하조직을 만들고, 학생 데모, 반정부 운동, 민중봉기를 선동하고, 정부를 전복시키려는 임무를 띠고 암약했다고 발표했다.

큰고모부의 구속은 의외였다. 불고지죄(누군가 국가보안법이나 반공법을 위반하고 있는 사실을 알면서도 조사기관이나 정보기관에 신고를 하지 않은 죄)라고 했다. 마찬가지로 불고지죄로 기소된 학우들도 많은 말을 하지 않았다. 그들은 내가 화상을 입은 것을 보고 놀라고 걱정하기만 했다. 동생 준식은 초췌해 보였다. 준식도 타서 문드러진 나를 보자 기가 막힌 모양이었다. 포승줄에 묶여 수갑을 찬 불편한 손으로 내 손을 가만히 잡았다. "형, 괜찮아?"

대기실에서 나와 좁은 중앙 마당을 가로질러 강당처럼 생긴 대법정에 들어갔다. 앞줄은 피고인과 경비를 맡은 정리(廷吏)가 차지하고 있었다.

방청석 중앙 앞자리 의자에 앉아 있던 아버지와 어머니가 일어났다. "승 (勝)!" "마음 단단히 먹어야 해!" 정리는 허둥지둥 달려가 두 사람을 제지하여 자리에 앉혔다. 두 분이 재판에 오신다는 것은 하루 전에 한승헌 변호사로부터 들었지만, 필사적으로 외치는 아버지와 어머니를 보자 살아서 만나게 됐다는 감개와 함께, 고생만 하면서 살아온 두 분에게 다시 엄청난 고통을 안겨 드렸다는 죄송함으로 나는 어찌할 바를 몰라 난감할 뿐이었다. 재판은 인정(人定)신문만 하고 가을로 연기되었다.

재판을 마친 오후, 아버지와 어머니가 면회 오셨다. 아버지의 얼굴에서는 콩알 같은 비지땀이 솟아나고 있었다. 어머니는 눈을 치켜뜨고 터져 나오는 울음을 애써 누르느라 가늘게 떨고 있었다. 나를 잘 보려고 그 물망(金網)에 얼굴을 바싹 붙인 어머니는 "이쪽으로 돌아봐라", "저쪽으로 돌아봐라" 하며 내 귀가 없어진 것을 확인했다. 손의 붕대도 풀어보라고 했다.

"괜찮니? 마음 독하게 먹어야 한다."

"괜찮습니다. 건강 회복이 빠르다고 의사도 놀라고 있어요. 귀도 만들어 주겠다고 했으니까 걱정 마세요."

"입이 작아져서 불편하지만 죽을 먹고 있어요."

서로의 아픈 마음을 생각해서 감정을 눌렀다. 나로서는 "걱정 말아요"라는 말밖에 할 말이 없었다. 면회 시간 3분이 순식간에 끝나버렸다.

나를 잡아들인 보안사의 패거리들은 한 번도 모습을 보이지 않았다. 구치소의 의료 시설과 기술도 문제였다. 계절이 여름으로 들어서자 몸에서 썩는 냄새가 풀풀 나기 시작했다. 수술을 한 차례 해서 죽을 먹을 수 있을 정도로 입이 벌어졌지만, 다시 점점 오그라들고 있었다. 재판에 맞추기 위해 보안사가 애초부터 무리하게 수술과 퇴원을 강행했던 것이다.

그러던 어느 날, 군용 앰뷸런스를 타고 보안사 패거리들이 왔다. 의무과에서 자기들이 감당할 수 없다고 연락한 것 같았다. 일주일에 두 번 군병원에 가서 치료를 받게 한다고 했다. 병원에서는 성형외과 과장인 빈주원 소령이 입욕치료를 지시했다. 욕조에 들어가서 딱 달라붙은 거즈와 부스럼 딱지를 뜨거운 물에 불려 떼어내고 약용세제로 씻고 붕대를 교환했다.

8월 하순에 입을 크게 벌리는 두 번째 수술을 받았다. 아직 상처가 아물지 않아 수축이 계속되고 있어서 수술은 시기상조라는 게 빈소령의 생각이었지만, 병원장인 김대령은 수술을 강행하도록 지시했다. 필시 구치소 생활을 시키기 위해서 입을 벌리게 하라는 보안사의 강력한 압박이 있었음에 틀림없다.

입가를 자르고 열어 입안의 살을 밖으로 꺼내어 입가를 봉합했다. 입이 커지고 나서 4개월 만에 간호장교가 집게에 면을 감아서 이빨을 닦아주었다. 밥도 쉽게 먹을 수 있게 되었다. 죽에 하도 물려 있었기에 밥이 맛있게 느껴졌다. 힘도 생겼다. 그러나 얼굴의 상처는 점점 수축하여 철가면을 씌운 것처럼 얼굴이 오그라들었다. 그에 따라 입도 오그라들어 결국 이듬해 세 번째 수술을 받지 않으면 안 되게 되었다.

실미도 사건

8월 23일 낮, 시내에 사이렌이 울렸다. 머리맡의 라디오에서는 임시뉴스가 흘러나왔다. 공비가 서울 남서부, 영등포에 침투해 군·경과 교전 중이라고 했다. 오후에는 옆의 응급실이 갑자기 소란해지더니 총상을 입은 '공비'들이 실려 왔다.

사실은 그들은 공비가 아니고 인천 앞바다 실미도에 기지를 둔 공군 특수부대원들이었다. 24명의 특수부대원들이 부대 행정요원의 부정과 멸시, 열악한 처우에 불만을 품고 무장한 채 섬을 탈출해 버스를 탈취해서 서울로 향했다. 그들이 서울 남서 검문소를 돌파하자 뒤늦게 사실을 안 정부는 군·경의 출동을 명령했고, 시내 중심부에 진출하려는 특수부대원들과 제1한강교 앞 영등포구 대방동에서 교전하게 되었다. 서너 명의 부상자를 제외하고는 모두 사살되었고, 출동한 군·경도 큰 피해를 입었다.

베트남전쟁에서 미국의 패색이 짙어지고 한반도에서 남북의 군사관계가 일촉즉발의 긴장 상태에 있던 그 무렵, 대낮에 무장공비가 서울 시내에 나타나 총격전을 벌였다는 당국의 발표는 서울 시민들을 전율케했다. 그러나 그때까지는 소문으로만 떠돌던, 북에 몰래 침투해서 살인·파괴·납치 등을 하는 공군특수부대가 실제로 있다는 것이 알려지면서 문제가 정부와 군 수뇌부의 책임 문제로까지 번져갔다. 이 사건으로 그때까지 공공연한 비밀이었던 대북 특수부대의 존재가 백일하에 드러난 것이다.

특수부대원은 군 감옥에서 사형·무기 등 무거운 형을 선고 받은 자에게 형 면제를 조건으로 모집했다고도 하고, 의지가지없는 고아들을 대상으로 거액의 보수를 미끼로 내걸어 모집하였다고도 한다. 당국은 비밀이 샐 것을 두려워해 섬이나 산속의 기지에 그들을 격리시켜 목숨을 건 지옥훈련을 시켰다. 북에 잠입한 후에 그들의 목숨은 소모품이 되어 어둠에서 어둠으로 묻혔다. 북에서 잡히면 교육을 받고 남한으로 돌려보내졌지만, 살아 돌아오더라도 정보기관의 조사를 받았고, 더러는 간첩죄로 투옥되었다.

허벅지를 관통하는 총상을 입은 특수부대원이 옆 침대로 옮겨와서 신음하고 있었다. 남북분단의 무참한 희생자였다. 며칠 동안 국방부장관·합참의장·육군참모장 등 군 수뇌부가 직접 신문을 했고, 그 후 그들은 영등포 공군 본부에 보내져 총살되었다.

　재판이 시작되자 가족 이외에도 면회가 허락되어 여러 친구들과 지원자들이 면회 왔다. 9월 2일, 도미야마 다에코(富山妙子) 화백과 만났다. 태윤기 변호사가 접견하러 오면서 도미야마 씨와 만날 수 있게 해주었다. 태변호사는 이마가 유난히 크고 온유한 분위기를 풍기는 사람이었다. "일본에 서승 군 일이 크게 알려져서 많은 사람들이 걱정하고 있어요. 오늘 한 분이 면회를 하러 오셨어요. 검사에게 부탁해서 허락을 받아 함께 왔어요."

　도미야마 씨는 먼저 내 건강 상태를 물어보더니, 일본인의 식민지 지배에 대한 죄책과 재일조선인에 대한 이야기를 하다가 울먹거리며 말을 잇지 못했다. 오열하는 그녀를 태윤기 변호사가 진정시켜 부축해서 나갔다.

　식민지 지배의 폭력과 학대, 우리 민족의 헤아릴 수 없는 희생은 제쳐두고라도, 해방 후 우리나라의 분단과 그 결과 일어난 엄청난 인간적 비극도 일제의 식민지 지배에 기인하는 바가 크다. 우리나라가 식민지 지배를 받지 않았다면 미국과 소련에 의한 분단 점령은 없었을 것이다. 역사에는 '만약'이라는 가정이 없다는 반론도 있다. "일본이 지배하지 않았다면 조선은 야만스러운 러시아나 중국의 식민지가 되어 더 비참한 결과가 되었을 것이다"라는 폭언을 내뱉는 일본 사람도 있다. 일본이 식민지 지배를 통해 조선의 경제발전을 이룩하고 근대화를 촉진시켰다고 말하는 '착한 식민지 지배론'도 있다. 그러나 어떤 가정이나 반론도 가해자가 피해자에게 가한 실제 고통과 희생을 정당화시킬 수는 없다.

일본은 조선을 침략했기에 민족분단에 책임이 있다. 그것만이 아니다. 우리나라의 많은 사람들은 경제발전과 국가 이익을 추구하기 위해 일본이 남북분단을 이용하며 통일을 방해해왔다고 생각하고 있다. 1970년대 초에, 일본의 조선 식민지배와 해방 후의 분단 책임을 이성과 감성으로 이해하는 일본인은 많지 않았다. 도미야마 화백은 그런 많지 않은 일본인들 중의 한 사람이었다.

8월 말부터 재판은 매주 열려 빠르게 진행되었다. 일단 51명으로 발표된 '재일동포학생 학원침투 간첩단 사건'의 공범 중에 나와 관계가 있었던 사람은 서울대학과 관련된 7명뿐이었지만, 재판을 받은 총 인원은 20명이 넘어서 한 사람의 심리(審理)는 매우 짧았다. 내게는 여전히 보안사 고문실의 공포가 있었다. 보안사의 요원은 가끔씩 와서 "만약 필요하면 언제라도 분실에서 재조사한다"고 협박하고, 재판정에까지 와서 무언의 압력을 가했다. 빠짐없이 참석하던 보안사 대공처 조사과와 공작과의 무리들이 수사 기관의 고문 여부를 다투는 증인신문에는 나오지 않아 그로 인해 재판이 여러 차례 연기되었지만 그들은 끝내 나타나지 않았다.

빨간 세모판

같은 해 10월 11일에 열린 구형 공판에서 나와 준식에게 사형이 구형되었다. 동급생 한상진(현 서울대학교 명예교수)은 재일동포 학우에게 관대한 처분을 베풀어 달라고 최후진술을 했다. 보안사가 날조한 사건이긴 했지만, 나와 엮여 옥고를 치렀음에도 불구하고 친구를 감싸는 그의 자세는 의연했다.

10월 22일에 사형 선고가 있었다. 구형될 때도 그랬지만 판결 받을 때도 남의 일처럼 실감이 나지 않았다. 준식은 15년(2심에서 7년)의 징역형, 공범으로 집행유예 1년으로 징역형을 받은 주영길 군과 큰고모부를 제외하고는 모두 무죄였다. 2심은 분리재판이라, 선고 날은 동생과 석방될 학우들을 만날 수 있는 마지막 날이었다. 석방이 결정된 학우들은 모두 "건강하고 힘내!"라며 격려해주었다. 이성무 선생은 "감옥에서 열심히 공부해. 나중에 쓸모가 있을 거야. 또 만나자"라고 말했다. 준식은 "1975년에는 어떻게든 석방될 거야. 형! 건강해야 해"라며 손을 잡았다. 그때만 해도 박정희가 유신체제를 선포하리라는 것은 예상하지 못했다. 박정희는 4선 출마를 하지 않을 것이고, 만약에 출마한다 해도 이번 선거에서 반독재 운동이 이토록 크게 일어난 것으로 보아 차기 대선에서는 저항이 더욱 더 커질 것이기에, 정권이 무너질 것으로 전망한 것이다. 따라서 1975년에는 큰 변화가 있을 것이라는 예상은 준식을 만난 학생들의 인식이기도 했다. 그러나 결국 준식은 형기가 끝나자마자 보안감호처분을 받아 다시 10년을 옥중에서 보내야 했고, 나는 1990년까지 투옥되었다. 이는 당시로서는 전혀 예측할 수 없는 일이었다.

사형을 구형받은 때부터 가슴의 플라스틱 분류 표식은 '좌익사형수'를 나타내는 빨간 세모형으로 바뀌었다. 방의 입구 위에도 빨간 페인트칠을 한 15cm 정도의 세모 나무토막이 붙여졌다. 항소심에서 무기징역으로 감형될 때까지 4개월 동안은 24시간 수갑이 채워졌다. 옷 갈아입을 때와 몸 씻을 때만 간수가 수갑을 풀어주었다. 밥 먹을 때와 용변을 볼 때도 불편했다. 특히 수갑을 찬 채로 잠을 자야 하는 것은 몹시 고통스러웠다.

당시 서울구치소에는 50명 정도의 정치범을 포함하여 200명 가까운 사형수가 있었다. 사형은 대법원의 판결 후 법무부장관의 명령에 따라 사형 집행지휘서가 내려오면 집행이 된다. 대법원 판결 후 예외적으로는 5~10년 정도 사형이 집행되지 않는 경우도 있지만, 통상적으로는 집행까지 2~4년 정도를 미결수로서 구치소에서 지내게 된다. 그동안 사형수는 언제 사형이 집행될지 모르는 불안한 나날을 보낸다. 사형수는 사형이 집행되어야 비로소 기결이 되기 때문에 대법원 판결이 내려져도 사형 집행될 때까지는 그대로 미결수다. 사형 집행 시기는 정치적 효과나 정치·사회 정세와의 관계, 본인의 범죄의 개전 정도와 행장(소행), 외부의 진정, 사건의 성격 등을 고려해서 결정된다. 사형수는 집행을 늦추기 위해서 재심을 청구하거나, 개전의 정을 나타내기 위해 종교에 귀의해 열성 신자가 되거나(그런 척 하거나), 안구나 장기를 제공하겠다고 유언을 하기도 한다. 그 사이에 사면, 감형되는 일도 있다. 구치소 안에 떠도는 소문에 의하면 집행되지 않고 10년을 넘기면 감형된다는 말이 있기도 한다. 통일혁명당의 김종태 선생, 인혁당재건위 사건의 하재완 선생 등 8명, 박정희 저격 사건의 재일동포 문세광 등은 대법원 판결 직후에 사형이 집행된 예외적인 케이스다.

사형수는 자살 방지를 위해 수갑을 채워서 손을 자유롭게 쓰지 못하게 하므로, 그 점을 고려해 다른 재소자와 방을 같이 쓰게 한다. 재소자도 사형수에게는 한 수 접고 들어간다. 간수도 "어차피 오래 살지 못할 놈"이라는 생각과 함께, 자포자기 상태로 무슨 짓을 저지를지 모를 사형수 달래기 차원에서 웬만한 일은 너그럽게 봐주는 게 관례였다. 순찰이 안 올 때는 간수가 사형수를 감방에서 내보내줘서 내내 복도에서 빈둥빈둥 시간을 보낸다. 재범자나 사형수는 포승이나 수갑을 푸는 데 숙달되어 있다. 나무젓가락이나 못 하나로 간단히 수갑을 풀어버린다. 그것은 계구해탈(戒具解脫)이라 하여 감옥에서는 중징벌에 해당되는 행위다. 그러나 옥중에서 활개를 치는 거물이 되기 위해서는 수갑을 자유자재로 벗겨낼 정도의 기술이 필요하다. 당국은 이것을 방지하기 위해서 스위스제 특수 수갑이나 미제 자석 수갑을 수입하기도 했지만 재주꾼들은 어떤 수갑도 풀어버렸다.

같은 사형수라도 정치범은 특별히 원칙대로 수갑이 채워져 방 밖을 얼쩡거릴 자유도 없다. 그렇지만 몇 개월간 감옥 생활을 하게 되면 요령이 생겨서 나도 밤에는 대나무 젓가락으로 수갑을 풀고 잠을 자게 되었다. 다만, 원래 잠버릇이 험한지라 담요 밑에 넣은 손이 밖으로 나와서 순찰자에게 수갑이 풀어져 있음을 들키지 않도록 조심해야 했다.

1심이 끝나자 병사 2방에도 몇 명의 환자가 들어와서 합방이 되었다. 보건사회부의 계장과 무역회사의 사장 등이 들어왔다. 어떤 감옥에도 방내 규율이란 게 있다. 감방장은 보통 같은 방의 최고참이 된다. 신입식을 치룬 신입자의 잠자리는 변소 옆이다. 신입이 하나씩 들어올 때마다 복도 창문 쪽으로 잠자리가 옮겨지고, 방내 서열이 올라간다. 방의 또 다른 감투는 '배식'이다. '배식'은 밥을 받고 나눠주고 식기를 씻는 것만이 아니라 방에 들어온 모든 물품과 구매품을 도맡아 관리하기 때문에 경제권을 쥐고 있다.

신입식은 신입자의 신고부터 시작된다. 성명, 주소, 출신지, 전과, 자신의 사건에 대해서 자세히 이야기해서 약식 재판을 받는다. 전과자는 판사와 검사가 무색할 만큼 법률에 밝고, 게다가 판사·검사의 성격이나 특징에 정통하기 때문에, 사건의 이야기를 듣고 "너는 징역 1년 6개월이다" 따위의 판결을 때리면 신기하게도 그대로 맞는다. 신입식이라고 군대식으로 괴롭히거나 기합을 넣기도 하고 마구 때리기도 한다. 이렇게 때리다가 신입이 죽는 경우도 있어서 당국은 신입식을 금지시키고 있지만, 죄수를 통제하기 위해서는 "죄수로 하여금 죄수를 다스린다"는 구태의연한 사고방식을 뿌리 뽑지 못했다.

　방에서는 빵이나 과자 등을 걸고 내기 바둑이나 장기, 윷놀이도 하는데, 거의 잡담을 하며 시간을 보낸다. 무엇보다도 '도둑놈 소리'라고 하는 사건 이야기와 범죄 이야기가 많다. 전과자들은 과장과 윤색을 섞어가면서 구수하게 말을 잘 한다. 세부까지 눈앞에 보일 듯이 묘사하는 이야기가 흥미진진하기도 하고, 도둑놈들에게는 매우 교훈적이며 계발적인 이야기이기도 하다. 그래서 교도소를 '도둑질을 가르치는 곳〔教盗所〕'이라고 말하기도 한다. 감옥 안에서 죄를 뉘우치고 갱생을 하려는 사람을 거의 만나지 못했다. 죄 없이 구속된 사람은 당연히 법과 사회를 원망한다. 전과자는 다음의 성공을 기약하고 실패 요인을 분석·연구하면서 새로운 범죄 구상을 세운다. 매일 시멘트 바닥에 손가락을 문질러 지문을 지우기도 하고, 벽을 치면서 주먹을 단련시키기도 한다. 김지하의 시 「오적」에서 통렬히 풍자했듯이, 권력을 찬탈한 독재자나 악랄한 재벌, 부패 관료 등이 사회를 지배하는 한 "큰 도적이 작은 도적을 잡아들인다!"라는 조롱을 피할 수가 없다. 판사도 검사도 변호사도 경찰도 "다 도둑놈이다!"

　병사 2방도 거의 '나이롱환자'였는데, 어느 날 진짜 환자가 들어왔다. 함바(노무자 합숙소)에 살면서 막벌이를 하다가 고참과 싸우고 팔이 부러져 오른팔에 기브스를 하고 있었다. 팔을 부러뜨린 고참은 돈을 써서 석방이 되고, 팔이 부러진 그만 투옥되었다. 그는 밤색 곱슬머리에 흰 피부의 다부진 체격의 청년으로, 경상남도 산골 마을에서 여덟 형제의 막내로 태어나 국민학교(초등학교)밖에 나오지 못했다. 포병으로 베트남에 파견되었다가 무사히 귀국했지만, 직업이 없어서 서울에 와서 공사장 함바를 전전했다. 베트남에 갔다 오면 돈을 벌 수 있다고 들었기 때문에 갔는데, 미국에서 지급된 급료의 반 이상은 정부가 가로챘고 나머지는 가족에게 송금했다. 빽 있는 자들은 TV나 카세트 라디오, 카메라 같은 것들을 가지고 귀국해서 돈을 벌었지만, 그와 같은 가난한 졸병은 고작 레이션 박스(미군의 야전용 식량 상자) 몇 개가 고작이었다. 구치소에 들어왔지만 먼 시골에서 면회 오는 사람도 없고 보내오는 돈도 없었다. 입고 있는 내의 말고는 아무 것도 없는 그에게 나는 갈아입을 옷과 세면도구를 주었다. 그는 돈이 없는 것이 미안했는지, 부자유스럽지만 한쪽 손으로 방 청소와 허드렛일을 하려고 했다.

병사 2방에 들어온 지 조금 지나 익숙해질 즈음에 그가 나에게 물었다. "어떻게 해서 이 지경이 된 겁니까?" 내가 간추려서 이야기를 하자 "내 피부를 드릴 테니까 수술 받고 치료 잘 해주이소"라며 자신의 허벅지를 내보였다. "고맙지만 남의 피부는 거부 반응을 일으켜서 이식이 안 돼요"라고 하자, 그는 고개를 숙이고는 닭똥 같은 눈물을 뚝뚝 흘렸다. 사회에서 남들처럼 떳떳하게 살아보지도 못하고, 베트남 파병이라는 군사독재정권의 투기적 정책에 의해 목숨을 걸고 베트남까지 보내졌던 박복한 청년이 이렇게 순박한 인정을 갖고 있었다.

검찰의 비둘기장(대기소)이나 감옥의 벽에는 "유전무죄, 무전유죄"라는 글씨가 여기저기 씌어 있다. 이것은 권력의 부패에 대한 분노와 이유 없이 투옥된 가난한 민중의 한을 담아 오래전부터 민중 사이에서 회자되던 말이다. 가마니 넉 장을 훔쳐 잡혀온 14살의 소년, 이웃 사람에게 침을 놓다가 잡혀온 노인, 임금을 못 받아 데모를 했다고 투옥된 노동자……, 모두 한과 분노가 쌓인 사람들이었다. 돈이 없는 사람에게는 "감옥 문은 일곱 개인데 나가는 문은 하나"지만, 돈이 있는 사람에게는 "감옥 문은 하나인데 나가는 문은 일곱 개"라고 한다. 돈이 있으면 불기소, 선고유예, 집행유예, 금(金)보석, 병(病)보석, 형집행정지, 가석방, 특별사면 등 나가는 방법은 여러 가지다.

전과 몇 범의 상습법이라도, 아니 그들이야말로 서럽게 살아온 이야기가 많다. 이철이라는 전과 6범의 상습절도범이 병사 2방에 들어왔다. 애인이 면회 중에 헤어지자는 이야기를 꺼내자 화가 난 그는 면회실 유리창을 박살내고 자기 손가락을 잘랐다. 새끼손가락 뼈가 하얗게 드러나 있었다. 그는 고아였으며, 어릴 때부터 범죄자들 속에서 컸다. 주민등록도, 호적도, 진짜 이름도 없고, 정확한 자기 나이도 모른다. 그는 법 테두리 밖에서 살고 있었다. 서른 살 안팎인 그의 몸은 잘 단련되어 날쌨고 이글거리는 눈은 이리와 같은 야생의 모습이었다.

어느 날, 그가 방 한쪽에서 등을 돌린 채 뭔가를 하고 있었다. 간병부가 이상하다 생각하고 들여다보니, 운동할 때 마당에서 주워온 유리조각으로 흔들거리는 자기 새끼손가락을 잘라내려 하고 있었다. 바닥에 피가 흥건했다. 간병부가 사색이 되어 그를 말리며 간수를 부르자, "내버려 둬! 어차피 못 쓸 손가락이다. 돌팔이 의사에게 잘라 달라고 몇 번이나 말해도 해주지 않으니까 내가 하는 거라니까!"라며 미칠 듯이 화를 냈다. 혼수상태에서 손가락이 잘린 나조차도 무서운 고통에 떨었다. 야쿠자가 예리한 비수로 단칼에 손가락을 잘라내도 까무라칠 정도로 고통스럽다는데, 그것을 신음소리 하나 내지 않고 유리로 쓱쓱 썰고 있었다.

그는 교도관에게는 짐승처럼 사나웠고, 방안의 나이롱환자들을 찌뿌듯한 눈초리로 의심스럽게 보았지만, 내게는 예의 바르고 친절했다. 감옥 생활의 기억니은을 가르쳐준 것도 그였다. 형이 확정되어 이송 갈 날이 가까워진 어느 날, 그는 머리를 빡빡 밀고 방에 돌아왔다. "이것으로 깨끗이 빵 살 각오가 되었으니깐, 뭐. 도둑놈은 빨리 도둑놈들과 함께 살아야지." 이송 날에는 인사도 없이, 뒤돌아보지도 않고 휭하니 가버렸다. 사람들의 값싼 동정이나 눈물을 뿌리치고, 아무도 믿지 않고 살아가려는 뒷모습이었다.

구치소에는 감옥 전도(傳道)를 위해서 각 종파에서 목사나 신부, 승려가 왔다. 특히 사형수의 정서 안정과 위문을 위해서 개별 교회(敎誨)를 했다. 10월 어느 날, 장로교의 목사가 나 혼자 있는 방에 들어왔다. 무릎을 꿇고 안경을 벗고는 혼자서 찬송가를 부르고 기도를 했다. 그 후로도 몇 번이나 와서 성서를 읽고, 기도하고, 이야기를 했다. 목사의 이야기 중에 "감옥 생활도 당신 인생의 일부입니다"라는 말이 가슴에 남았다. 당연한 일이지만 감옥 생활은 국가폭력에 의해 강요된 것이어서 무의미한 시간이라고 생각할 수도 있다. 일반수는 방 벽에 달력을 새기고 만기 날까지 하루에 하나씩 날짜 위에 가위표를 그려서 지워나간다. "하루를 깬다"고도 하고 "시간을 죽인다"고도 한다. 나는 사형선고와는 관계없이, 내 인생은 이제 다 끝났다고 생각하고 있었다. 살아서 다시 하늘을 우러러볼 전망도 없었다. 그러나 살아 있는 한, 감옥 안이나 감옥 밖이나 살아 있는 시간은 내 인생의 일부이며 시간의 가치도 다르지 않은 것이다. 나로서는 감옥에서도 의미 있게 살 자신이 없었다. 그러나 감옥 안에서의 시간도 바깥에서와 마찬가지로 의미 있게 살지 않으면 안 되는 내 인생의 일부였다.

정치범

현대 행형(형의 집행) 정책에서는 죄수를 교화하기 위해서는 범죄의 성격과 사회적 배경에 따라 죄수를 분류하고, 그에 따라 죄수에게 개별적인 처우를 해야 한다는 생각이 유력하다. 그러므로 감옥에서는 죄수를 여러 범주로 분류한다.

크게는 '파렴치범', '과실범', '확신범'으로 나누는데, 앞의 둘은 일반 수이다. '확신범'이란 '도덕적·종교적 혹은 정치적 확신에 기초한 범죄'를 말한다. '확신범'은 '좌익확신범'과 '좌익확신범 아닌 확신범', '종교적 확신범'으로 나뉘는데, '종교적 확신범'을 제외한 확신범이 '정치범'이다. 결국 정치적 동기로 인해 현행법에 위배된 자를 '정치범' 또는 '국사범'이라고 하는데, 국사범이란 '국가의 정치적 질서를 침해한 범죄자'이다.

한국에서는 정치범의 의미가 다양하고 사람에 따라 차이가 있다. 대개는 반국가적, 반권력적, 반정부적 신념이나 동기에 기인하는 행위로 구속된 모든 재소자를 가리킨다. 그 속에는 쿠데타나 정치인 암살을 도모한 군인, 경제권을 위해 싸우다 노동 관계법규에 저촉되어 잡혀온 노동자, 생활권을 주장하며 강제퇴거나 토지수용에 반대해서 싸운 도시빈민이나 농민도 있다. 주로는 국가보안법, 반공법, 집회·시위에 관한 법률, 출판법 등에 저촉된 반국가사범, 반정부사범들이다.

반국가사범은 1980년대에 들어서 '공안사범'이라고 불렸지만, 대개는 국가안보법 위반자로 좌익수, 사상범이라고도 했다. 반정부사범은 나중에 '공안관련사범' 또는 '시국사범'으로 분류되어, 같은 국가보안법 위반이라도 학생들처럼 동기가 '순수'하면 여기에 포함되고 그 외 정치가, 종교인, 지식인, 노동자, 농민, 빈민 등 이런저런 현실을 비판해서 잡힌 반정부적인 사람들이 이에 해당된다. 1980년대 후반까지 '재야·운동권'*에서는 주로 시국사범을 '양심수'라고 했지만, 그 후에 공안사범까

• 재야·운동권: 재야세력(재야인사)이란 의회정치 밖에서 민중에게 직접 호소한다든지,

지 포함하게 되었다. 요컨대 국가보안법 위반인가 아닌가가 공안사범과 시국사범의 대략적인 구별의 기준이 되었다. 동기의 '순수함'을 증명하거나 주장할 힘도 빽도 없고 이름도 없는 가난한 서민도 공안사범에 들어갔다.

인간의 작품

1972년 1월, 나는 눈·입·귀·손의 기능 회복 수술을 위해 국군수도통합병원에 재입원했다. 구치소 병사에 있던 나이롱환자들의 경우, 정식 재판이 끝나기 전에 병보석이나 금보석으로 출소하면 대개 다시 되돌아오지 않고 그대로 사건이 흐지부지되고는 했다. 그래서 병사에 있던 사람들은 "일단 나가기만 하면 그것으로 끝난 거야. 축하합니다"라며 제각기 축하해주었다. 그러나 내 경우는 달랐다. 당장 감옥 생활이 유예되었다는 안도감과 오그라들며 불편해지는 눈과 입과 손을 수술하게 되었다는 이점은 있었지만, 그래도 결국 반드시 감옥으로 되돌려질 것이라고 생각했다. 돌이켜보면 내가 입원을 할 수 있었던 것은, 일본사회의 큰 관심과 인도적 처리를 촉구하는 여론 덕이었다. 동시에 보안사로서는 2심에서 준식과 분리 재판을 해서 내 재판을 늦추고, 그에 따라 국제적 관심

민중을 조직해서 정치운동을 하는 사람들을 이른다. 독재정권은 정적을 없애기 위해 정치정화법 등의 명목으로 김대중 씨와 같은 정부에 비판적인 사람들의 정치운동을 금지하고 의회를 어용화했기에 자연히 제도정치의 틀 밖에서 재야운동이 형성될 수밖에 없었다. 재야운동은 70~80년대의 민중의 목소리를 대표하는 양심적 비판자로서 커다란 역할을 했다. 80년대에 형성된 운동권은 반독재 민주화 투쟁에서 한걸음 더 나아가 반제민족해방, 노동계급해방까지 시야를 넓혀갔다.

과 여론을 분산시키고 희석시킬 계산이 있었다. 역공작을 펴서 잘만 되면 다른 사건을 날조해 반공심리전에서 이용하려 했다고 생각된다.

1971년 10월의 1심 구형 전, 보안사 요원들은 나와 어머니를 시내의 식당에서 만나게 했다. 그때 보안사는, 우리들 형제의 석방을 계획하고 있으니 그 대신에 "일본에 가서 두 번만 반공 연설을 하라"고 제안했다. 우리 형제의 사건을 계기로 일본 동포와 일본 국민 사이에 일어난 박정희에 대한 강도 높은 비난을 가라앉히고 정권의 정당성을 주장하고자 한 것이다. 입원 후에도 "누구 수상한 놈의 이름을 대라!"든가 "반공 강연을 해!"라는 공작이 계속 이어졌다.

1971년 1월에 '수도육군병원'은 육·해·공을 합친 '국군수도통합병원'으로 확대개편 되었고, 1년 후인 1972년 1월에 김포공항 가까운 등촌동으로 옮겨졌다. 병원은 야산을 헐어서 신축되었고, 최신 설비를 갖추었다. 중앙으로부터 네 갈래로 가지를 치는 십자꼴 5층 건물이었다. 나는 3층에 신설된 성형외과 306호실에 들어갔다. 병실은 4평 정도로, 침대 하나는 내가 사용했고 또 하나는 경비를 맡은 보안사 특수부대 609부대원이 교대로 와서 가면(假眠 : 임시로 수면을 취하는 것)을 취하는 용도로 사용했다. 처음에는 경비가 엄했지만 점점 느슨해져서 병원 안을 걷거나 지하 식당에서 우동을 먹기도 하고, 소나무 숲을 산보하거나 옥상의 휴게실에서 커피를 마시기도 했다.

병원은 구치소보다는 융통성이 있어서 어머니와 여동생 영실이 면회를 오면 2~3시간이라도 앉았다가 갈 수 있었다. 고등학교에 입학한 지 얼마 되지 않은 영실은 사건이 일어난 뒤 1년쯤 되는 3월 초에 병원에 면회하러 왔다. 교복을 입은 작은 몸매의 영실이 병실로 들어왔을 때, 아침 햇살이 들어오듯 산뜻하고 앳되어 보였다. 병원에서의 식사는 군대식이

긴 했지만, 경비병들이 고기나 생선 등 먹을 만한 반찬이 나오면 우격다짐으로 빼앗아 받아왔기에 그리 나쁘지 않았다. 그럼에도 어머니는 면회 올 때마다 시장에 들러서 맛있는 반찬이며 빵과 과자 등을 사다 주셨다. 오전에 왔다가 면회 시간이 끝나는 5시까지 어머니는 매번 함께 식사를 하고, 피곤한 몸을 침대에 기대어 낮잠을 자면서 옛날 일이나 가족의 일, 일본에서의 일 등을 재미있게 이야기해 주셨다. 지금 생각해보면, 어머니는 다섯 자식을 키우면서 공장 일에, 종업원들의 월급까지 신경 쓰느라 언제나 바빴다. 자식들이 커서 어머니에게 조금 여유가 생길 즈음에는 내가 동경에 갔고, 다시 또 서울대학교에 가느라 집에 자주 들르지 않았으니 언제나 엇박자였다. 어머니와 아들이 차분히 이야기할 기회를 가진 것은 얄궂게도 군병원에 잡힌 몸이 되어서였던 것이다.

어머니는 힘들고 고달픈 상황에 처할수록 긍정적이고 강하게 살려고 했다. 어느 날 어머니가 "요즘에 아라시야마(嵐山 : 일본 교토의 명승지. 우리집이 있는 곳)의 강을 막아 만든 수영장에서 수영을 배우고 있단다. 자전거도 탈 수 있게 되었어. 먼 데까지는 못 가지만 슈퍼 정도는 자전거 타고 갈 수 있다"라며 방긋 웃었다. 키가 작고 통통하게 살도 찐 어머니가 수영을 하고 자전거를 타는 모습을 상상만 해도 우스웠다. 쉰 살이 되어서 새로 무얼 배운다는 것은 결코 쉬운 일이 아니다. 몇 번이나 자전거에서 떨어지고 넘어졌을 것이다. 슬픔을 이겨내기 위해서라도 적극적으로 살려고 하는 어머니의 생활의 한 단면을 엿보며, 나는 신선한 충격을 받았다.

1972년 3월, 과장실에 있던 거울로 내 얼굴을 처음 봤다. 붉고 검은 용암이 굳어진 것 같은 얼굴에는 눈썹도 없었다. 오른쪽 눈은 당겨지면서 빨갛게 충혈이 되어 있었다. 죽을 위장으로 흘려보내기 위해 호스를 찔러 넣은 오른쪽 콧방울은 무너져 내려앉아 있었다. 사람들이 무서워하겠구나. 그러나 나에게는 별다른 충격도 비감도 없었다. 이미 생사의 경계를 몇 번이나 헤맨 데다, 용모 따위에 신경을 쓰기엔 내 상황이 너무나 무거웠다.

입을 넓히기 위해서 코 밑에 오른쪽 옆구리의 피부를 두껍게 잘라내어 이식했다. 얇게 뜬 피부는 오그라지기 때문이었다. 화상 입은 머리를 온통 붕대로 감았었는데, 타다 녹은 귀도 함께 붕대로 감았기에 머리에 붙어버린 귀를 떼어내서 귀의 모양을 만들어야 했다. 귀에는 무른 뼈 대신 실리콘을 넣었다. 귀라기보다는 안경을 걸치는 돌기라고 하는 편이 맞을 것이다. 성형외과 의사가 "귀는 신의 작품"이라고 했다. 그만큼 섬세하고 복잡해서 만들기 어렵다는 말이었다. 병원에서 귀 재건 수술을 받은 몇 명의 군인을 보았지만 모두 밀가루를 이겨서 붙인 것처럼 조잡했고 아름답지 않았다. 내 귀에 넣은 실리콘은 10개월 후 감옥에서 난 상처에 고름이 잡히면서 튀어나와버렸다. 엉겨붙어버린 오른손은 한 해 전에 수술해서 펴긴 했지만 불충분했다. 가슴 아래 명치 부분의 피부를 두껍게 떼어내어 손바닥에 이식했다.

입원 중, 수술을 위해서 전신마취를 다섯 번, 부분마취를 열 번 정도 했다. 빈번한 수술로 체력이 약해져서 마취 부작용이 커져가고 있었다. 왼손 수술을 할 때는 마침 어머니와 누이 영실이 면회 와 있었다. 수술을 마치고 방에 돌아오다가 복도에서 위 속에 남아 있던 녹색의 마취약을 고래처럼 뿜어냈다. 온몸에서 식은땀이 왈칵 솟으며 몸이 하얗게 차가워져버렸다. 병실에서 페니실린 쇼크로 의식을 잃었던 때와 이때가 가장 위험했다. 어머니와 영실은 그날 특별허가를 얻어 밤새 간병해주었다.

베트남전쟁의 악몽

내 병실 옆은 성형외과의 대형 병실로 50명 정도의 환자가 있었다. 38선 부근 전선 근무를 하다가 지뢰를 밟고 발목이 떨어진 병사, 백 몇십 개의 크레모아 지뢰 파편이 얼굴에 박힌 준위, 총을 입에 물고 자살을 하려다 실패해서 턱이 날아가버린 신병, 눈이나 귀, 손과 발이 없어진 군인들, 모두 민족분단의 군사 대결로 생겨난 희생자였다. 베트남전쟁에서 부상을 입고 돌아온 병사들도 많았다.

베트남전쟁은 미국 사람에게는 아직도 패배의 굴욕에 치를 떠는 악몽이다. 게다가 약자를 괴롭혔던 더러운 전쟁으로, 미국의 오래된 아름다운 청교도적 도덕의 허구성이 낱낱이 폭로된 전쟁이기도 하다. "한국에게 베트남전쟁은 무엇인가" 하는 질문을 몇몇 선구적 문학작품이 용감하게 제기하였지만, 그러한 의문조차 군사정권은 금지하고 탄압하였다. 베트남전쟁은 전쟁 개시 후 15년이 되는 1975년에야 비로소 공개적으로 다루어졌다. 베트남 파병 국군 전사자 수는 대략 1,600여 명이라고 공표되었다. 한국군의 베트남 참전 이야기가 TV 드라마가 되었고, 고엽제 후유증 문제가 신문 지상을 장식하였다.

그러나 그것조차 가혹한 전쟁과 그곳에서 한국 병사가 받은 상흔에만 시선이 가 있었고, 한국군이 베트남에게 가한 비인도적이고 비도덕적인 전쟁의 범죄나 만행에 대한 반성이나 책임은 거론하지 않았다. 거기에는 밟은 발보다 밟힌 발이 더 아프다는 식의 인지상정도 있었고, 곤궁에서 벗어나기 위해 과거에 자기 나라를 침략한 나라에게 침략 책임을 묻지 않은 채 어떻게 해서라도 자본 도입을 하려는 베트남의 딱한 현실도 있었다. 격동의 역사를 경험한 한국인들의 전쟁 불감증도 있겠지만, 한국인 중에는 "베트남전쟁은 미국의 전쟁이었으니 한국에는 도덕적 책임이 없다"고 보는 감정도 있는 듯하다. 미국은 불의의 전쟁을 호도하기 위해 많은 나라의 사람들을 반공십자군의 용병으로 내몰았다. 그런 의미에서 한국 민중도 피해자이다. 그러나 명령하는 자와 명령받는 자의 책임과 윤리 문제에 대해서 이미 많은 논의가 있듯이, 미국이 명령했다 할지라도 한국은 그것을 따랐을 뿐만 아니라 적극적으로 추진한 것이 사실이다. 베트남에 대한 한국의 책임과 베트남과 한국 민중에 대한 한국 군사정권의 책임도 분명하게 밝혀야만 할 것이다.

큰 병실에는 청룡부대로 알려진 베트남 귀환 해병대원만도 10여 명 있었다. 병실장(病室長)은 뺨의 상처로 인해 입이 비뚤어진 해병대 김병장이었다. 해병대를 '개병대'라고 부르는 것은 난폭해서 사람들에게 미운 털이 박혀 있기 때문이다. 1980년 광주학살 이후 악명을 공수부대에게 빼앗겼지만, 그 이전에는 가장 야만적이고 사납다고 자타가 인정하는 바였다. 김병장은 실장의 권위를 지키기 위해 거들먹거리기도 했지만, 개인적으로는 성격이 밝고 남을 잘 돌봐주는 착한 젊은이였다. 그러나 가끔은 군기를 잡는다며 해병 환자를 집합시켜 기합을 주고 근성을 단련시켰다. 일본군에서 국군으로 맥을 이어온 끔찍한 전통이었다. 침대에서 움직이지 못하는 환자마저도 전우에게 업혀 한 줄로 정렬한 후 고참의 줄 빳다를 감사히 받지 않으면 안 되었다.

해병대의 어느 상병은 베트남에서 대포 파편에 머리를 맞아 머리 왼쪽 살이 확 날아가서 하얀 해골 뼈가 드러나 있었다. 거기에 살과 피부를 이식하는 것은 상당히 어려운 일이었다. 먼저 허벅지 피부를 장방형으로 긋고 한쪽 끝을 허벅지에 붙인 채로 두껍게 떴다. 그 살을 대롱처럼 길게 말아 봉합해 소시지처럼 피부관을 만들고, 그 한쪽 끝을 팔에 꿰매 붙였다. 3주 정도 지나 모세혈관이 이어져서 팔에 붙으면, 허벅다리에 이어진 끝부분을 잘라서 흰 뼈가 보이는 두피 가장자리에 잇는다. 그것이 정착하고 나면 이번엔 팔에 연결된 피부관을 잘라서 피부조직을 넓게 펴서 머리뼈를 덮는다. 이렇게 어렵게 작업하는 이유는, 피하지방과 근육조직이 붙은 두꺼운 피부를 그대로 이식하면 혈액이 피부 조직에 돌지 않아 이식한 피부가 죽어버리기 때문이다. 피부의 한쪽 끝을 통해서 혈액순환이 늘 확보되지 않으면 안 되기 때문에, 허벅지에서 팔, 팔에서 머리로 피부관을 이동시켜가며 상당히 부자연스런 자세로 6~7주 정도를 참아야 한다.

기브스를 해서 붕대로 칭칭 동여매어 고정시켰지만, 사병은 밤중에 베트남전쟁의 악몽에 시달리다 "으앗!" 하고 비명을 지르며 힘껏 피부관을 당겨 찢어버리고 말았다. 이것으로 세 번째라고 했다. 허벅지에는 더 이상 이식할 피부조차 남아 있지 않았다.

7·4 남북공동성명

1972년 7월 4일, 이후락 중앙정보부장은 TV에 나와 가면처럼 무표정한 얼굴로 역사적인 '7·4 남북공동성명'을 발표했다. 1971년 8월부터 남북 적십자사 간에 접촉이 이어졌지만, 이제까지 북한이 주장해왔던 '자주·평화·민족대단결'이라는 남북통일의 3대 원칙을 남·북 정부가 합의할 거라고는 아무도 예측 못했다. 60년대 후반부터 남북 군사 긴장이 고조되면서 전쟁 위기가 눈앞에 다가오는 것 같았다. 남과 북은 이데올로기, 가치관, 정권의 정통성, 사회경제적 시스템 등에서 물과 기름이었다. 미국 CIA의 충실한 앞잡이로 널리 알려진 냉혈한 이후락이 평양을 방문하여 김일성 주석과 악수를 한 것은 하늘이 놀라고 땅이 뒤집어지는 일이었다.

어제까지도 금기어였던 '통일'이 공공연히 이야기되었다. 그날의 충격과 흥분을 지금도 잊을 수 없다. 병실에서 함께 TV를 보던 보안부대원들도 당혹감을 감추지 못하는 것 같았다. "이것으로 서형도 석방되겠죠"라고 말했다. 내 마음도 희망의 등불로 밝아지는 것 같았다.

'7·4 남북공동성명'은 동상이몽의 산물이었다. 북한의 입장에서는 통일에 대한 기본강령인 '자주·평화·민족대단결'의 주장이 받아들여지고, 한반도에서 미국의 정치적·군사적 영향력을 배제하는 오랜 숙원이 이루어지며, 민족통일을 위한 통일전선 형성의 좋은 기회라고 생각했을 것이다.

60년대 후반부터 내외적으로 베트남전쟁 반대 운동이 고조되고 방대한 전쟁 비용이 경제에 부담을 가중시키자, 미국은 1969년 '아시아인에 의한 아시아의 전쟁'을 내건 '닉슨 독트린'을 발표하고, 아시아에 대한 직접 개입을 축소할 방침을 밝혔다.

한국의 입장에서는 베트남전쟁에서의 미국의 패배와 중·미의 '상하이 성명'에 의해 명확해진 국제정치의 다극화라는 새로운 정세에 대응하지 않으면 안 되었다. 미국에 예속되어왔던 한국으로서는 눈앞에 닥쳐온 미국의 베트남 철수가 남의 일이 아니었다. "지붕에 올려놓고 사다리를 치우는 꼴"로 언제 미국으로부터 버림받을지 모른다는 강한 위기감에 휩싸였다. 안으로는 유신체제라는 준전시체제의 강력한 독재를 펼치면서, 1973년에 공산국에 대한 문호개방을 표방한 '6·23 대공산권 문호개방선언'에서 밝혔듯이 밖으로는 상대적으로 강한 외교적 재량권을 필요로 했다. '7·4 남북공동성명'은 이 목적을 위하여 친미·반공 군사정권이 스스로의 가치관에 반하는 '자주·평화·민족대단결'이라는 원칙에 동의함으로써 민중의 절실한 통일 염원을 정권 안보를 위해 이용한 권모술수였다는 견해가 있다.

1961년, 5·16 쿠데타 직후에도 정치적 기반이 불안정했던 박정희는 밀사를 북에 보내 협상카드를 내보이며 대북관계의 안정을 도모한 적이 있다. 권모술수설을 뒷받침하는 자료는 많다. 내부로는 반공의식의 동요가 두려워서 반공교육의 강화를 지시하고, 북을 적대시하는 국가보안법과 반공법은 티끌만큼도 바꾸지 않았다. 남북조절위원회의 북한 대표가 서울에 왔을 때 '평화통일 만세!'라는 플래카드를 들고 환영하러 나간 사람이 반공법 위반으로 체포되었다. '7·4 남북공동성명'이 발표되자 옥중의 정치범은 석방을 기대하며 흥분했다. 그러나 오히려 무참히도 서울구치소에 있던 김규남, 박노수, 정태묵, 김질락 등 사형 확정 정치범 18명은 한 달 만에 모두 사형이 집행되었다.

유신 감옥

10월 17일 계엄이 선포되고, 미리 준비된 유신체제로 돌입했다. 25일에 나는 서울구치소에 재수감되었다. 이번에는 병사가 아니라 옛 10사동 아래층(10사하)의 남쪽 맨 끝 구석방 17실이었다. 1.46평의 방에는 '고령자 방'이라는 팻말이 붙어 있었다. '고령자 방'에는 경로국가답게 60세 이상의 나이든 이들을 수용하고, 간수도 비교적 관대하게 봐주었다.

계엄령을 선포하고 닥치는 대로 잡아넣으니, 평소 4천 명 정도 수용하던 서울구치소가 1만 명이 넘는 수용자로 넘쳐났다. 내 방도 처음에는 5명이었다가 8명이 되었다. 1관구에는 1.7평 정도의 방에 12~13명을 밀어 넣었다. 칼잠을 잔다 해도 2~3명은 누울 틈이 없어서 변소에 쭈그리고 앉아 있다가 누군가 변소에 가느라 일어나서 빈틈이 나기만을 기다렸다. 밤중에 변소에 가려고 공간이 비면 금방 다른 사람이 잠자리에 비집고 들어가니 다시 잠자리를 만들기란 거의 불가능했다. '칼잠'이란 최대한 많은 사람들이 눕기 위해, 한 사람씩 눕는 방향을 어긋나게 하여 모로 눕는 것을 말한다. 즉 머리, 발, 머리, 발 순서로 눕는 것이다. 그러니 누우면 바로 코앞에 옆 사람의 발이 와 닿는 매우 비상식적인 상황이 벌어지지만 어쩔 수 없다.

10사에는 변소가 없어서, 높이 1m 정도로 허리만 가리는 가림판을 둘러친 변기통이 방의 구석에 있었다. 내 방에 있는 것은 단무지통 같은 나무통이었지만, 일반적으로는 새우젓 독을 사용했다. 옛날 마포 새우젓 장수가 지게에 등짐을 지고 팔러 다니던 새우젓 독은 가늘고 긴 데다 바닥이 좁고 주둥이가 바닥보다 넓어서 거기에 앉아 용변을 보려면 극도로 위태로웠다. 분뇨는 매일 아침 손수레에 실은 탱크에 모아서 실어 날랐다. 내 방 옆에는 계단이 있었는데, 2층까지 길어 올리는 물로 젖어서 언제나 미끌미끌했다. 아침에 2층에서 똥이 넘쳐나는 새우젓 독을 가지고 내려오다가 미끄러져서 독이 깨지는 바람에 계단에서 아래층 복도까지 똥바다가 된 적도 있었다. 게다가 가끔씩 변기통이 넘치면 2층에서 오줌을 식기에 받아 창밖으로 뿌리기도 했다.

물 문제는 심각했다. 방에는 한 말 들이 주전자가 있어서 식사 때 주는 온수를 담아 두었다가, 마시는 물, 설거지, 양치질, 청소에 썼다. 물이 귀해서 청소부는 물을 몰래 팔기도 했다. 여름에는 작은 대야 하나에 500원씩 받고 팔았다. 당시 여성 노동자의 월급이 5,000원 정도였으니 몹시 비싼 물 값이었다.

세수는 아침에 사동 입구 복도에 붙어 있는 세면대에서 했다. 수도꼭지가 10개 정도 있어서 줄을 서서 10명씩 수도 앞으로 갔다. 세면대 위에 올라 선 '지도'가 한 손에 몽둥이를 들고 "하나, 둘, 셋"을 세는 사이에 재빨리 얼굴을 씻고 다음 줄과 바꾸지 않으면 안 되었다. 어쩌다 꾸물대거나 머리를 감았다가는 바로 머리 위에 버티고 서 있는 '지도'가 군홧발로 인정사정없이 머리를 걷어찼다. 마치 영화에서 본 노예선과 같았다.

목욕은 한 달에 한 번이나 두 번 하도록 되어 있었지만, 제대로 씻어 본 적이 없었다. 내 방은 '고령자 방'이어서 담당이 가끔 물을 여유 있게 주었다. 그럴 때는 몸을 닦는다든지 밥그릇 두 개 정도 되는 물로 머리를 헹궈내는 정도였다. 더러워진 물과 먹다 남은 음식은 변기통에 넣으면 곧 넘치기 때문에 바닥의 마루 틈으로 흘려보냈다.

일제강점기에 지어진 감옥은 빨간 벽돌과 두꺼운 나무로 만들어져서 단단함 그 자체였다. 백두산에 이어진 원시림에서 아낌없이 베어낸 나무는 뗏목으로 압록강을 따라 서해를 건너 서울로 운반되었다. 문도 마루도 절망적이리만치 튼튼했다. 그 나무 틈 깊이 빈대가 박혀 있다가 밤이면 밤마다 출격하는 게 골칫거리였다. 줄줄 벽을 타고 내려오는 빈대를 손가락으로 눌러 으깨어 잡으면, 표현하기 어려운 역겨운 비린내가 퍼졌다. 벽에 짓눌러 죽인 빈대의 핏자국들이 억새를 그려놓은 병풍 그림 같았다. 하수도 구실을 하는 마루 밑에는 쥐가 들락거리며 활개를 쳤다.

빵잽이(죄수)들은 못 느끼지만 감옥 냄새라는 게 있다. 어느 정도 깨끗하게 청소를 하고 매일 냉수마찰을 해도 사내의 냄새랄까 죄수의 냄새랄까, 고이고 갇힌 찌든 냄새가 난다. 모든 악취의 앙상블이랄 수 있는 구치소의 냄새다.

간수는 매일이다시피 누군가를 어둑한 사동의 복도로 끌어내어 꼰 포승줄로 후려쳤다. '떡치기'라고 일컬어지는 때리는 소리와 죄수의 비명 소리가 음침한 사동을 더욱 더 음울하게 했다.

방에는 이런저런 사람들이 출입했다. 간통죄로 들어온 육곳간(정육점) 아저씨, 무면허 침구사, 싸움하다 잡혀온 요리사, 밀수로 들어온 선원, 늙은 절도 상습범 등등. 좁은 방이라 별로 할 일이 없어서 저마다 이바구(이야기)를 하며 무료를 달랬다. 시간 죽이기 이야기 속에서도 민족분단의 두 얼굴을 엿볼 수 있었다.

상반된 통일의 염원

김대식 씨는 국유림 사기범으로 들어왔지만 억울하다고 했다. 그는 경기도 광릉에 있는 임업시험장의 소장이었다. 몸집이 큰 김씨는 중풍으로 발을 약간 절었지만 백발의 온후하고 성실해 보이는 신사였다. 일제강점기에 고향인 평안북도 영변농학교를 마치고, 영림서(營林署)의 산림간수가 되었다. 일제강점기의 산림간수는 단검을 허리에 차고, 사법경찰권을 가지고 있는 등 권한이 컸기 때문에 사람들에게 두려움의 대상이었다. 여느 전통사회와 마찬가지로, 조선에서도 농촌 공동체에는 '입회권'이라 해서 산림에서 나뭇가지나 낙엽을 거두어 장작이나 연료를 얻는 관습적 권리가 있었다. 그러나 일제는 1911년 '조선 산림령'을 발포하고, 1918년부터 시작된 '조선 임야조사'를 통해 전체 임야 1,600만 정보 중 1,120만 정보를 빼앗아 일제의 소유지로 했다. 그리고 이를 지키기 위해 무장한 산림간수를 배치해 나뭇가지 하나라도 자르면 투옥하는 등 가혹하게 단속했다.

농민의 고통을 아는 김대식 씨는 대개는 못 본 척하였기에, 우는 아이도 울음을 그친다는 산림간수 중에서는 인심을 잃지 않았던 편이었다. 해방 후 친일분자 숙청과정에서도 무사히 넘어가고, 승진에 한계가 있긴 했지만 임업 기술자로서 일도 할 수 있었다. 한국전쟁에서 미국이 북한에 원자탄을 떨어뜨린다는 소문이 돌자, 김씨의 아버지는 외아들에게 가계(家系)를 이으려면 살아남아야 한다며 남으로 내려가라고 명했다. 잠깐의 이별이라 생각하고 38선을 넘은 게 20년이 되었다. "어떻게든 고향에 남았더라면 효도라도 했을 것을……, 아직 살아 계신다면 남북회담이 잘 된다면 얼굴이라도 뵐 수 있으련만. 남으로 내려와서 감옥에 들어와 욕된 인생에 불효자식이 되고 말았네"라며 긴 한숨을 쉬었다.

쿠데타로 군인이 정권을 잡자, 그것을 정당화하고 정권 찬탈의 사실로부터 민중의 눈을 돌리기 위해 '혁명'이니 '사회 정화'니 '정의 실현'이니 하면서 인기몰이 캠페인을 펼쳐나갔다. 애매한 송사리나 잡히고 죄 없는 서민만 혼나고, 태풍이 지나면 다시 독초가 무성했다.

1972년에도 '유신'이다 '계엄령'이다 하며 죄 없는 사람을 닥치는 대로 잡아들였다. 그즈음 두부에 석회를 집어넣어 굳힌 일이 신문에 보도되어 떠들썩했다. "먹을 것에 석회를 넣다니, 두부장수를 종로 사거리에 끌어내어 총살시켜라!"고 사람들이 흥분했다. 그러나 원래 두부 응고제로 간수나 석회를 쓴다. 내가 알기로는 석회 쪽이 역사가 오래다. 조선에서도 오래전부터 사용하고 있었고, 중국에서는 보다 더 널리 사용되고 있다. 군사정권은 사회정의의 수호자인 양하며 사람들의 무지를 부채질해 두부장수를 투옥하고 불량식품 추방 캠페인을 대대적으로 펼쳤다.

내 방에는 우일식품 사장이 들어왔다. 우일식품은 육포, 생선포 등을 만드는 작은 공장이었다. 그는 쥐포를 대구포라고 팔았다는 혐의로 잡혀왔다. 내용물 부정 표시였다. 그런데 검사가 이것을 조사하면서 쥐포

78

를 쥐고기라고 발표했고, 그것이 신문에 크게 보도되어 대소동이 일어났다. 쥐치는 쥐와는 무관한 물고기다. 미끈미끈한 회색 껍질 때문에 쥐치 또는 바다쥐고기라고 하는데, 이를 말린 것을 쥐포라고 한다. 검사가 착각한 것인가, 신문이 착각했던 것인가. 검사는 마차 끄는 말처럼 한눈팔지 않고 사시 공부만 해서, 합격하면 권력을 목표로 오로지 출세밖에 안중에 없다. 시야가 좁아서 일반교양이 부족한 한국의 검사와 끊임없이 희생양을 찾는 군사정권이 만들어낸 소동이었다.

사장은 언뜻 보기에 미남자 풍이었지만, 덕 없어 보이는 세모 턱에, 인색하고 거만한 눈초리에서 천한 심보가 배어 나와 인품을 떨어뜨리고 있었다. 아직 50대 중반인데도 가짜 양반처럼 노인 티를 내려 했다. 함경남도 함흥 지주의 자식으로 태어나 젊었을 때에는 북한과 만주를 오가며 돈을 좀 만졌다고 한다. 방에서도 간수에게 뇌물을 써서 들여온 육포와 정력제 등을 같은 방 사람들에게는 등을 돌린 채 혼자 먹어댔다.

어느 날 저녁밥을 먹은 후, 당시 진행 중이던 남북조절위원회 이야기를 한참 하고 있는데 사장이 끼어들었다. "정말로 빨리 통일이 돼야지……. 남으로 내려올 때 땅문서(토지등기부)를 모두 가져왔어. 통일이 되면 가난뱅이들에게 빼앗긴 땅을 되찾아야지."

두 가지의 상반된 통일 염원은 오늘날에도 이어지고 있다. 지금 세계의 냉전구조가 무너지고 통일을 위한 국제 환경이 개선되어 통일이 크게 다가왔다는 이야기가 있다. 과연, 어떤 통일이 될 것인가?

최후진술과 상고이유서

1972년 11월 23일, 서울고등법원에서 2심 구형 재판이 있었다. 방청이 허락된 재판은 그날이 마지막이었다. 그 마지막 기회에 나는 자신의 생각을 잘 정리하여 최후진술을 하지 않으면 안 된다고 생각했지만, 머릿속이 텅 비어 생각이 정리되지 않았다. 몇 주간을 허송한 끝에, 재판 전날에야 이윽고, 진술은 내 개인의 정직한 주장뿐만 아니라 재일동포가 살아가는 법에까지 이르러야 한다는 것, 만약에 1심에 이어서 사형 판결이 내려진다 해도 용기를 갖고 큰소리로 진술하리라는 생각을 했다. 그러나 지금 생각해보면 매우 불충분했다. 문제의 본질인 민족분단과 국가보안법 체제에 대해서는 다음해 1월, 대법원 상고이유서에서 겨우 조금 정리할 수 있었다.

고등법원에서의 최후진술

재일동포는 일제강점기에 식민지 통치 하에 있던 본국에서 고초를 겪다가, 강제·반강제로 일본에 연행되어 온갖 고생 끝에 해방을 맞았습니다. 해방이 된 후에도 일본의 사회적 환경 탓에 민족적 멸시 속에서 많은 차별과 고통을 받아왔습니다. 재일동포 사회의 열악한 상황 때문에 일어난 사건으로는 김희로 사건, 또 이진우 사건이 있습니다. 둘 다 살인 사건인데, 하나는 살인 끝에 농성한 사건이고, 하나는 강간 살인입니다. 이 사건들은 한국에서뿐만 아니라, 일본 사람을 비롯하여 많은 사람들의 관심을 모았습니다. 그 이유가 무엇일까요. 그것은 다름 아니라 이러한 일들이 재일동포 사회의 생활 모순의 집약이기 때문입니다.

어째서 이러한 일이 일어났는가 하면, 첫째는 일본에서의 어려운 생활조건 때문이라고 할 수 있지만, 한편 자기 민족에 대한 자부심을 갖지 못하기 때문에 일어났다고도 할 수 있습니다. 이것이야말로 대단히 큰 원인이라고 생각합니다.

일본에 있는 동포는 한국인으로서 의식을 갖고 있지만, 그것은 어디까지나 초보적인 것에 지나지 않습니다. 차별 받으면 그 이유가 자신이 한국인이기 때문이라 느끼고 의식합니다. 다시 말하면 적극적인 의미의 진정한 민족의식을 자각하지 못하는 것입니다. 적극적 민족의식이란 자국의 문화와 역사, 전통과 언어, 그 밖의 모든 일에 대해 깊이 이해하고 인식하며, 그것에 애정을 가지고 자랑스러워하는 의식입니다. 그래서 실제로 풍요롭고 통일된 세계에서 자랑스러운 조국을 가지는 것이며, 나아가서 온 민족의 일체감을 확고히 하고 유대를 강화시키는 것입니다. 이러한 세 가지 조건이 있어야 적극적 민족주의가 성립한다고 저는 생각합니다.

우리나라는 일제의 식민지 통치를 거쳐서, 해방 후에는 민족분단이라는 비극적 사태를 맞았습니다. 이러한 가운데 동포사회에서는 조국에 대한 확고한 이미지, 확고한 이상을 가지기 어렵습니다. 재일동포의 이러한 상태는 바로 역사의 고아와 같은 존재가 아닐까 합니다.

저는 재일동포 2세로 태어나, 김희로 사건과 이진우 사건을 체험했습니다. 이러한 사건의 원인을 해결하여 60만 동포의 미래를 행복하게 하기 위해 기여하고, 적극적 민족주의를 정립할 필요가 있다고 생각합니다. 그것을 위해 모든 가능성을 시도해야 한다고 생각하여 한국으로 유학을 왔고, 북한에도 다녀온 것입니다. (중략)

저는 지금 우리나라가 앞으로 어떤 국제정세 하에 있게 되더라도, 또 어떠한 변화를 겪더라도 자주적 평화통일을 하지 않으면 안 된다고 생각합니다. 이 명제는 이제 그 누구도 몽상으로 돌릴 수 없는 대명제가 되었습니다. 이렇게 생각한다면 남북 대립시대의 희생물인 이 사건을 이전 방식대로 평가하는 것은 큰 잘못입니다. (후략)

상고이유서

우리 겨레의 압도적인 환호 속에 진행되었던 '남북적십자회담', '7·4 남북공동성명', '남북조절위원회' 등 민족통일을 향한 열렬한 염원의 거대한 결실과 민족 자주·자립을 강조하고 있는 국제적 다원화 시대의 도래를 배경으로 1972년 12월 27일 발포된 개정헌법은 종래의 심각한 세계적 냉전 양극체제에 의해 타율적으로 규정되어왔던 남북 대립시대의 종료를 알렸습니다.

개정헌법에서는 동서 냉전체제의 유물인 반공제일주의의 국시를 불식하여, 겨레의 '평화적 통일'이 우리에게 부여된 성스러운 책무이며 '역사적 사명'임을 명시하고 있으며, "이질적인 체제를 가지는 동포와의 대화를 통하여, 타율적으로 분단된 조국을 평화적으로 통일하는 것이 우리들에게 부여된 중대한 과제"임을 강조하는 바입니다. 그런데 국가보안법, 반공법은 바로 타율적 규제를 받았던 남북 대립시대에 '……반공체제를 강화함으로써……' 세계 냉전체제의 가장 첨예하고 전형적인 모습으로 성립되어, 그 직접적인 연장선상에서 겨레의 양심과 열망을 억압하며 우리 민족의 분단 상태를 고정화시켜 왔습니다. 오늘날, 통일과 겨레의 재결합은 겨레의 신성한 사명임이 밝혀지고, 동시에 다원화·다극화되어 가는 국제정치 환경 속에서 민족 이성이야말로 무엇보다도 중요한 원리로서 등장하게 되었습니다. 위와 같은 이유에서 반공법, 국가보안법은 시대착오적인 성격을 가지고 있으며, 민족적 존재 이유에 반하는 것은 물론 헌법 정신에도 완전히 반하는 것임이 분명해졌습니다. 따라서 원심에서 본 상고인에게 적용된 반공법, 국가보안법은 성립되지 않는다고 생각합니다.

반공법, 국가보안법은 인간 고유의 권리인 사상과 양심의 자유를 선언하고 있는 세계인권선언의 정신, 즉 근대 세계에 있어서의 자유와 인권의 사상에 반하며, 나아가서는 그 정신을 승인하는 헌법의 정신에도 반합니다. 따라서 원심에서 상고인에게 반공법, 국가보안법 위반을 선고한 것은 부당합니다.

지금 38도선을 넘어 직접적인 남북 대화와 왕래가, 반공법, 국가보안법의 현존에도 불구하고 진행되고 있습니다. 헌법 제9조 1항에는 법 아래서는 만인의 평등 원칙을 밝히고 있으므로, 사실상 반공법, 국가보안법은 그 효력을 잃었다고 생각됩니다. 그러므로 원심의 상고인에 대한 반공법, 국가보안법 위반 판결은 부당하다고 생각합니다.

원심은 아무런 증거도 없이, 고문에 의한 임의성 없는 진술과 불완전한 신체적·정신적 조건 하에서 기만적으로 진행된 취조의 결과물인 검찰 조서만을 근거로, 검사의 기소 사실을 일방적으로 인정하여 상고인의 유죄를 판결한 것입니다.

1973년 1월 31일
상고인 서승

대법원 제1부판사 귀하

10사하의 정치범

내가 서울구치소에 있었던 1971년 4월 대통령 선거부터 1972년 12월 유신헌법 공포 전후까지, 수백 명에서 1천 명 가까운 정치범이 구속되었다. 박정희 대통령 3선 반대, 군사교련 반대, 부정선거 규탄 데모를 하다 잡혀온 학생들, 노임을 받지 못해 싸운 한진건설의 베트남 취업노동자, 서울시의 주택분양 부정에 반대한 광주단지 주민, 1971년 10월에 임시정부수립·내란음모로 구속된 장기표·조영래 씨 등 서울대 그룹……. 게다가 그 즈음에는 '간첩단 사건'도 많았다. 1971년 4월에 호남 통일혁명당 재건 사건, 11월에 영남 통일혁명당 재건 사건 등 일일이 셀 수 없을 정도다. 시국 관련 구속자 말고도 수백 명이 넘는 국가보안법과 반공법 위반의 좌익 정치범이 있었다.

10사하에도 대여섯 개 방 건너 하나쯤 빨간 좌익수 표식이 달려 있었다. 내 방의 빨간 세모 표식이 사형수가 아닌 좌익수를 표시하는 네모 표식으로 변할 무렵, 맞은편 0.7평의 방에는 빨간 세모 표식이 달렸다.

서옥렬 선생은 고려대학 3학년 때 한국전쟁이 일어나자, 의용군으로 인민군에 입대하여 북으로 갔다. 김일성대학 정치경제학부를 나와 대학 강사를 하다 1960년에 공작원으로 고향인 광주에 내려왔다가 체포되었다. 비전향수로 대전교도소 특별사동(특사)에 있었지만, 같은 방의 정치범이 출소한 후 다시 체포되자 선생도 교사(敎唆)범으로 추가 형을 받게 되었다. 같은 방에 있던 정치범이 '7·4 남북공동성명' 후 북의 대표가 서울에 왔을 때 '평화통일 만세!'라고 쓴 플래카드를 들고 대표단의 자동차 앞으로 나갔다가 체포되었는데, 고문을 받고 교사자로 서선생의 이름을 대었던 것이다. 국가보안법의 '추가 가중' 조항에 의하면 "동법에 의해 전과가 있으면 불고지, 직무유기, 무고의 조항을 제외한 각 조항의 위반자를 사형에 처할 수 있다"고 되어 있다. 플래카드를 들고 나갔던 사람의 죄는 기껏해야 국가보안법상의 찬양·고무죄로 1~2년형이었다. 설사 교사가 사실이라고 하더라도, 서선생이 실행범의 형량을 훨씬 넘는 사형을 구형받았다는 것은 상식을 벗어난 일이었다. 결국 본인의 부인에도 불구하고 무기형을 선고받고, 원래 있던 무기형에 더해서 '쌍무기'가 되고 말았다.

나는 그에게서 대전 비전향수 특별사동의 정보를 조금 얻어들었다. 그는 책을, 특히 잡지를 갈망했다. 여전히 수갑을 찬 채로 지내던 그에게 "고생합니다. 힘들지요?"라고 말을 걸었다. 그는 "이런 터무니없는……. 아무리 아니라고 해도 때리면서 '너희들 빨갱이가 같은 방에 있으면서 그런 이야기를 안 했을 리가 없잖아'라고 하는 거야. 이번에는 뒤집어쓸 수밖에 없을 것 같네. 설마 사형이야 시키겠는가만……"이라며 눈시울을 붉히더니, "그래도 여기에 있는 동안에 좀 날개를 펴야지. 대전에 비하면 여기는 천국이야"라며 맥없이 히죽 웃었다.

10사하에는 또 한 명의 빨간 세모가 있었다. 김진수라는 마흔 살가량의 경기도 출신 공작원이었다. 그는 내 방에서 멀리 떨어진 사동 입구 쪽 끝에 있어서 말할 기회가 거의 없었다. 새까만 머리에 하얀 피부를 가진, 침착해 보이는 사람이었다. 재판이 끝나 사형 집행만 기다리고 있던 그는 무엇을 생각하고 있었을까? 그는 언제나 수갑을 제대로 차고 있었다. 남한에는 면회 올 친척도 없어서, 얼마 남지 않은 감옥 안의 여생조차 팍팍하게 살아가는 것처럼 보였다. 영하 17, 18도까지 내려가는 서울의 엄동설한에도 겨울 내복 없이 파란색 무명천의 죄수복 하나로 견디고 있었다. 세면하고 돌아올 때 "춥지 않습니까?" 말 건네니, "일없습니다" 하고 쑥스러운 듯 미소를 지어 보였다. 방에 돌아와 징역 보따리에서 스웨터와 내의 등 월동복을 꺼내 그에게 보냈다. 다음날 운동 시간에 그는 그 스웨터를 입고서 수갑을 찬 손을 조금 들어올려 작게 흔들며 방긋 웃고는 내 방 앞을 지나갔다. 1974년에 사형이 집행되었다고 한다.

　1973년 3월 13일, 대법원에 낸 상고가 기각되어 나는 무기징역으로 형이 확정되었다. 형 확정자 방인 12사로 옮겨가서 이송 가는 날을 기다렸다. 창밖 담 너머로, 인왕산 중턱에 소 옆구리에 붙은 진드기처럼 달라붙어 있는 판잣집들이 보였다. 3월 20일, 대전으로 이송되었다.

눈 뜰 자유도 없이

용산역에서 완행열차에 오른 일행은 10여 명이었다. 정치범으로는 15년형을 받은 강화도 출신 민홍구 노인과 월북 미수로 잡힌 이민수 군이 있었다. 포승줄에 묶이고 수갑이 채워진 채 큰 짐보따리를 들고 있자니 몹시 힘들었다. 수갑이 스쳐서 아직 채 아물지 않은 손목의 상처에서 피가 흘렀다. 그러나 간수는 보고도 못 본 체했다. 보다 못한 이민수 군이 내 짐까지 들쳐메고 선로를 몇 개 건너서 기차까지 짐을 날라주었다. 어깨가 넓고 다부지고 이목구비가 또렷한 호남형의 이군은 태권도라도 하는지 못 박인 손이 소라고둥처럼 우람했다. 그는 경상북도 안동에서 태어났지만, 부모는 한국전쟁에서 죽었는지 북으로 갔는지 알 수 없었다. 고아로 자란 그는 구두닦이, 신문배달 등 갖은 고생을 하며 살았다. 인간취급을 받고 싶어서 38선을 넘어 북으로 가려다가 잡혔다. 유치장에서 경찰을 때리고 탈주를 기도해서 추가 형까지 받아 5년형이었다.

내 옆에 앉은 그는 득의양양하게, 수건을 접어서 꿰맨 조그만 징역보따리에서 책을 꺼냈다. "이번엔 앉은 징역(출역하지 않는 비전향)을 살 거라서, 책이 필요할 것 같아 준비해 왔지요." 그는 소년원에선가 징역 전과가 있는 것 같았다. 책은 길거리에서 서너 권에 100원씩 받고 파는 조잡한 소설류였다.

죄수들의 손에서 손으로 감옥 안을 전전하며 닳고 찢어지고 손때 묻은 책이었지만, 그가 있던 절도 방처럼 글 못 읽는 사람들만 있고 건빵조차도 쉽게 얻어먹지 못하는 곳에서는 귀중품이었을 것이다. 잡초처럼 살아온 그는 어디를 가든 나보다는 야무지게 살아갈 것임에 틀림없어 보였다. 그러나 나는 그의 징역 준비가 조금 미덥지 않았다. 얼른 책 몇 권과 세면도구 등을 꺼내서 그의 작은 보따리 속에 슬그머니 집어넣었다.

그는 대전 감옥에 가서 비전향으로 완강하게 버티었다. 1974년에 강제전향의 바람이 불었을 때, 심하게 고문을 당해 피투성이가 되면서 버티다가 결국 전향했다고 들었다. 그에게는 독방 생활을 지탱할 물질적 기반이 없었다. 권력은 이름도 집도 없는 약자에게는 더욱 더 잔혹했다. 간수들은 잡범 전과가 있으면 "건방지게 도둑놈 주제에, 너 같은 놈이 무슨 빨갱이야!"라고 더 사정없이 팼다. 국민학교도 제대로 다니지 못한 그가 확고한 주의와 사상이 있어서 사상전향을 거부했다고는 생각되지 않는다. 그를 학대해온 현실에 대한 저항과 해방된 세계에 대한 바람이 그를 받쳐주었을 것이다.

그 후 옥중 생활을 해보니, 전향을 하고 안 하고는 학력이나 지식과는 그다지 관계가 없고, 그보다는 그 사람의 기질이나 인생 경험과 더 깊은 관계가 있는 것 같았다.

대전교도소는 일제 식민지 때부터 정치범 감옥으로 악명을 떨쳤다. 많은 독립운동가와 혁명가가 이곳에서 고문을 받고 학살되었다. 해방 후에도 좌익수를 비롯해 수많은 정치범을 수용했다. 한국전쟁 후에는 일시적으로 500~600명의 비전향수를 수용했다. 그 후 사상전향 공작의 총본산으로서 역할을 해왔다.

'반공·방첩'이라고 크게 씌어 있는 정문을 지나 중앙에서 신입 검사를 받고 푸른 죄수복으로 갈아입고 머리를 밀자, 갈기를 잘린 사자처럼 으스스 추웠다. 출옥 후에 듣기로는, 이때 준식이 교무과에 불려나가면서 내 옆을 지나갔다고 했지만 나는 알아보지 못했다. 그것이 동생과의 15년 이별의 시작이었다.

대전교도소 서남부에는 또 다른 벽으로 둘러싸인 비전향수 수용 구역이 있었고, 특별사동인 5사·6사와 임시 병사도 거기에 있었다. 5사에 24개 방, 6사에 40개 방, 가병사에 4개 방으로 총 68개의 방이 있었다. 각 방은 변소를 제외하고 0.75평이었으니 변소를 포함하면 1평 정도의 넓이였다. 6사는 일제 때의 건물이었고 5사는 한국전쟁 후에 지어진 새 건물이었지만, 새 건물은 지붕이나 벽이 얇아서 여름엔 덥고 겨울엔 추웠으니 일제 감옥보다도 못했다. 건축비를 교도소 간부가 횡령했거나 뇌물을 받고 불량 건축을 묵인해준 결과였다. 가병사는 이름만 '병사'였지 환자를 위한 시설은 아무 것도 없었으며, 오히려 요시찰자를 격리하거나 고문하기 위해 사용되었다. 준식은 그곳에 있었다. 시멘트 복도는 반들반들 닦여 있어 더러운 서울구치소와는 달랐다. 빈틈없이 팽팽하게 긴장된 고요함이 가득했다. 간수는 무뚝뚝하고 성난 듯했다. 나는 5사의 2방에 들어갔다. 방은 대략 정사각형으로 거적이 깔려 있고, 창이 없는 변소는 방 끝 벽면의 3분의 2를 차지하고 있었는데, 남은 벽면에 창문이 달려 있었다. 취침나팔이 울려 퍼지자 뭉친 솜이 돌처럼 울퉁불퉁한 이

불 속으로 기어들었지만, 조금도 따뜻해지지 않았다. 본격적인 징역 생활의 첫날밤은 긴장과 상념으로 눈만 말똥말똥할 뿐 잠이 오지 않았다. 폭 20cm 높이 10cm정도 크기의 시찰구를 그림자가 소리도 없이 지나갔다. "왜 안 자! 눈 감아!" 성난 목소리가 날아왔다. 순시부장이었다. 취침시간에 누워 있는데도 눈을 감지 않는다고 트집을 잡는 것은, 그 전에도 그 후에도 대전교도소뿐이었다.

이틀 후, 교무과에 불려나갔다. 교무과장은 "사상전향을 하지 않으면 출소는 없어. 언제까지 독방에서 고생할 거야?" 하며 협박하다가, "너 같은 인텔리가 공산주의를 믿을 리가 없지"라고 어르기도 했다. 최초의 전향공작이었다.

"나는 재일동포로서 내 겨레에 대한 자부심을 가진 인간이 되고 싶다. 그것을 위해서 겨레가 통일하고 번영해야 한다. 통일된 겨레가 어떤 사회경제 체제를 가지는가 하는 것은 우리 전체가 선택할 문제다. 나는 공산주의가 절대로 옳다고 단언할 정도로 공부한 것도 아니다. 그러나 사상전향제도 자체가 선택을 근본적으로 봉쇄하고, 사상의 자유를 억압하는 제도이기에 찬성할 수 없다"고 답하였다.

금테 안경을 걸치고 몸이 비쩍 마른 장수잠자리처럼 생긴 김치연 과장은 별명이 '악질'이었다. 평양 태생으로 한국전쟁 때 남으로 도망 와서 간수를 하면서 통신교육으로 목사가 되었다. 그리스도교의 사명을 '멸공'이라고 생각할 정도로 광신적인 반공 복음주의자였다. 교도소장 속에서 서열 1위는 서울구치소장이지만, 교무과장의 서열 1위는 대전 교무과장이었다. 정치범 감옥으로서 대전교도소의 중요성을 나타내고 있다. 문세광이 사형 집행될 때도, 서울에 교무과장이 있음에도 불구하고 그가 출장 가서 입회(立會) 교회자로 그 자리에 있었다. 근엄한 목사의 탈을 쓰고 사상전향 공작으로 수많은 정치범을 학대, 고문하며 탄압의 지휘봉을 들었던 자였다.

대전에서 2주 정도 있는 동안, 마침 한 달에 한 번 하는 영화회가 있었다. 사동에서 교회당까지 짚으로 만든 좁은 깔개가 깔렸다. 간수와 지도가 감시를 하는 가운데 5m 간격으로 한 사람씩 그 위를 맨발로 걸어서 교회당으로 나갔다. 교회당에서는 수용자끼리 떨어뜨려서 앉히고 그 사이에 간수가 앉았다. 영화는 서양 영화였다. 화면은 긁히고 온통 비가 내리는 듯했다. 무슨 영화인지는 기억이 나지 않는다. 다만, 겨우내 반 년 가까이 한 번도 빨지 않아 지독한 냄새가 나는 색 바랜 푸른 죄수복을 입은 정치범들의 기나긴 옥고에 지친 모습과 빛나는 눈동자만이 기억에 남아 있다. 눈짓으로 힘껏 인사를 보내는 그들의 시선은 애절하고 따뜻했다.

2주일간의 대전 생활은 어느 날 아침, "이송!"이라는 간수의 호령 소리에 돌연 종지부가 찍혔다.

2장

죄수의 나날

70년대 대구교도소

대구교도소 정문

물살을 거스르는 잉어처럼

1973년 4월 2일, 스물여덟 번째 생일을 하루 앞둔 날, 부장과 간수의 단독 계호(수인 한 명만 단독으로 감시함) 아래 대구교도소로 단독 이송되었다. 나중에야 알게 된 사실이지만, 분리 수용의 원칙상 동생과 같은 교도소에 둘 수 없다는 이유에서였다. 당시 대략 300명쯤으로 추산되던 전국의 비전향 정치범들은 대전·전주·광주·대구, 이렇게 네 군데 교도소에 분산 수용되어 있었다.

대전역에서 대략 100km 남짓 떨어진 대구까지는 기차로 4시간이 더 걸렸다. 기차는 굼벵이처럼 느렸다. 완행열차 삼등칸은 서민들이 풍기는 냄새로 찌들고 여전히 혼잡스러웠다. 통학하는 중학생과 고등학생, 싸구려 양복을 걸친 월급쟁이, 커다란 짐을 머리에 인 시골 아낙네, 도포를 입고 말총으로 짠 큰 갓을 쓴 조선시대 양반 차림새의 할아버지, 휴가 나온 군인들로 기차 안이 북적거렸다. 단독 이송 중이었으므로, 사람들의 눈은 빡빡 깎은 머리에 파란 죄수복, 포승줄에 묶여 수갑을 차고 있는, 화상으로 일그러진 나에게 집중되었다. "무슨 죄를 지었기에……"라며 수군대는 소리가 들리는 듯했다. 옛날에는 죄인을 데려갈 때 짚으로 만든 용수를 씌웠지만 지금은 목이 부러질 만큼 고개를 숙임으로써 사람들의 시선을 피할 수밖에 없다. 그러나 나는 비굴한 태도로 스스로 죄인임을 남들과 자신에게 인정하도록 하고 싶지 않았다.

'부끄러울 거 없다. 맹세코 나는 지은 죄가 없다.'

물살을 거슬러 오르는 잉어처럼 나는 내게 집중되는 시선들을 피하지 않고 의연하게 가슴을 폈다.

추풍령을 넘어 김천 분지로 나오자 낙동강 중류를 따라 남으로 향하는 차창으로 아직 개나리·진달래도 피지 않은 적막한 봄의 야산이 나타났다가 사라져갔다. 학생 시절에 부산으로 대구로 몇 번인가 다녔던 길. 언제 다시 기차를 타고 이 이른 봄날의 들과 산을 볼 수 있으려나. 죽음을 앞둔 사람이 이승의 마지막 풍경을 아쉬워하듯, 멀어지는 야산을 보고 또 보았다. 별 것 아닌 야산의 경치이지만 머릿속 깊숙이 담아 두었다가 어두컴컴한 감방에서 몇 번이고 되살려 꺼내보고 싶어서…….

대구직할시(당시)는 한국의 정중앙, 즉 배꼽에 해당하는 위치에 있다. 인구 200만 명 정도로 한국에서 세 번째 가는 도시이다. 대구교도소는 시내에서 서쪽으로 떨어져, 북쪽으로는 팔공산, 남쪽으로는 비슬산을 바라보며, 낙동강과 금호강이 합류하는 좁은 하천 평야인 달성군 화원면에 자리하고 있다. 이곳은 한국전쟁 당시 격전지였다. 대구에 육박한 인민군은 산더미처럼 시체를 쌓았지만, 전선이 낙동강을 넘지 못하고 교착 상태에 빠졌다가 미군의 반격으로 결국 퇴각하게 된다.

지금은 넓은 포장도로가 생겼지만, 그때만 해도 대구본역에서 버스를 타고 울퉁불퉁한 비포장길을 40~50분쯤 흔들려서 교도소에 닿았다. 점심때가 지나서 보안과 지하실에서 신입 수속을 했다. 대젓가락 한 벌과 법자 식기(그릇 바닥에 무궁화 꽃 그림이 있고 그 안에 법무부의 '법' 자가 새겨진 양은 식기)를 받고, 다 식어 돌처럼 딱딱해진 찬밥과 몇 조각의 무짠지를 점심으로 받았다. 영치 대장을 작성하는 사이, 짐 검사를 한다며 눈을 뱅글뱅글 돌리던 약삭빨라 보이는 보안과의 소지(사동에서 청소 등의 업무를 하며 교도관 업무를 도와주는 재소자. 모범수 중에서 선발한다)가, 대전에서 내가 가져온 큼지막한 호박엿과 치약을 잽싸게 가로챘다. 그러면서 나지막이 "여기는 당신 같은 사람들이 많은데 고생하고 있지. 그래도 대구는 밥이 크니까 배곯지는 않을 거야"라고 속삭였다.

정치범 특별사동

보안과를 나와 철문을 지나서 복도의 왼쪽으로 돌아 다시 오른쪽으로 꺾으니 병사가 나오고, 다시 철문을 지나자 1사동 아래층(1사하)에 비전향 정치범을 수용하는 특별사동이 있었다. 사동 입구 쇠창살에는 '통제구역'이라 적힌 붉은 테두리의 흰색 나무 표지판이 걸려 있었다. 담당 간수 외에는 출입이 금지된 특별구역이었다. 대구교도소는 일제강점기 때 개소하여 줄곧 시내 삼덕동에 있다가 1971년에 지금의 장소로 신축해서 옮겼다. 2층 건물로 미결 2동, 기결 5동, 병사, 여사(女舍)를 합쳐서 4천 명 정도 수용할 수 있는 대감옥이다.

1사동 위층(1사상)에는 큰 방이 여덟 개쯤 있었다. '지도'와 모범수의 방이었는데 낮에는 출역해서 방에 사람이 없었다. 아래층에는 비전향 정치범이 수용되어 있었다. 간수에게 이끌려 1사하의 철문을 통과하자, 소리도 움직임도 사라진 깊은 바닷속 같은 어둠과 적막이 감돌았다. 저항과 긴장이 팽팽하게 서려 있는 강요된 침묵이었다. 복도 양 옆으로 빽빽이 늘어선 암회색 독방 철문들은 굳게 입을 다물고 있었다. 2.5m 폭의 시멘트 복도는 금이 가고 울퉁불퉁했다. 남쪽에는 1.06평의 방이 36개, 북쪽에는 0.78평의 방이 35개, 합쳐서 모두 71개의 방이 있었다. 1방에서 10방까지는 미결수 방, 11방부터는 기결수 방인데 나는 12방에 들어갔다.

방은 폭 90cm, 길이 3m 정도로, 마루가 깔려 있고 방 끝에 80cm 길이의 변소가 있었다. 입구의 철문에는 얼굴 높이에 30×40cm 크기의 시찰구가 있고, 무릎 높이에 사방 25cm 정도의 배식구가 있었는데, 모두 덮개로 가려져 있었다. 변소의 문에는 내부 시찰을 위한 커다란 창문이 뚫려 있었다. 변소 끝에는 가슴 높이에 폭 60cm, 높이 1m의 문짝 두 개로

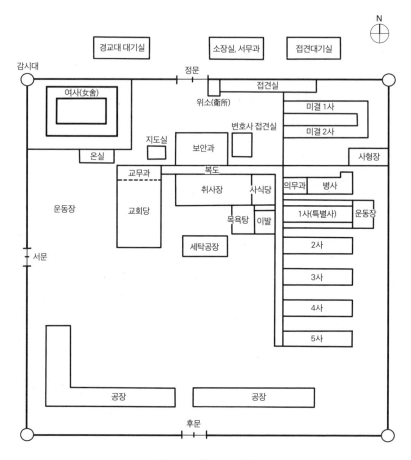

대구교도소 약도, 1990년경

된 미닫이 창문이 있었다. 변소 바닥 가까이엔 가로 세로 30cm 정도의 통기구가 있었다. 변소 창문 밖에는 10×20cm 간격의 격자 철창이 달려 있고, 맨 바깥쪽에는 나무로 만든 가림판이 15도쯤의 각도로 비스듬히 부착되어 재소자의 시야를 가리고 빛과 바람마저 막고 있었다. 벽은 횟가루로 하얗게 칠해져 있었는데 아래로 1m 정도는 어두운 회색 칠이었다. 천장은 높이 3.5m 정도였고 한가운데 15촉 알전구가 매달려 있었다.

방은 뱀장어 잠자리처럼 좁고 길어서 불편했다. 벽에 기대어 발을 뻗으려 해도 반대쪽 벽에 발이 닿아서 뻗을 수 없었다. 가림판 판자 사이의 좁은 틈에서 겨우 들어오는 사슴꼬리만한 햇빛도 길쭉한 방안까지 닿지 못했다. 15촉 전구는 물체를 비춘다기보다 물체의 윤곽을 흐릿하게 하고 어둠 속으로 녹아들게 해, 머릿속마저 흐릿해지곤 했다. 그래도 저녁이 되면 정치범들은 "담당님, 불 써주세요!"라고 소리쳤다. 온종일 침묵을 지켜야 했으므로, 합법적으로 목소리를 낼 수 있는 거의 유일한 기회였기 때문이다. 방에는 가구 하나, 장식 하나 없었고, 방 한구석에 놓인 먼지투성이 푸른색 이불보를 씌운 이불 하나, 털이 닳아빠져 올이 다 보이는 군용 담요 한 장, 양동이와 너덜너덜해진 빗자루가 비품의 전부였다.

통방·통모

방에 들어간 후 오래지 않아 "운반!"이라는 큰 외침과 함께 저녁밥이 들어왔다. 두 명의 사동 봉사원이 양동이에 담아온 온수와 옥용찬(獄用饌 : 무, 당근, 풋고추 따위를 간장에 절인 감옥 반찬)을 나눠주었다. 그런 후 10cm 높이의 배식 차에, 국을 담은 커다란 알루미늄 양동이와 가다밥(틀로 찍어낸 밥)을 빽빽하게 늘어놓은 떡판처럼 납작한 식판을 싣고 와

배식을 했다.

배식할 때 배식구를 일일이 열었다 닫는 게 규칙이지만, 봉사원이 걸쇠를 걸지 않으니 약간의 틈이 생긴다. 맞은편 63방이 간수 눈치를 살피며 손가락으로 뭔가 글자를 썼지만 읽을 수 없었다. 그는 배식구에 얼굴을 약간 내밀고, 배식차의 소음을 이용해 작은 소리로 내 이름과 어디에서 왔는지를 묻고는 들어갔다.

점검과 폐방(閉房)이 끝나고 본무(本務)담당이 퇴근한 후 7시쯤 되었을 때, "꿍, 꿍" 누군가 벽을 두드렸다. 무슨 영문인지 몰라서 어리둥절해 있는데 "12방! 12방!" 하고 부르는 소리가 들렸다. 얼른 시찰구에 얼굴을 대고 덮개 틈새로 엿보니 앞방의 사람이 시찰구 틈으로 이쪽을 보고 있는 것 같았다.

"12방 선생 나오셨습니까? 대구에 오신 걸 환영합니다. 지금부터 말씀드리겠습니다. 기침을 하면 간수가 온다는 신호니까 들어가시오. 벽을 두 번 두드리면 안전하다는 신호니까 나오시면 됩니다. 벽을 한 번 세게 두드리면 긴급 위험 신호입니다. 우리가 감시하고 살필 테니까 안심하고 이야기하세요."

죽음 같은 정적에 휩싸인 사동에서 사람의 목소리를 듣게 되자 내 가슴은 벌렁거렸다. 자기 소개와 함께 사건 이야기를 했다. 사람들은 무엇보다 사회 소식을 듣고 싶어했다. 특히 '7·4 남북공동성명' 이후 남북 관계의 진전에 강한 관심을 보였다. 그러던 중 "에헴" 헛기침 신호가 났고, 그 즉시 "누구야? 통방하는 놈이?" 하는 간수의 성난 목소리가 들려왔다. 간수는 의자에 앉을 수 없고 상시 시찰하는 것이 원칙이었다. 10분마다 각 방의 시찰구를 열어 수인들의 동정을 살피는 것이 그들의 근무 수칙이지만, 낮 시간의 격무에 지친 야간 교대 간수는 대부분 그 규정을 지키지 못했다. 그들은 사동에 오면 입구 옆에 있는 담당실로 들어가 틀어

박혔다. 방에서는 시찰구 틈에 작은 유리조각을 놓고 복도를 비추어 살폈다. 방은 어둡고 복도는 밝기 때문에 거울처럼 복도가 환히 비쳐서 간수의 동정을 쉽게 살필 수 있었다.

'통방(通房)'이란 교도관의 허가 없이 재소자끼리 어떤 식으로든 의사소통 하는 것을 말한다. 통방이라고 해서 방에서 소통하는 것만 일컫는 것은 아니고, 감옥 안 어디서든 간수의 허가 없이 말로나 몸짓 손짓으로 신호 보내는 모든 행위를 통방이라 한다.

'통모(通謀)'는 세 사람 이상이 소통하는 것을 말한다. 통방과 통모는 엄벌을 받았다. 감옥에서는 재소자의 집단행동을 두려워하므로 서로 갈라놓고 통치하는 것을 철칙으로 삼았다. 심지어 눈짓조차 금지사항이었다. 특히 정치범이 통방하다 걸리면 무자비한 폭행을 당했고 두 달간 징벌방에 가두어졌다. 그러나 인간은 사회적 동물이다. 장기간의 고독 속에서 건강을 유지하기는 어렵다. 감옥 안에서의 통방은 정치범끼리의 연대와 단결을 위해서도 필요했지만, 그 이상으로 절박한 인간적 요구였다.

앞서 이야기한 방식의 통방 외에도, 창문이나 변소를 통해 말하는 방법이 있다. 20cm 정도의 두꺼운 벽에 끈기 있게 못으로 작은 구멍을 파내 깊이가 1cm 정도 되면 입을 대고 조금 큰 소리로 이야기한다. 옆방에서 벽에 귀를 대면 그 소리를 들을 수 있다. 그러나 이 방법은 소리가 나므로 발각되기 쉬워서 위험했다. 밀서를 전달하는 방법도 있으나 필기도구를 손에 넣기 어렵고, 혹시라도 적발되면 증거가 남기 때문에 특별한 경우에만 사용했다.

가장 보편적인 방법 중 하나는 서로 볼 수 있는 위치에 있을 때 손으로 글자를 쓰는 방법이다. 청각장애인이 쓰는 수화도 있지만 수화를 익히려면 훈련이 필요하기 때문에, 그냥 적당한 벽이나 책의 표지, 손바닥, 또는 허공에다 글자를 쓴다. 처음에는 잘 읽어내지 못하지만, 익숙해지면 상대가 빨리 써도 다 읽어낸다. 한국어는 한자가 필요하지 않고 획수도 적기 때문에 이 방법이 편리하다.

허공에 손가락으로 글씨를 쓰면 보는 사람에겐 글자가 거꾸로 보이지만, 이것도 익숙해지면 다 읽어낼 수 있다. 초보자를 위해서는 글자를 거꾸로 써서 상대가 읽을 수 있도록 해주기도 한다. 나 역시 오랜 연습 끝에 좌우 어느 손으로나, 바르게 혹은 거꾸로, 혹은 어느 방향에서든 글자를 쓸 수 있게 되었다. 이것은 증거가 남지 않기에 가장 좋은 방법이다. 다만 문제는 서로 직접 볼 수 있는 위치에 있어야만 된다는 점이다. 어림잡아 대각선으로 5~6방 떨어진 곳까지는 볼 수 있다. 대개 취침 시간 후 시찰구가 완전히 열려 있을 때 이 방법을 썼다.

또 다른 방법은 작은 돌이나 단추로 벽을 두드려 모르스 신호처럼 통신하는 방법이다. 시찰구가 닫힌 경우나 멀리 떨어진 방에는 이렇게 타전(打電)으로 통신한다. 모르스 신호와는 달리 감옥 안에서 개발된 간단한 신호로, 변소의 문틀을 두드려서 10~15m 정도 떨어진 방까지 통신이 가능했다. 전국 정치범 공통의 이 신호는 과거에 정치범이 대전 한 곳에 집중적으로 수용되어 있었을 때 개발된 것이라는데, 나는 갑자기 체포되어 독방에 들어갔던지라 처음에는 배울 수 없었다. 여러 기회에 조금씩 배워서 1970년대 후반에는 나도 이 방법을 습득했다. 그러나 이 역시, 작지만 소리가 나기 때문에 발각될 위험이 상당히 높았다. 당국도 이를 막으려고 한 방이나 두 방을 건너뛰어 사람을 집어넣거나, 통방을 잡아내려고 감청기를 단다든가, 빈 방에 밀정을 들여놓아 옆방의 이야기를 엿듣게 했다. 통방이 적발되어 가혹한 징벌을 받은 사람들도 많았지만, 통방은 결코 없어지지 않았다.

첫날의 신입식을 마치고 나는 무덤 같은 특별사동에도 소통하려는 사람들의 생명의 숨결이 있음을 느꼈다. 반면 혹독한 현실도 실감했다. 취침나팔 소리를 들으며 담요 속으로 들어가 물 머금은 듯 누런빛이 번지는 전등을 올려다보며, 언제 끝날지 모를 징역살이의 앞날을 생각했다. 일본에서 서울로, 서울에서 대전, 그리고 이제는 대구로……. 대구가 지구의 끝처럼 느껴졌다.

군화발에 짓밟힌 아침 인사

다음날 아침 6시에 일어나 점검을 마치자 야근 간수가 방문을 하나씩 따주어 세수를 했다. 세수라고 해봐야 양동이에 물 한 통 길어오는 것이 전부였다. 그 물로 세수를 하고, 그릇을 씻고, 냉수마찰에, 청소까지 다 해야 했다. 한 방의 수인을 나오게 해서 그가 물을 떠서 들어가면 완전히 자물쇠를 잠그고 다음 방의 수인을 나오게 하는 게 원칙이지만, 간수는 귀찮아서 앞방 사람이 채 들어가기도 전에 다음 문을 열었다.

내가 방에 들어오려 할 때, 옆의 11방의 문이 열리고 몸집이 작은 젊은이가 양동이를 들고 나왔다. 나는 그에게 가볍게 고개 숙여 인사했다. 그걸 본 간수가 나를 담당실로 끌고 갔다. 간수는 시멘트 바닥에 내 무릎을 꿇려 앉히려고 했다.

"아침 인사를 한 것뿐인데, 왜 무릎을 꿇어야 합니까?"라고 하니 다짜고짜 군화발로 허벅지를 걷어차고 시멘트 바닥에 꿇어앉히려고 내 어깨를 꽉 내리눌렀다. 그는 주걱턱에 여우같이 교활한 눈매를 한 해병대 출신의 악질 간수 임만용이었다. 후일 그는 재소자 가족으로부터 돈을 갈취하다 파면되었는데, 교도소 안에서 담배 거래 등 온갖 부정이란 부정은 다 저질렀던 부패한 놈이었다.

어깨를 세게 눌린 채 한참 걷어차이고 있을 때 윤본무담당이 출근했다. 그는 50세쯤 되는 온후한 간수였다. 그는 임담당에게 사정 이야기를 듣더니 나에게 가볍게 주의를 주고는 방으로 돌려보냈다. 이렇게 첫날을 군화발 세례로 시작했다.

책은 사전을 포함해서 다섯 권이 허락되지만, 검열 때문에 며칠 걸려야 받을 수 있었다. 지루했다. 방의 시찰구는 닫혀 있어서 밖을 내다볼 수 없었다. 이쪽 끝에서부터 저쪽 끝까지 여섯 걸음 반의 공간을 우리 속의 짐승처럼 왔다 갔다 했다. 누군가 방에서 나오는 기척만 나도 어떻게든 사람 그림자라도 보려고 시찰구 덮개의 틈새에 착 달라붙었다. 방에서 나갈 수 있는 유일한 기회인 운동 순서가 오기만을 애타게 기다렸다.

점심을 먹은 후 오후가 되어도 운동 시간이 없었다. 봉사원에게 "운동은 어떻게 되었어요?"라고 물으니, 내일이란다. 이틀에 한 번씩 순서가 돌아간다고 했다. 방을 하나씩 열어 운동이 끝나면 다음 방의 문을 따서 운동을 시키는데, 71개 방에 91명(미결방과 결핵방 등은 3인 1실)이므로 한 방에 5분씩 운동 시간을 줘도 이틀에 한 번밖에 순서가 돌아가지 않았다. 방문을 열고 닫는 시간, 운동장까지 왕복하는 시간을 계산하면, 정확한 운동 시간은 3분도 채 되지 않았다. 더구나 일요일, 경축일, 비오는 날에는 운동이 없었으니, 일주일에 두 번, 3분간이라도 운동할 수 있으면 그나마 나은 편이었다. 행형법은 "비오는 날을 제외하고 매일 운동을 시켜야 한다"고 규정하고 있다. 미결수를 수용하는 서울구치소도 하루에 10~15분의 운동 시간이 있었다. 대전에서는 운동 시간이 20~25분 정도였다. 그에 비하면 이곳은 너무 심했다. 그러나 그 당시엔 항의할 능력도 없었고, 분위기도 살벌했다.

거대한 '인간 창고'

감옥에서 생명과 건강을 유지하려면 식사와 운동이 가장 중요하지만,
운동은 매우 부족하고 식사는 빈약했다. 감옥에서 유일하게 남아도는
건 잠자는 시간이었다. 감옥의 하루 일과는 주간 근무자의 근무 시간인
오전 8시부터 오후 5시 사이에 모두 마치게 되어 있었다. 그에 맞추려니
겨울에는 저녁밥을 오후 3시 반에, 여름에는 오후 4시에 먹어야만 했다.
저녁식사 시간이 너무 일러서 하루 15~16시간을 굶어야 했으니, 익숙
해지기 전까지는 밤마다 배가 고팠다. 취침 시간은 전·후 야간 근무자
가 교대로 잠자는 밤 8시부터 아침 6시까지 10시간이나 되었다.

감옥 당국은 보안사고 발생의 위험도를 재소자의 '운동성'과 연관시
켜서 보기 때문에 취침 시간을 길게 잡는 경향이 있다. 자고 있을 때보다
는 앉아 있는 편이, 앉아 있을 때보다는 서 있는 편이, 서 있을 때보다는
걷거나 달리는 편이 운동성이 크고, 운동성이 클수록 보안사고가 발생
할 확률이 높아진다는 사고방식이다. 보안사고란, 도망이나 자살, 방화,
폭력, 소요, 살인은 말할 것도 없고, 통방을 비롯해 소소한 규칙 위반까
지를 포함해 교도소의 통제를 벗어나는 모든 행동을 말한다.

재소자는 되도록 움직이지도 말고, 불만을 말하지도 말고, 주는 대
로 먹고, 숨만 쉬고, 죽지만 않으면 교도소가 할 일은 다했다는 것인데,
몇 십년간 독방에서 그렇게 살 수는 없는지라 가끔 간수와 언쟁을 했다.
"그렇게 보안, 보안, 할 거면 아예 재소자를 의자에 꽁꽁 묶어 놓고 근무
하면 되잖아?"

행형 정책은 교육형(教育刑)을 기본으로 하고 있고, 행형법에는 "수형
자를 격리하고, 교정(矯正)·교화(教化)시켜……"라고 되어 있으나, 보안

대구교도소 일과표

시간	재소자	교도관
1:00		야근 전야조·후야조 교대
5:00		야근 전야조 기상, 후야조 조식
6:30	기상, 점검, 세면(여름엔 6:00)	세면 감시를 위해 전·후야조 교도관 복수 근무
7:30	조식	
8:00	개방(일과 준비)	주간 근무 본무담당 출근 (2시간 근무하고 30분 휴식 3회)
9:00	일과 개시 (운동, 접견, 목욕, 이발, 진찰, 집필, 교회, 작업 등 시작)	직원 점호, 조회, 갑·을부 야근자 교대
11:30	중식	
13:00	오후 일과 개시	
15:30	석식(여름엔 16:00)	
16:30	점검	복수 근무
17:00	폐방	사무직원 퇴근, 재소자 인원수 확인 후 나팔을 불고 주간 본무담당 퇴근,
18:00		전·후 야간조 복수 근무자 30분씩 식사 교대
19:30	취침(여름엔 20:00)	전야조 근무, 30분 휴식 2회

* 아침 7:00~8:00, 낮 12:00~1:00, 저녁 18:00~20:00 하루 3회 스피커 방송
  (연속 드라마, 교도소 내 고지 사항, 가요)

상의 목적은 격리·구금확보에 있었다. 군사독재정권의 흉기인 감옥은 '교정·교화'라는 미명조차 내팽개치고, 유신체제 하에서 감옥에 넘쳐나던 수형자들의 수용에만 급급하고 있었다. 교도소 여기저기에 붙어 있는 '재소자 준수사항'은 물론이고, 언뜻 보면 인도적으로 생각되는 장시간 수면까지도, 인간을 물건 취급하는 교도소의 보안 편의주의적 발상에서 비롯된 것이었다. 교도소는 '반사회적 인간'을 사회로부터 격리하는 '인간 창고'다. 교도소는 국가 권력이 맡긴 인간이라는 물건을 정해진 기간 동안 보관하는 거대한 인간 창고다. 창고에서는 언제나 숫자를 세고, 물건을 원상태 그대로 보관해야 한다. 신분장(신상기록부)에는 신체적 특징과 상처, 이빨의 상태 등 수형자에 관한 모든 정보가 기록되어 있다. 머릿수를 맞춰보는 점검은 출역한 사람일 경우 매일 7~8번씩 해야 한다. 최대의 보안사고는 도주, 폭동, 방화이다. 도주가 물건의 분실이라면, 폭동과 방화는 창고의 파손을 의미한다. 머릿수가 맞지 않으면 전 직원이 비상대기 상태에 들어가 인원수가 맞을 때까지 퇴근하지 못한다.

감옥에서는 취침 시간에도 동정 시찰을 하기 위해 전등을 끄지 않는다. 빛을 가리려고 수건 같은 것으로 눈을 덮으면 '보안 장애물 설치'가 된다. 갓 들어온 신입들은 전등을 켜둔 채 자는 걸 힘들어하지만, 습관은 무서운 것이다. 나 역시 그랬지만, 나중에는 밤중에 갑자기 정전이 되자 놀라서 눈을 뜨고 말았다. 출소한 후에도 한동안은 불을 끈 상태로는 전혀 잘 수가 없었다. 하루 종일 일없이 감방에 앉아 있으니 육체적으로는 피곤할 일이 없다. 그럼에도 취침 시간 이후에는 책을 읽는 것도, 이불에서 나와 앉아 있는 것도 허락되지 않는다. 다만 누워서 천장에 달린 알전구를 멍하니 바라볼 뿐이다. 그럴 때면 아무짝에도 쓸모없는 일들이 헤아릴 수 없이 떠오른다. 실패한 일, 잘못한 일 등 나쁜 기억들의 소용돌이 속에서 잠도 못자고 밤을 지새우는 건 괴로운 일이다. 잠잘 시간도 없이 바쁜 속세의 사람들은 이해하기 어려운 일이겠지만, 외국의 감옥도 사정은 비슷한 것 같다.

후일, 중국공산당 간부가 쓴 『박일파전(薄一波傳)』을 읽었다. 그는 항일전쟁이 시작된 1930~31년에 산서(山西) 군벌 염석산(閻錫山)에게 잡혀 태원(太原)에서 감옥 생활을 했다. 거기서도 저녁식사를 마치면 저녁 5시부터 아침 7시까지 취침 시간인데, 14시간 동안 이불 안에 들어가서 아무 것도 해서는 안 되었다고 한다.

'참고 소식'

동물은 식이본능, 생식본능과 함께 인지본능을 가지고 있다. 위험한 일이나 해로운 일을 판별하지 못하거나 상황을 파악할 수 없다면 생존이 불가능하기 때문이다. 또한 인간은 자유를 갈망한다. 조금이라도 넓은 공간을 원하며, 어떠한 구속 또는 구속의 상징으로부터 벗어나기를 바란다. 재소자를 장기간 고립시키는 구금은 '구금증'이라는 정신이상을 초래한다. 단지 물리적 공간뿐 아니라 정신적 공간감도 중요하다. 감옥 바깥의 광범위한 정보와 접촉하며 외부세계와 이어져 있음을 의식하면 정신적 고립감이 덜해진다.

정치범의 경우, 각자의 정치적 신념이나 행동이 현실정치 및 실정법과 대립하고 모순되어 투옥되었기 때문에 정치의 조류나 변화에 민감한 것은 당연하다. 교도소 내의 처우부터 석방 문제에 이르기까지 재소자의 운명은 정치 상황에 밀접하게 영향 받는다. 또한 교도소 생활을 무난하게 하려면 소장에서부터 봉사원의 신원에 이르기까지 잡다한 정보도 필요하다.

엄중하게 격리된 특별사동에서 통방에 의해 전해지는 것으로는 '참고 소식(감옥뉴스)', '전달 사항(감옥 동지 간의 전달 고지사항)'이 있었다. 이러한 정보는 간수나 직원 혹은 봉사원의 이야기, 그들과의 대화 내용, 가족과의 면회, 일부 전향자의 통보, 의무과나 접견 대기실에서 주워들은 이야기, 법정에 나가는 사람이나 신입자의 이야기 등에서 주워 모은 것이었다. 비전향자들이 받는 법무부의 반공교육 자료인 『바른 길』, 『새 길』, 『교화자료』, 기독교 선교잡지인 『신앙계』, 『희망』, 그리고 정부의 새마을운동 홍보 광고지인 『새로운 농촌』 같은 관급지의 행간을 필사적으로 읽고, 마치 쓰레기더미에서 다이아몬드를 찾듯이 정보를 모았다. 이러한 쓰레기 같은 잡지도 당국에선 자기들 기분에 따라 줬다 안 줬다 했다.

90명의 정치범이 눈과 귀를 한데 모아 꿀벌처럼 정보를 모았으나, 통제가 엄중해서 결국 나처럼 신입으로 들어온 사람이나 공장에서 일하는 전향자로부터 세상 돌아가는 이야기를 얻어 듣고 커다란 공백을 메꾸어야 했다. 돌이켜 생각하면 초인적인 노력으로 모았던 그 정보들이 반드시 유용했던 것은 아니었다. 오히려 정치범의 바람과는 거꾸로 흘러가는 세태를 알게 되는 경우가 많았다. 막대한 에너지 투입에 걸맞은 결과가 있었던가 하는 의문도 생긴다. 시국의 흐름을 알고 잡다한 정보를 모으는 것이 반드시 정치사상적 입장을 검증하거나 석방을 앞당겨주는 것도 아니었다. 그럼에도 불구하고 '참고 소식'을 교환하는 시간은 가장 즐거운 시간이었다. 역사의 새로운 전개를 기대하며 가슴이 떨리는 시간이었다.

어느 날, 왕영안 선생과 이야기를 나누게 되었다. 서울에서 자란 그는 일제강점기에 열심히 노력하여 숙련 선반공이 되었고, 오카야마(岡山)

의 군수공장에서 일했으며, 북조선 제일의 함흥 용성기계공장에서 기술지도원으로 일했다. 노동자였던 왕영안 선생은 75세의 나이였지만 용감했다. 하루는 곰보 김상태 운동담당이 건조장에서 담요를 말리고 있던 왕선생에게 '통방'을 했다고 트집을 잡으며 때리려고 덤볐다. 선생은 간수의 주먹을 살짝 피하면서 그의 턱에 한 방을 날리고는 재빨리 방으로 도망쳐버렸다. 얼떨결에 얻어맞은 간수는 엉덩방아를 찧고 주저앉았다가 일어나 입에 거품을 물고 사동으로 뛰어들었다. 하지만 왕선생의 모습은 보이지 않았다. 간수는 눈이 벌개져서 방마다 왕선생을 찾고 돌아다녔다. 그는 본무담당에게 "날 때린 놈을 끌어내라"며 대들었지만, 본무담당은 간수 중에서도 평소 태도가 거칠고 싸움도 많이 하고 동료들 사이에서 평이 나쁜 김담당을 제대로 상대하지 않았다.

내가 왕선생에게 "그런 일을 저질러서 어떻게 하시려고요? 직원을 폭행했다고 더 호되게 당할 텐데요"라고 하자, "맞으면 받아쳐 때려줘야지, 안 그러면 안 돼요. (사상전향) 공작반 놈들도 치면 맞춰야지" 했다. 왕선생은 지기 싫어하는 성격 때문에 몰매를 맞은 적도 있었지만 전혀 굽히지 않고 한결같았다.

선생은 간수나 사상전향 공작반 공작관이 억압적으로 나오면 "세상이 언제 어떻게 될지 모르는 일이야. 너희들 세상만 계속 되지는 않을걸. 괴롭히는 것 좀 작작하시오" 하면서 오히려 그들을 위협했다. 그럴 때면 그들은 "하고 싶어서 하는 게 아니잖아. 상부의 명령이니까 어쩔 수 없이 하는 거지"라며 꼬리를 내리기도 했다.

그러나 왕선생은 노동자답게 복잡한 명분보다 실질을 중시하는 실리주의자였다.

"왕선생, 운동과 밥과 '참고 소식' 중 하나만 고르라고 하면 뭘 고르겠습니까?"

그는 심각하게 고민했다.

"하나라도 없으면 안 돼."

"욕심쟁이군요. 하나만이라니까요."

"굳이 말하라고 하면 소식이지."

이 중대한 질문에 대한 동지들의 의견은 갈렸다. 1950~60년대의 징역 생활에서는 밥이 제일이었다. 1970년대에는, 밥 문제가 완전히 해결된 것은 아니었지만 대부분은 왕선생과 같았고, 그 다음이 운동이었다. 인지욕구를 만족시키지 못하면 오랜 독방 생활을 감내하기 어렵다. 캄캄한 어둠 속을 시행착오를 하면서 살아온 힘과 판단력은 '참고 소식'에 의지해서 나온 것이었다.

감옥이 달라지면 밥도 달라진다

교도소의 식사는 법무부의 예산과 급식 규정에 따라 결정된다. 어떤 메뉴로 할 것인가는 법무부에서 내려오는 한 사람당 예산 범위에서 각 교도소의 간부와 지역 유지로 구성되는 급식위원회가 결정하게 되어 있지만, 실제로는 거의 서무과장과 부급식계의 부장과 간수가 결정한다. 주식(쌀, 보리, 콩)과 조미료는 법무부에서 제공되기 때문에 어느 교도소나 밥은 비슷할 것이라고 생각되지만, 실정은 아주 다르다. 감옥을 자기 집처럼 드나들거나 전국의 감옥을 철새처럼 옮겨 다니는 '빵잽이'들은 "어느 감옥이 살기 좋은가"를 자세하고 정확히 평가한다. 규율이 엄한가 느슨한가, 담배를 구하기 쉬운가 어려운가, 밥과 물 사정, 잠자리가 편한가와 같은 환경 조건 등이 중요 기준이 된다. 각 교도소마다 일장일단은 있지만 대체로 종합 평가를 하자면 안양·전주·김해 등이 상위이고, 대전·목포·안동·청송 등이 하위이다.

부식 재료는 현지 조달이므로, 교도소가 대도시나 농산물 주산지에 있으면 싸고 다양한 재료를 구할 수 있다. 대구는 사과 생산지로 유명하고 농산물의 집산지다. 더구나 '규모의 경제'가 작용한다. 예산이 사람 머릿수대로 나오기 때문에 수용 인원이 많으면 많을수록 대량·저가 구입이 가능해진다. 4천 명 정도를 수용하는 대구교도소는 서울·부산·안양과 비견될 만한 한국 최대의 감옥 중 하나였다.

교도소의 밥은 각 지역의 전통과 기질, 식습관 등에도 영향을 받는다. 영남 사람은 거칠고 기분파 같은 면이 있고 소소한 것에 신경을 쓰지 않는 편이다. 그래서 대구교도소 음식은 양이 많고, 맵고 짜고, 잘 씻지도 않고 대충 만든다. 반면 충청도 사람은 미련하리만큼 고지식하고 꼼꼼하고 융통성이 없다. 대전교도소의 식사는 양은 적지만 재료를 잘 씻고 밥도 하얗다. 반면 서울구치소는 사비로 사식을 사 먹는 미결수가 많았기에, 관식은 질적으로나 양적으로나 형편없었다.

부식이 다르게 나오는 것은 이해할 수 있지만 지금도 잘 이해가 되지 않는 점은, 법무부에서는 한 사람당 동일한 양을 공급했을 텐데 밥의 크기는 왜 달랐을까 하는 점이다. 서울구치소의 밥은 질고 콩이 많다. 대전교도소의 밥은 양은 적으나 쌀이 많아서 하얗다. 대구교도소의 밥은 같은 등급이라도 대전보다 1~2cm쯤 더 높고 보리가 많아서 꺼멓다. 항상 배가 고픈 비전향 정치범들 사이에서는 그래도 밥이 많은 대구의 징역이 더 낫다고 평가되었다.

110

죄수의 나날

대구 감옥 생활은 단순하다. 매일 세 번 밥을 먹고 이틀에 한 번 운동을 하는 것 외에는, 매주 한 번 진찰, 2주에 한 번 목욕, 1~2주에 한 번 면도와 이발, 한 달에 한 번 영화 감상 정도가 생활에 변화를 주는 일들이었다. 그 외에 편지 쓰기나 면회도 있긴 하지만, 대부분의 사람이 의지가지없는 신세라 면회나 편지와는 인연이 없었다.

기결수는 삭발을 한다. 집단 생활을 위해 위생상 삭발하는 것이라지만 다른 이유도 있는 것 같다. 삭발을 하면 나이보다 어려 보인다. 삭발을 하고 파란 수의를 걸치고 이름 대신 수인번호로 불리면서 지배와 통제를 받는 수인으로 비인격화된다. 당국은 삭발에 열심이었고 정기적인 이발 외에도 특별 삭발 부대를 급파하여 조금이라도 머리가 긴 사람은 강제적으로 머리를 밀었다. 재소자는 속세에 대한 미련 때문인지 비인격적 규격화에 대한 반항 때문인지, 1mm라도 머리를 더 기르려고 무척 애썼다. 이발하는 날이 되면 이런저런 핑계를 대고 피했다. 바리캉을 머리에 바짝 대고 밀었느니 안 밀었느니 하며 이발사와 실랑이를 하기도 했다. 이발사에게 뇌물을 쓰면서 이부(약 0.6cm) 정도로 깎기도 한다.

옥중의 가오(대빵)들은 스포츠머리를 하거나 오부(약 1.5cm) 정도 머리를 길고 구내를 활보한다. 우량수(모범수)가 되면 합법적으로 머리를 기른다. 재소자에게는 만기 3개월 전에 '삭발 보류증'이 발행된다. 재소자는 이것을 '마패'라고 부르며 소중하게 가슴에 달고는 "이제 아무도 이 머리에 손 못 대. 이 머리만큼은 징역이 끝났으니까"라며 으쓱대고 다녔다. 머리카락의 길이도 교도소에서 수감자의 지위와 세력을 나타내는 중요한 지표였다.

그러나 특사 정치범은 머리카락에 미련이 없어서 2주에 한 번은 반드시 머리를 깎았다. 이발사가 "좌상(손윗사람에 대한 존칭) 님, 머리가 너무 짧아서 바리캉 날이 먹지를 않네요. 다음에 하시죠"라고 말해도 부득부득 밀어 달라며 물러서지 않았다. 머리가 길면 가려웠으니, 머리 감는 비누를 아끼기 위해서라 했다. 삭발한 머리는 매일 아침 냉수마찰을 할 때 몸의 피부처럼 박박 문질러주면 자주 비누칠을 하지 않아도 괜찮았다. "60년대에는 비누 지급이 안 되어서 아까운 밥을 이겨서 그걸로 머리를 감았었지"라며 원통한 듯 술회하는 나이든 정치범도 간혹 있었다.

소독도 하지 않은 바리캉 하나로 여러 사람의 이발을 했기 때문에 버짐이나 원형 탈모 같은 피부병이 만연했다. 내 머리에도 피부병이 단단히 옮아붙어서 몹시 괴로웠다.

진료는 매주 수요일, 사동 복도에 탁자를 내놓고 감옥의가 진찰했다. 의사 얼굴을 보려 해도 볼 수 없었던 서울구치소와 비교한다면 이것도 장기수에 대한 배려라고 말할 수 있을지 모른다. 그러나 오전 근무만 하러 오는 파트타임 감옥의가 하는 진찰이란 그냥 적당히 시늉만 내는 것이었다. "배가 아프면 배꼽 주위에 아까징끼(빨간 소독약)로 동그라미를 친다"며 수인들은 감옥의를 비웃었는데, 실제로 배가 아프다고 하면 만져보지도 않고서 소화제를 처방하고, 머리가 아프다고 하면 아스피린, 감기에는 판피린을 주는 식이었다. 그런 식의 진찰조차 바쁘다고 의무부장이 대신 진료할 때도 많았다. 한용우 부장은 교도관이었지만 오랫동안 의무과에서 근무하여 경험이 풍부했으며 감옥의보다도 보는 눈이 낫다는 평이 있었다. 공부를 좋아해서 독학으로 엑스레이 기사 면허도 땄다. 인품이 온건하고 의사처럼 권위주의적이지 않고 친절했기에 1사하에서는 한부장을 더 환영했을 정도였다. 어쨌든 감옥에서 엑스레이라도 찍어볼 수 있었던 건 그의 덕분이었다. 감옥에서는 아주 심한 병이 든 경우가 아니면 엑스레이 같은 것을 찍어주지 않았다. 중병이 든 노인도 "엑스레이까지 찍어봤다"며 위안하고 죽는 것이 그 즈음의 실정이었다. 나는 입소한 지 13년째인 1983년에 처음으로 엑스레이 촬영을 포함한 건강진단을 받았다.

목욕은, 담당실 옆 세면장의 물통에 급수차로 뜨거운 물을 부어 놓으면 각자 한 양동이씩 받아서 씻는 정도이므로, 목욕탕에 들어가는 건 생각할 수도 없었다. 법적으로는 1주일에 한 번 목욕하게 되어 있었지만 실제로는 2주일에 한 번, 오일쇼크 때에는 한 달에 한 번밖에 목욕하지 못했다. 그래도 1사하의 사람들은 매일 냉수마찰을 했고, 목욕하는 날엔 운동이 없었으므로 누구도 목욕 횟수가 적다고 불만을 말하지 않았다. 1979년경부터는 목욕탕에서 목욕을 하게 되었지만 처음에는 목욕 시간이 5분 정도로 탕 속에는 들어가지 못하게 해, 욕조의 뜨거운 물을 떠서 찍어 바르는 식으로 씻었다. 더구나 온도가 알맞으면 따뜻한 물을 헤프게 쓴다면서 펄펄 끓는 물을 욕조에 받아 놓았으니, 그 뜨거운 물을 대야에 떠서 식혀가며 씻다 보면 금세 목욕 시간이 끝나버려, 비누거품을 씻지도 못한 채 방에 돌아올 때도 있었다.

교도소의 영화 상영은, 각종 종교행사나 외부인사의 위문공연 등이 쉬는 교도소의 여름방학(8월)과 겨울방학(2월)을 제외하고 한 달에 한 번, 연간 10회 정도였지만, 볼 만한 영화가 들어온 적은 한 번도 없었다. 욕정을 자극하는 영화는 안 된다는 감옥의 제약도 있었지만, 교무과에서 영화 예산을 착복했기 때문에 무료 영화인 반공 홍보 영화나 새마을 영화를 상영하는 일이 빈번했다. 1970년대에는 대부분 코미디나 새마을 영화, 반공 영화를 보여줬다. 1980년대에 들어서자 홍콩 무협 영화가 많아졌다. 다른 재소자들의 관람이 끝난 후에 1사하 사람들이 관람했는데, 500명 정도 들어가는 꽤 넓은 교회당의 의자에 드문드문 떨어져 앉게 하고 '지도'와 간수가 그 사이사이에 앉았다. 영화 자체에는 관심이 없었지만, 잠시나마 독방에서 나올 수 있고 동지들의 얼굴이라도 볼 수 있었기에 "바람이라도 쐬러 갈까" 하면서 영화 구경을 갔다. 전향공작반이 생기고 나서 1974년경부터는 유신체제의 영향으로 반공영화를 주로 상영했기에 집단으로 영화 관람을 거부한 일도 있었다.

영화 외에 1년에 2, 3회씩 교도소 내 반공 웅변대회나 노래자랑, 또는 가수 등의 위문공연도 있었다. 위문공연에는 징역살이 하는 악명 높은 주먹들의 '가오'로 유명 가수들도 왔기 때문에, 일반 재소자는 이 행사를 목을 빼고 기다렸다. 그러나 1사하 사람들에게는 이런 행사도 스피커로만 방송되었을 뿐 참가는 허락되지 않았다.

1년에 몇 번은 북한에서 내려온 귀순자의 반공 강연이 있었다. 내용은 북한 사회와 지도부에 대한 비방, 자유대한에 대한 찬양이었다. 눈에 띄는 건, 반드시 두 명 정도의 중앙정보부 직원이 함께 와서 단상에 앉아 있다는 점이다. 그들을 보며 어느 노(老) 정치범이 혀를 찼다. "불쌍한 놈. 몇 년 동안 개처럼 충성을 다해봤자 신용도 얻지 못하고, 정보부 담당요원이 붙지 않으면 혼자서 돌아다니지도 못하니."

북한에서 공작원으로 한국에 왔다가 자수한 진짜 '귀순자'도 있었다. 그러나 대부분은 잡힌 후에 목숨을 살려주겠다는 역공작을 받고, 동지를 팔아먹고 정보를 제공하여 현저한 공을 세운 자들이었다. 전향하고 협력했다 해서 반드시 사형이나 투옥을 피할 수 있는 것도 아니다. 이용가치가 있다는 중앙정보부의 판단이 서야 한다. 실컷 이용당한 후 이용가치가 없어지거나, 정치정세가 여의치 않아 간첩단 사건을 발표할 필요가 생기면, 사형시키거나 투옥시키는 경우도 있다. 반대로 아무리 큰 사건이라도 이용가치만 있다면 억지로 전향을 시키고 항상 감시를 붙여서 '귀순자'로 만든다. '귀순자'는 법적으로 공소보류자이다. 공소보류자 관찰 규칙에 의하면 제4조 '감시', 제8조 '감독' 조항이 있어서 엄중하게 항상 감시를 받고, 제5조 '협조 요구'에 의해 언제든 정보기관의 요구에 따르지 않으면 안 된다. 그들은 중앙정보부 대공심리전국의 통제 하에 1년에도 여러 차례 반공 강연을 하며 전국 방방곡곡을 돌아다녔다.

종이(紙)와 신(神)[•]

감옥에서 종이는 귀중품이다. 재소자에게는 울긋불긋한 종잇조각들이 뒤섞인 손바닥 크기의 얇고 시커먼 재생지가 매일 한 장씩 배급되었다. 재소자가 이 종이를 모으면, 당국은 부정 통신용 편지지로 이용될 수 있다는 이유로 압수해 갔다. 그러나 돈만 있으면 같은 종이를 50매 한 묶음으로 살 수 있었으므로, 종이 소지 금지는 재소자를 괴롭히기 위한 처사라고밖에 생각되지 않는다. 하루 한 번 볼일을 보면서 종이 한 장으로 닦는 것도 어려운 일이었지만, 볼일이 두어 번 생기거나 어쩌다 설사라도 하는 날이면 어떻게 되겠는가. 비참한 이야기다. 손으로 닦아내서 물로 씻는 경우도 실제로 있었다. 관급 잡지 등을 찢어서 사용하기도 했지만 잡지 자체가 워낙 귀했다. 책이 없는 1사하 사람들은 형편없는 관급 잡지도 소중하게 보관했고, 무료함을 달래려고 그것을 읽고 또 읽었다.

세계에서 최대 발행 부수를 자랑하는 책은 성경이라는데, 감옥에서 가장 많이 나도는 책도 성경이었다. 각 교파가 경쟁하듯 감옥 선교에 열

• 종이(紙)와 신(神) : 일본어로 종이와 신은 모두 '가미(かみ)'로 발음한다.

을 올렸다. 죄인 중의 죄인을 개심시키고 회개하게 하는 드라마 같은 이야기가 만들어졌다. 재소자나 전과자의 간증은 목사나 선교사들에게 소중한 장사 밑천이었다. 전과자 중에는 이를 이용해 감옥 편하게 살고 출소도 빨리 하려고 가짜 기독교인이 되는 자도 있었다. 출소 후, 전과자의 참회를 팔아서 금품을 모은다든지, 고학력의 여성을 농락한다든지, 교회를 누비며 사기 절도를 한 예도 번번이 있었다.

성경은 감옥 안에서 종이의 기능을 유감없이 발휘하며, 휴지도 되고 화장지도 되어 절박할 때마다 죄인을 구원해주었다. 1사하의 장기수 중에는 이것으로 솜씨 좋게 안경집을 만든 사람도 있었다. 종이와 물과 아까운 밥을 섞어 지점토를 만들어서 본틀을 빚고, 끈기 있게 변소 시멘트 바닥에 갈고 닦아 타원형으로 다듬은 후, 마지막으로 성경의 검은 표지를 벗겨 겉에 붙이면 멋진 안경집이 완성되었다.

'종이' 하면 김청원 선생이 생각난다. 내가 대구에 이송되었던 당시, 1사하에서 가장 젊었던 사람이 당시 34세였던 김선생이었다. 날씬한 몸매에 속눈썹이 긴 그는 미인이 많이 나기로 유명한 북쪽 끝인 함경북도 회령 출신이었다. 노동자의 아들로 태어나 고향에서 고등학교를 졸업하고 인민군에 입대하여 우수한 군인이 되었다. 군관(사관)학교에 진학하라는 권유를 뿌리치고 제대 후 고향의 탄광에서 일하며 직장의 악단을 맡아 지도했다. 손재주가 좋아 기타 같은 악기도 만들었고, 기타 연주자로도 유명했다고 한다. 중앙정보부에서 고문으로 갈비뼈 두 개가 나가고, 목이 졸려 울대뼈가 함몰하여 고운 목소리는 자취를 감추고 쉰 목소리가 되어버렸다. 봄이면 하얀 살구꽃이 피는 고향과 고향에서 간호사로 일하셨던 늙은 어머니의 한없는 사랑을 자주 이야기하곤 했다. 1965년경 당에 소환되어 대남공작원 교육을 받고, 1970년에 대구 출신인 백광배 선생과 함께 부산에 상륙했다가 그곳에서 체포되었다.

그는 미결사에 있을 때 설사가 났지만 종이 배급이 되지 않아 어려움을 겪었다. 간수에게 신청했지만 함흥차사라, 순시를 돌고 있던 주임에게 "종이 좀 주세요" 하고 요구했다. 주임은 감히 자기한테 직접 노상 면담했다고 "건방지다"며 그를 꽁꽁 묶어서 징벌방에 처박았다. 일반적으로 간부 면담이나 그 외의 애로사항이 있으면, 본무담당을 통해서 보고전(箋)을 내게 되어 있다. 지나가는 간부에게 '직소'하는 걸 '노상 면담'이라고 하는데, 긴급한 경우에만 하는 예외적인 것이다. 이런 절차를 밟지 않았다고 트집을 잡고 가혹행위를 했던 것이다. 김선생의 경우, 절차를 무시한 직소라서 징벌 받은 게 아니라 종이 같은 관급품까지 횡령하는 부정 구조가 폭로될까봐 우격다짐으로 누른 것으로 보인다. 1사하에도 가끔씩 종이가 제때 나오지 않아 소리친다. "담당님! 종이요!"

큰 물고기가 작은 물고기를

한국사회 전체가 그랬듯이 감옥 안에서도 "큰 물고기가 작은 물고기를 잡아먹는다"는 생태학적 먹이사슬을 뚜렷이 관찰할 수 있다. 먼저 감방 안에서는 감방장과 고참, 그리고 유명한 전과자가 힘없는 재소자로부터 영치금 카드(감옥 안에서는 현금을 쓸 수 없으니 돈을 맡겨 두고 카드에 표시된 잔액으로 물품 구입을 한다)나 소지물품, 차입 등을 빼앗는다. 방에서는 물이나 식사를 충분히 확보하거나 심부름을 시키기 위해 사동의 봉사원과 짜고 '범칙(犯則)'을 한다. 매일 구매 신청하면 다음날 물품이 나오는데, 밥 한 덩어리에 얼마, 물 한 그릇에 얼마, 하는 식의 환율을 정해 봉사원에게 '인정(팁)'으로 물품을 주는 것이다. 봉사원은 그걸 받아서 담당에게 상납하고, 매일 담당을 먹이고 수발한다. 아침에 담당이 출근하면 비타민제를 곁들여 우유에 계란 노른자를 두 개 넣은 것과 토스트를 준비해 먹이고, 간식으로 사과나 빵도 마련해놓는 것이다. 이를 '수발'든다고 한다. 재소자의 메뉴에 닭고기나 돼지고기가 나오는 날에는 재소자가 먹을 몫에서 고기만 건져서 담당용으로 한 그릇 빼놓는다. 뿐만 아니라 담당이 사용하는 러닝셔츠, 팬티, 양말, 비누, 치약, 칫솔도 준비해둔다. 봉사원은 담당의 구두를 닦고, 양말이나 팬티 빨래부터 양복 다림질까지 온갖 시중을 든다. 퇴근할 때는 선물을 한 꾸러미 싸준다. 야간 담당에게는 야식으로 빵 등이 들어 있는 그릇을 사동에 있는 봉사원들 방의 식통구(食通口)에 내놓는다. 그러면 담당이 그것을 가져가서 담당실이나 세면장에서 먹는다. 재소자들은 이것을 '쥐밥'이라 불렀다.

담당은 수입이 좋은 부서에 배치되거나 근무가 편한 곳에 배치 받기 위해서 사동 몇 개를 감독하는 관구부장이나 보안과의 배치부장, 나아가 주임, 계장, 과장에게도 술을 사거나 상납한다. 이렇게 빨아올리는 펌프 작용은 감옥의 계급 피라미드를 따라 정상에 있는 소장까지 올라간다. 거물 재소자는 석방이나 교도소 내의 출역 문제로 가족이나 똘마니를 시켜 과장급 간부와 직접 거래를 하는 경우도 있다.

감옥에서 담배는 시장의 몇십 배 가격으로 암거래되는데, 간수가 묵인한다든지 직접 제공하면 수입은 크게 오른다. 고참 담당은 1960년대를 회고하며, "그때는 좋았다. 큰 사동 본무담당을 2년 하면 집 한 채를 살 수 있었으니까. 빽 연줄을 써서라도 서로 교도관이 되려고 했었지"라고 했다. 내가 대구에 있던 즈음에도 기결·미결 중앙부장이나 부식계와 같은 실속 있는 부서의 부장은 1, 2년 만에 집을 샀다고 들었다.

감옥 안의 거래에서는 양말이나 러닝셔츠, 팬티 같은 물건이 현금 대신 사용되었다. 이것이 돌고 돌아 부장 손까지 들어가면 부장은 이것을 구매부에 가져가 현금으로 바꿨고, 그 물건은 다음 날 다시 재소자에게 팔렸다. 돌고 도는 물레방아처럼 그렇게 돈을 빨아올렸다. 구매부는 서무과장, 식당은 보안과장의 이익사업이었다. 재소자의 가족에게 편지를 보낸다든가 가족이 보낸 현금 혹은 감옥의 금지 물품을 전달하는 속칭 '비둘기'도 간수의 수입원이었다. 더 큰 단위로는, 소장이나 과장급이 연간 수십억 원의 예산에 손을 댄다든가 단골 업자로부터 뇌물을 받는 건수가 있었다. 교도소는 항상 어딘가를 부수고 다시 짓곤 했는데, 이것도 시공업자나 자재 공급업자로부터 공사에 따른 커미션을 챙기기 위한 것이었다. 1970년대 유신체제 후반이 되자 '비리·부정 척결', '기강 숙청'이라는 명목으로 자주 감사가 나왔다. 본보기로 소장 몇 명의 목이 날아간 일도 있었지만 기본 구조를 바꾸지는 못했다. 감옥은 행정관청 중에서도 가장 보수적이고 은폐되어 있으며 뒤떨어진 특수사회였지만, 언제나 정치에는 가장 민감하게 반응하는 관료체제의 일부였기에, 정치가 크게 바뀌지 않는 이상 변화를 기대할 수 없었다.

감옥 안의 감옥

1사하의 정치범 91명 중 20명 정도가 미결수였다. 나머지는 비전향자 기결수였다. 대부분은 남조선노동당·빨치산 출신자, 한국에 사는 지하공작원, 북에서 내려온 공작원과 안내원 등이었지만, 사회당 등의 혁신 정당 출신자, 월북을 기도한 국군장병, 월북 어부·선원, 그리고 몇 명의 반공법 위반자도 있었다.

비전향수는 수십 년을 함께 감옥 생활을 했기에 서로 잘 알고 있다. 전향공작에 저항한다는 공통점도 있었지만 이심전심으로 단결이 잘 되었다. 사동에서는 서로를 '선생'이라고 불렀다. 초기 정치범의 다수가 빨치산들이어서 그로부터 생활습관이 생겼다고 여겨지는데, 비전향수 전체를 빨치산 식으로 '대열'이라고 불렀다.

대구의 1사하는 1972년에 교도소를 신설할 때 비전향자의 전향공작을 위해 설계되었다. 이전에는 비전향자들을 독방에 수용하기엔 정치범 수가 너무 많았다. 68개의 방이 있던 대전교도소를 제외하고는 독방이 많은 곳이 없었던 것이다. 전향공작을 위해서는 정치범을 철저하게 분리·분단시켜 각개격파를 하지 않으면 안 된다는 사고방식에 의해 대구교도소와 광주교도소가 신설되었고, 각각 71개의 독방을 가진 특별사동이 만들어졌다. 대구교도소 특별사동은 그 후 시국이 변하면서 대통령 긴급조치 위반 학생, 재야 반체제 운동가, 정신장애인, 보통의 징벌방에는 가둘 수 없는 문제 재소자 등도 수용하게 됐다. 사회 통제에서 벗어난 자들을 가두는 곳이 감옥이라면, 특별사동은 감옥 안의 통제에 복종하지 않는 자들을 다시 가두는 '감옥 안의 감옥'이었다.

특별사동은 가장 무서운 '감옥 안의 감옥'이었지만, 이곳조차도 "사람의 마음은 쇠사슬로 묶을 수 없다"는 진리를 뒤엎지는 못했다. 특별사동의 재소자는 그보다 더 나쁜 처우를 받을 수 없는 막다른 골목에 몰린 사람들이었기에, 이 사람들의 주장을 못하게 막을 방법은 아무 것도 없었다. 비전향수는 사상전향 공작반의 공작관과의 대화는 물론이고 간수나 봉사원, 재소자 등 특별사동에서 접촉하는 사람들에게도, 국가보안법과 반공법으로 금지된 북한이나 조선노동당, 김일성 주석이나 공산주의에 대한 자신의 의견, 미 제국주의나 독재정권에 대한 가차 없는 비판, 마르크스·레닌주의에서부터 유물변증법에 이르기까지 말하고 싶은 것은 뭐든지 말했다. 공작관은 사상전향 공작을 하려면 비전향수의 생각을 듣지 않을 수 없었다. 아이러니컬하게도 어떤 의미에서는 '감옥 안의 감옥'이야말로 대한민국에서 사상과 언론의 자유가 가장 넘치는 곳이었다고 할 수 있다.

징벌이 있긴 했으나, 법적으로 2개월의 금치가 최고의 벌이었다. 그러니 몇십 년이나 감옥에 살아온 정치범에게는 징벌을 주는 것이 불가능했다. 실제로 비전향 장기수들에겐 징벌보다 가혹한 처우를 해왔던 데다, 몸소 자신의 사상과 양심을 지키려는 사람들의 의지를 꺾을 수는 없었기에 특별사동에서의 말과 행동은 방치 상태였다. 감옥에서 추가 형을 주려면 간부에서 담당 교도관에 이르기까지 직원의 감독 책임도 동시에 물어야 했으므로, 사건을 확대하기보다는 축소하거나 유야무야 뭉개려는 경향이 있었다. 다른 재소자에게 영향을 준다든지 문제가 감옥 밖으로 파급될 때를 제외하고는 추가 형을 남발할 수 없는 속사정이 있었던 것이다. 예를 들어 감옥 내에서 살인 사건이 일어나도 상해치사나 폭행치사로 검찰에 축소해 보고한다. 감옥에서 일반 재소자끼리 싸움이 나면 "너 같은 거 죽여도 2, 3년 살면 끝이야"라고 을러대기도 한다. 대부분의 무기 비전향 정치범은 추가 형에 따르는 폭력이나 옥중 생활공간이 좁아지는 것은 싫어하면서도, 어차피 전향서를 쓰지 않는 한 무기한의 징역살이는 마찬가지라서 추가 형 자체를 그다지 두려워하지는 않았다.

드나드는 사람이 많아 늘 시끄러웠던 서울구치소에서 대구교도소 특별사동으로 옮겨오면 엄혹한 분위기에 누구나 기가 눌린다. 사소한 규칙 위반이나 반항의 낌새만 보여도 가차 없는 폭행과 폭언이 날아왔다. 방의 철문이 여닫힐 때 나는 쨍그랑 부딪히는 쇳소리에도 가슴이 철렁 내려앉았다. 심장이 약한 노인들은 쇠 부딪히는 소리가 날 때마다 가슴이 칼로 쪼개지는 것 같다고 한다. 나는 첫날부터 폭행을 당해 위축되어 있었다. 담당의 앞잡이가 되어 호가호위하는 봉사원의 감시와 폭언에 대해서도 무력하고 비굴한 자신이 수치스러웠다.

그럴 때 용기를 준 것은 최하종 선생이었다. 대구로 이송되어 한 달쯤 되었을 때였다. 운동하고 있는데, 빨래 말리러 나온 최선생이 운동 담당의 눈치를 보며 살짝 옆으로 다가와서 의기소침해 있던 나에게 위로의 말을 건넸다. "힘들지요? 처음엔 모두 그래요. 나도 처음에는 문 열리는 소리만 나도 가슴이 철렁 하곤 했어요." 내 마음을 들여다본 것 같은 그 한 마디에 "모두 똑같구나. 나도 다른 사람들처럼 늠름하게 살아갈 수 있겠다"는 용기를 얻었다.

선생은 함경북도 성진(현재는 김책) 근교에서 태어나서 만주의 용정에서 자라고, 신경 제1중학교를 거쳐 하얼빈 공과대학 1학년 때 해방을 맞았다. 민족해방은 선생에게 민족주의와 사회주의에 대한 신심을 갖게 하는 크나큰 계기가 되었다. 해방 후 고향에 돌아가서 민주청년동맹의 활동가로 활동하는 한편 김책공업대학의 야금(冶金)공학과에 진학했다. 대학 5학년 때 한국전쟁이 나자 인민군 정치군관으로 입대하여, 전쟁 후 중좌로 제대하였다. 대학을 졸업한 뒤 국가계획위원회의 대외무역과장이 되었고 1남 2녀를 두었다.

선생에게는 삼촌이 두 분 있었다. 큰삼촌은 만주 길림 등의 도시에서 김일성 항일부대의 지하공작원으로 활약했고 해방 후 직업동맹(노조) 중앙부위원장 등의 요직을 지냈지만, 항일투쟁 때 옥중에서 얻은 결핵과 무리로 인해 병사했다. 작은삼촌인 최주종 장군은 얄궂게도 만주군관학교와 일본 육군사관학교를 졸업한 박정희의 후배로, 일본군 소위로 해방을 맞았다. 친일파라고 해서 두 번이나 투옥되었으며 한국전쟁 전에 탈옥해 한국으로 도망쳐 국군에 투신했다. 국군의 주류였던 만군

파(만주군관학교 출신)에 소속된 그는 1961년 준장으로 광주의 제31사단 사단장이 되어 박정희의 쿠데타에 참가했고, '혁명주체'로서 국가재건 최고회의 건설분과 위원장이 되었다.

1960년 '4·19 학생혁명' 후, 학생을 비롯한 국민들 사이에서 통일에 대한 열망이 들불처럼 타올랐다. 그 해 8월 15일에 김일성 수상은 연방제 평화통일 방안을 제안하고 대대적으로 캠페인을 전개했다. 연방제 통일을 선전하고 남북 단합을 설득하기 위해 1960년과 1961년에 북에서 많은 사람이 가족·친척·지인을 만나러 남으로 내려왔는데, 대부분 체포되었다. 만군파는 주로 함경도 출신으로 만주로 이민 갔던 사람들의 자식이어서 북에 가족 친척을 두고 있는 사람들이 많았다. 그래서 5·16 쿠데타 주체 세력에게 통일을 설득하기 위해 많은 사람들이 남으로 내려왔던 것이다.

최하종 선생도 작은삼촌에게 민족적 양심으로 돌아가 통일을 위해 힘을 모을 것을 설득하기 위해 1961년에 서울에 왔다. 삼촌에게 전화를 걸자 삼촌이 바로 당국에 고발해서 체포되었다. 결국 반공법 제6조 3항(잠입죄)으로 무기징역 선고를 받았다.

같은 시기에, 박정희에게 통일을 설득하러 내려왔다가 형장의 이슬로 사라진 '황태성 사건'이 유명하다. 황태성은 남로당의 선산군당 위원장이었던 박정희의 형, 박상희의 동지이자 친구였으며, 박상희의 딸과 김종필(당시 공화당 대표, 중앙정보부 창설자)의 중매인이기도 했다. 남로당의 경상북도 위원장이었던 황태성은 한국전쟁 전에 북으로 탈출해서 무역성 부상(副相)의 지위에 있었다. 1963년 10월, 대통령 선거가 한창일 때 야당의 윤보선 후보가 박정희가 황태성을 몰래 숨겨줬다며 사상문제를 걸고 나오자, 박정희는 용공 의혹에 대한 자신의 결백을 밝히기 위해서 가족의 은인이었던 그를 간첩으로 몰아 12월 14일 사형시켰다. 박정희의 인간적인 무자비함은 차치하고라도, "파괴 목적도 없이 교섭과 협상을 위해 왔던 사람을 사형시킨 것은 아무래도 너무 지나친 것이 아닌가?" 하는 반성이 오늘날에는 한국 내부에서 제기되고 있다. 그 후 공식·비공식으로 다양한 사자(使者)가 남북을 오갔음에 비추어 보아도 수긍할 만한 이야기다. 최하종 선생은 간첩죄도 아니고 반국가단체조직도 아닌 반공법의 잠입죄만으로 전례 없는 무기형을 받아 30여 년의 옥살이를 하고 있는 것이다.

최선생은 이지적이고 당당한 체구에 잘 생기고 도량이 넓고 사람에 대해 성실하게 배려할 줄 아는 사람이었다. 아직 사십대 초반으로 청년의 향기가 남아 있었지만, 선생은 그 지성과 의지, 그리고 지도력으로 인해 비전향 정치범들의 기둥이었다. 선생의 당당한 풍모와 통이 큰 인간성에 간수들도 경의를 표하여 '최장군'이라고 불렀다.

당시 특별사동에서 최고 장로 격은 김병인 선생이었다. 아직 60세가 되지 않았지만, 등이 굽고 의치를 하고 있었다. 경상남도 고성 출신으로 일제강점기에 일본으로 건너가 노동하면서 노동운동과 공산주의 운동에 투신했다가 검거되어 시즈오카 형무소에서 해방을 맞았다. 해방 후 귀국해서 남로당 간부로 활약했다. 지리산 빨치산에 대해서 쓴 이태의 『남부군』에 김삼홍이라는 이름으로 나온다. 남로당 경상남도 부위원장, 위원장 대리, 경상남도 도당 유격대 사령관으로 지리산에서 싸웠지만, 유격전에 패배한 후에 하산해서 1954년에 체포되었다. 당시 신분이 드러나지 않아 사형을 면했다.

선생은 경력과 지도력, 그리고 강한 끈기와 의지력으로 동지들의 존경을 받고 있었다. 김선생은 1976년 만기를 마쳤으나 전향하지 않았다는 이유로 보안감호소로 보내졌고, 1988년 9월 사회안전법 폐지 논의

과정에서 풀려났다. 일제강점기로부터 시작된 40여 년의 감옥 생활이었다. 그러나 불과 반 년 만에 부산의 병원에서 생애를 마쳤다. 평생 마지막까지 투쟁한 최후의 남로당 고위 간부였다.

14방에는 김형규 선생이 있었다. 선생은 경상남도 함양 출신 빨치산이었다. 체포 당시 전투에서 왼팔을 잃었다. 한 손으로 식기를 씻고 빨래를 하고 바느질도 했다. 몸집이 큰 농부였던 김선생은 53세에 체포되어 감옥 생활을 하면서 글자를 배웠다. 그렇지만 읽을 책이 거의 없었던 선생은, 한 손으로 실을 꼬기도 하고 걸레를 만들기도 하면서 곰처럼 방안을 왔다 갔다 하곤 했다. 20년간 감방에 갇힌 농부의 나날은 얼마나 지겨웠을까. 또 다른 한 사람, 부산 지역 빨치산 출신인 강동근 선생은 오른팔이 없었다. 정영호 선생도 뇌출혈 후유증으로 왼쪽 반신이 마비되어서 불편했다. 19방에는 세 명의 결핵환자가 있었다. 그런 환자나 장애인들에게도 특별사동의 규칙은 엄격하게 강요되었다.

박판수 선생은 긍지 높은 남부 빨치산 생존자였다. 선생은 경상남도 진주 사람으로, 진주농업학교를 다녔다. 식민지 시대의 진주농업학교는 유명한 반일 학교로 다양한 항일운동을 펼쳤다. 선생도 3학년 때 동맹 휴교의 주모자로 퇴학을 당했고, 일본으로 건너가 교토 등에서 공부를 했다. 제2차 세계대전이 격해지자 조선으로 돌아왔다. 징병과 징용을 피해 해방되기 전 1년쯤 지리산에서 도피 생활을 했다. 해방 후에는 고향에 돌아가 남로당의 간부당원으로 활약했다. 1947년경부터 미군정이 남로당에 대한 탄압을 심하게 하자 합법적 활동이 어려워져 지리산으로 돌아가 빨치산 투쟁을 지도했다. 한국전쟁 이전의 빨치산을 '구 빨치산'이라고 하고, 이후는 '신 빨치산'이라 하는데, 선생은 경상남도당 유격대 후방부(보급, 위생 등의 지원 작전을 하는 부대) 부장으로서 구 빨치산 시절부터 전투에 참가했다.

한국전쟁 후 체포되어 대전 감옥에 있었지만, 1958년 500명 정도의 비전향 정치범의 탈주 미수 사건 때, 선생은 지도위원 5명의 한 사람으로 추가 형을 받고 목포 감옥에 이송되었다. 거기서 목숨을 건 수십 일의 단식으로 위험 상태가 되어 형집행정지를 받고 1960년에 석방되었다.

석방 후에는 감옥에서 배워 익힌 한방 기술로 간신히 먹고 살다가 1974년 반공법 사건으로 다시 구속되어 5년형을 받았다. 그러나 5년형을 받은 것보다 목포에서 형집행정지를 받을 때 남아 있던 8년의 잔여형이 문제였다. 1979년에 만기를 맞은 선생에게 공작반은 전향하면 남은 형을 면제해주겠다고 했다. 선생에겐 나이든 부인과 아직 어린 아이들이 있었다. 선생이 투옥되면서 부인이 행상으로 겨우 생계를 이어나갔고 생활은 궁핍했다. 그러나 선생은 고민 끝에 전향을 거부했다.

나는 박선생을 '학다리 선생'이라고 불렀다. 몸이 학처럼 말라서 다리가 젓가락같이 가늘었기 때문이다. 아주 허약한 체격이었기에 당국도 선생이 단식하면 죽는 게 아닐까 경계했다. 그러나 선생은 의기양양하고 패기만만했다. 선생은 화가 나면 벽력같이 큰 소리를 질렀다. 징벌방에 갇혀 깡패에게 못으로 찔리는 고문을 당할 때도 굴복하지 않았다. 우리들의 처우가 개선되어 노인들이 화단 작업을 하게 되었을 때, 그것을 본 선생은 "꽃이나 만지고 있으면 혁명정신이 풀어지고 말아. 저런 일은 은퇴한 노인들이나 하는 짓이지"라며 씁쓸한 표정을 지었다. 선생은 그때 이미 60세가 넘어 특별사동에서도 장로 격이었지만, 언제나 허리를 꼿꼿이 세우며 노인 티 내기를 싫어하였다. 방에서는 열심히 책을 읽었는데 특히 『동의보감』을 탐독하여 '특별사동의 의사'로 자임하고 있었다. 우리들도 몸이 안 좋으면 선생의 진맥을 받았다.

선생은 나를 귀여워해 주셨다. 비전향수는 대부분 근면하고 정결함을 좋아해서 방을 언제나 깔끔하게 정리해놓았지만, 나는 원래부터 게으른 데다 정리정돈을 잘하지 못한 탓에 방이 어지러웠다. 주1회 하는 청소 검사 날에는 간수가 시끄럽게 뭐라고 잔소리하는 게 아주 싫었다. 특히 담요 귀를 맞추어서 상자처럼 반듯이 접어야 하는 군대식 침구 정리는, 정리정돈에 서툰 나로서는 아무리 해봐도 잘 되지 않았다. 어느 날 선생이 내 방을 살펴보더니 "음, 역시 남자는 청소 같은 것에 신경 쓰지 말고, 작은 일에 연연하지 말고 기개를 크게 가져야 해"라고 칭찬하듯 말씀하셔서 계면쩍었던 기억이 난다. 선생 역시 가끔 흘린 밥알 몇 알을 옷에 붙인 채 다니는 등 겉치레에 무관심했다. 그 때문만은 아니지만 나도 선생을 존경했고 아주 좋아했다. 가끔은 너무 과격한 게 아닐까 생각이 들 정도로 철저한 세계관도 재밌었다. 일제강점기부터 해방 후까지 선생의 치열한 투쟁 경험에서 나온 여러 이야기는 흥미진진하고 교훈이 가득했다. 선생은 1986년 3월에 출소하였고, 1992년에 부산에서 75세의 파란만장한 생애를 마쳤다.

특별사동에는 군 장병들도 있었다. 김용운 중령은 박정희와 동기인 육사 2기였는데 일본에 사는 형을 만났다가 그 형이 총련의 간부라는 이유로 체포되었다. 김상수 소위와 황건일 소위는 38선을 넘으려다가 체포되었다. 군법정에서 월북 기도는 대략 2, 3년형을 받는다. 김소위는 대구 사람으로 집이 가난해서 대학 진학의 뜻을 이루지 못하고 제3사관학교에 지원 입대했지만, 정의감이 강한 사람이라 사회와 군의 부정부패에 분노했다. 38선 가까운 전방 소총부대 소대장으로 근무하다가 대남방송을 듣고 월북을 결심했다. 정찰 도중에 탈주했지만 길을 잘못 들어 체포되고 말았다.

특별사동의 사람 대부분이 그렇지만 김소위는 특히 지독한 독서가였다. 내가 가지고 있던 영어나 일본어 책을 빌려서 간수의 눈을 피해 잠자는 것도 아까워하면서 공부했다. 감옥에서는 거의 날마다 방 검사(검방)를 하고 이상 유무를 조사하여 '부정 소지품(범칙품)'을 적발하곤 한다. 방 검사는 책에 허가증이 붙어 있는가 어떤가, 그리고 본인 것인가 아닌가도 조사했다. 특별사동에서는 책을 빌리고 빌려주는 행위는 징벌 대상이었고 적발된 책은 압수되었다. 차입이 없는 사람은, 남의 책을 얻어 허가증을 위조하기도 하였다. 낡은 허가증을 물에 적셔서 잉크가 지워지면 편지를 쓸 때 간수의 눈을 피해 책 이름과 자기 이름을 적어 넣었다. 김소위는 나에게 빌린 책이 방 검사에서 적발되어 심하게 폭행당하고 빌린 경위를 추궁 받았다. 그 책은 내가 봉사원에게 빵 같은 걸 줘가면서 몰래 보낸 것이었다. 김소위는 끝까지 "운동할 때 내가 책을 빌려왔소. 책을 읽는 것이 왜 잘못입니까?"라고 얼굴을 붉히며 대들었다. 간수는 "운동 담당과 본무담당이 보고 있었는데, 어떻게 그런 일이 일어날 수 있는가?" 추궁했으나 그는 끝까지 우겼다. 결국 태도가 반항적이라고 보안과 지하실에 끌려가서 두들겨 맞고 한 달간 운동 정지의 징벌을 받았지만, 끝까지 자기가 한 것이라고 우겼다.

군에서는 누구라도 38선 부근의 '전방 철책근무'를 꺼렸다. 생명의 위험도 있지만, 산속에서 오락도 없고 외출도 못한 채 근무도 엄혹했기 때문이다. 그러나 북으로 갈 것을 생각하고 전방에 배치되도록 끈을 댄 군인 병사를 감옥에서 여러 명 보았다.

고기잡이 하다가 38선을 넘어 북한의 순시함에 나포되어 억류되었다가 돌아온 어부(납북 어부)들도 대구교도소에 가끔씩 들어왔다. 대구에는 동해에서 고기잡이 하는 속초·강릉·묵호·부산 등의 어부들이 체포되어 왔다. 한국정부는 어부의 월북을 막기 위해 38선 남쪽에 어로한계선을 설치해 감시선을 배치하고, 어로한계선 가까이에서는 반드시 선단을 짜서 고기잡이를 하게 했고, 단독 어로나 일몰 이후의 어로를 금지하는 등의 조치를 취했다.

레이더가 없는 작은 어선은 고기를 쫓아가다 흘러 흘러 어느새 어로한계선을 넘어버리거나 폭풍에 휩쓸려 떠밀려가는 경우도 있다. 어부는 "고기를 쫓다보면 38선이고 뭐고 눈에 들어오나!" 한다. 의도적으로 월북하는 경우도 있다. 그러다보니 북한에 몇백 명에서 몇천 명의 어부가 억류되어 있었다. 짧게는 몇 개월, 길게는 2~3년을 북한에 머무르는 사이에 어부들은 공장과 명승 관광지, 박물관, 협동농장 등을 견학하고, 연극, 영화, 음악회, 운동 경기 등을 보러 다닌다. 장기 체류를 하면 학교에도 다닌다. 어부를 돌려보낼 때 북에서는, 배와 어로 기구를 수리해주고 여러 가지 선물과 고기를 배에 가득 실어주고, 게다가 체류 기간 중의 임금까지 준다. 어부는 한국으로 돌아오면 반드시 정보기관에서 조사를 받고 북에서 가지고 온 것을 전부 압수당한다. 정보기관에서는 북에서 있었던 일과, 북에서 다른 어부가 어떤 태도였는지 등을 모두 조사한다. 그런 후 북에서 있었던 일을 절대 입 밖에 내지 않겠다는 각서를 쓰게 하고 석방시킨 후 요주의 사찰 대상자로 감시를 계속한다. 만약 술을 먹고 다른 사람에게 북에서 있었던 일을 말하면 찬양고무죄로 체포해 1년에서 3년의 징역형을 내린다. 1980년대 이후로는 과거 납북된 경험이 있는 어부를 보안사나 대공분실에서 끌고 가서 간첩으로 날조한 사례가 많았다.

나는 재일조선인으로 교토에서 태어나서 대학을 졸업하고 우리나라에 올 때까지는 우리말조차 잘 몰랐다. 그러다 "내가 누구인가" 하는 질문을 통해서 우리 역사와 현실에 깊은 관심을 가지게 되었다. 민족분단의 비극을 알고, 그 희생자들을 만났다. 내 바람은 그 터무니없는 비극을 뛰어넘어 평화와 번영의 통일 민족 사회를 이루어내는 일이었다. 나는 감옥에서 민족분단의 역사 현장을 목격하고 그 중 가장 혹독한 희생자들을 만났다. 당시는 내가 20년 가까이 감옥 생활을 하게 되리라고는 꿈에도 생각 못했으며, 거기서 살아남을 수 있다고 생각하지도 않았다. 그랬기에 한국전쟁 이후 20년간이나 감옥에서 살아온 나이 든 정치범들은 나에게 신처럼 보였다.

그들은 가족도 없고 면회 올 이도 없이, 그 존재조차 아무도 모르는 채로 빈털터리로 감옥에서 살아왔다. 70명가량의 비전향수 중에 면회가 있는 사람은 열 손가락도 되지 않았다. 영하 10~15도까지 기온이 떨어지는 대구의 겨울을 나는 데에, 솜이 돌덩이처럼 울퉁불퉁하게 뭉쳐진 이불 하나와 털 빠진 담요 한 장, 거기에 가마니 한 장이 지급될 뿐이었다. 자기 돈으로 살 수 있는 사람에게는 담요 두 장까지 차입(외부에서 재소자에게 넣어주는 금품)이 허용되었지만, 대여섯 명을 제외하고는 차입도 없었다. 겨울 내복도 두 벌까지 허락되었지만, 겨울 내복을 가지고 있는 사람도 몇 명 없었다. 나는 당국의 비인도적인 행위에 분개하여 노 정치범에게 "겨울을 어떻게 나십니까?" 하고 물었다. "60년대 중반까지는 빤스도 없었어"라는 답이 돌아왔다.

석방 만기가 없는 무기수였던 나는, 한평생 감옥에서 무엇을 해야 할지, 어떻게 해야 사는 보람을 느낄 수 있을지 막연했다. 그러나 특별사동의 실정을 알게 되면서, 굶주림과 추위에 시달리는 이 사람들의 고통을 조금이라도 덜어주는 일에 옥중 생활을 바치자고 마음먹었다. 그로부터 수년간, 엄혹한 특별사동에서 그들에게 내의 한 벌, 빵 한 개, 책 한 권,

소식 한 토막 등 작은 즐거움을 주기 위해서 모든 힘과 신경을 집중시켰다. 그것은 내가 사는 보람이었다.

춘하추동

봄……. 독방엔 여름과 겨울밖에 없다. 대구는 한반도 남부 한가운데에 자리한 분지이다. 대륙성 기후로 여름엔 40도 가까이 오르고, 겨울에는 영하 15도까지 내려간다. 겨우내 얼었던 감방의 얇은 벽과 몸이 드디어 풀려 나른한 따스함에 취해 꾸벅꾸벅 졸다보면 5월쯤 여름의 열기가 들이닥친다. 예고는 길고 더디 오는 덧없는 봄이다.

독방의 봄은 철창 사이로 새어드는 햇살로 찾아든다. 벽을 비추는 손바닥만한 햇살이 날마다 조금씩 커지다가…… 입춘, 아직은 눈과 얼음에 단단히 갇힌 대지 위에 햇볕이 어린잎처럼 싱그럽다. 3월이 되면 한 차례 두 차례 봄비가 오고 땅이 풀려간다. 이른 봄의 천둥은 겨울을 쫓는 선구자다. 운동장 구석에 잡초가 싹을 틔우고, 라일락 잎이 얼굴을 내민다. 그러다가 봄의 선구자 개나리가 샛노랗게 꽃을 피워내면 벌써 4월이다. 하얀 담장 너머 먼 산에 진달래가 붉게 타오를 즈음 대륙에서 황사가 밀려오고, 미친 듯이 피어나는 꽃과 새싹들이 아름다움을 겨룬다.

기나긴 겨울이 끝났다는 안도감에 몸도 마음도 풀어지면서 봄의 병을 앓는다. 초봄의 강한 햇살에 녹아내려 풀풀 악취를 풍기는 시장에 널린 동태처럼, 얼었던 세포가 녹아내리고 관절이 헐거워져서 빠져나갈 지경으로 감기인지 열병인지 모를 병에 시달린다. 겨울 동안 얼음에 갇혀 있던 지독한 악취도 풀려나와, 혹한 속의 미더운 보호자였던 솜옷에서는 고개를 돌리고 싶을 만큼 쉰내가 피어오른다.

4월이 되면 겨울 내복과 솜옷을 영치시켜야 하므로 입지 못하고, 얇은 홑겹 천의 관복을 입고 부들부들 떨어야 한다. 월동 식량이었던 절인 무잎은 누렇게 변색되어 참을 수 없는 악취를 풍긴다. 시장에 조금씩 나오기 시작하는 봄나물이 죄수의 입에 들어올 리 만무하다. 싹을 틔우며 올라오는 초록 속에서, 푸르름에 굶주려 운동장 구석의 잡초를 뜯어 입에 넣었다가 입이 돌아갈 듯이 쓴 맛에 놀라 뱉어낸다. 수인에게 봄나물이 제공되는 때는 4월이 지나 잎에 대가 생길 무렵이다. 소금국에 처음으로 푸성귀가 뜨면 산해진미도 이것만 하겠는가 하며 게걸스럽게 먹어치운다. 그 즈음 변소에서는 하루살이, 구더기, 파리가 엄청나게 올라와 여름이 왔음을 알려준다.

여름……. 입을 옷도 없이 극한을 견뎌온 나이 든 정치범은 겨울이 가장 힘들다고 말한다. 그러나 나는 벌레와 더위 때문에 고생하는 여름이 가장 힘들었다. 그 중에도 하루살이가 나를 가장 괴롭혔다. 하루살이는 초여름부터 서늘한 가을바람이 불 때까지 우리를 괴롭혔다. 변소 소독은 한 달에 한 번도 해주지 않는다. 수백 수천 마리의 날파리가 변소에서 솟아올라 천장과 벽을 빈틈없이 뒤덮는다. 버터 종이곽을 펴서 이어 붙여 변기 덮개를 만들어봐도 별 쓸모가 없다. 잡지나 부채로 때려잡을 수밖에 없다. 날파리가 죽은 자국으로 흰 벽이 금세 시커멓게 된다. 가장 곤란한 것은 벌레가 어디든 가리지 않고 날아든다는 것이다. 밥에도, 콧구멍과 귓구멍에도, 하품을 하는 목구멍에도 날아 들어온다. 잠을 잘 때 귓속으로 날아들면 귓구멍을 전등불 방향으로 향한 채 벌레가 나오길 가만히 기다리는 수밖에 도리가 없다. 장호 선생은 눈에 벌레가 들어가 결막염이 되고 눈이 새빨갛게 충혈되어 오랫동안 앓았다. 대구교도소가 신축 건물이라 빈대가 없다는 게 그나마 다행이었다.

1976년 즈음까지만 해도, 창에 방충망을 달면 안의 동정을 살펴볼 수 없으니 '보안장애물'이라고 하여 특별사동에는 방충망을 달지 않았다. 창문은 더위를 참고 닫아두었지만 시찰구에서는 모기가 사정없이 들어왔다. 눈이 나쁜 내가 어두운 전등 아래서 조그맣고 재빠른 모기를 잡아 죽이기란 매우 어려웠다. 피를 잔뜩 빨아 몸이 무거워진 모기는 동작이 둔하고 날개 소리가 한층 커져서 잡기가 쉽다. 나는 벽에 붙은 놈을 때려잡아 분풀이를 하곤 했다.

내 모기 퇴치법는 이렇다. 좌선을 틀듯 땀을 줄줄 흘리며 정좌를 하고 있으면 모기가 땀 냄새를 맡고 날아온다. 조급해서는 안 된다. 모기가 팔이며 발에 앉아서 충분히 침을 꽂을 때까지 가만히 기다린다. 드디어 피를 빠는 순간에 "얏!" 때려잡는다. 이 방법으로 잡는 게 가장 효과적이다. 그러나 밤새도록 이러고 있을 수는 없는 노릇이니, 피곤해 잠이 들었다가 불쾌한 "붐~" 하는 소리에 눈을 뜨곤 했다. 밤새도록 악몽처럼 모기와 술래잡기를 하다가 아침 기상, 점검 시간이 되어 나른한 몸을 일으키면 얼굴과 손과 발이 온통 울퉁불퉁 부풀어 있다.

벌레는 고생의 씨앗이다. 그러나 고독한 독방에서 친구가 되어주는 것도 벌레다. 독방에는 으레 거미가 있는데 거미줄을 쳐놓아서 청소하기 성가셨다. 전주에서 이송되어온 이공순 선생이 말씀하셨다. "거미는 움직이지 않고 가만히 있다가 거미줄을 당겨 쳐서 걸린 벌레를 먹이로 삼는 자본가 같은 놈이야. 개미는 근면한 노동자지." 대부분 거미를 싫어하지만, 그래도 독방에서 유일한 친구이기에 파리를 잡아 거미에게 주면서 키우는 사람도 있었다.

여름에는 부채가 하나씩 지급된다. 그러나 팔이 아파서 부채질을 계속할 수가 없다. 기온이 30도를 넘기면 부치는 바람마저 더워져서 쓸모가 없다. 더위를 견디려면 팬티 하나만 입고 흐르는 땀을 그대로 둔 채 그저 참는 수밖에 없다. 밤이 되어도 달구어진 지붕과 벽의 열기 때문에 온도가 내려가지 않는다. 창밖으로 보이는 달빛마저도 후텁지근 숨이 막힐 듯 답답하다. 오우천월(吳牛喘月: 남녘 오나라의 소는 낮 동안 불볕 아래 너무 고생을 해서 밤에 달을 보아도 헐떡거린다)의 꼴이다.

감옥은 폐기물과 불필요한 물건의 처리장이다. 일주일에 한 번 나오는 소금 절인 갈치자반이나 어묵튀김도 시장에서 팔다 남아 썩기 직전의 것이 감옥에 들어온다. 쌀도 이미 해를 넘겨 폐기 처분하는, 군대에서도 먹지 않는 3년 묵은 쌀이다. 미국의 잉여농산물 도입으로 밀이 남아돌자, 보리가 수확되기 전인 6월과 7월경에는 밀밥을 먹게 했다. 밀밥은 소화가 잘 안 되고 밀냄새가 역겨워서 굶주린 정치범들조차 질색을 했다. "또 밀밥이야? 밀밥만은 못 먹겠다." 밀이 남아돈다면 우동이나 빵이라도 만들어주면 좋을 텐데, 규칙이라면서 어떻게든 밀을 쪄서 먹였다.

해마다 초여름에는 주1회, 일요일 점심으로 건빵이 나왔다. 노인들은 매우 먹기 힘들어했다. 비상식량인 건빵이 유효기간이 다 되면 정부는 그걸 처분하기 위해 수인에게 먹게 했던 것이다.

70년대 말부터는 감옥에서도 여름에 가끔 수박이나 참외를 팔았는데 그걸 사 먹는 즐거움이 컸다. 나중에는 살구와 복숭아 등도 팔아 과일을 좋아하는 나로서는 반가웠다. 그러나 포도만은 술을 만들 수도 있다 해서 팔지 않았다.

속담에 "노인은 삼복 고개를 넘기 힘들다"고 했다. 7월 중순에 장마가 끝나면 8월 15일경까지 대구의 기온은 35~36도를 오르내린다. 옛날에는 돌림병 때문이기도 했겠지만, 혹서에 노인들이 죽어나갔다. 감옥에서도 7, 8월경 더위로 식욕을 잃고 죽어가는 노인들을 여럿 보았다. 우리는 오뉴월의 개처럼 축 늘어져 가을바람을 기다릴 뿐이었다.

가을……. 태풍이 불어닥쳐 가을 장맛비가 내리고, 드디어 가을바람이 불어 편한 잠을 잘 수 있을 무렵이면 대구의 풋사과가 감옥에도 나돈다. 추석 즈음에는 감옥 안에서도 밤이나 감 같은 가을 과일을 판다. 한국의 가을은 끝없이 높푸른 하늘과 청명한 공기, 오곡이 무르익어 금수강산이 물드는, 사계절 중 가장 아름다운 계절이다. 그러나 "가을이 오면 겨울이 멀지 않으리"라 했듯이 우리는 가을바람이 불면 겨울 걱정을 한다. 머잖아 꽁꽁 얼어붙는 겨울이 오리라는 생각에 가을을 즐길 여유가 없다. 10월 말에는 반드시 한 차례 첫 추위가 닥쳐, 눈이 오거나 서리가 내린다.

가을은 월동 준비를 하는 계절이다. 먼저 걸레나 수건용으로 배급되는 낡은 관복에서 날실을 뽑아 꼬아 실을 만드는 작업을 시작한다. 충분히 실을 만들어뒀다가 10월에 들어오는 이불을 손질한다. 넝마처럼 딱딱하게 뭉친 솜을 풀어서 평평하게 고르고 시침질 한다. 섬유가 짧은, 먼지 같은 솜이라서 꼼꼼히 조심해서 시치지 않으면 솜이 한쪽으로 쏠리거나 틈이 생기고 만다. 가장자리에는 단추를 달아서 침낭처럼 만들어 옆으로 바람이 새어들지 않게 한다. 다음 차례는 솜옷이다. 지급된 솜옷을 뜯은 후, 지난해 이불에서 빼내어 애써 숨겨둔 솜을 보태서 두껍고 품이 크게 만든다. 바지는 허리 부분을 이어서 명치까지 올라오게 하여 한복바지처럼 만든다. 이것으로 복대를 겸용한다. 바짓단에 바람이 들어가지 않도록 단추를 단다. 솜이나 천이 남으면 버선을 만들어 만전을 기한다.

가을의 즐거움은 하얗게 살이 통통하게 오른 배춧국이 나오는 것이다. 배추 된장국에 보리밥을 말아 먹으면 옛 생각이 난다. 첫 추위 후에 얼마간 음력 시월의 봄 같은 날(Indian Summer)이 계속 되다가 11월 말에 다시 한 번 한파가 들이닥치면 벌써 겨울이다.

겨울……. 추분이 지나고 나면 한로, 상강, 입동, 소설, 대설, 동지, 소한, 대한이 이어지고 겨울은 깊어간다. 계절을 변조하고 위조하는 도시의 문화 속에서 자란 나는, 계절의 변화에 따른 풍부한 계절의 표정을 모르고 있었다. 난방도 냉방도 하지 않는 감옥에서는 단지 자연을 거스르지 않고 순종하며 살아갈 수밖에 없다. 그런 가운데 자연의 심술이나 가혹함과 더불어 뜻하지 않은 친절과 푸근함도 만났다. "음력 따위는 케케묵은 거야. 미신이나 마찬가지지"라며 편견을 가졌던 내가 24절기에서 계절을 실감하게 되었다. 습하고 뜨뜻미지근한 일본과는 달리 계절이 뚜렷하고 대륙적인 조선의 기후는 24절기와 잘 맞았다. 중국 중원의 기후와 비슷한 까닭일까. 최근에는 지구 온난화 탓인지 24절기도, 삼한사온도 엇박자다. 10월에 한 차례, 11월에 또 한 차례 한파를 겪고 나면 동지 즈음에는 본격적인 추위가 들이닥쳤다. 소한에는 두꺼운 장독도 얼어터진다고 한다. 운동장의 양달에서 몸을 녹이며 햇살이 날마다 길어지고 강해지는 것을 바라보며, 입춘이 지나 봄이 오기를 내내 기다리는 옥중의 겨울이다.

같은 독방이지만 북쪽의 0.7평 방은 2층이 없어서, 여름에는 석양빛이 곧바로 내리쬐고 겨울에는 해가 비치지 않는데다가 북풍까지 몰아쳐, 너무 덥고 너무 추웠다. 겨울에는 방에 있던 양동이 물이 두껍게 얼고, 숨을 쉬면 천장과 벽에 닿자마자 서리가 되어 얼어붙으니 방 전체가 냉동실이나 다름없다. 빗자루로 천장을 쓸면 서리가 눈처럼 내린다. 간수의 눈치를 보면서 방에서 제자리 뛰기를 하고, 잠자기 전에 얼음을 깨 냉수마찰로 혈액순환을 시켜 몸을 따뜻하게 한 다음에 이불에 들어간다. 징역 보따리에 든 내의와 양말까지 몽땅 꺼내 이불 위에 올려놓고, 이불 가장자리를 단추로 끼워 침낭을 만든다. 솜바지 가랑이를 목에 감고, 바지의 양 다리 부분을 머리 아래로 접어 넣는다. 바지 앞의 터진 부분이 코끝에 닿아 오줌 냄새가 난다. 머리에는 나이트 캡 대신 팬티를 거꾸로 뒤집어쓴다. 그러면 준비 완료다. 마룻바닥에서 올라오는 냉기가 가마니 한 장과 얇은 요를 뚫고 오싹오싹 등골을 찌른다. 회전구이처럼 뱅글뱅글 몸을 돌려 한기를 피하면서 아침이 오기를 기다린다. 기상나팔이 울리면 얼었던 몸을 일으켜 세우고 손발을 펴본다. 관절에서 우두둑 소리가 난다. 아침 냉수마찰을 해서 반쯤 얼어버린 세포에 피가 돌아야 겨우 몸이 움직여진다.

간수도 추위를 피할 수는 없다. 1970년대까지 대구교도소 사동에는 불기가 하나도 없었다. 새벽 3시에서 4시, 온도가 가장 내려갈 즈음이면 누군가 복도를 다다닷 뛰는 소리에 잠이 깬다. 추위를 참을 수 없어서 간수가 뛰는 소리다.

사람은 타향에서 고향 생각을 한다고 한다. 하물며 감옥에서 설 명절을 맞이하게 되면 고향 생각, 가족 생각, 옛 생각이 더욱 간절하다. 연말에 가석방이나 사면이 있으면 감옥에 남겨진 사람들의 서글픔은 어느 때보다 더하다. 공휴일이라 운동도 면회도 없는 명절은 더욱 외로울 수밖에 없다. 일제강점기와 해방 직후엔 명절이 되면 "만세!"를 외치며 감옥 시위를 했다고 한다. 그래서 명절 중에는 보안과가 특별 경계에 들어가고 전 사동에 담당을 두 사람으로 늘려 복수 배치한다. 그런 연말연시에 그래도 명절을 느끼게 하는 것은 특별식으로 나오는 밀감 한 개와 가래떡 한 개, 사탕 한 봉지 정도다. 명절날 아침은 흰 쌀밥과 돼지고기 국이나 내장탕이 나오지만, 3년 묵은 쌀로 지은 밥은 찰기가 하나도 없어서 보리밥보다 못했다.

겨우내 봄을 애타게 기다린다. 봄이 오면…… 기나긴 힘든 여행을 마친 나그네처럼 긴 한숨을 쉰다.

'올해도 무사히 겨울을 났구나.'

광풍, 천둥소리, 소나기
사형 집행

1975년 7월, 대구에서 처음이자 마지막으로 나는 정치범의 사형 집행을 보았다. 한국에는 사형장이 네 군데 있다. 고등법원 소재지인 서울구치소, 대구교도소, 광주교도소, 그리고 총살형을 집행하는 남한산성 육군교도소다. 군의 사형 집행의 실정은 잘 모르지만, 민간에서는 서울 고등법원의 관할 범위가 넓어서 사형수의 80~90퍼센트는 거기서 집행된다고 한다. 굵직한 국가보안법 사건은 모두 중앙의 정보기관이 다루었기 때문에 지방에서 정치범을 사형 집행하는 경우는 드물었다.

대구에서 사형 집행된 정치범은 배영 선생과 이석희 선생이었다. 두 사람은 40대 중반의 부산 사람으로 북에 갔다 와서 간첩죄로 걸렸다. 보통 사형수는 집행 전까지 미결사동에 두지만 그들은 대법원 재판 후 1년 넘게 특별사동에서 지냈다. 배선생의 부인은 육영수 여사와는 먼 일가여서 구명 탄원을 하는 등 감형의 희망을 가지고 있었다. 이선생은 면회 오는 가족이 없었던지 푸른색 면 관복을 입고 있었다.

7월 어느 날, 구내 청소부가 사형장 청소를 했으니 내일은 사형이 있을 거라는 소문이 돌았다. 다음날, 모든 교도소 내 행사가 중지되었다. 전 직원이 비상근무에 들어가 모든 재소자를 방에 들여놓고 자물쇠를 채웠다. 9시가 지나자 전투복을 입은 간수들이 특사에 들이닥쳤다. 몸집이 좋은 무술 간수들이 두 명씩 짝을 지어 배선생과 이선생의 양팔을 각각 끼고 끌고 갔다. 배선생은 단정한 모습으로 낯빛 하나 변하지 않고 고개를 들어 앞을 보고 담담하게 걸어갔다. 이선생은 범 같은 간수가 방문을 열고 들이닥치자 넋이 나가 발이 얼어붙어 움직이지 못했다. 간수가 질질 끌어내자 부들부들 떨면서 눈을 감고 손을 가슴에 모으며 "주님께 갑니다, 주님께 갑니다"라고 되풀이해 중얼거렸다. 그는 사형수가 된 후 천주교에 귀의했었다.

사형장까지 가는 통로의 양쪽으로는 간수들이 빼곡히 서서 벽을 만든다. 사형장에는 판·검사, 각종 종파의 성직자, 소장 이하 간부들이 참석한다. 검사가 법무장관의 사형 집행 지휘서를 낭독하고 유언 채록, 사형수가 바라는 종교 의식, 그리고 간단한 음식 제공의 절차가 있다. 그런 후 바닥이 떨어지게 되어 있는 마루의 중앙에 놓인 의자에 사형수를 앉히고, 포승으로 다리까지 의자에 묶고 눈가리개로 하얀 두건을 씌운 후 목에 밧줄을 감는다. 소장의 명령에 따라 단추를 누르면 사형수 뒤쪽 벽 후면에 빨간 램프가 켜지고, 집행교도관이 철도의 전철기같이 생긴 긴 손잡이를 잡아당기면 탕! 하고 마루가 떨어지면서 사형수는 지하 3m 아래로 떨어져 목이 졸린다. 숨이 막혀서 죽는지, 떨어지는 충격으로 목뼈가 빠져 실신하는지는 모르겠다. 행형법 시행령 규정에는 "소장은 사상(死相 : 죽은 얼굴)을 검시하고 5분이 지나지 않고서는 교승을 풀지 못한다"고 나와 있지만, 실제로는 감옥의가 청진기를 가슴에 대어 사망을 확인한다.

손잡이를 당길 간수는 추첨으로 순번을 정한다. 집행 간수에게는 10만 원의 수당이 나온다고 한다. 그러나 간수들은 모두 사형 집행을 꺼려 꽁무니를 뺀다. 다만 조상길 부장만은 나서서 이 일을 떠맡았다. 조부장은 늘 취해 있었고, 때때로 근무 중에도 교도소 앞의 구멍가게에 들어가 소주를 들이키곤 했다. 근무는 진짜 엉터리였지만, 웃으면서 고문하고 사형 집행하는 잔인함 때문에 재소자들은 두려워하고 동료들은 한수 접고 들어갔으니, 교도소 당국으로서는 편리하고 요긴한 인물이었다.

　그날도 조부장이 자진해서 집행을 맡았다. 사형 집행 모습을 상세히 말해준 이는 사람 좋은 이호준 담당이었다.

　"조부장은 돈이 목적인가요?"

　"뭐 돈이 남아나겠어? 어제도 동료들과 먹감듯이 술을 퍼마셨으니 적자가 났을걸. 배보다 배꼽이 큰 놈이지. 여럿 죽였으니까 그럴 수밖에 없겠지만, 마시면 마실수록 낯빛이 새파래져. 혼자 난동을 피우고 술상을 엎고 때려 부수니 술가게가 엉망진창이 됐지. 귀신인들 편할까!"

　"이담당님은 집행 순번이 돌아오면 어떻게 할 겁니까?"

　"모자 벗고 집에 가야지. 조상의 이름을 더럽힐 순 없으니께."

　오전 중에 여자 수인 한 명을 포함해 7명의 사형을 집행했다. 그날은 새파란 하늘이 활짝 개어 아침부터 여름 햇살이 쨍쨍했다. 교도소 담장은 한결 하얗게 빛났고, 하늘에는 흰 구름이 하나 둘 떠 있어서 묘한 청정감이 감돌았다.

　그런데 두 사람이 특별사동에서 끌려나가자 이내 하늘이 먹칠한 듯 깜깜해지더니 광풍이 불고 소나기가 쏟아지며 요란하게 천둥이 쳤다. 그러다가 집행이 끝날 즈음 거짓말처럼 비가 그치더니 다시 찬연한 한여름의 태양과 푸른 하늘이 나타났다.

　"운반!" 하는 소리에 점심밥이 들어왔고, 감옥은 다시 아무 일도 없던 것처럼 여느 때와 같은 일상으로 되돌아갔다.

긴급조치

유신헌법은 유신체제에 반대하거나 의문을 제기한 자를 구속하고 무거운 징역형을 내릴 수 있는 '긴급조치권'을 입법 절차도 밟지 않고 대통령에게 부여했다. 1974년 1월에 시작되어 1975년 5월에 9호까지 나온 '긴급조치'에 의해 붙잡혀온 학생과 시민들로 감옥이 넘쳐났다.

그때까지 한국에서는 학문을 중히 여기는 유교적 전통이 있어서 학생의 사회적 신분이 높았고, '광주학생운동', '4·19 학생혁명'의 전통을 이어받은 학생운동의 권위도 있어서 민(民)의 대변자로서 학생운동의 순수성은 높은 존경을 받았다. 정권에게 학생운동은 섣불리 건드리거나 자극했다가는 덧나고 치명적일 수 있는 고약한 종기 같은 것이었다. 학생운동은 성역이라서 데모나 집회에서 잡혀가도 대개는 곧 석방되었고 기소되지는 않았다. 하지만 막다른 골목으로 내몰린 유신독재는 한국사회의 암묵의 양해를 깨고, 이 금기를 무시한 채 학생들을 대대적으로 구속했다. 그 후 전두환, 노태우 정권도 학생운동의 특권을 무시했다. 이로 인해 유신독재에 대한 국제적 비난과 함께 한국정치범에 대한 동정과 인권에 대한 사람들의 관심이 높아졌다.

긴급조치 위반 학생들을 일반사동에 수용하면 학생들이 일반수에 대한 당국의 불법적인 처우와 인권 유린을 문제삼고 일반수가 그에 호응하여 소란이 일어날 우려가 있었기에, 당국은 학생들을 특별사동에 수용했다. 그러나 그 결과, 한국사회에서 가장 깊숙이 은폐되고 어둠 속에 가려져 있던 비전향수의 존재가 외부에 알려짐으로써 비전향수의 고립을 타파하는 큰 계기가 만들어졌다.

같은 사동에 수용하면서도 당국은 순수한 학생들과 비전향 정치범을 철저하게 분리하려 했다. '빨간 물'이 드는 것을 두려워한 측면도 있었겠지만, 한국사회에서 광범위한 지지를 받으며 가족 등 외부와 접촉하던 학생들을 필두로 한 시국사범을 비전향수 대하듯 거칠게 다룰 수도 없고, 그렇다고 사상전향 공작의 대상인 비전향수를 시국사범처럼 취급하여 가혹한 처우를 완화할 수도 없었던 것이다. 이런 연유로, 같은 사동 내에서도 전혀 다른 처우를 받는 두 개의 정치범 그룹이 존재하는 이중 구조가 생기게 되었다.

학생들의 운동 시간은 우리들의 두 배가 넘었다. 통방도 대강 봐주었으며, 서적 검열과 서신의 허가에도 관대했다. 1974~75년경까지는 학생이나 민주인사들의 반공의식도 강했지만, 그들 스스로도 반공적 국민 감정을 의식해 '순수성'을 강조하느라 간첩이나 빨갱이와는 선을 그으려 했다. 그러나 정의와 민주를 외치며 투옥된 사람들이 눈앞의 인권 유린이나 차별 대우에 눈감고 자신만 좋은 대우를 받는 것은 모순이라는 점과, 무엇보다도 모든 정치범은 외세에 의한 민족분단과 독재의 희생자라는 객관적 사실에 눈을 뜨지 않을 수 없었다. 친미, 분단, 반공이라는 한국의 정책 자체가 잘못이라는 반국가 정치범과, 대한민국에는 충성하지만 박정희 독재에는 반대한다는 반정부 정치범이 인권의 이름으로 하나가 되어갔다. 독재자의 탄압은 학생과 우리들을 묶어주었다. 감옥 안에서의 싸움은 폭을 넓혀 종래의 생존권 투쟁에서 정치 투쟁으로 변모해갔다.

1974년 말, 계명대학 학생회장인 백현국 씨가 학생 두 명과 학습조직을 만들어 자주적 평화통일을 주장하고 유신체제를 비방했다고 해서 반공법, 긴급조치 위반으로 들어왔다. 백씨는 금서였던 이와나미 신서의 『한국에서의 통신』을 소지했다는 이유로 반공법에 걸려들었다. 그는 열렬한 민족주의자로, 학원에서 영어 강사로 일하면서도 김구 선생의 호를 따서 '백범'이라는 이름을 쓰며 영어를 가르쳤다. 감옥 안에 있는 동안에 태어난 자식에게는 '백두산'이라는 이름을 붙였다. 헌신적인 통일론자인 그는 특별사동의 노 정치범을 깊이 동정하여 물심양면으로 지원을 아끼지 않았다.

정화영 씨는 1977년 11월, 1사하 71방에 들어왔다. 경북대학 정치외교학과에 재학할 때 '민청학련' 사건으로 체포된 적이 있었는데, 이번엔 경찰을 때렸다고 체포되었다. 살갗이 희고 눈이 서글서글한 동안(童顔)에 어울리지 않게 몸집은 크고 주먹은 소라같이 컸다. 정보부에 끌려가 맞으면서도 굴복하지 않았기에 '민청학련' 학생 속에서도 가장 '악질'이라는 딱지가 붙었다. 그는 용기와 기지로 언제나 옥중 투쟁의 선봉에 섰다.

1977년 가을에는 명동 가톨릭학생연합 사건으로 김용석, 강기종, 최열 씨가 들어왔다. 그들은 훗날 제각각 노동운동, 농민운동, 환경운동 등의 분야에서 활약하는 지도자가 되었고, 한국의 재야운동의 발전에 크게 기여했다. 그들은 나이가 어렸지만 학생운동의 지도자로서 수십 차례의 연행, 체포, 구류, 유치 등을 겪었으며, 배짱이 있고 권력과 투쟁하는 일에 노련했다. 그들이 처우개선 투쟁을 벌여서 제1사하의 처우는 크게 개선되었다.

1971년 가을, 그들은 학생운동을 탄압하는 정부의 방침에 따라 군에 강제 징집되어 전방 소총부대에 배속되는 고초를 겪었다. 김용석 씨는 1972년 유신헌법 찬반을 묻는 국민투표에 찬성표를 넣으라는 소대장의 명령에 끝까지 따르지 않아, 소대원 앞에서 본보기로 처참하게 폭행당했다고 한다. 이전에는 학생운동을 했어도 군대에 다녀오면 이른바 '양식 있는 어른'이 되어 운동에서 멀어지기도 했지만, 복학생이 끈질기게 운동을 지속해 나가는 전통은 그들로부터 시작되었다고 할 수 있다.

단식투쟁

1977년경부터 옥중 투쟁의 역학에 변화가 생겨났다. 학생과 종교인, 그리고 재야인사가 대량으로 투옥되자, 옥중 투쟁과 옥외의 민주화·인권운동이 호응하게 되었다. 이 배경에는, 점차 거세지는 반유신 투쟁과 함께 유신체제에 대한 국제적 비난의 고조, 그리고 '코리아게이트 사건'*으로 한미관계가 악화되던 국내외의 정세가 있었다. 그런 가운데 독재정권은 긴급조치 4호·6호·7호·9호를 잇달아 선포하고 10년형·15년형·무기·사형 등의 중형을 남발하며 민중을 탄압했고, 한편으로는 그런 중형자를 1년도 지나지 않아 석방하는 등 정책의 일관성도 없어서, 법 집행이 권위를 상실하고 동요하던 사정이 있었다.

감옥은, 대중들의 일상과 동떨어져 신비화되고, 공포의 대상이 되며, 가혹한 형벌이 집행되는 곳이어야만 비로소 공갈 장치로서 기능한다. 독재자는 대중으로 하여금 권력을 두려워하게 하고, 무릎을 꿇게 하기 위해 구속자 수와 형량을 늘렸다. 그러나 감옥을 늘리면 늘릴수록 오히려 감옥의 공갈 효과는 떨어지고, 대중은 형벌에 만성이 되어버리는 역효과가 나타났다. 1970~80년대에는 빵살이(감옥살이)를 하지 않은 학생들이 오히려 도덕적인 죄의식을 느끼는 풍토마저 나타났다. 독재정권 때문에 "교도소는 작은 감옥, 사회는 큰 감옥", "삼천리강산 모두 감옥"이라는 말도 생겨났다. 이것은 '전 국토의 감옥화'라는 독재 통치의 가혹

• 코리아게이트 사건 : 1970년대 중반 미국에서 높아진 유신독재에 대한 비판을 피하고 박정희의 유신정권에 대한 지속적 지지를 얻어내기 위해, 중앙정보부와 통일교가 워싱턴 DC에 거점을 마련하여 여러 명의 미국 관리와 정치가들에게 뇌물을 주며 불법 로비 활동을 한 사건.

한 현실을 잘 표현한 말이지만, 동시에 감옥과 사회의 경계가 무너져 독재정권이 원하는 감옥 고유의 효과를 잃어버렸음도 보여주는 것이었다.

1977년 가을, 경북대 학생이 접견실에서 통방했다고 폭행을 당하는 사건이 일어났다. 1978년 6월에는 박형규 목사의 아들인 박종렬 씨가 서울에서 이송되어 오자 바로 신입 검신(부정물품을 적발하기 위한 몸 검사)에서 반항적이라며 폭행을 당했고, 포승으로 묶여 내 옆방인 37방에 들어왔다. 그 전에는 한국신학대학의 임성헌 씨도 신입 검신에서 폭행을 당했다. 기선을 제압해 교도소의 규율에 복종시키려고 신입을 공갈, 폭행하는 것은 상투적인 수법이었다. 학생들과 나는 항의 단식투쟁을 시작했다. 나이 든 비전향수들은 참가하지 않았다. 그것은 노인들에 대한 학생들의 배려이기도 했지만, 그때까지만 해도 '간첩'들과 함께 투쟁하는 데 대한 학생 쪽의 망설임도 있었다.

감옥에서는 간수의 폭언과 폭행이 습관화되어 있다. 그러나 '공직에 있는 자의 가혹 행위'란 중대한 인권유린일 뿐만 아니라, 헌법과 형법에도 금지되어 있는 명백한 위법 행위였기 때문에 투쟁하는 쪽에서는 절대적인 명분이 있었다.

감옥에서는 말투를 둘러싸고 싸움이 그치지 않았다. 한국사회는 유교문화의 전통인 '장유유서'를 존중하므로 손윗사람에게는 반드시 공손한 말씨를 쓰지 않으면 안 된다. 그러나 감옥에서는 군대처럼 밥그릇 수로 서열을 정하여, 신참이 고참을 하늘같이 받들어야 했다. 신참으로 들어온 연장자를 대할 때도 나이는 '영치'시키고 장유유서를 무시하여 손아래 취급을 했다. 간수들도 재소자를 인간 취급하지 않고 말투가 거칠었기에 정치범과 자주 싸움이 일어났다. 간수는 '교도관집무규칙'에 "평어를 쓴다"라고 되어 있다면서 '하대어'를 썼고, 우리는 '평어'라는 것은 상대를 대등하게 대하는 '존댓말'이라고 주장하며 대립했다. 우리들이 인간적 모욕에 민감해서 반발하기도 했지만, 비전향수는 고령자가 많았기 때문에 간수도 재소자도 보통은 '존댓말'을 썼으며, 이름을 부를 때는 '선생' 또는 '씨'를 붙였다.

그 밖에 방안의 조명 개선, 통풍과 채광을 위해 변소 뒤 가림판 철거, 도서 검열의 완화, 운동·입욕 시간의 연장 등을 내걸고 처우개선 투쟁을 하였다. 투쟁의 성공 여부는, 증거의 확보·보전, 내부 결속, 그리고 문제점을 외부로 알려 사회화시키는 데 달려 있었다. 외부와의 연결 없이는 단식투쟁이 충분한 효과를 거두기 어려웠다.

관료는 자기 보신을 가장 중요시하였기에 교도소 내부 문제가 언론에 알려지는 것을 매우 두려워했다. 교도소 안에서 일어난 일을 접견이나 편지를 통해 밖으로 알리는 것은 규칙으로 금지되어 있다. 그것을 행형의 '밀행주의(密行主義)'라고 한다. 원래 재소자의 프라이버시를 지키기 위해 생겨났을 '밀행주의'는, 감옥이 군사 시설에 버금가는 중요한 보안 시설이라는 이유로 왜곡되어, 흉악한 자들이 날뛰는 악의 온상이 되고, 교정 관료들이 부정부패와 불법·무법을 은폐하기 위해 휘두르는 전가의 보도가 되었다.

군대와 감옥은 비슷한 점이 많다. 군인과 공안 공무원의 노동권의 일부인 파업권을 제한한 '특별 권력관계'라는 개념은, 재소자가 교도관의 지시에 무조건 무제한으로 따라야 한다는 뜻으로 잘못 사용되었다. "시키면 시키는 대로 하고, 주면 주는 대로 먹고, 때리면 때리는 대로 맞는다"는 식이다.

비전향수처럼 외부의 지원이 없는 경우, 단식투쟁은 죽을 각오를 한 진검승부가 될 수밖에 없었다. 실제로 단식투쟁 또는 그 후유증으로 옥사한 사람도 있다. 1982년에 전남대학교 학생회장 박관현 씨가 단식으로 옥사한 후, 정치범의 개별 단식은 매일 법무부 교정국 중앙에 보고하도록 되었다. 그전까지는 집단 단식만 보고했는데, 집단 단식이 3일이 지나면 법무부에서 조사관을 교도소로 파견했다. 조사관이 단식자를 직접 만나는 경우는 드물었고, 형식적 조사에 그치는 경우가 많았다. 그렇지만 해당 교도소의 소장 이하 간부들은 교도소 내 문제를 자체 해결하지 못한 무능력자로 빈축을 샀고, 자칫 단식한 자가 죽기라도 하면 검찰과 정보부의 문책을 받았다. 관료는 경력에 상처를 입는 것을 두려워하였기에 3일 이내에 일을 수습하기 위해 포악하게 탄압했다. 방에 한 방울의 물도 남기지 않고 가져가버리거나, 겨울에는 이불을 회수해버리거나, 방에서 끌어내 밥 먹으라고 두들겨 패거나 강제 급식을 하는 식이었다.

행형법에는 "이유 없이 불식(不食)하는 것"을 금지하고, "생명의 위험이 있을 시에는 (감옥) 의사의 입회하에 강제로 취식(取食)하게 할 수 있다"고 되어 있다. 그러나 실제로는 단식 첫날부터 묶어서 지하실로 끌고 들어가, 의사의 입회도 없이 강제급식의 명목으로 소금을 잔뜩 넣은 죽이나 펄펄 끓는 죽을 호스로 위에 집어넣거나, 일부러 호스로 목구멍과 위를 쑤셔대는 잔인한 고문을 했다. 3일 정도 버티면 당국이 교섭에 응하기도 하지만, 그렇지 않으면 죽음을 건 장기 단식이 되기 쉽다.

개인 단식의 경우, 몇 주일간 계속하는 장기 단식이 많다. 학생들은 '4.19 학생혁명 기념일'이나 '광주학생운동 기념일' 등에 행사 단식도 했지만, 비전향수의 단식투쟁은 관료의 경력을 담보로 자기 목숨을 맞바꾸는 투쟁이기에 단식을 결행하려면 신중하고도 중대한 결심이 필요했다. 단식투쟁이 사회문제가 된다든가 단식자를 고문해 죽이기라도 하면 일단 관계 직원을 징계하지만, 탄압이 상부의 지시에 따른 경우라면 나중에 복직시키고 승진도 시켜준다. 간수들의 '기'를 살리고 '사기'를 북

돈아, 명령이라면 무슨 짓이든 하는 간수를 키우려는 것이다.

도서 검열

독서는 독방에서 최대의 심심풀이이자 최고의 즐거움이다. 행형법에는 "소장은 교화상 특히 적당하지 않은 서적을 제외하고는 열람을 허가하지 않으면 안 된다"라고 되어 있다. 그러나 검열 제도라는 것 자체가 본질적으로 반이성주의이자 정신에 대한 억압이다. 허가 여부의 판단 기준은 애매하고, 검열관의 자의(恣意)에 맡겨졌다. 일반수들의 서적은 교도관이 검열하고 정치범의 책은 교회사(教誨師)가 검열했다. 검열관이 매일 차입되는 수십 권의 영어책과 일본어 책, 전문서를 이해할 능력도 없거니와 그럴 시간도 없었다. 기본적으로는 법무부의 '금서목록'과 '열독(閱讀) 허가 지침', 문화공보부의 '금지도서 목록'에 의거하지만, 지침은 '투쟁심을 고취하는 것', '계급 대립을 조장하는 것' 등으로 금지 이유가 포괄적이어서 대부분의 책이 허가 대상에서 제외되었다. '금서목록'은 3개월마다 갱신되었으니 신간은 무조건 허가되지 않았다. 이 때문에 검열은 점점 보수적이 되었고, 검열관이 잘 모르는 것은 무조건 불허시켰기에 싸움의 불씨가 되었다.

1970년대 후반, 학생들이 서적 검열에 반대하며 격렬히 싸워 겨우 검열 완화를 얻어내기 전까지는, 제목에 '사회'라는 단어가 들어있다는 것만으로도 불허되었다. 그 즈음 교회사에게 도서 검열에 대해서 항의한 적이 있다. "왜 이것저것 다 불허입니까? 책은 독방 생활의 목숨입니다. 독방에 잡아놓고 책도 읽지 말라는 건 너무하는 거 아니오?" 교회사는 "방에 편히 앉아 좋아하는 책이나 읽고 있으면 전향할 것도 안 하게 되잖아"라며 비웃었다. 또 "우리는 매일 격무에 시달려 한 달에 책 한 권 읽기도 어려운데, 여러분들은 안 그래도 문자를 쓰는데 이 이상 책을 읽게 하면 우리보다 더 똑똑해져 버리잖아요. 그러면 어떻게 전향을 시키겠어요?"라며 열등감을 드러냈다. 지식을 적대시하고 맹목적인 복종만을 요구하는 우민화 정책이다. 논리적인 논쟁에 패하면 폭력을 휘두르고, 상대의 지식이나 정보의 원천을 끊고 그것을 독점하려는 독재정치의 모습이다.

책을 읽으려는 인간은 진리와 정의의 추구에 정열을 불태우다 몸을 던져 감옥에 갇힌, 잃을 것 없는 사람들이다. 읽지 못하게 하는 인간은, 밥벌이를 위해 공무원이 된 사람에 불과하다. 읽으려고 하는 정열과 집념은, 봉급과 승진 때문에 못 읽게 하려는 관료적 방어의 입장보다 강하다. 학생들은 감옥에 산적한 부식 예산의 횡령이나 자재 반출 등 부정과 비리를 알아내 당국의 약점을 볼모로 책을 허가 받았다. 묵인과 양보가 공인되어갔다.

감옥의 제갈공명

나는 장기표 씨를 '감옥의 제갈공명'이라고 한 적이 있다. 그는 지모지략가일 뿐만 아니라, 제갈공명이 오장원에서 작전 지휘하면서도 진중에서 일어나는 소송에서부터 병사의 냄비와 숟가락 수, 일상의 살림에 이르기까지 세세한 신경을 쓰다가 과로사한 것처럼, 자신의 건강은 보살피지 않으면서 주위 사람들은 세심하게 배려하는 사람이었다.

긴급조치 위반자들과 연대투쟁이 본격화된 것은 1978년 가을에 장기표 씨가 특별사동에 들어오면서부터였다. 그는 영세 봉제공장이 밀집해 있던 청계천 상가 노동자로 이루어진 청계노조의 데모를 지도해서 투옥되었는데, 민청학련의 선언문 기초자로 지명수배를 받고 도주 중이기도 했다. 1969년 서울대 법대에 입학했을 때, 그는 다른 학생들보다 다섯 살이 많았으며, 곧 학생운동의 지도자가 되었다. 반정부 지하신문인 『자유의 종』을 만들고, 1970년 11월 전태일 열사가 노동3권 보장을 외치며 근로기준법을 한 손에 들고 분신자살하자, 그의 장례를 서울대 법대 학생장으로 치르면서 전태일 열사 장례 시위를 감행했다. 그 후 전태일 열사의 뜻을 이어받아 청계천 상가 노동자의 권익 옹호와 조직화를 위해 매진했다.

1971년 10월에는 '정부 타도, 시민임시정부 수립 음모 사건'의 주모자로 체포되어 1년 6개월 형을 받았다. 그는 반유신 투쟁에서 지도적인 역할을 했다. 한국 3대 도주 명인의 한 사람이었던 그는 체포를 피해 도망다니면서 장기간 지하에서 운동을 지도했다. 대구교도소로 왔을 때 그는 나와 같은 34세였지만, 이미 한국 민주화 투쟁의 거목이었다.

몸이 약했던 그는 옥중에서 냉수마찰과 좌선 및 요가에 정진하면서 독서에 힘썼다. 어느 날 그가 식사를 하지 않기에 방을 들여다보았더니 눈을 감고 좌선을 틀고 있었다. 80세 노모가 돌아가셨다는 소식을 들었다고 담담히 말했다. 막내를 옥중에 두고 세상을 떠난 노모의 마음은 어땠을까. 그리고 그의 비통함은 어땠을까. 그는 자신의 비통함에는 담담히, 다른 이의 고통에는 깊은 동정심으로 대하였다.

1사하에서 잊을 수 없는 장기표 씨의 선물은, 밥을 1홉의 4등식에서 1.2홉의 3등식으로 끌어 올려준 일이다. 그에게는 매일같이 커다란 차입물 보따리가 들어왔는데, 그는 돈이 없는 정치범과 일반 수인에게 먹을 것을 나누어주었다. 그는 "관식이 질적, 양적으로 개선되지 않으면 먹는 문제가 항구적으로 해결되지 않는다. 밥을 3등식으로 올리기 위해서 싸우자"고 제의했다. 해방 후 정치범들이 얼마나 배고픔에 시달리며 밥을 위해 싸우고 눈물 흘렸던가. 할 수만 있다면 3등식으로 끌어올리기 위해 싸우고 싶었다. 그러나 법규에 "미취역자는 4등식"이라 못박고 있었고, 그 4등식조차도 확보가 안 되어 이제까지 싸워온 것 아닌가. "있는 것도 빼앗아 가는 놈들이 어찌 3등식을 주겠나. 근거 없는 요구를 하다가는 탄압 받기 십상이다." 노 정치범들은 투쟁에 회의적이었다.

노 정치범들이 망설이는 모습을 보고 그는, "그럼 내가 소장을 만나서 반드시 해결하고 오겠습니다" 하고 면담하러 갔다. 돌아온 그가 복도 한가운데 서서 결과를 보고했다. "부소장에게 특사에 지속적으로 3등식을 배식한다는 약속을 받아냈습니다." 모두가 귀를 의심했다. 투쟁도 없이 세치 혀끝으로 이렇게 간단히 성과를 얻어내다니……. 그의 설명은 간단했다. "교도소든 군대든, 집단 생활하는 곳에는 언제나 밥이 남아도는 법입니다. 몇십 명 분의 밥을 한 등급 올렸다고 해서 별 것도 아니고 자기들이 배 아파할 이유도 없죠. 장기 수용으로 건강이 악화된 데다 노쇠하여 영양 섭취를 하지 않으면 안 된다는 것은 당당한 대의명분입니다. 그것을 받아들이게 할 힘만 있으면 됩니다. 외부의 운동과 어느 정도 연결이 되어 있는가, 교도소의 생리를 어느 정도 파악해서 그 약점을 잡고 있는가가 문제지요."

그 배경에는 교도소의 비인간적인 처우와 부정부패에 분노한 민중의 목소리가 있었다. 그의 힘은 그가 길러온 힘이었다. 그 이후 1988년에 가다밥이 폐지될 때까지 우리들은 3등식을 지켜나갔다. 이것으로 우리는 감옥 안의 배고픔에서 기본적으로 해방되었다.

그는 또한 재소자의 처우개선을 요구할 때 교도관의 처우개선도 반드시 함께 내놓았다. '하루 8시간 3부제 근무', '무보수 비번근무의 해소' 등은 교도관에게도 절실한 요구였다. 당시 그들은 불평불만이 많았지만 상부의 명령을 거슬러 행동할 힘도 용기도 없었다. 그로부터 10년이 지나 장기표 씨의 제안은 마침내 실현되었다. 그의 주장은 이러했다. "교도관의 처우가 개선되지 않는 한 재소자의 처우도 개선되지 않는다. 재소자가 인간적인 처우를 받고자 하면 교도관도 인간적인 처우를 받지 않으면 안 된다." 교도관을 적이라고 생각하고 있던 노 정치범들에게는 전혀 새로운 발상법이었다.

실제로 말단 교도관은 저임금 장시간 근무에 시달리는 불쌍한 처지였다. 소수의 주간 근무자를 제외하고는 갑·을로 나뉘어 격일 교대로 24시간 근무를 했는데, 출퇴근 때의 점호나 교육 등으로 한두 시간이 추가되는 게 예사였다. 일주일에 한두 번은 비번근무가 있었는데, 아침 9시로 정해진 퇴근 시간이 어쩌다 보면 낮이 되고, 오후 3~4시가 될 때도 있었다. 도주와 같은 사고가 터지거나 비상훈련이 있으면 며칠이고 집에 가지 못했다. 감옥에는 상명하달의 보수적이고 권위주의적인 풍토가 있다. 간부는 부하를 벌레만도 못하게 취급했다. 이발소에 근무하던 교도관이 의자에 앉아 낮잠을 자다가 순찰하던 부소장에게 들켜서 고막이 터지도록 호되게 따귀를 맞는 것을 목격했다. 어쩌다가 생긴 조그만 실수에도, 간부는 재소자 앞에서도 교도관에게 모욕을 주고 폭행을 했다.

부정부패가 구조화되어 있던 한국의 감옥에서, 말단 교도관은 상사에게 뇌물을 쓰지 않으면 찬밥 신세였다. '보직'도 위에서부터 아래까지 천차만별이었다. 용도과 부식계나 작업과처럼 연간 수억의 돈과 물건을 만지는 곳도 있었으며, 소장실 근무처럼 한가한 곳도 있었다. 재소자와 직접 접촉하지 않고 야간근무나 비번근무도 하지 않는 사무직은, 매일 목이 쉬도록 '도둑놈들'과 싸우면서 상사에게 야단 맞을까봐 전전긍긍하고 장시간 근무를 강요당하는 보안과 교도관에게는 가장 부러운 자리였다.

그에 더해 교도관에 대한 사회적 편견은 그들에게 가장 큰 괴로움이었다. 교도관이라는 직업은 '옥졸(獄卒)'이라는 전통적 멸시에서 오는 열등감으로 이어졌다. 교도관을 하고 싶어서 이 직업을 선택했다는 이를 만난 적이 없다. 놀랍게도 어디에서 근무하는지 아이들에게 전혀 알리지 않는 교도관도 있었다. 교도관들은 교도소 정문을 통과하자마자 머리가 아프고 소화가 안 된다고 스트레스를 호소한다. 다들 기회만 있다면 전직하고 싶다고 말한다. "목구멍이 포도청"이라 창피해도 하는 수 없이 교도관으로 밥벌이하고 있다는 것이다.

교도관은 권력의 손발이고 명령에 충실한 집행자다. 그러나 그들도 분단조국의 고통을 이해하는 동포이며, 왜곡된 사회 속에서 사람다운 삶을 빼앗긴 민중의 한 사람이다. 그들을 이용의 관점에서만 볼 게 아니라 그 고통과 슬픔에 관심을 가져주지 않으면 감옥의 민주화나 재소자의 인간적 처우는 바랄 수 없다.

옥귀신

사람들은 옥사를 두려워한다. 옥사하면 원혼이 옥 귀신이 되어 감옥 안에서 맴돈다고 하여 간수들도 감옥에서 송장 나오는 것을 싫어한다. 징역형은 살아있는 인간이 받는 형벌이다. 형사소송법에도, 죽음에 다다른 수인은 형의 집행을 정지한다고 되어 있다. 아무리 중한 죄인이라도 "임종은 가족이 지켜보도록" 해주는 온정을 베푼다는 것인데, 관리들로서는 자기들의 번거로움을 더는 측면도 있다. 그러나 비전향수에게는 최후의 온정도 베풀지 않아, 바로 옆에 있는 병사에도 들어가 보지 못하고 독방 귀신이 되는 일이 거반이다.

1975년 4월, 기세일 선생이 암으로 옥사했다. 선생은 전라북도 김제에서 태어나 일제강점기에 중국에서 살다가 해방 후에는 청진에서 노동했다. 환갑을 넘긴 노인으로 작은 몸집에 차분한 성품이었는데, 탈장 때문에 걸음이 기우뚱기우뚱 했다. 전향공작에 전혀 응하지 않았기에 변변한 치료를 받을 수가 없었다. 암이 발견되면서 운명을 직감한 선생은 동지에게 유언을 남겼다. 첫째, 당에서 부여받은 임무를 다하지 못해서 면목이 없다. 둘째, 조국통일을 보지 못하고 죽게 된 것이 한이다. 셋째, 북에 있는 자식에게 죽음을 알려 달라. 옥중에서 죽은 사람들의 유언의 패턴은 대부분 조국통일과 당, 그리고 가족 생각으로 짜여 있다.

박정래 선생은 서울 생으로, 만주에서 청년기를 보내고 해방 후 북으로 이주했다. 1954년에 서울에 내려왔다가 체포되어 무기형을 받았다. 내가 대구에 오기 전부터 결핵방에 있었는데, 매우 겸손한 인품으로 서울의 양반 집안 출신임에도 노동자·농민 편에 서서 전 생애를 보냈다. 아주 어린 후배인 나에게도 언제나 존대를 했다. 의무과에서 약을 주기는 했지만 수술은 꿈도 꿀 수 없어 현상 유지에 급급했다. 일반인의 경우 결핵환자는 마산에 있는 결핵치료 감옥에 보내졌지만, 비전향수라 하여 한 평짜리 독방에 세 사람을 집어넣고 방치했다. 1978년에 들어서서 선생의 병세는 더욱 더 나빠졌다. 큰 대야 가득 두 번이나 피를 토했다. 지혈제 대신 소금을 먹는 것 말고 다른 치료는 없었다. 선생은 "극복해야지"라면서 낡은 천으로 입가에 낭자한 선혈을 닦았다. 옥중에서 비전향 정치범들은 '극복'이라는 말을 자주 썼다. 배고픔과 추위를 '극복'하고, 병을 '극복'하고, 테러와 탄압을 '극복'해왔다. '극복'이라는 것은, 다다르지 않으면 안 되는 곳과 현실과의 깊은 단절의 심연을 뛰어넘으려는 처절한 의지였다. 그러나 말기의 결핵이 혁명정신으로 '극복'될 수 있는 건 아니었다. 1979년 가을이 깊어진 어느 날, 엄청난 각혈을 세 번이나 하더니 옥사했다.

1975년, 대전에서 이송되어 대구교도소로 온 신창길 선생은 부처님처럼 인자한 미소를 띠고 있었다. 충청도 사람답게 조신하고 온화하였지만 선생의 생애는 결코 평온하지 않았다. 학교도 거의 다니지 못하고, 어려서는 서울에서 일본 상점의 사환으로 일하다가, 커서는 만주의 두만강변에 있는 묘목 회사에서 일했다. 선생은 "일본인은 온순한 충청도 사람을 쓰기 좋아했다"고 회상하곤 했다. 해방 후에는 함경도 회령의 소비조합에서 일했다. 1958년에 정치공작원으로 서울에 와서 청량리에 쌀가게를 열고 가정을 꾸렸는데, 1973년에 체포되었다. 선생은 환갑이 넘었고 고혈압 등 지병이 있어서 몸이 약했는데, 특히 헤르니아(탈장) 때문에 힘들어했다. 천으로 탈장대를 만들어 차고 지냈을 정도였다. 1983년에 갑자기 극심한 복통을 호소했지만 의무과에서는 위장약만 줬다. 우리들이 외부 병원 진료를 요구했으나 당국은 "좀 더 두고 보자"는 말만 했다. 운명을 직감했던 선생이 유언을 남겼다. "이제 더는 안 될 것 같습니다. 조국통일을 보지 못하면 죽어도 죽을 수 없소. 서선생이 살아서 감옥을 나가면 평양에 있는 자식인 신동준에게 내 마지막을 전해주시오." 이튿날 아침, 선생은 탈장 감돈(嵌頓)으로 이 세상을 떠나고 말았다.

선생의 말에 의하면, 해방 전까지 선생은 특별한 정치의식 없이 일본인 밑에서 성실하게 일하는 피고용인이었다. 그러다 사회주의 사회가 선생의 의식에 대변화를 일으켜 민족통일과 사회주의 혁명을 위해 몸바칠 결심을 하게 된다. 선생이 '간첩'으로 체포되자 가정은 깨졌고 가족들은 선생을 원망했다. 선생이 돌아가신 후에도 유해의 인수를 꺼려 교도소의 설득으로 겨우 거두었을 정도였다. 그러나 1980년대 중반, 조국통일에 대한 민중의 열망이 높아지고 분단 민족사에 대한 재인식이 깊어지면서, 딸은 아버지가 무엇을 원했는가를 이해하게 되었다. 아버지의 죽음을 마음 깊이 애통해하며 평양에 있는 오빠와 만날 날을 바라게 되었다.

송순영 선생은 1982년 5월에 옥사했다. 충남 대덕 출신인 선생은 한국전쟁 때 의용군으로 참전해 인민군에 입대했다. 제대 후에는 강원도 문원제련소에서 노동자로 일했다. 40대 초반의 나이로 밝고 근면 성실한 성격이어서 부지런히 노인들을 돌봐주었다. 위에 큰 응어리가 생겨 누가 봐도 위암이라는 걸 알게 된 게 반 년 전의 일이었다. 겨울이 끝날 무렵 병은 더욱 심해졌다. 어느 날, 뒤쪽 계단 옆의 난롯가에 앉아 있던 선생이 나를 불러 세웠다. 우리 어머니에 대해 시를 지었다고 했다. 선생은 독방에서 지은 시 30~40수를 외우고 있다 했다. 어머니는 허가가 떨어지지 않았던 몇 번을 제외하고는 2개월에 한 번씩 면회를 왔다. 가져온 차입물은 모두에게 나누었고, 어머니가 전해준 이런저런 소식들은 사람들의 마음을 설레게 했다. 외딴 섬을 찾는 연락선이라고 할까, 산골 마을을 찾는 우편마차라고 할까. 어머니가 면회 오기를 모두 손꼽아 기다리다 면회가 올 즈음에 오지 않으면 나보다 더 걱정을 했다. 송선생은 그런 마음을 시로 노래했다. 지금은 잘 기억나지 않지만, 리얼리즘에 너무 충실해서 빈말이라도 훌륭한 시라고는 말할 수 없었다. 그의 시는 어머니의 노고를 칭송하고 감사를 담아서 "나비처럼 현해탄을 오가시는 어머니"라고 끝맺고 있었다.

감옥에서는 건강을 자기가 지킬 수밖에 없다. 그래서 냉수마찰이나 요가, 단전호흡도 하지만, 한방의서 특히 『동의보감』을 보물처럼 소중히 여겼다. 모두가 지압이나 침을 배워서 자가 치료를 했다. 금속 조각의 소지가 금지되어 있으니, 주운 철사나 바늘을 몰래 숨겨두었다가 침을 놓았다. 특사의 정치범 사이에서는 요즘 유행하는 단식이나 채식 등의 자연요법 책도 많이 읽혔다.

송선생의 암은, 설사 조기에 발견했더라도 수술이나 화학요법을 받을 가능성이 적었지만, 의무과에서 확인했을 땐 이미 손을 쓰기엔 늦어 치료할 방법도 없었다. 생각 끝에 우리들이 간수에게 부탁해서 취사장에서 채소를 받아온다든가 뒷마당에 율무를 심어 율무차나 죽을 끓이는 등 자연요법을 해봤지만, 선생의 암은 비탈을 굴러 떨어지듯 악화되었다.

신록이 올라올 무렵 방을 들여다보았더니 송선생이 "어제 새까만 숙변이 쑥 나와서 몸이 가볍게 날아가는 것 같아. 이걸로 나을 모양이야"라며 방긋이 웃었다. 그러나 그것은 꺼져가는 생명의 마지막 불꽃이었다. 다음 날 점검 때 선생의 주검이 발견되었다. 검은 눈동자를 크게 뜬채로…….

대구교도소에서는 무연불(無緣佛)을 시립 공동묘지에 묻고, 수습해갈 사람이 없으면 2년 후에 화장해서 합장해버린다. 그러면 묘지 없이 교도소에 기록만 남게 된다. 송선생의 주검은 3일간 의무과의 사체 안치실에 있다가 트럭에 실려 교도소 가까운 공동묘지에 묻혔다. 매장한 외역수(교도소 밖으로 출역하러 나가는 재소자)에게 들으니 바위투성이 야산 비탈을 파야 해서 힘들었다고 했다. 들짐승들이 먹지 못하게 바위로 대강 덮고 봉분을 만들어 두었다고 했다. 막과자와 소주 한 잔을 올리고 장례를 마쳤다. 수많은 정치범들의 무덤이 그렇듯 지금은 송선생의 묘를 찾을 길이 없다.

3장

사상전향제도와의 투쟁

서울구치소 독방. 2000년.(사진 손승현)

사상전향인가 죽음인가

내가 1973년에 대구로 이감 갔을 무렵, 교무과장은 공석이었다. 박호준 부장이 과장·계장·주임을 혼자 떠맡고 있었다. 쉰 살쯤 되어 보이는 그는 간수를 하면서 통신교육으로 어느새 목사 자격을 따는 등 재주가 좋았다. 자기를 부장이라고 하지 말고 목사라고 부르라고 했다. 불그스름한 낯빛에 세속적으로 보이는 두꺼운 입술을 가진 그에게서 영적인 요소라고는 찾으려야 찾을 수 없었다. 목사가 되어 출세할 소원을 품더니, 사상전향 공작반이 만들어지자 공작관(교회사, 계장급)이 되어 이후 작은 교도소의 교무과장으로 출세하였으니, 예수의 은혜가 이루어진 셈이었다. 박목사는 흥분하면 본색을 드러내 폭력을 휘둘렀지만, 반공 복음주의자로서 예수 신앙이 가장 좋은 전향공작이라고 확신하고 있었다. 그는 자기를 '교무과장'이라고 소개하며 나에게 엄포를 놓았다. "교육을 받은 네가 왜 공산주의자냐? 성경 읽고 예수를 믿어. 1사하에 있으면 몸에도 나빠." 그때는 아직 사상전향 공작의 전 단계였다.

사상전향이란 국가권력에 대항한 사람이 자신의 신념을 버리고 국가사상에 동조하거나, 국가권력에 굴복할 것을 맹세하는 것을 말한다. 자기 내면의 정신적 고뇌의 결과 일어난 신조의 변화인 '회심'과는 다르다. 원래 '전향'은 타인과 사회의 압력을 의식해서 외부세계를 향해 태도를 표명할 것을 전제하는 의미가 강하다. 조사기관이나 감옥에서는 당연히 물리적·심리적 폭력으로 전향을 강요한다. "사상범죄는 기존 국가제도를 변환시키고 새로운 이념으로 사회를 만들려고 한다. 정치범죄, 사상범죄의 원인은 범죄자의 사상에 있으며, 그것을 바꾸지 않으면 사상범죄는 없어지지 않는다"는 무지하고 난폭한 사고방식에 의해 일본인 검사에 의해서 착상되었다. 그러나 이것은 권력자와 지배체제를 절대화한 독선적인 발상이다. 본디 사회변혁사상이나 혁명사상은 현실에 대한 비판에서 비롯하며 그 근저에는 비판을 받아 마땅한 현실의 모순이 있다. 사람이 주권자가 된 근대 이후에 자신이 바라는 국가나 사회를 선택하거나 만들 권리가 있다. 더구나 미래의 이상과 꿈, 실현되어야만 할 사회에 대한 신념, 자유로운 정신세계를 무엇으로 억압할 수 있다는 말인가.

일제는 1925년 제정된 치안유지법의 보완책으로 1931년 3월 27일 '사법차관 통첩 제270호'에 의해 사상전향제도를 정식으로 도입했고, 식민지 조선에서도 시행했다. 천황제와 사유재산제도에 반대하는 사람을 탄압하는 것이 치안유지법의 목적이었지만, 조선에서는 식민지배에 반대하며 독립을 추구하는 민중을 탄압하는 데 썼다.

일본에서는 패전 직후, 미군사령부가 일본군국주의의 가장 나쁜 제도라며 사상전향제도를 폐지하였다. 그러나 불행하게도 조선은 분단되었고, 한국에서는 미국의 후원을 받은 친일파가 권력을 잡아 좌우 이데올로기가 대립하는 가운데 일제의 법과 제도가 그대로 온존되었다. 조선민족을 탄압하였던 치안유지법, 조선사상범 관찰령, 조선사상범 예방구속령이 각각 국가보안법, 반공법, 보안관찰법, 사회안전법이라는 이름으로 이어지고 재생되어 수많은 애국자와 민중을 살해하고 탄압해왔다. 마치 강도의 칼을 빼앗아 자기 가슴을 찌르는 것 같은 자학적 도착(倒錯)을 본다. 특히 분단 이후 한국에서는 '반공'이 국시(國是)로서 최대의 미덕이었다. 독재정권은 반공을 위해서라면 인권유린도 살인도 허용하는 사회적 풍토를 만들어냈다.

1948년 국가보안법 제정, 그리고 '보도구금' 조항을 삽입한 1949년 개정 국가보안법을 시행하기까지, 경찰은 사상전향제도가 법적으로 명문화되지 않은 상태에서 좌익들을 강제로 전향시켰다. 그리고 개정 국가보안법의 '보도구금' 조항에 근거하여 비전향수의 갱생과 복리를 도모한다는 미명하에 보도연맹을 조직하고 그 가입을 강제하여 사상전향을 시도한 것이다. 한국전쟁이 시작되자 후환을 없애기 위해 이들 사상전향자들을 각처에 집합시켜 수십만 명을 학살했다. 악명 높은 '보도연맹 사건'이 그것이다.

한국전쟁 후 점점 경직화한 반공체제 아래서, 1956년 법무부장관령인 '가석방 심사규정'이 제정되어 사상전향제도는 공식적인 제도로 확립되었다. 가석방을 심사할 때, 국가보안법 수형자의 경우는 그 사상의 전향 여부에 대하여 심사하고 필요한 때에는 전향에 관한 성명서 또는 감상록을 제출하도록 한 것이다. 그때까지 전향 여부에 관계없이 공장에 출역하던 비전향수는 출역이 취소되고, 하루 종일 감방에 갇혔다. 당국은 사상전향제도에 의거해 비전향수의 신체 자유와 운동의 기회, 보다 좋은 식사와 처우의 기회를 빼앗고 특별사동을 비인도적 감시 하에 두어 폭행과 학대를 일삼았으며 전향을 강요했다.

1961년의 박정희 군사쿠데타 이후, 그때까지 전국 각 교도소에 분산되어 있던 비전향 정치범을 대전에 집결시켰는데, 1968년 무렵 북의 특수부대가 정치범의 해방을 도모한다는 소문이 나자, 다시 비전향 정치범을 대전·광주·전주·대구의 네 군데 교도소로 분산시켰다.

1973년 6월, 사상전향 공작반이 네 교도소에 설치되어 전향공작이 체계적·조직적으로 진행되었다. 중앙정보부법에 의하면 중앙정보부는 다른 정보기관이나 권력기관에 대한 '조정권'을 갖고 각 기관을 조정(명령, 지휘)할 수 있어서, 교도소도 그 조정을 받았다. 교도소가 정치범을 수용·관리하지만, 정치범에 대한 정책결정권은 중앙정보부가 쥐고 있었다. 전국의 중요 감옥에는 중앙정보부·보안사·치안본부 대공국의 담당관이 배정되어 있었으며 상주하는 경우도 있었다. 미결 정치범에 대한 조사와 공소 유지를 위해 공갈과 협박을 일삼았고, 기결수에 대해서는 정보 수집, 수사, 역공작, 관리(인질로서 또는 비상시에 '처분'하기 위해)를 하였다. 사상전향 공작은 대공·대북 이데올로기 전쟁의 일환으로서 중앙정보부 대공심리전국의 통제 하에 있었다. 사상전향 공작을 위해 직접적인 폭력과 가혹한 고문이 체계적·제도적으로 동원된 때는 박정희의 유신 선포 이후였고, 그 폭력적 방식의 구체적인 집행자가 바로 사상전향 공작반이었던 것이다.

1972년에 박정희는 영구집권의 야망에 불타 유신체제를 발동시키고, 미국의 베트남전쟁 패배로 위기감이 고조되자 시국을 '준전시'로 규정했다. 유신체제는 박정희가 심취했던 일본 극우의 '소화유신(昭和維新)'에서 계발되어, 일제가 태평양전쟁 때 만든 국가총동원 체제와 익찬(翼贊) 체제를 모방한 것으로, 모든 정치운동과 정부 비판을 금지하고 반정부·반체제 운동의 말살을 공공연히 내걸었다. 이러한 상황에서 반공 국시의 근간에 도전하고 스스로 공산주의자라고 주장하는 비전향 정치범을 살려둘 수는 없는 일이었다. 사상전향 공작반의 설치는 분명히 유신 체제의 일환으로서 이러한 정책 의지의 표현이었다. 1975년 대구 교무과장에 부임한 강철형은 우리 비전향수들을 모아놓고 공언을 했다. "너희들은 전향하든가 아니면 죽든가의 선택밖에 없다!"

특사에서 최고참은 1951년 10월에 구속된 이종환 선생이었다. 1951년 이전의 사람은 없고 이선생이 최고참이었던 이유는, 한국전쟁 때 서대문형무소 등 대전 이북에 있던 감옥의 정치범은 인민군에 의해 '해방'이 되었고, 이남에 있던 정치범은 '대전형무소 집단학살 사건'으로 알려졌듯 국군의 후퇴와 동시에 '처분'되었기 때문이었다. 그 후 잡힌 사람들 중, 북에서 내려온 사람은 거의 간첩죄, 남의 빨치산 출신자는 내란죄·반란죄·국방경비법·부역죄(적에 협조하는 행위) 등의 죄목을 적용 받았다. 4·19 학생혁명 후, 민주당 정부가 내린 일반 사면에 의해 간첩죄에 해당하는 사람을 제외한 정치범들은 감형되고 무기형은 20년형이 되었다. 이 사람들의 만기가 70년대 초에 집중되어 있었다. 이 비전향수들이 석방되면 '빨갱이 병균'으로 사회가 오염된다면서 한편에서는 사상전향 공작을 체계화하고 강화했으며, 다른 한편에서는 옥중·옥외의 비전향자를 사회로부터 영원히 격리시키기 위해 1975년 사회안전법을 제정하였다.

사상전향 심사

사상전향 수속은 다음과 같다. 먼저 사상전향서와 사상전향 성명서를 작성한다. 이것을 사상전향 심사위원회에 내고 다시 중앙정보부의 재가를 얻으면, 사상전향을 마치고 전향수로서 특사에서 나가 일반수와 같은 처우를 받는다.

사상전향서에는 '자신의 죄를 인정하는가?', '공산주의와 사회주의를 어떻게 생각하는가?', '북한과 김일성에 대해 어떻게 생각하는가?', '자유민주주의를 어떻게 생각하는가?', '존경하는 인물', '종교의 유무', '출소 후의 생활 설계' 등 일곱 가지 사항의 질문이 있다. 심사 대상자는 이에 답하고 서명하고 지장을 찍는다. 사상전향 성명서에는 자신이 걸어온 길과 사상의 고백, 참회, 새로운 각오 등을 적는다. "김일성과 공산주의에 속아왔다. 한국의 사회·경제 발전에 놀랐다. 자유대한의 품에 안겨 반공용사로서 반공의 최전선에서 몸 바쳐 싸울 것을 맹세한다" 등의 내용이다. 전향성명서 발표회를 열어서 비전향수와 일반 재소자 앞에서 이 성명서를 낭독하게 하고 교도소 내 방송으로 내보내고, 특별한 경우에는 대북방송용으로 쓰기도 한다. 1980년대부터는 발표회 등이 비전향수의 반발을 사기도 하고, 강제전향을 당한 정치범이 단상에 올라 성명서를 읽다가 울어버리기도 하는 등 역효과가 나자 폐지되었다.

사상전향 심사위원회는 소장을 위원장으로, 각 과장, 공작반장, 중앙정보부 대구지부의 담당 정보부원 한두 명으로 구성되어 매월 열렸지만, 실제로는 정보부원이 결정권을 쥐고 있었다. 심사위원회에서는 '정말 전향했나?', '반공정신이 확립되었나?', '동지를 배신했는가?' 등을 중심으로 질문이 나온다. 이 경우에는 공작반원들이 변호사의 입장이 되어 정말로 전향하였다고 역설하고, 정보부원이 검사의 입장에서 의문점을 신문하는 패턴으로 진행된다. 공작반으로서는 실적을 올리고 전향공작 보상금(한 사람당 10만 원)을 따내려고 하는 것이다. 심사에서 떨어지면 재심사가 있지만 이 과정에서 전향자를 보다 더 깊은 사상전향의 수렁에 빠지게 한다. 패배의 인정, 스스로의 사상과 행동의 잘못에 대한 인정과 지난날의 부정뿐만 아니라 반공정신의 확립과 반공전선에서의 헌신까지 약속하게 만드는 것이다. 심사를 통과하면 중앙정보부 본부에 서류를 보내고 가부의 최종 결정이 내려진다.

전향공작 대상자

전향공작 대상자는 국가보안법, 반공법, 형법, 군형법, 국방경비법(간첩죄, 반란죄, 내란죄, 이적죄, 편의제공죄) 등의 피적용자인 공안사범이다. 그러나 같은 죄를 지어도 학생이나 종교인, 재야운동가, 제도 정치인(재야정치가와는 달리 정당정치 등 법의 테두리 안에서 정치활동을 하는 자) 등, 그 동기의 '순수'함이 인정되는 사람은 공안 관련사범이라고 해서 따로 분류했다. 그 기준은 시대에 따라 변하고 애매하다. 비전향수 중에는 북에서 내려온 공작원, 원래 한국에 있던 빨치산, 직업혁명가도 있지만, 범인 은닉죄, 편의제공범이나 불고지죄와 같이 사상이나 주의와는 관계없이 육친 관계, 친구 관계로 걸려들어온 사람들도 있다.

'막걸리 반공법'이라는 것은 술을 마시고 정부나 현실에 대하여 불평 불만을 토로한다든지 홧김에 정부를 비판하고 북한 찬양을 한다든지 해서 반공법상의 찬양·고무 등 경미한 죄로 잡혀 들어오는 사람들을 말한다. 그래서 공산주의나 사회주의에 대한 사상적 확신을 갖지 않은 단기 수용자를 가리키는 말로 사용되기도 한다.

예를 들어 황해도 출신인 사람이 북한의 황주 사과가 한국의 대구 사과보다 맛있다고 말하면 찬양·고무죄로 잡혀온다. 무허가 주택을 시의 철거반이 불도저로 밀었을 때, 철거당하는 사람들이 철거반에게 "너네들, 이래도 사람이냐? 김일성보다 나쁜 놈!"이라고 욕해서 반공법으로 기소되기도 한다. "김일성보다 더 나쁜 놈"은 세상에 없으니, "김일성보다 나쁜 놈!"이라 하면 김일성을 상대적으로 높였다는 억지다. 이렇게 잡혀온 사람들은 대부분 "아무리 뼈 빠지게 일해도 삶이 펴지지 않는" 현실에 대한 강한 비판의식을 가지고 있다. 그러나 개인으로서 강대한 권력에 맞설 수가 없으니 "바람이 불면 바람보다 먼저 눕고, 바람이 지나면 바람보다 먼저 일어서는" 민초다. 옥중에서는 이런 사람들을 확신범과는 구별하여, 다소 동정과 조롱을 섞어서 '막걸리 반공법'이라고 불렀다. 싸구려 막걸리에 울분을 발산하는 한국 민중의 비애가 스며들어 있는 말이다. 서민들 술자리의 이야기에까지 침투한 정보 통치의 일면을 보여주기도 한다.

1975년경, 황필우 씨가 정부를 비방했다고 해서 반공법으로 잡혀왔다. 반백의 그는 결핵환자였는데 자조적이며 좌절한 옛 인텔리의 분위기를 풍겼다. 어느 날 그는 나를 붙잡고는 "박정희가 한 일은 일본놈과 똑같지 않은가. '새마을운동' 같은 건 옛날에 무샤노코지(武者小路)라는 일본 사람이 하던 일이잖소. 새삼스레 새마을운동이라니"라며 당시 정부에서 열을 올리던 새마을운동을 빈정거렸다. 이 같은 사람들을 정부는 '불평불만 분자'라고 했다.

총련에 소속된 사람이 한국에 사는 가난한 친형제에게 생활비를 보내거나 용돈을 쥐어주거나, 친척의 장례 비석을 세우기 위해 송금을 하면, 그 돈을 받은 사람이 반공법상 금품수수죄로 체포되어 오는 경우도 종종 있었다.

국가보안법, 반공법의 무고·날조죄로도 2~3년에 한 사람 정도 대구교도소에 들어왔다. 미운 사람을 파멸시킨다든지 혼내주기 위해서 "수상해, 간첩이 아닐까?", "그놈은 빨갱이다"라고 당국에 밀고하는 경우가 종종 있었다. 이렇게 해서 체포되면 죄가 없어도 고문을 당하거나 감시를 받는 등 혼이 난다. 잘못 되면 날조된 죄목으로 감옥에 가게 된다. 한국전쟁 전후에는 근거 없는 밀고로 많은 사람들이 살해되었다고 한다. 다만 밀고 당한 사람이 밀고자보다 사회적 빽(배경이나 힘)이 센 경우에는 밀고자가 되레 무고죄로 체포된다.

이상한 것은, 전에는 무고죄로 잡힌 사람까지 전향을 시켰다는 점이다. "저는 반공정신만큼은 누구에게도 지지 않습니다. 왜 제가 전향해야 합니까?" "시끄러워. 국가가 명령하면 그대로 따르는 것이 대한민국의 충성스런 국민이다." 역시 당국도 이 모순을 깨달았는지 1980년대부터는 무고죄 해당자를 사상전향 대상자에서 제외시켰다.

옥중에서도 질이 나쁜 재소자는, 누군가 비판적인 이야기를 하면 '빨갱이'라고 밀고를 하거나 고발하겠다고 협박하여 금품을 빼앗는 경우도 있었다. 정보정치는 필연적으로 배신이나 밀고를 키우는 법이다. 날조를 당한 사람들은 "공산주의자도 아닌데 왜 전향을 해야 합니까?" "나는 반공주의자인데 전향하라면 공산주의자가 되란 말입니까?"라며 싸우기도 했다.

하원차랑(河源次郎) 씨는 오사카에서 태어나 해방 직후에 부모의 고향인 경상북도 영천으로 귀향했다. 고등학교를 졸업하고 중장비 면허를 따서 중동과 인도네시아 등지에서 일했지만, 석유 경기의 침체로 일이 없어지자 관광 비자로 일본에 입국해 토목현장에서 일을 했다. 어쩌다 그 회사의 사장이 조선적(朝鮮籍 : 일본에서 외국인등록증에 한국 국적을 택하지 않은 사람들을 분류할 때 사용한 표기. 북한 국적 아님)이었던 것이 화근이 되어, 1983년에 이빨이 부러지도록 고문을 당하고 '해외취업노동자 간첩단'의 주범으로 날조되어 7년형을 선고받았다. 7명의 공범 중에서 그가 주범이 된 까닭은 그의 학력이 고졸로 가장 높았기 때문이었다. 그는 박정희의 숭배자이며 민주공화당 당원연수원 2기생이었다고 뽐내는 사람이었다. "밥 먹고 살려고 일한 것이 뭐 잘못인데? 나를 전향시키면 빨갱이가 되라는 말인가?"라고 화를 내며 길길이 뛰어서 공작관도 애를 먹었다.

물론 비전향 정치범의 대부분은 공산주의·사회주의 사상을 가지고 김일성 주석을 존경하며 조선노동당과 공화국 정부를 지지하는 사람들이다. 그러나 사상전향 공작반의 공작관들은 정면에서 사상논쟁을 할 능력도 입장도 안 되었다. 공작원들이 "북괴는 자유가 없지만 대한민국은 돈만 있으면 자기 좋아하는 일을 뭐든지 할 수 있다. 얼마나 좋은가"라고 하면 "너희들이야말로 남괴(남조선 괴뢰)다. 군사작전지휘권도 미국이 가지고 있지 않은가. 부끄럽지 않은가. 세계 어느 곳에도 그런 독립국은 없다. 너희들의 자유란 노동자를 착취하는 자유, 일자리를 잃는 자유, 걸식하는 자유, 몸을 파는 자유, 학교를 가지 않는 자유, 쿠데타를 하는 자유지"라고 반격을 가했다. "김일성은 가짜다. 모든 사람이 김일성에게 속고 있다"라고 하면 "그럼 진짜를 보여 달라. 박정희는 일본군의 장교였지만 김일성 수령은 일본 침략자와 총 들고 싸우신 애국자다"라고 대꾸했다. "한국의 경제성장은 '한강의 기적'이라 한다. 고속도로를 만들었고, TV 없는 집이 없을 정도다"라고 하면 "일본이나 미국에서 돈을 빌려와서 일본의 부품을 가지고 만들면 누구라도 할 수 있다. 경제성장이라고 말하지만, 외국인과 부자들만 살찌우는 것일 뿐이다. 빈부의 차가 더욱 벌어지고 인민은 빈곤에 허덕이고 있지 않는가"라고 반발했다.

공작관은 비전향수들에게 반공주의와 자유민주주의를 대항 이데올로기로 들고 나왔다. 그러나 반공은 공산주의의 부정이지 그 자체가 적극적 가치 내용을 가진 이데올로기는 아니었다. 총으로 권력을 탈취했던 군사독재정권 하에서 자유민주주의를 논하는 것은 "검은 것을 희다고 강변"하는 꼴이니 아무런 진실성도 설득력도 없었다. 1970년대에 들어서 부정선거, 계엄령, 유신, 대통령 암살, 비상사태 선포, 그리고 1980년의 광주 학살이라는 살기등등한 사건이 연이어 일어나는 상황에서 자유민주주의 따위는 그림의 떡에 지나지 않았다.

시장경제와 자본주의 경제제도의 우월성을 어떤 훌륭한 이론으로 논한다 해도 식민지시대와 그 후의 착취와 빈곤의 쓰라림을 겪어온 대부분의 비전향수들의 경제윤리관을 흔들 수는 없었다. 사상전향제도는 논리적·합리적으로 사상의 시비를 가리는 것보다는 폭력으로써 권력 앞에 무릎을 꿇게 하고 무조건 복종하는 인간을 만들어내려는 데 그 목적이 있었다.

간첩

국가보안법 위반자의 반 정도는 간첩죄로 형을 받고 있었다. 간첩이라는 것은 적국의 국가기밀이나 군사기밀을 탐지·수집·누설·전달하는 행위라는 통념이 있다. 형법 제98조와 국가보안법 4조 2, 3항에서는 간첩죄를 아래와 같이 규정하고 7년 이상, 무기징역, 사형에 처할 수 있다고 하고 있다. 『법전』을 펼쳐보면 조문이 있고, 그 아래 판례가 실려 있다.

> 국가보안법상, 간첩죄를 대상으로 하는 국가기밀은 순수한 의미의 국가기밀에 국한하는 것이 아니라 ……이 기밀사항이 국내에 일반적으로 알려져 있고 일상 생활을 통해 경험할 수 있는 것이라 할지라도 북한 괴뢰집단에 유리한 자료가 되는 한, 그것을 탐지·수집하는 행위는 간첩죄를 구성한다. (1987년 6월 23일, 대법원 판결)

> 일간신문에 보도된 사항이라도 괴뢰집단에 비밀로 하는 것이 대한민국의 이익을 위해 필요하다고 생각되는 군사관계의 정보라면 그것을 탐지·수집하는 것도 간첩이 된다. (1968년 7월 31일, 대법원 판결)

이것만 봐도 우선 기밀이라는 것이 "더할 나위 없이 중요해서 비밀이 된 일, 특히 외부에 드러나서는 안 될 국가기밀이나 조직체의 중요한 비밀"(『신국어사전』, 동아출판)이라고 한다면 "일반적으로 알려져 있고 일상 생활을 통해 경험할 수 있는", "일간신문에 보도된 사항"이 기밀이라고 하는 것은 개념의 모순이다. 신문·잡지 등은 해외구독이 가능하기에 북한에서도 합법적으로 입수할 수 있고, TV나 라디오 방송은 북한까지 전파가 가는 것을 알면서 방송하고 있다. 위의 판례대로라면, 신문·잡지·TV·라디오 회사의 사장과 그 점을 알면서 허가한 문화공보부장관 등은 간첩죄로 체포되지 않으면 안 된다. 또한 "유리한", "이익을 위해 필요하다고 생각되는"이라는 말은 매우 애매모호한 것이라서 죄형법정주의에 어긋나는 것이다.

'기밀' 개념의 무한정한 확대로 인해, 쌀의 가격, 공표된 정부 시책, 인구, 거리 등 무엇이든 기밀이 되어 간첩죄의 적용을 받았다. 또한 간첩죄는 정적을 함정에 빠뜨리고 국민을 공갈하고 희생양을 만들어냄으로써 독재에 대한 비판의 예봉을 피하거나 반공·반북 감정을 부추기는 등 여러 가지로 독재정권에게 이용되었다.

1993년 10월에야 겨우, 일반적으로 알려진 사실을 전달하는 일에 기밀누설죄를 적용시키지 않는다는 판결이 서울지방법원에서 나왔다. 그러나 1994년 5월, 대법원은 1, 2심의 판결을 뒤엎고, "공지의 사실이라도 그것이 적에게 유리한 경우는 국가기밀 누설에 해당한다"며 원심 환송을 명했다.

적어도 내가 19년간 감옥에서 만난 비전향수 중에 '기밀'을 탐지한 간첩은 없었다. 만약에 정말로 기밀 탐지를 한 사람이 있었다면, 그런 사람을 정부가 살려둘 리가 없다. 틀림없이 사형을 시켰을 것이다. 김선명 선생 등은 1951년 10월에 38선에서 잡혔다. 아직 한국 구경도 하지 못해 간첩 행위를 할 수도 없었지만, 북한에서 내려오려고 한 것은 간첩 행위를 하기 위한 것임에 틀림없다는 추정으로 간첩죄를 적용받아 44년에 이르는 지금(1994년)까지도 감옥에 있다. (김선명 선생은 1995년 8월 15일, 45년 만에 세계 최장기수로 출소하였다.)

종이 한 장 때문에

"종이 한 장 써버리면 되는데, 왜 그렇게 고집을 피우나?"라고 공작관은 자주 말했다. 나는 "그러면 그깟 종이 한 장을 왜 이렇게 쓰라고 합니까?"라고 반문했다. 옥중에서도, 석방된 후에도 같은 질문을 여러 번 받았다. 전향서 한 장을 쓰지 않아서 김선명 선생은 44년이나 감옥에 묶여 있다. 많은 사람들이 그 종이 한 장 때문에 옥사하고 고문 받고 몇십 년의 세월을 옥중에서 썩어 지낸다.

전향을 거부하는 이유는 여러 가지다. 공작반에서는 "비전향수는 북에 가족이 있어서, 가족에게 피해가 갈까봐 걱정이 되어 전향을 하지 못한다"고 말한다. 그런 면이 있을지도 모르지만 전체 정치범 중에 몇 퍼센트도 되지 않는 극히 적은 수의 비전향수한테만 가족 문제가 있다고는 생각되지 않는다. 그렇다면 북에 가족이 있는 대다수의 전향자는 전향하면서 가족 문제를 걱정하지 않았다는 것인가?

홍명기 선생은 충청남도 서산농고를 졸업하고, 의용군으로 북에 가서 평안남도 중화군당에서 활동하다가 1962년에 남으로 와서 체포되었다. 고문으로 가운데 손가락의 힘줄이 늘어져 손가락이 펴지지 않았다. 등이 아파서 잠도 충분히 자지 못했다. 선생의 취미는 공부였다. 맹렬히 공부해서 영어, 프랑스어, 독일어, 러시아어, 중국어, 스페인어를 습득하였다. 한일자의 짙은 눈썹과 예리한 눈에는 근엄하고 단정한 선생의 의지력과 함께 조국과 민족에 대한 열렬한 애정이 담겨 있었다. 출소 후 내가 미국에서 우연히 만난 재미동포는, 옛날 대구교도소에서 교도관으로 일할 때 선생을 법정에 호송했던 일이 있다고 이야기했다. 사형 구형을 받은 선생이 조금도 겁내지 않고 빳빳하게 고개를 든 채 사회주의 혁명과 조국통일의 대의에 대해서 당당하게 진술했다고 한다. 그는 "그렇게

간이 큰 사람은 처음 봤다"며 외경의 뜻으로 그때 일을 술회하였다.

옥중 생활에서도 선생은 일체의 타협을 물리쳤다. 그런 태도는 간수에게 미움 받을 뿐이라서 정치범들도 비본질적인 문제는 적당히 절충하거나 타협하기도 했지만, 선생은 조선 선비처럼 요령 하나 피우지 않고 감옥살이를 했다. 선생은 교조에 사로잡히거나 시류에 편승하지 않고 자신이 살았던 시대에 대한 성실한 인식과 정의실현의 신념으로 공산주의자가 되었고 당원이 되었다.

내가 출소하기 1년 전쯤 선생에게 "감옥 생활을 하면서 제일 기쁜 일이 무엇입니까?"라고 물은 적이 있다. "조선민주주의인민공화국의 소식을 듣는 것입니다. 공화국이 건설되고 발전하는 모양을 알게 되는 것이 제일 기뻐." 그 즈음 운동권의 '북한 바로알기' 운동의 영향으로, 재미동포들의 북한 방문기인 『분단을 뛰어넘어』나 독일의 저명한 여류작가 루이제 린저의 북한 방문기인 『북한 이야기』 등이 많이 출판되어 감옥에도 책이 들어와 있었다. 사회주의 조국의 발전을 자신의 일보다 소중히 여겼던 많은 비전향수들은 선생처럼 공화국에 대한 애정을 가지고 사상의 순결성을 지키며, 당에 대한 신뢰와 공산주의자로서의 신념을 가진 사람들이었다.

20~30년간 감옥 생활을 하는 동안 세계는 크게 변했다. 비전향수들 중에는 50년대의 냉전시대 역사인식을 고수하고 있는 사람이 있는가 하면, 이후 정세를 분석하고 사상을 발전시켜온 사람도 있다. 그러나 항일투쟁을 지도한 김일성 주석에 대한 두터운 신뢰와 민족 자주독립, 그리고 평등사회의 실현이라고 하는 사회주의적 이상에 대한 신념은 공통되었다.

나는 출옥 기자회견에서 다음과 같이 말했다.

"인간답게 살기 위해서는, ……모든 것을 포기하여 패배할 수는 없습니다. 최소한의 인간다운 양심과 존재를 스스로 지켜야 한다는 마음, 흉포한 권력에 굴복하여 양심까지 팔아넘길 수는 없다는 의지가 최종적으로 나를 받쳐왔다고 할 수 있습니다."

나는 학생운동을 하면서 사회주의 사상에 눈을 떴지만, 옥중에서 스스로를 돌이켜 생각해보면 사회주의의 기본적 취지에는 공감하면서도 거대한 사상체계를 체득하고 있는지에 대해선 자신이 없었다. 그러나 사람으로서 최소한 지켜야 하는, 누구나가 부정할 수 없는 보편적 가치가 있었다. 나는 옥중에서 이러한 단단한 기반 위에 사고의 기초를 세우고 거기서 출발하지 않으면 안 된다고 생각했다. 폭력으로 인간 내면 정신세계에 난입하는 사상전향제도는 거부되어야 한다는 것은 자명한 일이었다.

나는 공작관이나 검사로부터 자주 이런 말을 들었다. "너는 일본에서 6·25를 경험하지 못해 공산주의의 무서움을 모른다. 너는 국가관이 확립되어 있지 않다." '국가관'이라고 하니 갑자기 국가주의 전성시대의 망령이 나타난 것 같아서 혐오감을 느꼈다. 독재정권 아래서 체육·예술 등의 분야에서 국제적인 상을 타면 '국위 선양' 운운하는 것도 마찬가지다. '국가'는 민족분단을 위한 상징 조작에 쓰이고 있었다. 내가 서울구치소에 있을 때 이 문제에 대해서 검사에게 말한 적이 있다. "과거에 무슨 일이 있었다 해도 우리 겨레는 통일해야 한다. 내게 있어서 분명한 것은 민족은 국가 이상이라는 것이다. 두 개의 국가보다 하나의 민족이 더 소중하다."

1970년대에는 긴급조치 위반 학생들에게 석방의 조건으로 "유신체제를 지지하고 유신체제 창조에 적극 참가한다"는 반성문을 쓰게 하기도 했다. 정화영 씨나 이강철 씨 등은 유신체제, 박정희 독재에 대한 어떠한 타협도 거부하고, 박정희가 죽을 때까지 감옥에서 버텼다. 그러나 대부분의 학생들은 반성문을 종잇조각으로 간주하여 반성문을 쓰고 출소했다. 그 중 많은 사람들이 출소 후 반성문에 구애받지 않고 유신 반대 운동에 매진했다.

다만 80년대에 유신시대를 총괄하면서 "너무 안이하게 타협한 것은 아닐까?"라는 반성이 나왔다. 일제강점기에 이러저런 변명을 해가면서 친일 행위를 했던 지식인에 대한 반성이 일었고, 편의주의가 한국 정신사를 좀먹어왔다는 준열한 비판도 나왔다. 긴급조치와 반성문을 전원이 거부했다면 유신체제는 좀 더 빨리 붕괴했을 것이라는 의견도 나왔다. 한 사람씩 타협을 하다가 결국 온 사회의 정신적 황폐와 패배주의를 초래한다는 자성도 있었다. 내면 정신세계의 자유는 민주주의의 대전제이며, 사람이 독립하고 주체성을 가지기 위해서 불가결한 것이라는 인식이 그 시대에는 아직 충분하지 않았다.

종이 한 장이 때로는 사람의 정신을 꼼짝 못하게 하는 부적이 될 수도 있는 것이다. 인간이 스스로 만든 정신적 금지구역은 철창보다 단단할 수도 있다. 우리나라는 이제껏 국가보안법과 사상전향제도를 고수하며 33명의 비전향 정치범을 30~40년이나 옥에 가둬두고 있다. 이들의 석방이 한국사회에 불안을 조성하거나 국가안보를 위협하는 것도 아니다. 다만 국민들을 협박하기 위한 본보기로 그들에게 가혹한 형벌을 가하고 있는 것이다. 사상전향제도는 국시인 반공 이데올로기의 마지막 보루이기에 그들은 모든 비합리와 비난을 감수하면서 이 제도를 고수하고 있다. 단 한 장의 종이가 국가와 이데올로기라고 하는 방대한 구조물을 받쳐주고 있는 것이다.

차별 지배의 구조

감옥에서 사상전향제도의 법적 근거가 되고 있던 것은, 1956년 사상전향에 관한 법무부장관령과 1969년에 작성된 '교정 누진처우 규정'(법무부령 제111호. 1991년 '수형자 분류처우 규칙'으로 개정)이다. 그 제2조 1항 5호에는 "확신범으로서 그 사상을 포기하지 아니한 자"는 이 규정의 적용에서 제외된다고 되어 있다.

'누진처우'의 내용은 이렇다. 우선 수형자를 죄명, 죄질, 형기, 전과의 유무, 연령, 경력 등에 의해 교정의 가능성을 판단해서 A, B, C, D로 분류해 '책임점수'를 매긴다. 간수가 매일 수형자를 평가하고, 한 달에 한 번, 작업점수와 행장(소행)점수를 매겨서 책임점수를 소각해가면 처우 급수가 4급에서 1급으로 올라가 처우가 완화되는 제도이다. 예를 들면 4급수의 서신 발신이나 면회는 한 달에 한 번이지만 3급이 되면 2회, 2급에게는 주1회, 1급은 무제한이다. 그 외에 밥의 양과 TV 시청, 복장, 두발, 필기도구의 소지, 사회견학의 횟수 등 모든 처우에서 차이가 난다. 특히 2급수 이상은 우량수(모범수)라 해서 우대된다. 더 중요한 것은 우량수가 되면 가석방이나 사면의 우선 대상자가 되는 것이다. 반면, 관규 위반으로 징벌을 먹게 되면 부지런히 모으고 쌓은 점수는 하루아침에 몰수되어 급수가 내려간다. 출역하지 않는 죄수는 '미지정'이라고 하여 누진처우에서 제외되는 무급이다. '미지정'에는 재판 후 아직 분류가 끝나지 않은 수인이나 환자·장애인·임신부와 같이 노역을 감당할 수 없고 '문제수'로서 출역시킬 수 없는 자 등이 포함된다. 비전향수도 누진처우에서 제외된다.

누진처우 규정이 교도소가 수형자를 차별하며 지배하는 당근이라면, '재소자 규율 및 징벌에 관한 규정'(법무부령 제176호)은 채찍이다. 불평

불만 없이 간수의 말을 잘 듣는 '착한 놈'에게는 사탕을 주고, 거스르면 용서 없이 두들겨 패는 것이다.

사회가 건전하다면 규범을 지키는 것은 그 구성원의 의무이면서 이익도 된다. 그러나 감옥 사회는 강제되는 곳이며 사회구성원의 자발적인 약속에 의해 만들어진 곳이 아니기에, 자발적 의무 준수 동기가 존재하지 않는다. 물론 도덕적·사회적 속죄의식으로 '기꺼이 형을 사는' 일도 있을 것이다. 다만 사회적 도의가 무너져버린 경우, 수형자에게만 속죄의식을 기대하는 것은 무리다. 그러므로 차별적이고 부도덕한 사회인 감옥에서 모범수란, 규율에 맹종하며 주체성을 잃어버린 비모범적 인간이라고 할 수 있을지도 모른다. 보통의 수형자는 이런 복잡한 논리를 따지기보다는, 어찌되었든 하루빨리 석방되고 싶은 마음에 속 다르고 겉다르게 시키는 대로 복종하는 척하며 감옥 생활을 하는 것이다. '국기에 대한 맹세'나 '국민교육헌장', '재소자 준수사항'을 몇백 번 암송시켜도 가치로서 내면화되는 일은 없고, 감옥 문을 나가는 순간 잊혀지고 만다.

차별 구조의 최하층에 있는 이들이 비전향 정치범이다. 몇십 년 동안 감옥에 있어도 최하의 처우밖에 받을 수 없다. 1988년까지는 전향서를 쓰지 않고서는 살아서 감옥 문을 나갈 어떤 가능성도 없었다. 그 의미는 테러나 고문, 또는 비인간적 술책을 부리지 않아도 누진처우 규정 자체가 강력한 전향 강제장치였다는 것이다. 누진처우 규정도 사상전향제도를 촉진시키기 위해 1933년에 일제의 검사가 고안한 '행형누진처우령'을 원형으로 하고 있다.

전향공작 담당관이 사상전향 공작을 할 때는 전향하면 특별히 우대할 것처럼 말하지만, 법적으로 특별우대 되는 것도 아니었다. 소장이나 보안과장 등이 순시할 때 아는 체하면서, "사상범은 사상에 문제가 있어서 교도소에 들어왔기 때문에, 사상만 고치면 잡아둘 필요가 아무 것도 없다. 전향해서 하루 빨리 집으로 돌아가라"고 설교했다. 그러나 정치범은 전향해봐야 겨우 보통 죄수들처럼 취급될 뿐이었다.

누진처우 규정의 '수형자 분류 급별 기준표'에 의하면, "확신범으로 그 사상을 버리지 못한" 비전향수는 교정 난이도가 급외인 D급이었고, 마음을 바꾼 좌익 확신범(공산주의 사상을 버린다는 의사 표현을 해서 전향의 의지를 표한 자)이나 마음을 바꾼 일반 확신범은 개선이 곤란한 C급이었다. C급에는 그 외에도 '전과 4범 이상', 'A, B급의 범죄유형으로 심사결과 개선이 극히 어려운 자' 등이 들어 있다. 말하자면, 전향해도 정치범은 전과 4범과 같다는 것이다.

재일동포나 시국사범 가운데서는 정치적 결단에 의해 특별 조기석방이 된 예가 있지만, 일반적으로 정치범은 전향해도 살인범과 같은 처우를 받았고, 무기형이라면 18년 정도 징역을 살지 않으면 석방이 안 되었다. 전향했던 통일혁명당 관련 무기수는 20년이 되어서야 석방되었다. 게다가 비전향수는 정치범으로서 자존심이나 권위를 중시하였기에 간수의 폭언이나 거친 말투를 결코 허용하지 않았지만, 전향하면 도둑놈 취급을 받아 대개는 머리를 조아리며 간수의 횡포를 달게 받을 수밖에 없었다. 이러한 굴욕이 싫어서 정치범 전과가 있는 사람은 전향을 싫어했지만, 폭력으로 강요당하거나 어떻게 해서라도 출소하지 않으면 안 될 사정이 있으면 교도소의 통제 시스템을 받아들일 수밖에 없었다.

법이나 규칙에 의한 차별만 있는 게 아니었다. 감옥은 '법 앞에서 평등'을 내세우고 있지만 돈·면회·학력·빽·힘 등으로 철저하게 인간을 차별하는 불평등 사회였다.

사상전향 공작의 시작

사상전향 공작을 담당한 부서를 대전교도소에서는 '공작반'이라고 했고, 대구교도소에서는 '전담반'이라고 했다. 공작관은 일반교도직의 제복 공무원과는 달리 사복을 입고 '교회사'라는 직명을 가지고 있었다. 원칙은 초급대학 졸업 이상으로 공개모집을 한다고 했으나, 실제로는 중앙정보부의 퇴물이나 퇴직한 부장, 심지어 소장이나 과장의 자식들도 연줄로 들어왔다. 사복근무로 일하고 일도 편하지만 제복직원에 대한 명령권도 없으며, 잘해봐야 교무과장을 끝으로 소장으로는 승진할 수도 없었다. 제복직원은 그들을 경시하는 경향이 있었고, 교무과와 보안과는 노상 으르렁거렸다.

교무과장(교회감, 부소장급) 아래에 공작반장의 교회관(과장급)이 있고, 그 아래에 4~5명의 계장과 주임이라고 불리는 4급 갑의 교회사와 4급 을의 교회사보가 있었다. 그리고 그것을 보조하는 간수 두 명이 있었다. 공작반은 2~6년 사이에 전근을 했다. 공작반의 구성원도 비전향수의 수에 의해 증감되었다.

전향공작의 전주곡이 되었던 것은 그리스도교 여성절제회의 등장이었다. 절제회의 목적은 생활을 절제하고 선행을 베풀고 예수의 가르침을 전도하는 일이었다. 중산층 부인들로 구성된 절제회는 매주 감옥을 방문해서 빵과 떡과 과일 등을 나누어주고는 선교를 했다.

교도소는 종교를 중요한 교화 수단으로 생각해, 신자가 증가하면 그것만으로 교정 교화에 성과가 있다고 보았다. 교무과장의 수완은, 얼마나 많은 교파가 선교를 오게 하는가와, 작게는 빵 봉지부터 크게는 자동차 교습장에 이르기까지 얼마나 많은 기부를 얻어내는가에 따라 평가되었다. 거의 매일 기독교, 천주교, 불교, 성공회, 침례교 등의 종교집회가 있었고, 일요일의 총집교회를 그들 교파가 주관하는 때도 있었다. 위문품을 받고 싶어서 종교집회에 나가는 '떡신자'도 많았지만, 이중으로 받는 것을 막기 위해 한 사람당 한 종파밖에 인정되지 않았다.

공작반은 절제회를 공작에 이용하기 위해 매달 한두 번 집회를 가졌다. 회장은 살찐 부장판사 부인이었고, 부회장은 광대뼈가 튀어나온 광신적인 사장 부인이었다. 그녀들은 우리들이 사탄에게 홀린 불쌍한 인간이라고 믿는 것 같았다. 집회가 시작되면 찬송가를 부르고 기도를 했다. "하느님 앞에 머리를 숙이세요"라고 했지만 누구도 머리를 숙이지 않았다. "머리를 숙이지 않으면 천벌이 내립니다"라고 위협하기도 하고, "머리를 숙여도 손해볼 것 없어요"라며 기도시키려고 안달이었다. 결국에는 뒤에서 눈에 불을 켜고 있던 공작관이 "머리를 숙이라니까!" 하며 성을 내어 싸움이 붙기도 했다. 그래도 대구교도소는 괜찮은 편이었다.

대전교도소에서는 복음교의 김신옥 여목사가 전향공작에 깊숙이 관여했다. 매주 성서 연구반을 열고 출석하여 기도하는 정치범에게는 특제 도시락을 먹게 했다. 그 즈음 대전교도소에서는 전향을 시키기 위해서 밥을 반으로 줄여서 '기아 작전'을 펴고 있었다. 밥을 줄이는 감식은 단식보다 더 괴로웠다. 배에 조금 들어간 밥이 위의 활동을 자극하였기 때문에 밥을 먹고 나면 한층 더 심하게 공복감이 엄습했다. 영양 부족으로 누렇게 뜬 정치범의 코끝에 도시락을 들이밀며 전향하라고 압박했다. 도시락을 남겨서 방에 있는 동지에게 가지고 가려 하면, 빼앗아 인정사정없이 쓰레기통으로 쳐 넣어버렸다. 먹을거리에 대한 원한을 뭐라고 하던가. 이 일은 정치범에게 전해지며 원망의 씨앗이 되었다.

1973년 9월부터 전향공작의 제1단계가 시작되었다. 처음에는 '선심 공세'로 "저희들은 여러분의 애로를 해결하기 위해 왔습니다. 어려운 일은 뭐라도 이야기해 주십시오"라며 우리들에게 접근했다. 그때까지는 거의 허가되지 않았던 편지를 허가해주고, 가족이 면회 오도록 해주었다. 운동 시간도 매일 10분으로 늘어나고, 빵과 일용품 등도 주었다. 이런 회유책이 2개월 정도 이어졌다.

군인이나 선원이 얼마나 애타게 편지를 기다리는지는 잘 알려져 있다. 감옥에서도 사정은 같았다. 노 정치범들은 오랜 세월을 감옥에서 보내면서 집에 남겨놓고 온 아이가 어린 나무처럼 쑥쑥 자라나는 것이 삶의 커다란 보람이었다. 가끔 날아온 편지를 몇십 번이나 읽고 또 읽으며, 만나는 사람마다 "막내 그놈이 벌써 대학에 들어갔어요. 세월 참 빠르네. 그때 아직 젖을 물고 있던 놈이……"라며 싱글벙글 말하는 것을 볼 때, "아, 아이 하나라도 만들고 감옥에 올 것을" 하며 부러워한 적이 있다. 하루가 백 년 같은 감옥 생활을 하며 시간의 흐름을 실감하는 것은 어렵다. 아무 것도 하는 일 없이 꾹 참으며 독방 생활을 하고 있으면, 조국과 인민을 위해 모든 것을 바치겠다고 철석같이 맹세했던 혁명가도 가끔은 무서운 소모감과 아무 것도 남기지 못한 채 세상에서 사라져갈 것 같은 막막한 고독감에 사로잡히기도 한다. 이런 때에 자기가 사랑하는 사람이 실제로 존재하고 매일 성장하고 있음을 감지하는 것은 크나큰 위로와 희망이 되는 것이다.

사상전향 공작은 이런 위로와 희망조차도 짓밟았다. 편지 왕래를 금지시키고, 편지를 거래의 재료로 삼았던 것이다. 그렇지 않아도 편지는 한 달에 한 번 직계가족에게만 허가되었고, 내용도 교도소 내부 사정이나 정치문제는 언급하면 안 되고, 안부를 전하는 정도로만 제한되어 있었다. 70년대 후반까지는 글자 수도 300자로 제한했으며, 글자 수나 내용이 제한에 걸려 불허가 되어도 당사자에게는 알려주지도 않았다. 들어온 편지도 내용을 제한했을 뿐 아니라 법적으로 3일 이상 소지하지 못하게 했으므로, 읽고 나면 창고에 영치시켜야 했다. 가족 이외의 편지는 불허되었고, 한 달 후에 소각 처분되었다.

1975년 무렵, 공작관이 "앰네스티가 뭔지 아나?"라고 나에게 물었지만 알 수 없었다. 방에 돌아와 영어사전을 찾아보니 '사면, 은사'였지만, 공작관이 왜 물어봤는지는 알 수 없었다. 그 후에 그것이 '국제사면위원회'로 번역되고 정치범·양심수를 지원하는 세계적인 NGO(민간단체)라는 걸 알게 되었다. 그때 앰네스티 인터내셔널로부터 편지가 왔었는데, 공작관도 알지 못했기에 나에게 물었던 것이다.

그와 같은 일이 70년대 후반에도 있었다. 어느 날, 공작관이 영문 편지를 가지고 와서 "이 편지는 소장에게 온 것인데, 소장이 뭔 내용인가 지금 당장 번역해 오라고 하는데 큰일 났어. 이걸 번역해주지 않겠나?"라고 부탁했다. 간수가 가끔 영어나 일본어 편지를 읽어 달라고 나에게 가지고 오는 일이 있었다. 그러나 소장에게 온 편지는 처음이었다. 읽어보니, 네덜란드의 인권단체가 보낸 나의 건강 보장과 석방을 요구하는 편지였다. 번역을 했더니 공작관은 약간 당황하며 멋쩍은 얼굴을 하고 돌아갔다. 앰네스티로부터 나를 격려하고 당국에 내 석방을 요구하는 수백, 수천의 편지가 왔지만 공작관의 기분에 따라 단 몇 통만 내게 보여주었을 뿐, 많은 사람들의 성의와 바람은 그밖의 수많은 지원자의 편지와 함께 감옥 소각로의 재가 되어버렸다.

그러나 이들의 바람과 노력이 완전히 헛된 것은 아니었다. 감옥에서는 아무도 모르게 수인을 죽이거나 학대해도 그다지 큰 문제가 되지 않았다. 고문을 해서 죽여도 '심장마비'라고 서류 처리를 하면 끝나는 일이었다. 그래서 외부 사람이 어떤 수인의 존재를 알고 관심을 보인다는 신호는 극단적인 탄압에 브레이크를 거는 데 도움이 되었다.

면회도 편지와 비슷한 사정으로, 월 1회 직계가족밖에 허가되지 않았다. 면회 시간은 처음에 5~10분 정도였다. 사건 이야기, 시사에 관계되는 이야기, 교도소 안의 일이나 외국어 사용 등은 일체 금지였다. 여동생 영실이는 그때 우리말을 몰랐기 때문에, 면회를 오더라도 일본어를 아는 고참 부장 등이 입회하지 않으면 아무 말도 못하고 돌아가기도 하였다. '특별면회'라는 것도 사상전향 공작을 위해 교무과장실 같은 데서 시간을 길게 잡아 면회하게 하는 것으로, 집요하게 전향을 강요하는 공작일 뿐이었다. 변호사도 사건에서 선임된 사람 이외에는 비전향수와 면회할 수 없었다. 감옥 안에서 폭행 사건이 일어나 변호사를 만나려고 해도 감옥에서 선임하지 않는 한 허가되지 않았다.

1973년 11월이 되자 평화의 시절은 끝나고, 강제 전향공작의 제2단계로 규율이 강화되었다. 교도소 내에서는 행형법, 동시행령, 동시행령 규칙, 법무장관령, 통첩, 교정 누진처우 규정, 보안근무 준칙, 재소자 준수사항, 소장 지시 등등 셀 수 없이 많은 법과 규칙이 수형자와 간수를 구속하고 있다. 이것을 모두 지키며 살아가기는 불가능했다. 게다가 재소자의 의무만 강요하고 권리는 무시하는 편파적인 방식이었다. 원래는 법에 따라 집행하는 것이 행정이지만, 그대로 시행하면 간수도 수형자도 괴로웠다. "차입이나 구매품 없이 감옥 밥만 먹다가는 3년이면 죽는다"고 했다. 간수가 재소자를 위협할 때는 "그럼 원리원칙대로 해볼까"라고 한다. 재소자도 '원리원칙'을 두려워한다. 한국에서는 당시에 "될 일도, 안 될 일도 없다"는 말이 있었다. 법대로는 가지 않는다는 말이었다. 역대 군사정권은 법을 파괴하고 쿠데타로 정권을 찬탈해놓고, 민주국가로서 체면을 세우려는 듯 더욱 더 그럴듯한 법을 만들었지만, 정작 권력자는 법 위에 있어서 법을 지키지 않았다. 법치국가가 아니라 인맥과 연줄과 뇌물에 의해 움직이는 금권, 폭력, 인치(人治) 국가였다. 감옥에서는 공식과 비공식의 괴리가 있었고, 그 사이에 틈새도 있어서 그것으로 숨을 쉬었다.

기아 작전

특사의 규율 강화는, 곧 통방을 철저히 규제하고 정좌를 강요하며, 검방을 강화하고 규정 외 물품을 압수하는 식으로 우리들에게 커다란 고통을 주었다. 규율 강화는 식생활에 큰 영향을 끼쳤다. 밥은 보리 50퍼센트, 쌀 25퍼센트, 콩 25퍼센트로, 1부터 5까지 숫자가 위에 찍힌 원뿔대 모양의 가다밥이었다. 5등식은 환자식으로 0.8홉의 흰밥, 4등식은 1홉(180ml), 3등식은 1.2홉 하는 식으로 점점 커졌다. 비전향수를 포함해, 작업을 하지 않는 '미지정'의 재소자는 4등식이었다. 출역할 때 행형 급수와 작업 강도에 의해 밥이 많아지는데, 1등식은 철공소의 절단공이나 변소 푸는 위생부가 먹었다. 비전향수의 식사는 50년대에는 5등식의 잡곡밥이었지만 그조차도 한국전쟁 직후의 식량 부족과 부정부패 때문에 정해진 양만큼 주어지지 않았다. "한두 숟갈로 끝나버리는 전구알같이 작은 밥"은 1957년 8월부터 4등식이 되었다.

감옥 안에서는 "눈이 저울"이라지만, 몇십 년 같은 밥을 먹고 있던 우리들은 부피만 봐도 대략 몇 그램일지 맞출 수 있었다. 방에서 수저 같은 걸로 저울을 만들어 버터 같은 중량 표시가 있는 물건을 달아서 무게를 달아보는 사람도 있었다. 어떤 사람은 밥 하나에 콩과 쌀이 몇 알이 있는지 세기도 했다.

국이 배급될 때는 시찰구에 붙어서 국이 든 알루미늄 통을 주시하면서, 국에 무 잎 건더기가 얼마나 들어 있는지, 그 건더기가 공평하게 배식되는지를 감시하는 사람도 있었다. 무 잎이 많이 들어온 날은 뭔가 이익을 본 것 같아서 나도 기분이 좋았다. 예전에 변소에서 나온 쥐를 잡아서 먹거나 세면장 하수구에 떨어져 있던 콩을 간수 몰래 주워서 씻어 먹었던 일을 생각하면, 배고픔이란 게 얼마나 인간을 치사하게 만드는지 알 수 있다.

부정한 직원이 쌀을 빼돌리거나 취사부가 횡령하기도 해서 밥의 정량은 언제나 부족했다. 그 정도가 하도 심해서 밥을 정량으로 달라며 밥을 거부하는 단식투쟁을 했다. 정량대로 1홉이 나온다 해도 부식이 열악하였기에 차입이 없는 사람은 영양부족이 되기 십상이었다. 배고픈 특사 정치범은 국에 무 잎 건더기 하나라도 더 얻으려 했다. 옥용찬의 남은 간장도 다투어 받아서 허기를 달래려고 물을 타서 마셨다. 특사의 사람은 80퍼센트 정도가 고혈압이었다. 살벌한 분위기에서 오는 심리적 긴장과 염분을 너무 많이 섭취한 것이 원인이었다.

감옥에서는 모든 물건이 '범칙'(규칙 위반의 암거래) 대상이었다. 가다밥도 예외는 아니었다. 대개 한 덩이에 10원 정도로 다른 물건과 거래되었다. 특사에서도 몇 개인가 돌았다. 배식을 마치고 남은 밥알 등은 보통 희망자에게 순번을 정해서 나눠줬는데, 규율 강화 이후 남는 밥과 국물을 싹 내버렸다. 제주도 어민 출신의 몸집이 큰 원백규 선생은 동지들이 이리저리 변통을 해서 다른 사람의 곱절을 먹고 있었는데, 양식 얻는 길이 끊기자 2개월 사이에 시든 가지처럼 쭈글쭈글 되어 기아 작전에 굴복해서 전향하였다.

특사의 정치범은 기본적으로 구매물과 차입물을 전원에게 공평하게 분배했다. 영양 보급을 위해서, 돈이 들어오는 사람들이 추렴을 해서 예산을 만들어 최소한 매월 한 사람당 버터(반 파운드 마가린) 1개, 계란 10개, 건빵 한 봉지 정도씩 돌아가게 하였다. 버터는 실로 잘라서 30개로 나누어 두고 매일 한 조각씩 먹었다. 명절에는 사과나 떡을 사서 나누었다.

환자나 허약자에게는 달걀과 사과 등의 영양분을 추가했다. 소화효소제, 비타민 같은 약도 사서 나누었다. 식당에서 국수는 한 그릇에 40원으로 좀 비쌌지만 가끔씩 사서 나누기도 했다. 이것을 특사에서는 '원조'라고 불렀다. 문제는 사는 것보다 나누어서 각방에 보내는 일이었다. 감옥 안 규칙으로는 물품을 주고받지 못하게 되어 있었다. 특사에서는 이 규칙이 특히 더 엄했다. 그래서 간수와 봉사원에게 잘 봐달라고 뇌물을 써서 그들과의 좋은 관계를 유지해야 했다. 봉사원을 이용하려면 보내는 물건 가격의 50~100퍼센트 정도의 물건을 주지 않으면 심부름을 해주지 않았다. 그러나 이마저도 규율 강화로 끊어져버렸다.

혈육의 정

사상전향 공작의 제3단계는 가족을 통한 설득이다. 김진철 공작반장은 "전향이란 돌아서서[轉] 가족을 향(向)하여 돌아가는 것이오"라고 말했지만, 집과 가족을 전향공작의 수단으로 이용하는 수법은 일제가 쓰던 고전적인 방법이다. 1943년의 일본 관헌자료에 의하면, 전향자의 28퍼센트가 가족 관계를 전향의 이유로 들고 있다. 가족주의와 유교적 '효'의 윤리가 강한 동양에서 혈육의 정은 유력한 전향공작 수단이었다. 물론 이 경우, 가족의 자발성보다는 공작반이 협박, 강요하는 경우가 많다. 1960~70년대에는 법적 근거도 없이 비전향수의 면회를 엄하게 금지했다. 가족이 뇌물을 썼을 때나, 전향공작상 필요할 때만 면회를 시켰다.

일반수는 보안과장의 결재로 면회 허가가 나왔지만 비전향수는 소장의 결재가 필요했다. 실제로는 중앙정보부의 허가가 있어야 했고, 면회 내용을 일일이 정보부에 보고했다.

한국에서는 빨갱이라는 낙인이 찍히는 것만으로도 사회적 차별과 배척을 받는다. 하물며 '간첩'이라고 하면 사회적으로 말살당할 수밖에 없다. 국가보안법, 반공법 등을 위반한 자의 가족이 외국여행이나 국가공무원 취업 등에서 제한을 받는 연좌제는 1982년에 법적으로 없어졌지만, 가족 중에 '간첩'이 나오면 가족과 친척 모두 잡혀가서 매 맞는 것은 물론이고, 몇 명은 연좌되어 투옥되고 가정은 풍비박산이 났다. 남은 가족들은 이후 두고두고 요시찰자가 되어 소관 경찰 정보과로부터 정기적으로 사찰을 받았다. 경찰은 동정만 파악하는 게 아니라 돈을 갈취하고 술과 음식의 접대를 강요했다. 가족들은 연좌제에 의해 공무원은 물론 회사원도 될 수 없었다. 가족들은 식모나 행상, 막노동을 해가며 목숨을 부지했다. 주위 사람들은 그들을 경계하고 따돌렸다. 남겨진 가족의 고통은 감옥 안에서 겪는 괴로움보다 더 컸을지도 모른다. 가족은 정치범을 원망했다. "간첩의 아이"라고 해서 괴롭힘 당하는 아이들의 마음은 얼마나 참담했을까? 가족들은 "전향해 달라"며 울며 매달렸다. 기세문 선생의 아들은 전남대 의과대학에 다니면서 반독재 민주화운동에 참가했는데 돌연 행방불명되었다가 1985년 1월 무등산에서 변사체로 발견되었다. 아버지의 투옥으로 인한 압박과 무관하지 않을 것이다. 이런 비극은 적지 않았다.

내 맞은편 방인 63방의 최종익 선생은 강원도 인제가 고향이었다. 그곳은 한국전쟁 전에는 38선 이북의 영역이었다가 휴전 후에 남쪽으로 편입되었다. 그는 인민군 병사로서 참전하였다가 포로가 되었다. 전담반에서는 고향의 노모를 데리고 와서 그를 불효자라며 질책했다. 그는 결국 어머니의 눈물 앞에서 전향을 하지 않을 수 없었다.

감옥에서는 면회 한 번이 너무나 소중한 기쁨이다. 그러나 혈육의 정과 양심의 갈등은 고문보다 쓰라렸기에, 70년대에는 가족 면회를 거부하는 정치범들도 있었다. 그러자 공작반에서는 "빨갱이는 부모 형제도 모른다. 윤리도 도덕도 없는 무서운 인간이다"라며 떠벌렸다. 그러나 그들이야말로 혈육의 정을 전향공작의 비인간적인 도구로 사용한 것이 아닌가.

5분이나 10분의 면회를 하기 위해서 일본에서 오신 내 어머니도 면회 전에 먼저 교도과장이나 공작관의 긴 설교를 들어야 했다. "전향하라고 말하시오. 그러지 않으면 면회 안 시켜줄 테요." "왜 안 우는 거요? 울라니까! 다른 어머니들은 모두 우는데. 울면서 아들에게 매달리면서 전향하라고 하시오." 어머니는 언제나 "나는 학교도 다니지 못했으니께 전향이 뭔지 몰라유. 우리 애가 더 잘 알고 있으니께 아들이 생각할 끼요. 내 아들은 나쁜 일을 할 사람이 아니유"라고 버티셨다. 어쨌든 전향을 권하지 않으면 면회를 안 시켜준다고 협박을 하면, 면회하면서 나에게 "이 사람들, 자꾸 전향을 권하라고 하는데 나는 아무것도 모르니께 네가 옳다고 생각하는 대로 하면 되지. 다만 사람을 저버리는 사람이 되면 안 되지"라고 말하곤 했다.

백색테러

사상전향 공작의 제4단계는 폭력과 테러였다. 1973년 12월 말에 공인두 선생이 맨 먼저 고문당했다. 공선생은 마산 출신으로 지리산 빨치산 지대장을 했다. 4·19 학생혁명 후의 사면으로 20년으로 감형되어 1975년이 만기였다. 공작반실에서 공작관 두 명이 선생을 의자에 묶고서 곤봉으로 다리를 난타했다. 이것은 시작에 불과했다. 잇달아 불러내서는 몽둥이로 때리고, 수갑을 채워 손을 비틀어서 억지로 전향서에 지장을 찍게 했다. 강제 날인으로 전향을 한 사람도 있었지만, 송상준 선생은 15일 동안 항의 단식을 한 끝에 서류를 파기시켰다. 송선생은 부산지구 빨치산이었지만 고아였기에 한때는 동굴에서 살면서 걸식하는 집단에 들어가 있었고, 일반 전과도 있어서 자주 심하게 맞았다. 송선생은 털이 많아서 '산적'이라는 별명으로 불리기도 했는데, 과묵하고 용기 있는 분이었다.

역시 강제 날인 당한 박봉현 선생은 교무과장 면담을 요구하며 일주일간 단식했다. 공작관은 한번 전향서를 쓴 이상 변경할 수 없다고 했지만, 자신의 전향서를 확인하고 싶으니 보여 달라 해서 그것을 찢어서 입에 넣고 삼켜버렸다. 박선생은 전라북도 순창 출신으로, 고학으로 일본의 동경에서 다이쇼 대학을 다녔고 해방 후 연세대학을 졸업했다. 교원 생활을 했고 한국전쟁 때에는 광주고등학교 교장으로 일했다. 인민군이 후퇴하자 그를 따라 북으로 가서 전문학교의 독일어 선생을 했다. 근면하고 학문에 대한 탐구심이 매우 왕성한 사람이었다. 감옥 안에서도 문예학과 어학(독일어, 프랑스어, 라틴어, 영어)을 탐구했다. 세월이 좋았으면 대학자가 되었을 사람이었다. 성격은 대쪽같이 꼿꼿했고 기개가 있는 분이었다.

1974년 가을, 공작반에서 통방을 금지하기 위해 각방에 도청기를 설치했다. 모든 행동이 물샐틈없이 감시된다는 것은, 아무리 감옥이라 해도 무서운 심리적 긴장과 압박을 불러일으켰다. 당시 여전히 공작반의 폭력과 학대 앞에 위축되어 있었으므로 누구도 감히 얼굴을 들고 정면으로 항의를 할 수 없었다. 오로지 박선생만이 도청기를 장치한 스피커선을 확 잡아 뜯어서 스피커를 휘두르며 외쳤다. "20년도 넘게 감옥에서 살았소. 환갑도 넘어 고혈압으로 언제 죽을지 모르오. 죽이려면 단숨에 죽여. 방귀를 뀔 자유도 없는 이런 곳에서 사느니 죽는 것이 차라리 낫소." 이 일로 소란이 일어나고, 결국 노골적인 도청기는 철거되었다.

그 즈음 백색 테러의 회오리가 대구교도소뿐만 아니라 전국의 정치범 감옥에 불어 닥쳤다. 이때의 테러는 만기가 가까워진 유기수를 중심으로 진행되었다. 나는 무기수인데다 전신이 화상으로 상처투성이라 공작반에서 손을 대지 않았고, 또한 일본을 비롯해 국제적인 주목을 받고 있던 터라 제1차 테러는 면했다. 대구교도소는 그래도 대전이나 광주에 비해서 테러의 정도가 나은 편이었다. 대전교도소에서는 권총을 들이대면서 전향을 강박하고, 끔찍한 고문을 가해 두 사람을 죽였다. 1985년에 대전에서 대구로 온 기세문 선생은 "전쟁터의 전선에서 후방으로 온 것 같다"고 평했다. 거기에는 교무과장이나 공작반장의 성격, 대구교도소의 일반적인 분위기 등이 작용하고 있었던 것으로 생각된다.

1974년에 들어서며 공작은 점점 격렬해졌다. 먼저 재소자의 최소한의 권리가 박탈되었다. 그들이 우리를 괴롭히기 위해 애용하는 '원리원칙'마저 무시한 법의 유린이었다. 서신, 면회, 독서, 진찰, 구매 등이 금지되었다. 운동도 사소한 이유로 트집을 잡아서 며칠이고 정지 처분을 내렸다. 보통은 눈이 내릴 때도 운동을 했지만, 3월은 눈이 많이 왔다는 걸 구실로 한 달 동안 3일밖에 운동할 수 없었다. 정말 몸이 썩어버리는 것 같았다. 여름의 더위가 한창일 때는 0.7평의 방에 일고여덟 명을 쑤셔 넣은 적도 있다. 앉을 자리도 없이 더위와 수면 부족으로 실신하는 사람까지 나왔다. 1974년 가을에는 약 2주 동안 스피커의 볼륨을 최고로 높여 하루 종일 음악을 내보내 정신적 고문을 했다. 그 가운데서도 가장 악랄한 것은 진찰을 중지한 것이다. 병에 걸린 사람에게 "약을 원하면 전향하시지"라며 약올렸다.

공작반에서는 보안과와 결탁해서 특별사동을 감시하고 생활을 통제하기 위해 악명 높은 포항 깡패 김성기를 봉사원으로 배치했다. 봉사원은 폭행과 상해 등의 초범이나 운전 과실범에서 선별해왔지만, 김성기는 황소 같은 우람한 체격을 한 전과 7범이었다. 전과자는 간수보다 감옥 안 사정과 재소자의 행동에 정통하고 있어서 어떤 움직임도 그의 눈에서 벗어날 수 없었다. 김성기가 오자 사동은 공포에 휩싸였다. 밤엔 사동 중앙의 17방에서 다른 봉사원 두 명과 함께 자며 밤의 통방을 감시했다. 낮에는 발소리도 없이 방 주위를 돌아다녀 사소한 통방조차도 그의 눈을 피할 수 없었다. 재소자가 만지지 못하게 되어 있는 열쇠를 가지고 다니면서 통방이 걸리면 바로 문을 따고 끌어냈다. 담당은 김성기가 시키는 대로 했고, 그가 특사의 왕이었다. 여러 사람이 그에게 얻어맞았다. 그는 권령덕 선생, 백광배 선생, 박판수 선생을 징벌방에 집어넣고 온몸을 바늘로 쑤시는 고문을 가해, 박선생을 제외하고는 모두 전향시켰다.

준식의 폭로

1974년 8월, 어머니가 면회를 오셔서 우리 형제가 앰네스티 인터내셔널의 '양심의 수인'으로 선택된 일과, 준식이 대전교도소에서 이빨이 빠지고 등이 새까맣게 멍들 정도로 10여 명의 간수들에게 집단폭행 당한 일을 전해주셨다. 그리고 1974년 봄에 준식이 광주로 이송되었는데, 거기서도 공작반이 폭행을 가하고, 엄동설한에 발가벗겨 물을 끼얹고, 담요를 빼앗는 고문을 저질렀다고 했다. 공작반은 고문이 밝혀질까 두려워 어머니와 준식을 면회시키지 않았다. 반 년이 지나도록 한 번도 면회가 허가되지 않자 어머니는 자식이 살해된 것이 아닌지 너무나 걱정이 되어 이 문제를 각계에 호소했고, 니시무라 캉이치(西村關一, 당시 사회당 참의원 의원) 목사가 김종필 총리의 허가를 얻어 면회를 했다. 준식은 거기서 무서운 고문과 테러의 실태를 폭로하여 세상 사람들을 놀라게 했다. 이것은 생각지도 못한 반격이었다.

당시 중앙정보부는 '무소불위'의 권력에 취한, 피에 굶주린 테러 집단이었다. 서울대 최종길 교수는 고문 살해된 후 자살로 위장되었다. 상대가 국회의원이든 야당의 최고 간부든 "요즘 태도가 건방지다"는 이유만으로 끌고 가서 고문했다. 이런 상황에서 1973년 8월 김대중 납치 사건까지 일으켰던 것이다. 중앙정보부의 교만과 포악은, 바로 피에 굶주린 박정희의 교만과 포악이었다.

간수조차도 접근이 어려운 '감옥 안의 감옥'으로부터 이렇게 호된 반격을 받게 될 줄은 중앙정보부로선 꿈에도 생각하지 못했을 것이다. 중앙정보부는 준식의 폭로에 광분해서 더 심하게 폭행했고, 준식의 방에 있는 통풍구를 용접하고 간수 한 사람을 방 입구에 따로 배치하여 24시간 감시하는 특별감시 보복을 했다.

준식은 무서운 보복을 각오하고, 그의 말 그대로 "엄청난 용기를 가지고" 진실을 폭로했다. 돌아보면 그 이후에도 테러는 계속되었지만, 이 폭로에 의해 공작반의 테러 공세는 한 고비를 넘었다. 그들이 호언장담한 비전향수의 절멸은 실패로 돌아갔다.

그러나 우리들의 상태도 참담한 것이었다. 1973년 12월부터 1974년 4월경까지의 테러로 비전향수의 3분의 2가 전향하고 말았다. 약 1년이 지난 1975년 초가 되자 대구교도소의 비전향수는 70명에서 12명으로 줄어들었다. 테러가 수그러들었다고 해서 전향공작이 끝난 것은 아니었다. 변함없이 폭행을 했고, 음습하고 다양한 탄압이 있었다. 나로서는 6개월간 책을 압수당한 것이 가장 괴로웠다. 독방에 책이 없다는 것은 죽을 만큼 힘든 일이었다. 이 탄압 속에서 우리가 취할 수 있었던 저항은, 강제 전향에 끝까지 굴복하지 않는 개개인의 투쟁뿐이었다. 집단투쟁을 시도하는 것은 불가능한 상태였다. 한 사람씩 끌려 나가는 동지를 보면서도 아무 것도 할 수 없었다. "이 상태로 일방적으로 당할 것인가. 저항의 계기를 만들어 무슨 수를 쓰더라도 흐름을 바꾸지 않으면 안 된다"는 초조감만 쌓여갔다.

1976년, 죽은 듯이 숨죽이고 있던 우리들은 드디어 저항의 목소리를 냈다. 3월, 손윤규 선생이 박광조 공작관에게 맞아서 코피를 흘리며 방으로 돌아오더니 항의 단식을 시작했다. 윤희보 선생도 50방 넘게 얻어맞아 어깨가 빠졌다.

손선생은 전라북도 부안군 백산면에서 태어나, 일본에서 공부하고 귀국해 백산중학교에서 교사로 일했다. 1948년에 남로당 부안군 책임자로서 체포되어 징역 8개월 형을 받았다. 벌겋게 달군 부젓가락으로 아랫배를 지지는 고문을 당해 무참한 상처가 남아 있다. 그 후 입산해서 게릴라 활동을 했지만 1953년에 체포되어 대구 감옥에서 사형수로 7년을 보내다가 4·19 학생혁명 후 무기로 감형되었다. 손선생은 만성위장병으로 몸이 약하고 머리만 커서 골격 표본보다 말라 있었다. 매사에 처세도 서투르고 재주도 없지만 성격이 침착했다. 선생의 즐거움은 혼자서 수학이나 물리학 문제를 푸는 일이었다.

몸이 너무 약해서 단식은 무리였다. 3일 지나서 "동조단식을 해서 문제를 해결하지 않으면 목숨이 위험하다"는 목소리가 동지들 사이에서 일었지만, 위축되어 있던 우리들은 단행할 수가 없었다. 선생은 단식 6일째에 의무직원에게 들쳐 업혀 방을 나갔고, 저녁까지 돌아오지 않았다. 점검 때 부장이 보조담당에게 "목찰은 이제 필요 없지? 빼!" 하고 말하는 소리가 들렸다.

목찰은 수인번호, 성명, 생년월일, 죄명, 형기를 흰 글자로 적어 넣은 폭 3cm, 길이 15cm 크기의 검은 나뭇조각이다. 감옥 안에서는 이동할 때 항상 들고 다니다가, 방의 면적과 수용정원을 기재한 목찰함에 끼워 넣게 되어 있다. 목찰이 필요 없어졌다는 말은 사망을 의미한다. 부장의 목소리가 들리자마자 최하종 선생이 도화선을 끊었다. 사동에서는 "죽였다!", "선생을 죽였다!"며 절규가 터졌고, 모두가 "손선생을 살려내라!", "살인자를 처벌하라!"고 외치며 철문을 걷어차고 두드리며 난리를 쳤다. 보안계장이 수십 명의 무장 간수를 동원해서 위협하며 진압에 나섰다. 계장은 "죽지 않았다. 입원시켰다"며 거짓말을 했지만, "왜 목찰이 필요 없는가?"라는 추궁에는 대답하지 못했다.

나중에 알았지만, 손선생을 의무실에 연행해간 후 공작반의 연출 담당하는 진정이라는 간수가 목구멍에 호스를 쑤셔 넣고 강제급식 고문을 했던 것이다. 의무부장이 "상태가 안 좋아. 너무 급하게 죽을 집어넣었어"라며 당황하고 캠퍼주사를 놓았지만, 손선생의 숨은 끊어지고 말았다. 우리들은 살인에 항의하고 소장 면담을 요구하며 전원 죽을 각오로 단식투쟁에 들어갔다. 요구 항목은 첫째, 폭행자와 살인자의 처벌, 둘째, 소장의 공개 사죄와 고문 근절을 위한 사후 보장, 셋째, 고인의 장례에 동지를 참가시킬 것이었다. 단식 3일째에 안청길 보안과장이 교섭 대표 3명과 면담했다. 과장은, "첫째, 이번 일은 공작반이 한 것이며 나는 사고를 유감스럽게 생각한다. 폭행자에게는 어떤 형태로든 처분을 할 것이며, 특별사동을 보안과에서 관리하고 다시는 불상사가 일어나지 않도록 한다. 둘째, 단식을 끝내면 부소장 면회를 알선한다. 셋째, 노인 대표가 사체 안치실에서 헌향하는 것을 허락한다"고 약속했다. 이것으로 우리들은 단식을 끝냈다.

폭행자의 처벌은 흐지부지되고 소장 면회도 실현되지 않았다. 사람

목숨이 희생된 대가로서는 너무나도 한심한 결과였다. 그러나 공작반의 공격이 시작된 이래, 처음으로 집단투쟁으로 공작반의 만행을 규탄하고 투쟁 의지를 명백히 밝혔다. 당시의 역학관계에서는 이것으로 만족할 수밖에 없었다.

붉은 별 사건

1975년 12월 3일, 23명의 비전향수를 포함해서 100여 명의 정치범이 대전에서 대구로 이송되어 왔다. 1975년 7월에 사회안전법이 만들어지면서, 사회안전법 적용 구속자를 수용할 청주의 보호감호소가 신축될 때까지 대전교도소 6사를 임시감호소로 사용하기 위해 대규모 이송을 단행한 것이었다.

안영기 선생은 경상북도 선산 출신으로, 부산상고를 나와 한국전쟁 당시 의용군으로 북에 갔다. 인민군 제대 후 평양건설대학과 대학원을 졸업하고, 평양시 건설단의 건축기사로서 평양대극장, 옥류관 등의 중요 건축에 참여했다. 스포츠 만능으로 축구와 탁구도 아주 잘했지만, 수영선수로 대동강 장거리 수영대회에서 2등을 하기도 하였다. 1962년, 38선을 넘어와 태백산맥에서 총을 맞고 체포되었다. 대전교도소에서 그는 타협을 하지 않는 열렬한 공산주의자로서 당국의 미움을 샀다. 대전교도소에서는 자기 딸을 강간 살인한 여수 깡패 고영제 등 건달 3명을 소지로 뽑아 특사에 배치했다. 안선생은 1974년 1월, 그자들 방에 끌려가서 밤새 두들겨 맞고 바늘 뭉치로 찔린 끝에 강제 전향을 당했다. 며칠 후, 전향성명 발표회에서 그는 허리를 펴지 못하여 들것에 실려 강당에 나왔고, 상처투성이인 손을 감추기 위해 흰 장갑을 끼고 무대에 쪼그려

앉아 엉엉 울면서 성명서를 읽었다. 그런 그가 대구교도소에 온 지 10개월 후인 1976년 10월, 수갑을 차고 특사에 들어왔다.

교도소에서는 봄·가을 운동회를 한다. 갇혀 있던 수인들은 하루 종일 운동장에서 뛰어보는 것만으로도 아주 즐거웠지만, 작업장 대항으로 경기를 하고 입상 팀에게는 밀가루와 감자, 일용품 등이 상품으로 나왔기에 재소자는 이날을 손꼽아 기다렸다. 운동회는 감옥 안에서 열리는 최고의 잔치였다. 이날은 간수 전원이 비상경계를 펴고, 미결수를 제외한 모든 수형자가 참가한다. 고깃국·과일 등의 특별식이 나오고 운동장에서는 우동·빵 등을 파는 상점이 늘어서며, 지역 유지와 독지가도 초대되고, 감옥에서는 평생 볼 수 없던 아이들과 여성들도 운동장을 활보한다. 각 팀은 인형과 깃발, 간판 등을 만들어 응원단도 선보인다. 여사 팀은 교성을 울리며 춤추고 난리가 아니다. "지옥의 솥뚜껑이 열리는 날"이라고 할까. 언제나 입을 굳게 닫은 험악한 감옥에서는 상상하기 어려운 해방감과 분방함이 소용돌이친다. 싸움을 하는 사람도 없이 살인범·강도·강간범·사기꾼이 하나가 되어 어린아이들처럼 땀을 흘려가며 뛰고 달리며 응원하는 모습은 이상했다. 경기에는 참가하지 못했지만 비전향 정치범도 전통적으로 이날만은 참관이 허가되었다. 하루 종일 푸른 하늘 아래서 햇살을 쬐며 남녀노소의 모습을 보는 것만으로도 우리에게 행복한 시간이었다. 그러나 악질 교무과장 강철형의 제안으로 1976년 이후에는 비전향수를 제외시켜버려 이 즐거움마저 빼앗겼다.

1976년 가을 운동회에서 일부 과잉 충성하는 공장출역수 두목과 강철형 교무과장의 지시로 김일성 화형식을 하기로 계획되었다. 당시 총력안보 체제 하에서 중고등학교 운동회나 관제 데모 등에서 이런 화형식이 행하여지곤 했다. 공산주의에 대한 적개심과 동족에 대한 증오를 가장 조야하게 연출하려는 이 행사는 불만의 배출구가 없는 흉악범을 자극하고 좌익수에 대한 폭행을 불러일으킬 위험성도 있었다.

안선생은 화형식을 멈추게 하려고 소장 면회를 신청했다. 실제 화형식 취소가 된 것은 교도소 당국이 안선생에게 설득 당한 것도, 김일성 주석에 경의를 표했기 때문도 아니었다. 화형식이 당시 공장(양재공장, 인쇄공장 등 교도소에 있는 작업공장)에 있던 200~300여 명의 전향좌익수와 흉악범의 폭동을 불러일으킬 것을 두려워했기 때문이었다. 과장은 안선생을 수갑 채워 묶어서 특사에 쳐 넣고는 공장의 전향좌익수의 동향을 면밀히 조사하기 시작했다. 이것이 '붉은 별 사건'('대구 라디오 사건'이라고도 한다)의 발단이었다. 실제로 공장지하조직('재감동지회', 이른바 '붉은 별')의 결정에 따라 안선생이 화형식을 저지하기 위한 직소인(直訴人)으로 선발되었던 것이다. 1977년 정월에 이명선 보안과장은 공장의 대대적인 검방(방 검사)을 명령했다. 밀고가 있었던 것 같다. 수색 결과 양재공장의 2반 작업대 아래 배수관 속 깊이 숨겨놓았던 트랜지스터 라디오가 압수되었다. 감옥에서 라디오는 절대 금지였다. 2반 반장 이준태 선생은 일본에서 총련 간부로 있던 아버지와 만난 일로 국가보안법으로 10년형을 받고 있었다. 그는 연행되어 고막이 터지도록 얻어맞고 라디오의 출처와 관계자를 불었다. 라디오는 공장 교대 간수 정우영이 5만 원을 받고 가져다준 것이었다. 정담당과 관련자는 전원 특사에 수용되었고 중앙정보부원이 밤낮으로 조사를 진행했다.

공장지하조직 '붉은 별'은 재감동지회로서 60년대 말부터 있었지만, '7·4 남북공동성명' 후인 1972년 가을 '남조선 민주화 투쟁 동지회'로서 조국통일과 민족해방을 부르짖는 강령규약을 만들고 공장 출역 정치범 10여 명을 망라했다. 그 후 몇 명이 출소했지만, 조직은 감옥 안팎에 걸쳐 있었다. 감옥 밖에서는 자금을 만들고, 감옥 안에서는 조직의 확대와 학습, 비전향수에 대한 지원을 담당했다. 라디오를 입수하여 서울과 평양의 뉴스를 듣고, 뉴스네트워크로 흘려보냈다. 뉴스네트워크는 공장에 출역해 있는 전향 정치범 50명 정도를 대상으로 하고 있었다. 특사에도 비타민 등의 지원을 하고 가끔 중요한 뉴스도 전해왔지만, 경비가 삼엄해서 원활하게 이루어지지 않았다.

지도자는, 감옥 안에서는 박종린 선생, 감옥 밖에서는 정영훈 선생이었다. 박선생은 만주 두만강 연안의 혼춘에서 태어났다. 아버지는 김일성 항일군의 도시 연락원으로 일제에 잡혀 7년의 옥고를 치르며 병을 얻어 해방이 되자마자 돌아가셨다. 형들은 항일무장대 대원이었다.

박선생은 '혁명유자녀'로서 만경대 혁명유자녀학원에 들어갔지만, 한국전쟁이 터지자 무단 퇴학하고 가명으로 인민군에 지원해서 통신병이 되었다. 제대 후, 상좌(대령) 계급으로 내무성 통신과 부과장으로 재임하던 중 1959년 무전수로 서울에 파견되었다. 1960년 1월, 한미 첩보부대 내 지하조직 사건으로 세상 사람을 놀라게 했던 '모란봉 사건'으로 체포되어 무기수가 되었다. 그는 몸집이 작고 피부도 하얘서 병약한 사람이었지만 겸허한 성격으로 인망이 높아, 경력과 어우러져 공장 정치범의 중심인물이 되었던 것이다.

정영훈 선생은 전라북도 고창사람으로 일제강점기부터 독립운동가였다. 해방 후 김병로 초대 대법원장의 비서로도 일했지만 남로당원으로 체포되어 1975년에 출소했다. 웅변가로서 두뇌가 명석하였던 정선생도 공장 정치범의 중심인물이었다.

정선생은 '붉은 별' 사건으로 구속되어 첫 재판 중인 1976년 6월 25일 12시, 점심식사가 끝난 직후 변소의 철창에 목을 매어 자살했다. 약 30분 후, 이것을 발견한 김용태 간수가 허둥대며 시체를 복도로 끌어내어 줄을 풀려고 했지만, 푸른 무명 관복을 찢어 꼰 끈이 목에 단단히 파고 들어가서 풀 수 없었다. 간수는 2사 맞은편에 있는 이발소까지 달려가서 면도를 가지고 와 줄을 끊었지만 이미 때늦었다. 사체는 눈을 부릅뜬 채 악다문 이빨이 드러나 있었다. 목을 맬 때 발이 바닥에 닿지 않도록 가부 좌한 다리를 끈으로 묶어 펴지지 않게 해놓았다. 사체는 마치 부서진 불 상처럼 복도에 옆으로 뒹굴고 있었다.

정선생의 자살 이전에도, 내가 1973년에 대구로 이송된 직후 목을 맸 던 윤종화 선생을 시작으로 4명의 자살자가 있었고, 정선생 이후에 다시 4명, 합쳐서 70년대 특사에서만 9명의 자살자가 나왔다. 위암을 앓았던 공작선의 선장 황노인은 방 앞의 시찰구 철창에 목을 매었고, 다른 이들 은 모두 변소에서였다.

자살은 사동 담당만이 아니라 보안과장 이하 관계직원 전원이 징계를 받게 되는 중대한 보안 사건이었기에 교도소에서는 자살 방지에 골머리 를 앓았다. 통방을 막기 위해 시찰구를 닫아버리면 독방은 완전히 밀실 이 되었다. 시찰자가 지나가버리면 자살이든 뭐든 다 가능했다. 근무규 정에는 10분에 한 번씩 시찰하도록 되어 있지만, 71개의 방을 간수 혼자 서 쉴 새 없이 시찰한다는 것은 불가능한 일이었다. 우리들은 시찰할 때 만 정좌해서 규정을 지키는 척했고, 간수는 대개 졸거나 책을 읽거나 하 다가 윗사람이 순시를 할 때만 근무하는 척했다. 모두 그저 척, 척이었 다. 그래서 자살 방지를 위해 시찰구를 개방했지만, 역시 통방이 문제였 다. 자살과 통방의 딜레마를 둘러싸고 보안과의 정책은 동요했고, 이즈 음엔 시찰구의 덮개를 열었다 닫았다, 세웠다 눕혔다 하며 눈이 돌아갈 정도로 방침이 바뀌었다.

자살이 한 번 일어날 때마다 보안과는 상부에 보고하기 위한 방지책을 세우지 않으면 안 되었다. 처음엔 방안의 동정이 잘 보이도록 변소 문을 제거해버렸다. 다음엔 줄을 맬 수 없도록 끈이 들어가지 않을 정도로 촘촘한 철망을 철창 위에 씌웠다. 그 다음엔 목을 매어도 발이 바닥에 닿도록 변소의 바닥을 30~40cm 높였다. 그러나 이러한 장치들이 자살 방지에 실제적 효과를 낳지는 못했다. 중요한 것은 자살을 방지하기 위해서는 정치범을 자살로 몰아갈 탄압을 중지하는 것과 비인간적인 옥중 생활조건을 해소하는 것이었지만, 당국은 손톱만큼도 개선할 생각이 없었다.

정선생의 자살로 검사와 중앙정보부는 격노했고, 교도소는 면목을 크게 잃었다. 재판 중의 피의자가 죽어서 재판 진행에도 차질이 생겼지만, 정보공작과 사건 확대를 위한 중요한 단서를 잃어버린 것이 더 큰 문제였다. 김용태 사동 본무담당은 근무 태만으로 3개월의 감봉 처분을 받았다.

10명 정도의 사건 관계자 중에서, 남면우·권양빈 선생과는 방이 맞은 편에 있어서 가끔 통방했다. 남선생은 당시 70세 가까운 나이로, 매와 같은 용모의 사람이었다. 평양에서는 검사를 지냈다고 했다. 감옥에서 시와 수필을 법무부 교화지인 『새로운 길』에 자주 투고했기에 그 이름을 기억하고 있었다. 그 작품들이 그다지 좋다고 생각하진 않았지만 남선생은 "영치창고에 그동안 써낸 많은 분량의 일기, 문예작품들이 있으니 살아서 가지고 나가고 싶다"며 강하게 집착했다. 감옥 안에서 일기를 쓴다든가 문예작품을 쓴다든가 하는 일은, 연필을 가지고 있다는 것만으로 징벌 1, 2개월을 먹는 비전향수인 우리들에게는 상상도 할 수 없는 일이었다.

권선생은 평안북도의 모나자이트 광산에 딸린 광산전문학교의 교장으로 있었다고 한다. 55세인 그는, 사건 발생 2년 전인 1975년에 출소해서 고향인 경상북도 의성의 반공연맹회장이 경영하는 연탄공장에 경리원으로 취직했고, 한 해 전 사장의 소개로 결혼도 했다고 한다. 선생은 사장에게 부탁해서 석방을 위해 손을 쓰고 있었다.

그들은 나에게 "어째서 아무 것도 안 하고 독방에 앉아 있는가? 나갈 길이 얼마든지 있지 않은가?"라며 무능함을 나무랐다. "비전향으로 허송세월을 해야 할까? 위장전향으로 뭐라도 해야 되지 않을까?"라는 논쟁은 정치범들 사이에서 늘 제기되었다. 위장전향해서 큰 일을 이룬 사람도 있겠지만 나에게는 큰 일을 도모할 능력도 전망도 없었다. 거기에 위장전향의 논리는 점점 자기합리화의 논리로 변질되기 일쑤였다. 혹을 떼려다가 도리어 혹을 붙이게 마련이다. 상황논리 속에 말려들어가 자기로서도 무엇이 진정한 자기인지 알 수 없게 되어 어느 결에 위장이 진짜가 되어버리는 예를 많이 보았다. 무엇보다, 설사 위장이라 할지라도 나는 비굴하게 권력에 아부를 할 수 없었다.

많은 비전향수는 자기의 '정치적 순결성'에 대한 자부심을 가지고 있지만, 권력에 몸도 마음도 팔아넘긴 사람을 제외하고는 전향자를 그다지 나쁘게 말하거나 욕하지 않았다. 대부분의 전향자와 비전향자는 서로에게 공감을 가지고 여러 면에서 서로를 도왔다. 전향제도는 권력이 만들어낸 분단제도였다. 감옥 안에서 비전향수를 가장 가혹하게 처우하고, 전향과 비전향을 나누고, 인간의 정신을 분열시키고, 가족을 분열시키고 동지를 분열시켜 사회와 민족을 분열시키는 제도였다.

재판 결과, 박종린 선생은 두 번째의 무기, 다른 사람은 5년에서 10년형이 선고되었다. 전향자에게 추가 형이 매겨지면 재전향을 하지 않으면 안 되지만 그들의 반 이상은 재전향을 거부했다. 라디오 사건을 일으킨 정우영 담당에게는 국가보안법상 편의제공죄로 1년 6개월의 실형이 내려졌다.

독재자의 죽음, 70년대의 종말

1979년 10월 26일, 독재자 박정희는 궁정동 중앙정보부 별관에서 음탕한 술자리 와중에 심복이었던 김재규 중앙정보부장의 총탄에 쓰러졌다. 사람들은 박정희 덕에 한국이 경제발전을 이루었다고 평가한다. 그러나 그의 19년간의 통치는 부정과 부패, 셀 수 없는 민중의 피와 눈물로 얼룩져 있다. 그 독재정치에 대한 국내외의 드높은 비판에도 불구하고 공포 정보정치로 끈질기게 버티어오던 박정희가 그렇게 어이없이 최후를 맞을 줄은 꿈에도 몰랐다. '10·26 대통령 암살 사건'의 진상과, 우익에서 좌익, 그리고 다시 우익으로 변신을 거듭하던 박정희의 정체에 대한 규명은 아직 충분히 행해진 게 아니다. 독재자의 사후에 꽃을 피웠던 '서울의 봄'도 전두환의 쿠데타와 '광주 학살'에 의해 일장춘몽이 되어버렸다. 그러나 박정희의 죽음은, 아무리 포악한 독재정권에도 끝이 있다는 것을 새삼 확인시켜주었다.

10월 27일 아침, 운동을 나간 누군가가 사형장 너머에 있는 보안과 지붕의 국기가 절반만 올라간 조기임을 깨달았다. 교도소 안의 스피커 방송은 전에 없이 장엄한 클래식 음악을 흘려보냈다. 국가 원수급의 인물이 죽었음을 직감했다. 석식 때 임시 봉사원으로 와 있던 민청학련의 이강철 씨가 시찰구에 몸을 붙이고 작은 소리로 말했다. "서형, 간수에게 안 들키게 조용히 내 말을 듣기만 해요. 박정희가 총 맞았어." 나도 모르게 "만세!" 소리를 질렀다. 그는 눈을 부릅뜨고 "쉿!" 하고 나무라고는 얼른 가버렸다.

'4·19 학생혁명'에 고무되어 조국을 의식하고, 민족의식을 형성한 나는 그 성과인 민주화와 통일로 가는 커다란 전진을 무참하게 짓밟아버린 박정희의 '5·16 군부 쿠데타'를 증오했다. 대학에 들어가 한일회담 반대 투쟁에 참가하고, 반군사정권 투쟁이라는 역사적 흐름에 몸을 던졌다. 감옥 안에서는 탄압 받는 민중과 만나고, 독재자의 폭압과 비인간성을 점점 실감했다. 한 사람의 독재자를 제거해도 사회가 근본적으로 변하는 것이 아니라고 한다. 그러나 분노는 누르기 어려웠다. 막대한 희생을 치르고, 놀랄 만한 용기로 반독재 투쟁을 해왔던 청년학생 운동 속에서, 하얼빈 역전에서 이토 히로부미를 사살하였던 안중근 의사와 같은 사람이 나오지 않는 것이 이상했다. "우리 민족은 한 사람의 독재자에 의해 왜 이다지도 고통과 막대한 희생을 치르지 않으면 안 되는 것인가?" 독방에서 몇 번이나 독재자가 쓰러지는 꿈을 꾸었다.

드디어 독재자가 쓰러지고, 70년대는 막을 내렸다.

4장

어머니

80년대 대구교도소

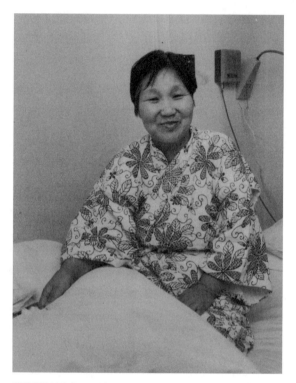

입원 중인 어머니, 1980년.

어머님 영전에

어머님! 마지막 편지를 드립니다.

승의 몸속을 거센 바람이 몰아치고 있습니다. 뱃속은 슬픔으로 가득 차고, 눈앞에는 어머님의 모습이 수없이 떠올라 겹치고 맴돕니다.

어머님! 가시다니.

영실이가 "어머니는 다시 면회를 못 오시지만 이제는 항상 오빠와 함께 계십니다"라고 말했습니다. 어머님! 이제는 항상 승과 같이 계십니까?

생각납니다. 즐거웠던 어린 시절, 꽃 따러 가고, 동물원에도 가고, 수영도 가고, 단란했던 식탁과 저녁, 어머님의 요리 솜씨, 어머님과 함께하던 추억은 한없이 감미롭고 따뜻합니다.

생각납니다. 어머님의 뜨겁고 두툼하고 부드러운 손, 어머님의 체취, 해가 갈수록 더욱 더 맑아지시던 눈빛, 때로는 어딘가 쓸쓸함을 감추지 못하시던 천진한 웃음, 승이에게는 좀처럼 안 보이려 하셨던, 한없이 흘리신 눈물, 약간 수그린 채 종종걸음으로 가시던 뒷모습. 지금도 귓속 깊이 울리는 함께했던 통곡.

생각납니다. 어릴 때부터 저질러온 불효, 실패, 죄들을. 10년 동안 다니신 면회의 장면을 생각할 때마다 승의 가슴은 메입니다. 특히 마지막 상봉이 되고 만 작년 11월 15일에는 영하 10도를 오르내리는 모진 추위 속에 큰 고통에 시달리시면서도 불편하신 몸을 전혀 내색 안 하시고 다녀가시더니, 그 직후 병이 터져 영영 이별의 길을 떠나시리라고는 꿈에도 생각 못했던 승이는 정말 바보라, 오로지 방성대곡을 할 뿐입니다.

10년 전, 승이가 불길에 휩싸여 땅 위에 누웠을 때, 머리 위로 펼쳐진 높고 푸른 하늘을 보며 이제는 이 세상의 모든 고통과 결별한다는 묘한 평온과, 하늘로 빨려 들어갈 것 같은 착각 속에서 입 속으로 '어머님, 미안해요. 어머님, 용서해주세요'라고 자꾸 중얼거렸습니다.

어머님은 항상 승이를 용서해주시고 감싸 안아주셨습니다. 어머님은 승의 지팡이요, 안식처요, 생명이었습니다. 누구에게나 소중한 어머니. 그러나 승의 어머님은 그 누구보다도 훌륭하시고 위대한 어머니입니다. 제가 가장 자랑하고픈 어머니입니다.

영실은 "어머님은 다시 태어나 우리와 다시 만나 함께 살게 될 거예요"라고 합니다. 정말로 다시 만나서, 함께 아라시야마의 집에서 살고 싶습니다. 어머님 은혜의 수백만 분의 일이라도 갚지 못하면 한이 되어서 어떻게 합니까.

어머님은 이제 가셨습니다.

이 텅 빈 구멍, 무서운 결락, 뼈저린 아픔을 어떻게 할까요.

낙조, 차갑고 황량한 광야에서 길 잃은 아이처럼 목놓아 "어머니!"를 부를까요.

기만 리 머나먼 황천길 찾아갈까요.

꿈속에서 만나도 다시 사라지는 아침 이슬.

울고 울고 또 울고, 울다 지쳐 잠들고 울다 깨어나면, 새로운 아픔은 영겁토록 이마에 박힌 가시왕관과 같이 언제나 새로운 아픔이길.

어머님의 뜻은 무엇인지요.

어머님께서 가장 원하시던 것은 저희와 함께 재미나게 근심 없이 사시는 일이었겠지요. 지금도 어머님의 말씀, "몸도 마음도 건강하게"라고 하셨던 말씀과, 작년 12월 편지에 쓰셨던 "사람은 누구나 자기 힘으로 살아가야 한다"는 말씀을 명심합니다. 살아서 보람 없는 몸이지만 어머님의 근심을 조금이나마 덜어드려야지요. 그리고 어머님은 이제 우리들 모두의 살과 피가 되어 같이 살고 있습니다. 그러나 마지막에 의사 선생님이 어머님께 "아침까지 참으면 편해집니다"라고 했을 때, 어머님은 "아침까지…… 힘들구나" 하시며 그만 아침을 못 보시고 가셨습니다. 왜 기다리지 않으셨습니까, 아침까지.

1980년 5월 29일
모든 죄를 용서해주세요.
부디 편안히 잠드세요.
불효자 승, 삼가 명복을 빌며

어머니

어머니는 민족의 운명을 짊어지시기라도 한 듯, 광주 시민이 피를 흘리며 쓰러지던 1980년 5월 20일 새벽에 엄청난 피를 흘리며 세상을 떠나셨다.

어머니는 1977년 11월에 자궁암 수술을 하셨다. 1978년 2월 23일에 퇴원하자마자, 몸을 돌보며 조용히 쉴 겨를도 없이 5월 27일 준식의 만기 출소일에 맞춰 한국으로 오셨다. 하지만 정부는 사회안전법의 '감호처분'을 적용하여 7년의 형기를 마친 준식을 계속해서 감옥에 가두는 폭거를 저질렀다. 사회안전법은 1975년 7월, 베트남에서 미국이 패배하자

위기감에 휩싸인 정부가 방위세법, 민방위기본법 등과 함께 준전시 4법의 하나로 제정한 것이었다.

사회안전법은 형기를 마친 정치범에게 보안감호, 주거 제한, 보호관찰의 3단계 처분을 적용하여 행동을 제한하기 위한 것이었다. 이 법은 단지 '재범의 우려가 있다'는 개연성만으로, 아무런 범법 행위도 하지 않은 사람을 재판도 없이 법무부의 행정명령만으로 무기한 인신 구속함으로써 기본 인권을 유린하는, 놀랍도록 파쇼적인 유신독재 통치의 극치라 할 만한 법이다. 이 법의 가장 중요한 목적은 비전향자에 대한 탄압으로, '반공정신'을 확립하고 '사상전향'을 할 때까지 비전향 출소자를 감호소에 가두는 데 쓰였다. 사회안전법도 1941년 일제의 개정 치안유지법의 예방구금 규정에 그 뿌리를 두고 있다.

준식을 태운 호송차는, 새벽에 감옥 문에서 출소를 기다리던 어머니와 영실을 뒤로 한 채 전주교도소를 떠나 청주보안감호소가 완성될 때까지 임시로 사용되고 있던 대전교도소로 직행하고 말았다. 우리들 형제가 수감된 후, 내가 큰 화상을 입고 사형선고를 받고 준식이 전향 강요 고문으로 생사의 경계를 헤맬 때 어머니는 절망의 나락에 떨어지는 공포의 순간을 수없이 경험하셨다. 그럼에도 오로지 모성애와 불굴의 정신으로 그 엄청난 고통을 참고 견디며 자식들을 격려하고 감싸주셨다. 병은 마음에서 온다고 하는데, 마음 놓을 틈 없던 긴장의 세월이 단단하게 뭉쳐서 암이 되었던 것일까. 애태우며 기다렸던 준식의 만기일에 다시 한번 자식을 감옥에 빼앗겼으니, 그 충격도 컸을 것이다.

1978년 봄, 어머니는 면회실에서 목에 걸고 있던 환자 카드를 내게 보여주며, "자궁암 수술을 했단다. 지금까지 매월 두 번 검진을 받았는데, 선생님 말씀이 다행히 초기이고 경과도 좋대. 현대과학의 힘이겠지"라고 기분 좋게 말씀하셨다. 얄궂은 말씀이었다. 오히려 과학이 얼마나 무력한지가 드러났으니……. 그때 또 이런 말씀도 하셨다. "죽을 때까지 힘껏 일하다가 퍼뜩 죽으면 제일 좋지 뭐." 한평생 일만 하셨던 어머니 다웠지만, 운명을 예감한 것 같아 서늘했다. 그런데도 어머니는 "퍼뜩"이 아니라 생지옥 같은 고통과 괴로움에 시달리다가 이 세상을 떠나셨다.

나는 그때 실없이 맞장구를 쳤었다.

"어머니, 다시 태어나면 뭐가 되고 싶으세요?"

"몽골 사람으로 태어나서 말 타고 마음껏 들판을 달려나 볼까."

전혀 뜻밖의 대답이라 놀랐다.

"왜요?"

"사람도 없고 넓어서 좋지 않겠냐?"

통통하게 살이 찐 어머니가 말을 타고 대초원을 질주하는 모습을 떠올리기만 해도 웃음이 나왔다. 그러나 재능도 가능성도 시대와 사회제도와 여성이라는 틀에 짓눌려온 어머니의 생애를 생각하면, 결코 기발한 생각만도 아니라는 생각이 들었다. 거기에는 "다시 태어나도 조선에 태어나 너희들과 함께 살고 싶다"는 모범답안이 들어갈 틈이 없었다. 인적 없는 황망한 초원을 달리는 꿈…….

한국의 11월은 애매하고 변덕스럽다. 봄날처럼 따뜻한 날이 계속되다가 어느새 눈을 뿌리곤 했다. 1979년 11월 14일, 이날은 갑자기 추워졌다. 몇 년 만에 닥친 추위로 대구에서는 첫얼음이 얼었고, 영하 3~4도를 기록했다. 준식이 갇혀 있던 산 속 후미진 청주보안감호소는 영하 7~8도까지 내려갔을 것이다.

"유신만이 살 길"이라며 '유신'에 몸과 마음을 다 바친 듯이 말하던 공작반 패거리들은 박정희가 죽자 동요하면서 우리들에 대한 태도를 확

바꾸었다. 친절을 가장하며 오랜만에 '특별면회'를 시켜주었다. 면회를 하는 교무과장실은 화로를 피워 따뜻하고 안온했다. 어머니는 허리를 굽혀 불을 쬐이며 중얼거렸다.

"대구는 좋구나, 따뜻한 게. 한국이 이렇게 추울 걸 생각 못하고 코트도 안 가지고 왔어."

대구에 오시기 전에 먼저 다녀오신 청주보안감호소의 불기 하나 없는 방에서 1시간 이상 덜덜 떨며 준식을 면회했던 것이 몹시 힘드셨던 모양이었다. 이것이 어머니와의 마지막 이별이었다.

나는 아무 것도 모르고 있었지만, 바로 전두환이 하극상으로 군의 실권을 잡았던 12월 12일에 어머니는 병원 검진을 받았고 자궁 후벽에 암이 전이된 것을 발견했다. 그러나 수술이나 방사선 치료를 하기엔 너무 늦어서 어머니는 회복의 가망이 없는 6개월 시한부 생명이 되셨다. 그 달에 막내 경식의 대필로 어머니가 편지를 보내오셨다.

"사정이 좀 생겨서 앞으로 면회 못할지도 모르지만 걱정 마라. 사람은 결국엔 자기 힘과 지혜로 살아가는 것이다. 그러나 너는 결코 혼자가 아니다." 편지 말미에 '오기순'이라고 떨리고 비뚤어진 글자로 쓴 어머니의 서명이 있었다. 마음에 걸리는 편지였다. 그런 후 편지도, 두 달에 한 번씩 오시던 면회도 뚝 끊어지고 말았다.

해가 바뀌고 1980년 3월 29일, 일본에서 후원회 활동을 하시는 고니시(小西裕美) 씨가 면회를 왔다. '서울의 봄'의 영향인가, 최성길 교무과장은 6년 만에 가족 외의 면회도 허락했다. 먼저 어머니의 소식부터 물었다. 그녀는 조금 머뭇거리면서, "감기에 걸리고 신장이 좀 좋지 않아서 입원하고 계시지만, 5월에는 면회하러 오신다고 말씀하셨습니다" 하고 애매하게 대답했다. 예감이 안 좋았지만 그것을 확인하고 싶지는 않아서 그 이상은 묻지 못했다.

5월 17일, 전두환은 민주화를 요구하는 학생과 민중의 성난 파도와 같은 데모를 진압하기 위해 확대계엄령을 선포하고, 가장 유력한 대통령 후보였던 김대중 씨에게 내란음모죄를 씌워 체포하고, 이어서 광주시민을 대량 학살하였다. 이렇게 '서울의 봄'은 끝이 나고 말았다. 대구도 교도소 외곽에 군이 진주하고 장교가 교도소 내를 순찰하는 등 무시무시한 분위기였으나 우리들은 그때까지도 '광주 학살'이 일어난 것이나, 광주의 시민군이 계엄군과 치열한 전투를 벌였던 일들을 전혀 모르고 있었다.

5월 28일, 영실이 왔다. 검푸른 옷을 입고 있어 창백한 얼굴이 얼이 빠진 것처럼 보였다. 얼굴이 부어 있어서 그런지 눈은 다른 때와 달리 얼굴 바깥쪽으로 밀려나 있는 것처럼 보였다. 영실이 교무과장실에 들어오는 순간, 나는 모든 일을 알아차렸다. 영실은 소파에 앉자마자 내 손을 잡고 흐느껴 울었다. "어머니가 돌아가셨어." 온몸을 적시는 듯이 눈물이 솟아 나와 그칠 수가 없었다. 영실은 손수건을 꺼내 내 눈물과 자기 눈물을 번갈아 닦아가며 막힘없이 줄줄 이야기를 이어나갔다. 입원 생활, 지옥의 형벌 같은 투병 생활, 아라시야마 집에서 가족과 함께 보낸 마지막 며칠, 그리고 대출혈과 죽음의 순간, 장례식 이야기까지 1시간 이상을 이어갔다. 공작관도 그때만큼은 방해하지 않고 조용히 듣고만 있었다. 영실은 확신하는 듯한 말투로 "어머니는 우리들 속에 살아 계셔요. 다시 살아 돌아오셔서 모두 함께 살게 될 거예요"라며 말을 마쳤다.

큰 산이 무너진 것 같았다. 몸 안이 텅 비어버린 것처럼 덜덜 떨렸다. "어머니는, 활활 타버려서 가여웠어. 경식 오빠와 같이 뼈를 추렸어." 영실은 작은 비닐봉지에 들어있던 석고조각 같은 유골을 내 손에 쥐어주고, 다시 한 번 내 눈물을 닦아주고는 떠나갔다.

어머니가 돌아가신 일은 순식간에 특사에 알려졌고, 사동은 눈물바다가 되었다. 옥중에서 죽은 동지도 많았다. 부모를 잃은 사람도 셀 수 없이 많았다. 그러나 내가 아는 한 어머니의 죽음만큼 사람들을 슬프게 한 일은 없었다. 아들 둘을 감옥에 두고 세상을 떠난 어머니의 원통함과, 어머니를 잃은 아들의 슬픔을 생각하며 모두 눈물을 흘렸다. 더구나 어머니는 특사의 희망이었고, 모두의 어머니였다. 어머니가 차입해주신 빵이며 사과, 스웨터, 내의, 양말, 담요까지 어머니의 손이 닿은 것을 받아보지 못한 사람은 아무도 없었다. 무서운 고문과 테러가 휘몰아치는 가운데, 고립무원의 비전향수의 고통을 바깥 세상에 전하신 분도 어머니였다. 침울한 감옥 안에서 가끔 밝은 화제를 가져다주신 분도 어머니였다. 공작반의 협박이나 괴롭힘에도 꿋꿋하게 굴하지 않았던 어머니였다. 접견장에서 만난 정치범의 가족들에게도 마음에서 우러나는 동정과 지원을 아끼지 않았던 어머니였다. 어머니보다 나이가 더 든 노 정치범들조차도 자신들의 어머니인양 "어머니, 어머니"라고 부르곤 했다.

어머니는 피식민지 민족의 자식으로 태어나 교육 받을 기회가 없었다. 더욱이 정치나 사상을 공부한다는 것은 꿈에도 생각 못할 일이었다. 다만 타고난 결벽함과 정직과 고집, 그리고 오랫동안 밑바닥 생활 속에서 몸에 익힌, 힘없고 한 많은 서민에 대한 동정과 상식으로 세상을 보셨다. 자식이 잡히자 보안사로, 검찰로, 재판소로, 감옥으로 드나들다가 자연스럽게 불의한 권력의 정체를 바로 보고 권력에 무참히 짓밟힌 민중을 만났다. 내가 미결이었을 때 담당검사는 만만찮은 어머니에게 학을 떼며, "고리끼의 '어머니'* 같네"라며 욕을 한 적이 있다. 어머니는 "고리끼가 뭐냐?"고 나에게 물었다.

• 「어머니」: 러시아 작가 막심 고리키의 장편소설. 혁명운동에 뛰어든 아들을 둔 어머니가 여성혁명가로 성장하는 과정을 그렸다.

1974년에 준식이 고문을 당한 사실이 국제적 여론의 비난을 받게 되고, 독재정권의 최후의 요새였던 감옥, 그것도 가장 비밀스러운 비전향수 특사에서의 만행이 폭로되자, 독재정권은 경악했다. 비밀의 요새에 바람구멍을 뚫은 어머니를 경계하고 증오했다. 정보부 대위 출신의 박영기 공작원은 "대한민국의 교도소 접견장에 여간첩이 공공연히 출입하고 있다"며 밉살스럽게 나를 노려보았다.

　폭력과 학대의 진실을 고하는 일을 간첩 행위라고 하다니……. 어머니는 한국에 올 때마다 감시와 협박을 받았다. 공작관은 거의 교포 2세나 다름없는 어머니에게 모국어도 잘 못한다며 싫은 소리를 했다. 이길웅 공작반장은 영실에게도 "말도 못하냐? 재일동포는 일본에서 편하게 살고 있어서 애국심 같은 건 손톱 끝만큼도 없어"라며 욕했다. 영실의 수치심이 내 수치가 되어, 나도 고추를 먹은 듯이 몸 안이 확 뜨거워졌다. "우리말을 공부하라"고 편지마다 썼지만 공부를 하지 않은 누이에게 화가 났다. "이런 놈들에게 바보 취급 당하다니!" 해외에 사는 동포도, 민족의 언어와 문화를 열심히 몸에 익혀 자부심을 가지고 살아가지 않으면 안 된다. 그러나 재일동포가 자기 나라 말을 만족스럽게 못하는 것은 일본의 식민지 지배와 조국의 분단이 만들어낸 상황 때문이기도 하다. 게다가 일본에서 민족교육을 육성하기 위해 한국정부는 무엇을 했던가? 애국자인 체하며 설교를 늘어놓는 자가 자기 나라 말을 배우지 못한 해외동포의 고통을 얼마나 알고 있나? 해외동포를 위해 무엇을 했는가? 동포의 괴로움을 자기의 고통으로 알고 서로 부족한 부분을 도우며 나가려는 생각은 조금도 없다. 유신관료인 공작반장은 동포를 전향공작의 대상으로 삼아 우롱하고 괴롭혔다.

　1978년 12월, 어머니와 영실은 대구역에서 서울로 가는 기차표를 날치기 당했다. 광주에서는 '교도관'을 사칭하는 남자에게 사기를 당했다.

서울에서는 고려인삼이라는 속임수에 당해 풀을 쑤셔 넣은 상자를 사기도 했다. 보안대원과 교도관, 공작관들은 자식이 인질로 잡혀 있는 모정을 먹잇감으로 삼아, 똥에 꾀어드는 쇠파리 떼처럼 어머니를 속이고 협박하고 괴롭혔다. 좌우도 모르고 사정도 모르는 곳에서 수없이 재난을 당하고 놀림을 받았다. 그런 이야기를 하면서 어머니는 "뭐, 불쌍한 사람들이야. 그렇게라도 먹고 살아야 하니까 그러겠지"라며 쓸쓸하게 웃으셨다.

내가 어렸을 때 어머니는 아주 평범한 가정주부였다. 그러나 자식이 감옥에 잡혀간 후부터는 변했다. 강하게 살아내려고 하셨다. 지금도 잊지 못하는 기억이 있다. 1972년 말 서울구치소에 있을 때, 나는 어머니와의 짧은 면회를 마치고 방으로 돌아왔다. 잠시 후 같은 방에 있던 젊은 택시 운전수가 면회를 마치고 돌아왔다. 그는 내 바로 다음으로 같은 접견실에서 면회를 했다. "서형! 서형! 조금 전에 면회한 분이 서형 어머니지요? 그 어머니가 접견실 앞뜰 구석에 쪼그려 앉아서 땅을 치면서 통곡을 하시더군요. 그렇게 우실 수가 없었어요." 조금 전 접견실에서 내 건강을 살피고 내 이야기를 들으면서 온화하게 웃고 계셨는데⋯⋯. 돌아가시기 전까지 자식 앞에서는 눈물을 보이지 않으셨던 어머니였다.

인혁당, 남민전

박정희가 죽고 나서 12월이 되자 긴급조치 위반자는 전원 석방되어, 특사에 새로운 정치범이 들어왔다. 인민혁명당 재건위원회 사건(이하 인혁당 사건)의 김한덕·전창일 씨 등 7명이었다. 인혁당 사건은 1974년 박정희 정권이 민청학련을 배후조종한 조직으로 인혁당을 조작하여 1975

년 4월 9일, 대법원 판결이 확정된 지 18시간 만에 하재완 씨 등 8명을 사형에 처함으로써 '사법살인'이라는 국제적 비난을 받았던 사건이다. 그들은 대구와 부산을 중심으로 하는 구 혁신당(진보당·사회당·사회대중당 등의 사회민주주의 합법정당) 사람들로서, 정부가 학생들의 반독재투쟁을 탄압하고 유신체제를 합리화하기 위해 만든 희생양이었다. 가족의 단결도 굳건했고, 시노트(Sinot) 신부와 김지하 씨의 폭로를 통해 누명이었다는 사실이 널리 알려져 있었다. 교도소 당국도 그들을 거칠게 다룰 수 없었기에 감옥의 처우개선 투쟁에 큰 힘이 되었다.

김한덕 씨는 진보당 부대통령 후보였던 박기출 씨의 비서를 하면서 민족민주청년동맹으로 활동하던 사람이었다. 왜 그런지 그는 '경호 요시찰 대상자'였다. 그것은 대통령 등 요인을 위해할 수 있는 위험성이 있는 사람이라는 건데, 대통령 행선지의 경호 요시찰 대상자는 타 지역으로 이동시키든가 유치장에 가두었다. 대통령이 대구에 온다고 하면 별도로 간수 한 명이 그에게 붙어서 근무했다. 이미 감옥 안에 있는데도…….

재소자 가운데서 요시찰자는 도주·폭동·자살 등의 보안사고를 일으킬 염려가 있다는 이유로 지정된다. 담당은 매일 요시찰 동정부에 그 행동을 기입하고, 보안과 요시찰계에 제출한다. 요시찰 지정의 기준은 본무담당에게 맡겨지기도 해서 그때마다 변동이 있지만, 무기수는 기본적으로 요시찰자였다. 특사에서는 모두가 무기수였기 때문에 별 의미가 없었다. 단지 법무부가 직접 지정하는 법무부 요시찰(특별 요시찰이라고도 한다)이 있어서 한층 더 엄하게 시찰을 받았다. 이런 경우 김대중 씨나 김지하 씨처럼 매 시간 단위로 동정을 기록하는 경우도 있다. 법무부 요시찰은 각 교도소에 몇 명씩밖에 없었지만, 나도 19년 동안 여기에 해당되었다.

이재문 선생은 처음에는 인혁당 관련자로서 지명수배되었다. 1974년 체포되었다면 틀림없이 사형이었을 것이다. 도주 생활을 이어가다 1977년에 반제민족해방과 민족통일을 강령으로 하는 '남조선민족해방전선'(이하 남민전)을 결성하였다. 인혁당 사형자의 유품인 상의를 '남민전'의 깃발로 만들었던 것에서 알 수 있듯이 '인혁당 사건'을 조작한 독재정권에 대한 정치적 복수가 하나의 동기였다. 당시 승리를 거두었던 '베트남민족해방전선'의 활동에서 시사를 받은 구석도 있었을 것이다. 도시 게릴라 전술을 채용한 무장투쟁까지도 시야에 넣은 대담한 운동을 추진했지만, 박정희가 죽은 직후 아지트가 습격 받고 3년간 활동해 오던 조직은 붕괴되었다. 기소된 사람은 48명으로, 한국전쟁 이후 최대의 지하조직이라고 발표되었다. 사형선고를 받은 이재문 선생은 병사했고, 신향식 선생은 사형 집행되었으며, 무기형이 5명, 그 외 여러 사람이 중형을 받았다.

1981년, 대구 특사에 10여 명이 들어왔다. 젊고 투지가 왕성한 그들이 특사에 새로운 피를 공급하고 투쟁의 선봉이 되었다. 지적 탐구심이 넘치는 '남민전' 전사들과의 만남은 커다란 지적 자극이 되었다. 그들은 이전 학생들과는 달랐고, 마르크스와 레닌의 이론을 알고 사회주의사상을 가지고 있었다.

감옥의 봄

1982년, 광주교도소에서 전남대 총학생회장 박관현 씨가 40일간의 단식투쟁 끝에 죽었다. 이를 계기로 침체되어 있던 학생들의 데모가 다시 일어났다. '광주 학살' 이후 침묵하고 있던 운동권은 활기를 되찾았다.

전두환은 회유책을 써서 관제 학도호국단을 해체하고 선거에 의한 학생 자치회를 부활시키는 등 '유화국면'으로 들어갔다. 감옥 안의 간수들도 탄압에 앞장서서 문책당할 일을 꺼렸으며, 단식을 두려워하여 정치범의 요구를 대부분 들어주었다.

1983~84년은 감옥의 봄이었다. 운동 시간도 1시간 반으로 늘어났고, 면회 시간도 30분 이상으로 연장되었다. 서적도 대부분 허가되었다. 국내의 주간지나 월간지는 허가되지 않았지만, 이상하게도 다른 외국잡지는 제한적으로 허가되었다.

일본의 우익 월간지 『중앙공론』이나 『문예춘추』는 일제강점기에 사범학교를 나온 최성길 교무과장의 애독서로서, 친일 반공주의자인 그의 교양과 지식의 원류로 반공교육에 유익하다 하여 허가되었다. 『Far Eastern Economic Review』, 『The Economist』, 『National Geographic』, 『Foreign Affairs』 등이 허가된 것은 미국에 대한 또는 영어 서적에 대한 공작관들의 맹목적 숭배에 기인한 것일 테다. 어쨌든 잡지와 정보에 굶주려 있던 나로서는 감사할 따름이었다.

러닝셔츠, 팬티, 수건, 겨울 내의, 휴지, 칫솔, 치약, 비누와 같은 관급품도 규정대로 나오게 되었다. 지급 규정이 바뀐 후에 양은 물론 질적으로도 좋아졌는데, 당시에는 러닝셔츠, 팬티, 수건은 6개월에 한 장, 겨울 내의는 2년에 한 벌, 휴지는 40일에 두루마리 하나, 칫솔과 치약은 3개월에 한 개, 비누는 2개월에 한 개였다고 기억한다. 나처럼 차입이 있고, 자기부담이 가능한 사람에게도 똑같이 나왔으며, 장기수는 물건을 아끼면서 사용하였기에 여유가 있었다. 내가 쓰면 2개월도 쓰지 못했지만 왕영안 선생은 칫솔 한 개로 5년 이상을 썼다.

"어떻게 하면 그렇게 오래 쓸 수 있습니까?"

"양치질 할 때 솔이 닳지 않게 살살 닦고, 끝나면 솔이 눕지 않게 손가락으로 잘 다듬어서 결 따라 잘 세워둡니다."

선생은 칫솔의 털을 사랑스럽다는 듯이 어루만지며 누런 이를 드러내 씩 웃었다.

물품 지급 이상으로 중요했던 것은 옥중에서 '정량'이라고 불리는 지급 규정의 공개였다. 이전에는 생각난 듯이 비누를 주거나, 달라고 졸라야만 겨우 치약용으로 굵은 소금을 주든가 했으므로, 재소자로서는 도대체 무엇이 얼마나 자신에게 지급되는지를 알 수 없었다. 일제강점기에 신의주 감옥에서 1년 반 정도 살았던 김석형 선생은 "일제는 그래도 지급하는 것은 규정대로 내주었다"고 했다. 영등포에 있던 미국 501군 사정보단의 특수수용소에 1년 반 정도 수용되었던 최하종 선생은 "사용한 세면도구 껍데기를 시찰구에 내놓으면 하사관이 순회하면서 교환해주었다"고 말했다. 수형자의 권리를 알려주지 않는 것이 한국 감옥의 기본방침이기는 했지만, 교도관이 관품을 횡령하거나 부정 유출을 하고 있었기에 예산과 집행 상태가 알려지는 것을 매우 싫어했다.

급식개선 투쟁 중 가장 어려웠던 것이 차림표를 공개시키는 투쟁이었다. 차림표에는 생선 몇 그램, 야채 몇 그램, 고춧가루 몇 그램으로 나와 있어서 속임수를 쓸 수 없다. 배식된 김치에는 소금과 고춧가루밖에 들어 있지 않았다. "감옥이니까 그러려니" 생각하고 있다가 차림표를 보니 김치에는 마늘, 생강, 젓갈, 파 등의 갖은 양념도 들어가게 되어 있어서 놀랐다. 당국은 "매주 차림표가 바뀌는데 하나하나 어떻게 알릴 수 있나?", "배식을 하다 보면 식기마다 각각 정확하게 정량대로 들어가지는 않기 때문에 싸움이 난다"고 하면서 공개를 거부했지만, 마지막에 내놓은 것은 공문서는 대외비이기 때문에 수형자에게는 보일 수 없다는 변명이었다. 이것은 '밀행주의(密行主義)'와 함께 감옥을 부정 관료들의 복마전이 되게 하는 데 애용되던 변명이었다. 그러나 차림표가 대외비의 공문서일 리가 없다. 심한 것은 차입된 물품 전표도 대외비의 공문서라고 우기는 것이다. 가족이 면회를 오면서 빵과 사과 등을 차입하면 교도관이 방에 가져와서 받았다는 증거로 지문을 찍어간다. 또는 책이나 내의류를 차입하면 영치계의 담당이 지문을 찍어간다. 후에 의문이 생겨서 대장을 보여 달라고 하면 "수형자에게는 공문서를 보여줄 수 없다"며 거부했다. '정량'의 공개는 감옥 행정의 투명성을 높이고 수형자의 권리의식을 제고하고, 감옥의 부정을 퇴출시키는 데 일조했다.

사동 사이의 뒷마당과 운동장에는 화단이 만들어졌고, 꽃과 표주박, 수세미, 꽃호박뿐만 아니라 들깨, 상추, 오이, 고추, 마늘, 무, 쑥갓, 배추 같은 채소 재배도 묵인되었다. 노인들은 텃밭 일구기를 즐겼으며, 우리들은 신선한 채소를 풍족하게 먹는 행복을 누렸다.

통방이 묵인되고, 방임 상태가 되었다. 특사에는 대부분 자치제가 실시되어 특사의 문제를 직접 처리했다. 충돌이 일어날 것 같은 경우에는 간수가 정치범 대표와 의논하고, 대표를 통해서 정치범에게 고지사항을 주지시키든가 했다. 간부는 요구사항을 들어야 했고 논쟁에 휘말릴까봐 특사 순시를 피했다.

1983년에는 전무후무한 월동 감사가 있었다. 신임 법무장관이 "감옥에서 동상자가 한 사람도 나오지 않게 하라. 혹시 동상자가 나오면 관계자를 처벌한다"는 엄명을 내렸다. '감사'는 장관 지시가 시행되고 있는지를 확인하는 것으로, 소장 이하 교도관들은 전전긍긍했다. 동상 조사표가 만들어지고, 동상 경험의 유무를 조사했다. 동상 예방 유의사항이 사동과 방에 나붙고 반복해서 방송되었다. 동상 약이 상시 준비되고 치료도 잘 해주었다. 그때까지 아무리 추워도 허락되지 않았던 장갑과 방한모자도 지급되었다. 무엇보다도 고마웠던 것은 노인들에게 유단포(각파, 탕파 : 뜨거운 물을 담은 보온용 물통)와 새 담요가 두 장씩 지급된 일이었다. 난방이라곤 하나도 없었던 곳에서 처음으로 이불 속에 유단포를 넣고 자는 밤은 뼈가 녹아내릴 것 같았다. 다음 날 아침, 통에 남은 미지근한 물로 얼굴을 씻는 사치도 누릴 수 있었다.

독방의 겨울은 한결 지내기 부드러워졌다. 특사의 모든 틈새를 비닐로 막고, 방의 창은 이중으로 비닐을 붙였다. 복도에는 연탄이 3개나 들어가는 대형난로가 4개 설치되었다. 사동 온도를 15도 이상으로 유지하기 위해 방안과 복도에 온도계가 걸리고, 간수는 두 시간에 한 번씩 온도를 체크하고 보안과에 보고했다. 검은 고무신은 운동화로 교체되고, 수형자가 맨발로 복도를 걸으면 담당교도관이 문책을 받았다. 수형자는 해방 후 30여 년 동안 겨울이 올 때마다 공포에 떨었다. 혹한을 참아내는 것이 숙명이라고 여기고 있었다. 한국의 감옥이 이처럼 빨리 변하리라고는 생각지도 못한 일이었는데 장관의 말 한마디로 하루아침에 문제가 풀렸다. 개혁은 민중의 힘과 지지에 의해 아래로부터 일어나야 한다는 게 대원칙이지만, 관료사회에서 책임자의 힘과 개혁의지 또한 그에 못지않게 중요함을 실감했던 사건이었다.

사람은 먹고 살기 위해 일자리를 얻고, 일자리를 지키기 위해서는 무슨 짓이든 한다. 그 평범한 사실을 학생 생활을 하다가 감옥에 들어와서 사회 생활을 경험해보지 못한 내가 실감할 수 없었던 탓도 있을 것이다. 다만 밑에서 받쳐주지 못한 변혁이기 때문에, 변혁 의지를 가지고 있거나 가진 체하는 책임자로 교체되면 모든 것이 도로 나무아미타불 되는 경향도 있었다.

식생활에서도 상전벽해의 변화가 나타났다. 1983년 이형수 소장은 "집에서 먹는 것과 똑같은 반찬을 만들라"고 지시했다. 차림표에는 감옥에서 일찍이 본 적이 없던 명란, 찌개, 오징어젓갈, 카레, 계란찜, 고등어조림이 등장했다. 우유도 주1회 한 팩씩 지급되었다. 마침 우유가 많이 생산되어 가격이 폭락해 강에 버리는 '우유 파동'이 일어난 탓도 있었지만, 먹보인 나에게는 너무나 고마운 일이었다.

'감옥의 봄' 속에서 그때까지 우리들이 생각해볼 수도 없던 일이 일어났다. 70년대에는 교도소의 방안에서 노래를 부르는 일은 물론, 노래 책도 허가되지 않았다. 노래를 더할 나위 없이 좋아하는 한국 사람과 10년을 함께 생활해도 서로 노래를 부를 수 있는지 어떤지도 모르고 살아왔다. 그런데 학생들이 특사에 와서 망년회를 해보자고 하였다. 노인들은 주저하였지만 젊은 친구들에게 밀려서 승낙을 했다. 1982년 말인가, 간수에게 폐방 후 두 시간 정도 '노래자랑'을 하려 하니 눈감아 달라고 졸랐다. 점잖고 큰소리 한 번 내지도 않는 도상순 본무담당은 얼굴을 붉히며 "통방도 금지되어 있는데 다 열어젖히고 노래자랑까지는……" 하며 주저하였다. "담당님에게 폐를 끼치지 않도록 작은 소리로 할 테니까요. 게다가 오늘은 그믐날이잖아요. 명절을 감옥에서 보내는 저희들 기분도 이해해 주십시오" 하고 매달리자, 담당은 한숨을 쉬면서 "할 수 없네요. 나는 퇴근을 할 테니 야근담당과 적당히 알아서 해주세요"라고 했다.

남민전 젊은이들의 노랫소리는 훌륭했다. 인민군의 문화선전대에 있던 최선묵 선생의 민요 〈몽금포타령〉도 좋았다. 임준열(임헌영) 선생의 〈빼앗긴 들에도 봄은 오는가〉도 일제강점기에 나라를 빼앗긴 민족의 분노와 비애가 노래로 불리니 뜻이 깊었다. 그러나 우리들의 영혼을 뒤흔들며 깊은 사념에 빠지게 한 것은 이공순 선생의 〈흰 눈이 내리네〉라는 노래였다.

이선생은 충청남도의 시골에서 태어나 한국전쟁 당시에 북으로 가서 철도에서 일을 했다. 이목구비가 또렷하고 눈썹이 긴 이선생은 미남자였지만 위장이 나쁜 탓에 야위고 낯빛이 검푸른데다 말이 없는 그늘진 사람이었다. 어느 날 선생은 나에게 자기 이야기를 해주었다. 부친이 일찍 돌아가시자 미녀이던 어머니가 굶는 세 아이들을 먹여야 하니, 몸을 팔다시피 세 번이나 시집을 갔다고 했다. "시골이라 제대로 시집 갈 수도 없었지. 첩이랄까, 식모랄까. 세 아이를 데리고 남편과 본처의 눈치를 살펴가며 쫓겨나지 않으려고 무척 애를 썼지. 그래도 아이들이 밥을 너무 많이 먹는다고 쫓겨나서 어디에서도 1년을 제대로 붙어 있지 못했지. 농촌을 돌면서 밥을 얻어먹으며 걸식하다가, 하는 수 없이 어머니가 다시 누군가를 찾아서 시집을 가서는 또 쫓겨나곤 했지. 배고프다는 것은 참 힘들어. 어머니도 벌써 돌아가셨겠지."

처음 듣는 노래였다. 빨치산이 불렀던 노래인지, 선생이 만든 노래인지 모르겠다. 너무 멋진 미성이었다. 신음하듯 우는 듯 높고 낮게 그믐날의 얼어붙은 공기를 뚫고 퍼져가는 목소리는 몸 속 깊은 곳을 꽉 쥐어짜면서 한순간의 위락에서 우리를 깨우고 고난에 찬 우리 민족의 역사에 대한 사념으로 내몰았다.

새로운 사상전향 공작

사상전향 공작의 양상도 새롭게 변했다. 폭력 사용이 어렵게 되자 회유책을 쓰게 된 것이다. 석방을 약속하거나 병사에 들어가게 해주기, 서예반과 원예반에 출역하기 등 교도소 안에서의 특별대우, 물품 제공, 종교관계자와 자매결연, 귀휴, 사회견학 같은 것을 내걸어서 유혹하였다. 물론 공갈이나 가족에 대한 음습한 괴롭힘이 없어진 것은 아니었다.

'자매결연'이라는 것은 면회가 없는 무연고 장기수에게 가족을 대신할 독지가를 맺어주는 것을 말한다. 결연자는 도시락이나 간식 등을 가지고 면회 오고, 편지를 보내주고, 돈이며 책이며 생활필수품을 차입해주면서 비전향수와 인간적 관계를 맺고, 장기적으로는 태도 변화를 도출하도록 한다. 출옥 후의 신원 인수인이 되고, 취직을 알선하는 등 생활 안정을 돕는다. 처음에는 거부해도 몇 년 동안이나 이런 관계가 지속되면 인간관계가 만들어진다. 사회안전법에는 사상전향을 해도 직업이 없고 주거지가 정해지지 않은 자는 감호처분을 할 수 있다고 되어 있다. 의지가지없는 장기수에게 출소 후의 생활 보장을 받을 수 있다는 것은 커다란 유혹이었다. 이 방법은 상당히 효과가 있었다.

'귀휴'는 행형법에서 1, 2급의 우량수나 옥중 결혼 등 특별한 사유가 있는 수형자에게 3~7일간 집으로 돌아가는 것을 허락하는 제도다. 비전향수의 경우에는 이것이 해당되지 않았지만, 공작상 1박 2일 정도의 귀휴는 자주 실시되었다. 다만 비전향수가 집에서 잠자는 것은 허가되지 않고 가장 가까운 교도소에 머물러야만 했다. 사전에 공작반에서 준비하여, 비전향수 본인의 환갑잔치, 자식의 결혼식, 아버지의 칠순, 어머니의 생일 등의 기회에 공작관 한 명과 간수 두 명이 붙어서 귀휴를 간다. 수십 년 만에 집으로 돌아온 자식이나 남편을 맞아 가족과 친척이 모이고 산해진미를 차려놓고 잔치를 한다. 가족이 껴안고 기쁨의 눈물을 흘리며 잔치가 한창 무르익을 무렵, 모든 사람이 매달려서 "제발 전향해다오" 하고 하소연을 한다. 그때 교도관이 전향서를 꺼내고 그 자리에서 날인하도록 한다. 본인이 저항이라도 하면 모두가 달라붙어 지장을 찍게 한다.

'사회견학'도 본래는 우량 수인을 대상으로 하는 것이지만, 전향공작 수단으로 자주 사용되었다. "자유대한의 발전하는 모습을 보여주고, 자본주의의 우월성을 인식시키고, 자유의 맛을 보게 해서 낡고 잘못된 사상을 버리도록 하며, 자신들이 속아왔다는 것을 알아차리도록 하는 것"이 목적이었다. 견학 장소는 고속도로, 공장, 명승고적, 교회, 백화점, 공원, 유원지 등이었다. 대부분 대구 시내였지만 가끔은 경주, 울산, 부산, 남원, 구미공업단지 등으로 멀리 갈 때도 있었다.

특사에서는 한 달에 두세 번씩 시내 견학을 갔다. 보통 한 번에 4~5명씩 갔는데, 전향공작 행사이므로 순서대로 가는 것은 아니었고 누가 갈지도 몰랐다. 집중공작 대상이 되면 한 달에 두세 번 가기도 했지만, 몇 년 동안 한 번도 나가지 못하는 경우도 있었다. 평균 1년에 한 사람이 두 번 정도 견학을 나갔다.

가령 다섯 사람이 대구 시내에 사회견학을 간다고 치자. 수형자에게 수갑도 포승도 채우지 않고 외출할 때는 수형자 한 명당 간수 한 명이 단독경호를 하는 게 원칙이라서, 견학자의 수만큼 간수가 따라붙고, 공작관도 두세 명 따라가기 때문에 일행이 15명 가까이 된다. 될 수 있으면 수인인 걸 들키지 않게 하려고 수의 대신 작업복 같은 새마을복을 입히고 모자를 쓰게 한다. 간수도 사복으로 갈아입고 보이지 않게 권총을 찬다.(구내 근무 때는 수인에게 무기를 탈취당할 것을 염려해 망루의 감시병을 제외하고는 비무장 상태이다.) 오전 9시쯤 버스로 출발하여 공장을 구경한다. 점심은 불고기나 생선매운탕, 가끔은 보신탕을 먹고, 맥주나 소주를 한두 잔 마시면서 자유를 맛본다. 교도소에는 술이 없을 뿐만 아니라 이런 고급 요리도 입에 대지 못하기 때문에 수형자에겐 특별한 날이다. 오후에는 대구백화점이나 달성공원을 구경하고, 양말·손수건 등 간단한 선물을 사서 4시쯤 돌아온다. 전향공작이라는 점과, 돌아오면 감상문을 써야 하는 것만 빼면 사회견학은 즐거웠다. 보통 사람들의 평범한 일상생활에서 사회의 본질과 그 변화의 조짐을 조금이라도 읽어내려고, 버스 창을 스쳐가는 광경을 하나도 놓치지 않으려고 탐욕스럽게 보았다. 운이 좋으면 식당에서 신문 한 장이라도 읽을 수 있었다. 사동에 돌아오면, 거리의 모습, 식사 내용, 간판이나 현수막의 표어, 간수와 공작관의 대화에 이르기까지 그날 있었던 일들을 상세하고 빠짐없이 모두에게 이야기하고 평가했다.

내가 처음으로 사회견학을 나간 것은 대구교도소에 온 지 7년째인 1980년 가을이었다. 단독으로 최성길 교무과장과 시내로 나갔다. 영화를 보고 점심을 먹고 차를 마시고 백화점을 둘러보고 돌아왔다. 대구본역 가까이에 중앙통이라는 번화가가 있다. 중앙통에는 일제강점기부터 만경관이라는 작은 영화관이 있었는데, 거기서 안소니 퀸 주연의 〈페세이지(The passage)〉라는 영화를 봤다. 피레네 산의 안내인 안소니 퀸이 나치스의 손아귀에서 도망친 핵물리학자를 포르투갈을 경유해 미국으로 도망가게 하려고 레지스탕스와 협력해 눈 쌓인 피레네 산맥을 넘는 이야기였다. 클라이맥스는 눈 쌓인 피레네에서 안소니 퀸과 나치스 친위대가 쫓고 쫓기는 장면이었다. 수려한 피레네의 설경이 멋졌다. 학자가 어디로 도망갔는지 알아내기 위해 친위대 장교가 레지스탕스 대원의 손을 도마 위에 고정시키고 칼 두 자루를 양손에 잡고서 야채를 다지듯 손가락을 난도질하는 장면이 있었다. 칼질의 리듬과 고통으로 절규하며 눈이 튀어나온 레지스탕스의 무서운 공포의 표정은 나에게 고문의 공포를 불러일으켰다.

대학원에 다니던 무렵, 동급생이던 차흥봉(뒤에 한림대 교수를 거쳐 보건사회부장관이 됨) 형과 사회조사를 하려고 대구에 간 적이 있었다. 차형의 아버지는 만경관 뒤편에서 다다미 가게를 하고 계셨다. 대구에는 낡은 일본집들이 남아 있었지만 다다미를 들여놓은 집은 점점 줄고 있어서, 작은 가게는 가난에 찌든 모양이 역력했다. 한 칸뿐인 작은 방에는 부모님과 동생이 자고, 우리들은 작업장 위에 판자를 대고 만든, 앉으면 천장에 머리가 닿는 어두컴컴한 다락방에서 잤다. 차형은 "어머니! 친구를 데려왔으니까 소 한 마리 잡아주소!" 호기롭게 소리를 질렀다. 눈

섭이 짙고 뼈대가 굵으신 어머니는 "오냐, 오냐" 하시곤, 긴 파를 자르지 않고 통째로 넣고 고추도 듬뿍 넣어서, 먹으면 땀이 왈칵 솟는 맵고 얼큰한 대구탕을 끓여주셨다. 우리는 땀을 뻘뻘 흘리면서 맛있게 먹었다. 가난해도 정성껏 대접해주셨다.

봄의 대구 근교에는 엷은 초록색 베일을 걸친 듯 움이 튼 버드나무가 늘어서 있고, 청보리가 바람에 살랑거리며, 새하얀 사과꽃과 배꽃, 분홍 복숭아와 살구꽃이 흐드러지게 피고 있었다. 한국 농촌의 가난함과 민족의 미래에 대해 둘이 뜨겁게 이야기하면서 돌투성이 시골 길을 따라 흔들리는 버스를 타고 사회조사를 하러 돌아다녔던 청춘의 추억. 만경관은 가슴 조이도록 아름다운 학우와의 기억의 나날을 떠올리게 했다.

감옥에 생매장되어

1981년 말, 윤보선 전 대통령 부부가 전두환으로부터 저녁식사 초대를 받았다. 그 자리에서 부부는 우리 형제를 석방해줄 것을 전두환에게 요청했다. 전두환은 "그 형제는 전향도 안 하고, 너무나 완고한 분자라 석방해줄 수 없다"고 답변했다. 윤 전 대통령 부인 공덕귀 여사가 이와나미 신서의 『서형제 옥중에서의 편지』를 보여주면서 "이 책을 읽으셨습니까? 좋은 책입니다. 공산주의가 아닙니다. 이 형제를 감옥에 잡아두어도 됩니까? 꼭 한번 읽어주세요. 읽으시면 이해하실 겁니다"라고 재차 부탁했지만 묵묵부답이었다고 한다.

일본에서 우리들의 석방을 요구하는 목소리가 높아지고 있던 1984년 7월, 한일외상회담 자리에서 아베 신타로 외상은 한국정부에게 우리 형제의 석방을 요청했다. 한국정부는 실무자에게 물어보겠다고 약속하고 보안사에 검토를 지시했다. 보안사 본부와 태백공사(보안사 대구지부의 대외용 위장 회사명)의 실무자는 "서형제를 석방해서는 안 됩니다. 특히 서승은 얼굴에 상처도 있고, 한국정부의 잔학성의 증거로 적성단체(북한)에 이용될 거니까 절대 안 됩니다"라고 보고했다. 1984년 여름부터 나는 전향공작 대상자에서 제외되었다. 최한주 공작관은 "서승 씨는 전향해도 석방 안 돼"라고 말했다. 그들은 나를 감옥에 생매장할 생각이었다. 전향공작을 하지 않아 마음이 가벼워졌지만, 한편으로는 석방될 가능성 없이 한평생 감옥에서 살아야 할 것이라는 암담한 생각이 무겁게 내 마음을 짓눌렀다.

아버지의 죽음

"이 형제의 어머니는 1980년에 이미 돌아가셨습니다. 그리고 지금 다시 아버지가 중병으로 자리보전하고 계십니다. 아버지의 임종만이라도 지켜볼 수 있도록 재판장님께서 온정을 베풀어주시기를 바랍니다"라고 이돈명 변호사는 변론을 마무리했다. 준식이 사회안전법에 의한 제3차 감호처분 결정이 부당하다며 법무장관을 피고로 하여 제기한 행정소송에서, 내 증언을 듣기 위한 이동법정이 1983년 4월 8일에 대구교도소 보안과 직원 대기실에서 열렸을 때의 일이다.

전해에 아버지가 직장암 수술을 받아 허리 옆에 인공항문을 달았다는 소식을 영실에게서 들었다. 아버지는 1971년에 우리들이 붙잡힌 직후 두 번쯤 한국에 오셨다. 어머니는 1972년 초에 보안사에 연행되어 신문을 받았고 구속하겠다는 협박도 당했다. 아버지가 오시면 신문 받고 고문 받을 위험이 컸기 때문에 그 후 10년 동안 자식들을 걱정하면서도 한국에 오시지 못했다. 수술 직후 마지막 면회를 오려고 했으나 결국 오시지 못하고 의식불명 상태가 되고 말았다.

1983년 4월 30일, 아버지의 임종을 예감하고 보낸 나의 편지는 이미 혼수상태에 빠진 아버지로서는 볼 수가 없었다. 5월 9일, 아버지도 이 세상을 떠나버렸다.

아버지.

3월에 면회 온 영실이 평소 보이지 않던 눈물을 보였을 때, 아버지의 몸이 안 좋다는 걸 직감했습니다. 그리고 편지를 받은 지금, 아버지가 병상에 계신 것을 알게 되었습니다.

새장에 갇힌 새처럼 날아갈 수도 없는 저는 다만 아버지의 무서운 고통이 조금이라도 덜어지기만을 빌 뿐인 무력한 존재입니다…….

지나가버린 세월을 어떻게 모두 기억하겠습니까? 기억한다 한들 우리들의 살과 피에 배어 있는 희로애락의 구석구석을 필설로 다 할 수 있겠습니까.

흘러간 나날은 그저 아름답게만 생각됩니다. 이상주의적이고 사람을 좋아하고 양심적 생활 기준을 지켜나가신 아버지셨습니다. 아버지는 부모님에 대한 지극한 효심을 가지셨고, 우리 민족에 대한 강한 애착을 가지고 계셨습니다. 할아버지가 돌아가셔도 타국 일본에 있어서 임종을 보지도 못하고 산소에도 가지 못하여 교토의 집에서 장례를 지내던 날, 대나무 지팡이를 짚고 거친 삼베 상복을 입으신 생소한 모습이 놀라웠습니다. "어~이, 어~이" 곡을 하시며 슬퍼하시던 아버지의 얼굴에서 뚝뚝 흘러내리던 닭똥 같은 구슬땀도 눈에 선합니다.

아버지는 젊은이를 사랑하고 이해하셨습니다. 자식들과 술잔을 기울이며 밤늦도록 이야기를 나누던 일도 있었습니다. 손윗사람에게는 어디까지나 전통적인 윤리로 스스로 조심하고, 젊은이들에게는 자유와 인격을 강조하신 관용적이고 개방적인 아버지였습니다.

아버지와 아들은 서로 남자로서 보고, 또 보이려고 합니다. 어머니와 아들처럼 무조건적인 포용 관계는 아닙니다. 솔직하게 말씀드리면, 감옥에서 아버지와 얼굴을 마주하는 일은 상상만으로도 낯간지럽다는 생각이 들었습니다. 그러나 아버지가 자식들에게 깊은 배려를 해주시고 진한 애정을 가지고 계신 것을 저는 잘 알고 있습니다.

아버지는 고난의 시대에 태어나서 재일조선인으로서 씨앗을 뿌리고, 뚜렷한 생활의 자취를 남겨주셨습니다.

1983년 4월 30일

아버지는 1922년 충청남도 청양에서 태어나 어린 나이에 일본으로 건너갔다. 어머니의 가족도 그보다 조금 일찍 일본에 갔는데, 이렇게 일본으로 건너간 것도 식민지 지배하의 조선 농촌 생활이 어려워졌기 때문이었다. 아버지는 교토에서 고물상과 자전거 점포에서 도제살이를 하며 컸다. 그 후 섬유중개인이 되어 평생 섬유 관계의 일을 하면서 나중에 작은 방직공장도 경영하였다. 그러나 아버지는 돈을 빌려주고도 갚으라는 독촉을 심하게 하지 못했고, 갚을 능력이 없는 사람이라도 부탁 받으면 돈을 빌려주었다. 우유부단하고 사람이 좋아서 아무래도 장사꾼에는 맞지 않았다. 어느 쪽이냐 하면 이상주의자, 예술가의 기질을 가진 사람이라고 할 수 있다. 아버지는 도제살이를 할 때 파지 더미에서 나오는 책을 읽는 것이 취미였다고 했다. 술이 들어가면 토론하기를 즐기고, 에스키

모를 '에모스키'라고 한다든가 '존재'라는 말을 틀리게 발음하기도 하였지만, 인생론·존재론 등등 철학을 논하며 사람을 붙들기도 하고, 조국과 민족의 현상을 우려하여 비분강개하기도 했다. 또한 미술에 소질이 있어서 고등소학교 때 그림을 그려서 상을 받았다고도 했다. 내가 어릴 때 가족과 함께 교토의 동해 쪽에 있는 명승지인 아마노하시다테(天の橋立)에 놀러갔는데, 그때 아버지가 여름방학 숙제로 사생하고 있던 우리들의 붓을 쥐더니 쓰윽 수채화를 그려 보여주시던 게 기억난다.

아버지도 식민지시대의 재일조선인으로서 재능을 키울 만한 만족스러운 교육 기회를 얻지 못했다. 유교 전통을 가진 조선의 봉건적 가족제도 속에서 생활력이 없던 할아버지를 포함해 가난한 가족을 부양하지 않으면 안 되었던 이중의 굴레는 무겁고 무거웠다. 조그만 동네공장 사장으로 삶을 마쳤지만, 양심적인 성품에 학문과 예술에 대한 이해도 깊어 우리 형제들의 교육환경에 영향을 주었다. 자기 억제가 약하고 우유부단한 아버지에게도 의연한 면이 없었던 것은 아니다. 내가 대학원에 들어가서 담배를 배웠던 즈음, 사업에 실패한 아버지의 공장은 도산하고 말았다. 그때까지 큰 실패는 겪지 않았던 아버지로서는 충격이었다. 속마음을 들여다볼 도리는 없지만, 그때까지 하루에 담배 세 갑을 피울 정도로 골초였던 아버지가 누구의 권유도 없이 담배를 뚝 끊고 말았다. 내가 아버지 앞에서 담배를 뻐금뻐금 피워도 아버지는 싫은 표정 하나 없이 아무런 말씀도 하지 않았다. 재일조선인으로서 정치는 하지 않겠다고 하셨지만 민족의식은 확실히 가지고 계셨다. 언제나 우리들에게 "조센징이라는 말 듣고 쫄면 안 돼!"라고 말하시곤 했다. 마음이 내키면, 당신도 누군가에게서 들었을 이순신 장군 이야기나 조선의 옛이야기를 우리에게 들려주셨다.

형제보다 좋은 우리 동지

김병인 선생은 1976년 만기일이 되었으나 전향하지 않았다고 석방되지 못한 채 청주보안감호소로 갔다. 1978년엔 특사의 기둥이었던 최하종 선생과 김동기 선생이 이송되었는데, 최하종 선생은 광주교도소로, 김동기 선생은 대전교도소로 갔다.

김동기 선생은 함경북도 성진(지금은 김책) 사람이다. 부친은 일제강점기부터 성진제강소 노동자였고, 선생은 여덟 형제 중 막내였다. 국민학교 4학년 때 해방을 맞았고, 한국전쟁이 터지자 중학교 3학년이라는 어린 나이에 인민군에 지원 입대했다. 전쟁이 끝나자 포병 대위로 제대하여 상업대학 상품과에 입학했다. 재학 중에는 민주청년동맹 대학위원회 부위원장으로 활약했고, 학교를 졸업한 후 상업성에 들어가 20대에 상품과장으로 진급했다. 선생은 1966년, 경상남도 진주에 공작원으로 왔다가 경찰에 포위되어 총상을 입었다. 마루 밑에 숨어 있던 형사가 쏜 총알이 발바닥에서 허벅다리를 관통했다. 그 때문에 다리를 조금 절었다.

선생은 재기발랄하고 대담무쌍한 분이었다. 기억력이 출중해서 10년 전의 일도 날짜와 시간, 내용에 이르기까지 정확하게 기억해냈다. 평양에서는 러시아어밖에 배우지 않았지만, 간수와 친해지자 영어사전과 학습서를 입수하여 공부를 시작했다. 사전을 통째로 외워서 어느 틈에 영어를 줄줄 읽을 수 있게 되었다. 선생의 취미는 지도나 경제 통계를 보는 것이었다. 세계의 주요한 경제지수는 대부분 머릿속에 담아두고 있었다. 책도 하루에 500쪽 이상을 읽어치웠고, 내용을 정확하게 이해하고 기억했다. 우리들은 간수나 지도로부터 비합법적으로 잡지나 신문을 빌려서는 선생에게 가져갔다. 최단기간으로 정확하게 내용을 파악하여 발각되기 전에 돌려주지 않으면 안 되기 때문이었다. 선생은 참으로 많은 곳에서 자료를 모으고 특사에 '소식'을 제공해주었다.

선생은 이야기꾼이었으며, 애교 있고 장난꾸러기라 간수나 봉사원도 바로 친구가 되었다. 1973년, 내가 대구로 온 지 한 달쯤 되었을 무렵, 이송된 다음날 아침 나를 폭행했던 임만용 담당이 "나와!" 하며 쾅! 문을 열었다. 갑작스러운 일이라 불안하여 "왜 그러십니까?" 하고 물었다. "너, 왜 남의 방문을 차? 나와!" 뜬금없는 이야기였다. 담당실에 가니 김 선생이 앉아 있었다. "김동기, 이놈아가 문을 찬 건가?" "아니에요. 내가 찼던 건데, 이야기 좀 하려고……." 선생은 넉살 좋게 희죽희죽 웃고 있었다. "또 너에게 속았구나. 빨리 끝내고 방에 돌아가!" 임담당은 떨떠름한 표정으로 눈감아주었다. 선생이 신참인 나를 합법적으로 만나기 위해 짜낸 꾀였다.

공작관도 선생의 화술과 재기에 매료되었다. 자신의 입장을 분명히 전제하면서도 자신의 요구는 거리낌 없이 솔직하게 말했다. 교무과장과 공작반장은 유능하고 정치범들에게 영향력이 있는 선생을 전향시키려고 자주 사회견학에 데려가기도 했고, 금지되어 있던『북한』,『신동아』,『조선』과 같은 월간지와 연감,『북한총람』,『공산주의 비판총서』(반공서적이었지만 조선노동당 문헌과 마르크스 레닌의 원전과 북조선의 통계자료가 인용되어 있어서 금지되었다) 등을 주면서 회유하려고 하였다. 동지 중에는 공작관 등 직원을 전혀 상대도 하지 않고 공작상 주는 것은 모두 거부하는 원칙주의자도 있었다. 그러나 선생은 그런 기회를 결코 사양하지 않았고, 주는 것은 받고, 거리낌 없이 누구라도 만나면 대담하고 솔직하게 이야기하며, 오히려 상대에게 적절한 비판과 조언을 정성스레 해주기도 했다.

그렇다고 하여 총애만 받았던 것은 아니었다. 깡패 같은 악질 박영기 공작관은 선생에게 권총을 들이밀며 수갑을 채워서 팼지만, 선생이 불

234

같이 화를 내며 큰소리로 호통치자 그 이상은 손을 댈 수 없었다. 보안과에서도 선생의 영향력을 꺼려 징벌방에 집어넣고 격리한 적이 있다. 선생은 어떤 위협에도 굴하지 않고, 부당한 처사를 규탄했다. 보안과에서는 "김동기 고집과 입은 아무도 못 막아"라는 평이 나오고 말았다.

김선생과 최선생이 물론 학력도 높고 북한에 있을 때 간부였던 권위와 경력도 있었지만, 그것으로 특사의 지도자가 되었던 것은 아니었다. 능력도 있었지만 "큰 일이든 작은 일이든 소중히!", "인민에게 봉사하고 인민을 위해서 일한다", "누구보다도 동지를 소중히 한다"는 신조를 실천했다. 그들은 겨울이 되면 화상 때문에 손의 혈액순환이 잘 되지 않는 나에게서 빼앗다시피 빨랫감을 가져가서 세탁해주었다. 가을에는 이불과 솜옷의 손질도 해주었다. 나에게만이 아니라 노인, 장애인, 감옥 생활에 서툰 학생들에게도 격의 없이 배려하는 일을 게을리하지 않았다.

1977년에 대구로 이송되어 온 조용순 선생은 충청북도 청주 사람이었다. 국민학생(초등학생) 시절이던 1926년에 '6·10 만세 사건'으로 국민학생의 데모를 주도해서 대구 감옥에 들어온 일이 있다고 한다. 그 후 만주에서 독립운동에도 관계하였다고는 하는데, 선생이 자기 이야기를 잘하지 않았기 때문에 자세히는 모른다. 해방 후 남로당에 관계했지만 '운명철학'의 대가로서 유명했다고 한다. 1953년에 체포되어 군법정에서 사형 판결을 받았지만 재판장인 사단장의 부인이 선생의 역술에 경도되어 있어서 목숨을 건졌다고 한다. 1960년대 초에 대전 감옥에서 뇌출혈로 쓰러져 좌반신이 마비되었다. 그 몸으로도 부지런히 운동을 하면서 남에게 폐가 되지 않도록 노력했다.

선생이 대구교도소에 와서 얼마 안 되었을 때, 운동장에서 만난 내게 말을 걸어왔다. 혀가 잘 돌아가지 않아 발음을 못 알아들으니 선생과 같

은 방의 동지가 통역을 했다. "서선생, 고생하십니다. 나는 운동을 해서
혼자서 운동장까지 걸어서 올 수 있게 되었어요." 선생은 오른손으로 지
팡이를 짚고 혼자 서는 연습부터 시작했다. 후들후들 떨면서 안간힘을
썼지만 균형을 잃고 쓰러지고 말았다. 하지만 매일 조금씩 나아져 갔다.
한 발 두 발 걷기 시작해 드디어 발을 끌면서 몸을 크게 흔들며 지팡이에
의지해 운동장을 몇 바퀴 돌 수 있게 되었다. 운동 간수도 선생에게는 운
동 시간을 까다롭게 말하지 않았다.

선생은 언제나 방글방글 웃었고, 가끔씩 배시시 반편이처럼 웃곤 했
다. 너무 방글거려서 감옥에서 뭐가 그리 즐거운가 생각될 정도였다. 그
러나 일단 화가 나면 동네가 떠나갈 듯이 큰 소리로 꾸짖고 무엇에도 굴
하지 않는 바위와 같은 분이었다. 특사에서 단식투쟁을 할 경우 장기전
이 예상되면, 단식이 치명적인 결핵환자나 장애인, 노약자는 빼놓고 단
식투쟁을 하도록 조정을 했다. 그러나 조선생은 결단코 이런 조정을 받
아들이지 않았다. 언제든, 어떤 투쟁에도 앞장서서 참가했다. 80년대 초
기에는 선생이 70대 중반을 넘어선지라 노쇠하고 근육도 풀어져, 단식
을 하면 대소변을 가리지 못하게 되었지만, 기저귀를 차고 단식에 동참
했다. 보안과에서는 그런 선생을 업고 데리고 나가 몽둥이로 패기도 했
다.

어느 날, 젊은 공작관이 운동장에서 의자에 앉아 있는 조선생에게 전
향 문제를 꺼냈다. 순간 선생은 "전향! 너희들이 뭐를 알아. 미국의 앞잡
이 같은 것들이! 같은 민족이 38선을 넘어왔기로서니, 뭐가 간첩이야!
매국노들아!" 하며 이글이글 타는 눈으로 삿대질을 하며 화를 내니, 공
작관은 낯빛이 파래져서 도망쳤다.

보안과에서는 몸이 불편한 선생을 돌보게 하려고 세 명을 합방시켰
다. 처음에는 그 방에 김종하 선생과 윤수갑 선생이 들어갔지만, 나중에

는 비교적 젊고 건강한 동지 중에서 뽑아 1, 2년씩 교대시켰다. 합방을 하면 이야기를 나눌 수 있어 좋았지만, 1.06평은 세 사람이 생활하기에 너무나 비좁았다. 사람들은 매일 선생을 냉수마찰을 시키고 대소변을 받아주었으며, 마사지를 해주고 세탁도 도왔다. 발병 이후 선생은 1991년 1월 대전에서 옥사할 때까지 30여 년간 동지의 따뜻한 간호를 받으며 살았다.

"고생하십니다. 자기 부모라 해도 6년 수발들기 어려운 것인데 너무나 정성스레 보살펴주시는군요." 조선생을 도왔던 김종하 선생에게 말했더니, 그는 "〈형제보다 좋은 우리 동지……〉라는 빨치산 노래가 있지 않습니까"라며 짙은 팔자 눈썹을 더욱 아래로 내려뜨리면서 사람 좋게 웃었다.

김종하 선생은 평안북도 영변의 가난한 농부의 자식으로 태어나 인민군 창설과 동시에 입대하였다. 한국전쟁 때는 오토바이 부대의 하사관이었다. 미군이 인천에 상륙하자 퇴각을 단념하고 입산해서 충청남도 유격대 본부 호위대장으로서 덕유산 일대의 빨치산 투쟁에서 용맹을 떨쳤다. 손재주가 좋아서 바느질, 뜨개질, 물건을 깎고 다듬어 만드는 일에도 능숙했다. 장가도 못가고 입대한 그의 별명은 '총각선생'으로, 소박하고 밝으며 몸 아끼지 않고 뭐든 했기 때문에 특사에서 사람들의 총애를 받았다.

김일성 장군 만세!

특사에 왔던 정치범 중에는 정신장애인도 있었다. 조사기관에서 잔인한 고문을 받거나, 오랫동안 독방에서 있다가 이상해지거나 한 경우다. 합방을 하더라도 장기간 좁은 방에 24시간 갇혀 있으면 신경이 과민해져서 정치범끼리 장기를 두다가도 "한 수 물러 달라", "못 물러 주겠다" 하며 싸움을 하기도 했다.

1981년에 특사에 왔던 전씨는, 정보부가 귓속에 도청 마이크를 집어넣어서 무전을 치는 소리가 늘 들린다고 말하였다. 전씨는 뼈와 가죽뿐인 50대였는데, 자주 방안의 양동이를 부수고, 담요를 갈기갈기 찢고, 변기에서 똥오줌을 퍼내서 뿌리기도 했다. 하루에 수십 번씩 손을 씻는 결벽증에 걸린 노인도 있었다. 벽이 좁혀오는 환상에 쫓기는 협소공포증 환자도 있었고, 방구석에 하루 종일 꼼짝없이 앉아 운동도 나가지 않는 퇴영(退嬰) 증세가 심한 국군병사도 있었다. 또 다른 국군병사인 김씨는 두통을 호소하며 꿈과 현실을 오락가락 하는 말을 했다.

"김일성 장군 만세!"라고 외쳐서 반공법 찬양·고무죄로 5년 추가 형을 받은 박씨가 1981년에 전주에서 이송되어 왔다. 근육질로 단단한 몸매를 한 박씨는 40세가량으로 가족도 없었고 강도 전과가 5, 6범이었다. 가끔씩 "김일성 만세!"라고 외쳐서 '좌 또라이'라는 별명이 붙었다. 전주에서 온 홍경선 선생으로부터 그에 대해 들었다.

"그 녀석은 전주에서 만세를 불러서 몇 번이나 추가 형을 받았어. 오른편이 아니고 왼편으로 돌았지. 돌아도 오른쪽보다는 왼쪽으로 도는 게 낫지 않아?"

박씨는 처음에 1년, 두 번째는 2년, 세 번째는 5년의 추가 형을 받았다. 대구에 와서도 밤중에 갑자기 "김일성 만세!"라고 부르는 일이 몇 번이나 있었지만, 가끔은 "박정희 만세!"나 "전두환 만세!"가 들어가기도 했다. 그런 일로 그는 혁수정(가죽수갑)을 찬 채 3사하의 폐쇄독방에 가두어졌다.

감옥에서 가끔씩 "김일성 만세!" 하고 외치는 소리가 들렸다. 대부분은 문제수가 추가 형을 받으려고 낸 소리였다. '꼴통'이라고 호가 나면 간수가 간섭을 하지 않아 자기 멋대로 할 수 있었다. 담배를 판다든가, 금지 제품인 운동화를 신는다든가, 머리를 기르고 죄수복을 맞춘다든가, 남색을 탐하기도 한다. 간수들도 골치가 아파서 눈썹을 찡그리며 "똥이 무서워서 피하냐, 더러워서 피하지"라고 말하곤 했다.

수형자를 규칙으로 얽어매어 비인간적 생활을 강요하는 일에, 나는 조금도 찬성하지 않는다. 서양의 감옥에서는 흡연이나 TV, 라디오 시청도 허락되고 개인의 복장이나 취미 생활의 자유가 대폭 허용되어 있다. 아내나 애인이 방문하면 성관계를 허락하기도 한다. 구금으로 자유권의 일부를 제한하고 사회로부터 격리한다는 목적이 달성되면, 일일이 사생활을 제한할 이유는 없다. 한국의 행형법은 교육형을 이념으로 한다고 하면서도 사실은 일제의 지배에서 면면이 이어온 구태의연한 응보주의 전통을 이어오고 있다. 감옥의 비인간적인 규율을 때려 부수고 자유를 확대하는 일은 더할 나위 없이 좋은 일이라서 우리는 그것을 위해 옥중 투쟁을 해왔다. 그러나 문제수들의 자유는 옥중의 약자를 먹잇감으로 하고, 자기만의 안일을 찾고, 자기 혼자 멋대로 하려는 목적밖에 없다는 점이 문제였다.

한국의 조폭은 정치가·검찰·경찰과 결탁해 있었다. 깡패 두목이 교도소에 들어가면 정치가나 검사가 소장에게 "잘 봐주세요"라고 전화를 건다. 부하가 교도소 간부에게 뇌물을 준다든가, 밤에 보안과장 집에 술병을 들고 찾아가 "형님을 잘 부탁합니다" 하며 위협한다. 교도소 내의 부하나 간수들을 포섭해서 간부의 부정이나 비행에 대한 정보를 모아서 약점으로 잡는다. 이렇게 해서 교도소 내에 누구도 범접할 수 없는 세력을 구축하고 방종한 생활을 한다.

그런 힘이 없는 패거리들은 "몸으로 때운다." 유리로 자기 몸을 긋고 찢는다든지, 동맥을 끊는다든지, 눈썹을 바늘로 꿰맨다든지, 못이나 쇳조각, 칫솔을 삼킨다든지, 5치 대못을 자기 발이나 성기에 박는다든지 함으로써 곤조(근성)가 있다는 것을 과시한다. 간수나 수형자를 인질로 잡아 농성을 한다든지, 30m도 더 되는 공장 굴뚝에 기어 올라가 농성하는 보안사고를 저지른다. 사고가 나면 직원에게 책임이 돌아가고 무엇보다도 성가시기 때문에, 회유를 위해서 작업반장 같은 자리를 주든가 마음대로 하게 놔준다든가 한다.

 물론 보안과에서도 처음부터 방임하는 것은 아니다. 고문을 하고, 수갑을 채우고, 묶어서 징벌을 먹이기도 한다. 천장에 매달아서 때리거나, 밤새도록 알몸을 쇠기둥에 철사로 칭칭 묶어 둔다든가, 벗기지 못하게 수갑을 용접해버리기도 한다. 1988년인가 문제수가 담당 교도관을 인질로 해서 담당실에서 농성을 했지만 최루가스를 뿌려서 잡았다. 마침 내가 면회하러 가는 도중이라 문제수가 가스를 먹고 휘청거리며 보안과에 끌려가는 것을 보았다. 복도 양측에 30~40명의 간수와 경교대원*이 줄 지어 서서, 그 사이로 벌레처럼 기어가는 문제수를 양쪽에서 걷어차며 짓밟고 있었다. 그러나 고문을 참아내지 못하면 '꼴통'이 될 수 없다. "녀석은 사내놈이다"라는 평이 나고 '꼴통'이 되면 교도소 안에서 활개를 치고 다닐 수 있고, 간수가 담배를 팔 때 창구가 될 수 있다. 고문을 당해도 의리를 지키고 입을 꾹 다물어 담배의 출처를 불지 않을 놈이라는 평판이 있기 때문이다.

• 경교대원 : 교정시설 경비교도대. 광주항쟁 이후인 1981년 '교도소 등 교정시설의 경비임무와 재소자의 폭동 진압, 무장공비 침투에 대처할 목적'으로 만들어진 법무부장관 소속의 현역 군인. 교도소 경계근무와 함께 교도관의 잡무를 보조했다. 2012년 12월 폐지되었다.

이런 곤조나 체력이 없는 패거리들이 의지할 곳은 '약점'이었다. 교도소 내에는 부정과 비리가 넘치고 있다. 문제수는 이것을 붙잡고 늘어져 신문이나 검찰, 청와대 등에 투서를 하거나 까발리겠다고 위협한다. 1977년, 대구에서 어느 문제수가 면회 때 "감옥 안에 히로뽕이 돌아다닌다"고 해서 신문에까지 보도되어 대소동이 났다. 이용평 소장〔1974년, 준식과 니시무라(西村) 목사가 광주교도소에서 면회를 할 때 입회한 소장〕은 직위해제되고, 간수 몇 명이 파면되었다. 교도소 안은 히로뽕을 찾는다고 난리가 나고, 모든 약의 구입도 차입도 정지되었다. 조미료나 설탕도 검사를 받았다. 하얀 가루는 모두 의심을 받아 압수되었다. 내 방에 검방을 왔던 간수는 어머니의 뼛가루까지 핥아보았다. 당국이 문제수의 협박에 굴복하는 경우도 있지만, 대개는 문제수가 약점을 잡아 협박을 하면 고문을 해서 징벌방에 집어넣고 외부와의 접촉을 끊은 뒤 이송했다.

행형법에서는 금치 2개월이 최고였지만, 2개월의 징벌 기간이 끝나도 다시 구실을 만들어 금치 2개월을 또 먹인다든지, 이송해서 다른 교도소에 금치한다든지 하였기 때문에, 징벌방에서 반 년, 1년까지도 사는 문제수도 있다. 문제수는 이것에 대항해서 일부러 사고를 친다든가 하여 추가 형을 받아서 검찰 취조나 법정에서 교도소 간부의 약점을 판사와 검사에게 폭로하려고 한다. 그러나 교도소 안에서 폭행상해 사건을 일으킨 정도로는 두들겨 맞고 징벌을 먹는 게 고작이라서, 쉽게 형사 사건이 되지 않는다. 가장 쉬운 방법은 "김일성 만세!"를 불러서 반공법으로 기소되는 것이었다.

가끔씩 징벌방에서 "김일성 만세!" 하는 소리가 들린다. 다만 "김일성 장군 만세!"도 "김일성 원수 만세!"도 아닌, 경칭을 빼고 "김일성 만세!"이다. 성실하게 '만세 사건'을 기소하던 검사나 교도소도, 어이가 없어서인지, 귀찮아진 것인지, 문제수의 폭로를 방지하기 위해선지, 80년대 중반 무렵부터는 두들겨 패고 징벌방에 집어넣을 뿐 기소하지 않았다.

한편, 진짜 만세도 있었다. 60년대, 대전 감옥에는 수사기관의 고문으로 정신이 이상해져버린 비전향 무기수 권대성 선생이 있었다. '광복절'이나 '4·15(김일성 주석 생일)'만 되면 반드시 "김일성 원수 만세!"를 외쳤다. 죽도록 고문당하고 당연히 추가 형도 받았지만 선생의 "만세!"는 그칠 줄을 몰랐다. 보통 "만세!"는 반공법으로 1년 또는 1년 반의 징역이었지만, 1968년 당국은 비전향수에 대한 본보기로 국가보안법상 특수가중 조항을 적용해 권선생을 처형했다. 권선생은 형장에서 마지막으로 하늘에 울려 퍼지는 "김일성 원수 만세!"를 외쳤을 것이다.

5장

재회

80년대 대전 중구금교도소

석방을 기뻐하며 형제들과. 왼쪽부터 경식, 준식, 서승, 한 사람 건너 영실, 1990년.
(사진 마키다 기요시)

하얀 공룡

1985년 7월 15일, 대구교도소의 비전향 정치범 17명 전원이 대전에 신축된 중구금교도소(重拘禁矯導所)로 이송되었다. 전두환이 권력을 장악한 후 법무부에서는 청송보호감호소의 창설과 병행해서 노후화된 서울구치소·안동교도소·대전교도소를 새로 짓고, 지방에도 몇 곳에 교도소를 신설하는 등 감옥 시설의 확충과 강화를 서둘렀다. 대전에는 전국의 꼴통과 비전향 정치범을 집중적으로 관리한다는 계획 하에 한국 최초의 최신식 중구금교도소를 만들었다. 중구금교도소는 '행형의 현대화·효율화'를 구호로 미국의 감옥 제도인 연방 중구금감옥(Penitentiary)을 모방해서 구상된 것이었다.

1983년부터 정치범 옥중 처우개선 투쟁이 성과를 거두어 교도소의 억압적인 규율은 유명무실화되고 비전향 정치범에 대한 처우도 대폭 개선되었다. 공작반에서는 전향공작 실적의 부진을 비전향수의 처우개선 탓으로 돌렸다. 잔혹한 감옥 생활을 시키고 고립 분산하고 각개격파를 하지 않으면 전향하지 않는다고 상부에 진정했다. 게다가 빨갱이가 순진한 학생을 지도하며 영향을 끼치고 선동하여 감옥을 파괴하려 한다고 비방하면서, 학생과 비전향수를 완전히 분리시키려 하였다.

실제로 1984년경에는 특별사동이 해방구처럼 되면서 일반 수형자보다 처우가 좋아졌다. 석방을 고려하지 않는다면 특사에 있는 쪽이 편해서, 사상적으로 확신이 없는 사람도 전향하지 않고 특사에 주저앉기도 하였다. 전향자들은 "대한민국에 충성을 맹세하고 전향했는데, 비전향자 쪽이 더 편하게 생활하다니 이상하네. 우리들의 처우를 그들보다 낮게 해주지 않으면 전향을 취소하겠다"며 불만을 쏟아내기 시작했다. 이것도 전향공작상 문제가 되었다. 우리들은 우리들의 처우가 모든 수형자에게 파급될 것을 바라며 다소 노력도 했다. 그러나 사상전향제도 자체가 부정되어야 할 일이라는 것은 제쳐두고라도, 비전향수가 전향수보다 열악한 처우를 받아야 한다는 생각에는 동의할 수 없었다.

어느 날, 젊은 공작관인 박기완 씨가 나에게 말했다.

"이렇게 처우가 좋아져버리니까 모두 전향하려고 안 하네."

"그건 틀렸습니다. 과거에 무서운 탄압을 받아도 전향하지 않았던 사람들입니다. 다시 처우를 나쁘게 하더라도 그 사람들이 전향할까요? 더욱이 '감옥은 아무리 아름다워도 아름다운 곳은 아니다'라는 속담도 있습니다. 감옥에서 아무리 처우를 좋게 받는다 해도, 가족·친형제와 떨어져서 철창 안에서 부자유스럽게 살아가는 것을 누가 좋아하겠습니까? 한국의 감옥은 천국이 아닙니다. 지금에야 겨우 스스로 법에 정한 기준에 가까워졌을 뿐, 인간적 기준이나 국제적 인권 기준을 충분히 충족시켰다고는 말할 수 없습니다. 모잠비크의 감옥에서도 하루 2시간은 운동을 시켜준다고 합니다. 시베리아 노동수용소도 우리가 살아온 한국의 특별사동에 비해서는 인간적입니다. 베트남에서 온갖 악행을 다 저질렀던 이대용 KCIA 지부장(공식직함은 남베트남 주재 한국대사관 공사. 1974년 사이공 함락시 붙잡혀서 5년 만에 풀려났다)도 감옥에서 우리들처럼 호되게 당하지는 않았습니다. 만약에 당신이 진심으로 진짜 사상전향할 사람을 바란다면, 오히려 특사의 처우를 한층 더 우대해야 할 것입니다. 그게 바로 당신들이 바라는 바가 아닙니까? 처우나 물질조건에 혹하고 전향한다면 정말 전향한 것이라 할 수 없습니다. 온갖 유혹이나 탄압에도 굴하지 않고 반공의 대의에 따르는 것이 아니라면, 진정한 반공정신이 확립된 자가 아니죠."

농담처럼 내가 말했다.

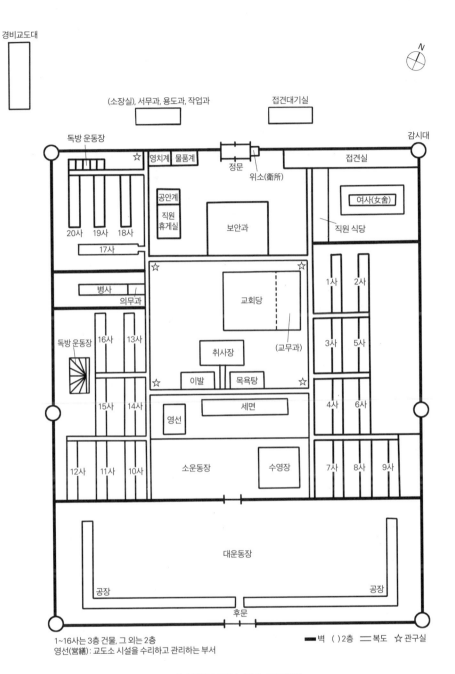

1984년, 중구금교도소가 완성되었다. 대전시 서쪽 언덕 구릉지대에 건설된 대전 중구금교도소는 12만 5천 평의 광대한 부지에 구내 면적이 대략 3만 평으로, 2층 건물 7개동과 3층 건물 16개동, 총 23개 사동에 286개 폐쇄독방과 468개의 일반 독방을 합해서 총 754개의 독방이 있었다. 사동과 사동 사이도, 복도의 폭도 대구교도소보다 훨씬 넓고 사람 그림자도 보이지 않는데다가, 맞은편 사동에 있는 사람의 얼굴 윤곽조차 아득히 알아볼 수 없었다. 작은 창이 붙어 있는 견고한 3층 건물인 사동은 덮쳐누르듯 우뚝 서서 냉랭하고 위압적이었다. 그 거대한 구조 속에서 인간은 보잘것없는 존재가 된다. 구조 자체가 인간을 거부하고, 사람과 사람 사이의 교류를 거부하고 있었다.

감옥의 담장은 보통 15척(약 5m)이라는데, 중구금교도소의 콘크리트 담장은 더 높아보였다. 담장의 바깥 외곽은 50m 정도 간격을 띄우고 철조망이 이중으로 둘러쳐 있고, 그 철조망 사이를 순찰병과 함께 셰퍼드가 항상 순회하였다. 보안과의 옥상에서는 높이 20m에 이르는 관제탑이 하얀 공룡처럼 교도소 안을 내려다보고 있었다. 담장에는 여섯 개의 감시탑이 네 모서리와 그 중간 두 자리를 차지하고 있었는데 감시탑에는 총을 소지한 경비교도대가 있었다. 전자장비 조종원 3명이 교도소 내 각처와 징벌방 등에 부착시켜둔 CCTV 모니터, 적외선 경보장치 등을 통해 수형자와 간수의 동정과 도망을 감시하는 시스템을 관리하였다. 교도관과 경비교도대 각 400명, 최대 수용인원 5천 명, 상시 수용인원 3천 명 정도로, 동양 최대 최신식을 자랑하는 대전 감옥은, 신기루처럼 광야에 우뚝 솟아 있었다.

폐쇄독방

폐쇄독방(엄정독거방이라고도 한다)은 수형자의 생활을 대부분 방안에서만 하도록 제한해서 다른 수형자와 격리, 고립시켜 압도적인 폐쇄감으로 수형자를 위압하고 무력화시키기 위한 시설이다.

대전에는 폐쇄독방 사동이 있었다. 4사, 13사, 16사는 3층 건물이고 17사는 2층 건물이었는데, 각 사동의 층마다 26개 방씩 모두 합쳐 286개의 독방이 있었다. 폐쇄독방은 1평 크기로, 아크릴판을 끼운 시찰구가 있는 두꺼운 나무문을 열면 니스 칠을 한 마루방이 나오는데, 방안의 기둥은 머리를 박아도 상처가 안 나도록 모서리를 깎아 둥글게 마무리했고 벽에는 탄력성이 있는 합판을 붙여놓았다.

방안에는 칸막이 없는 변소가 있는데, 시멘트로 바닥을 높인 자리에, 앞가리개 없는 수세식 변기와 사발만한 크기의 조그만 세면대가 파묻혀 있었다. 변기에도 세면대에도 물을 트는 꼭지가 없어서 도청기 겸용인 인터폰으로 물을 틀어 달라고 간수에게 부탁해야만 했다.

변소의 뒷벽 맨 위쪽에는 채광창이 있었지만 끼워 박아놓은 두꺼운 아크릴판으로는 희뿌연 흐린 빛이 겨우 투과될 뿐이었다. 변소 뒤쪽에는 유일하게 외부와 통하는 사방 20cm 정도의 환기구가 있었으나 두꺼운 벽을 뚫고 외부로 나가려면 이중의 철창이 막고 있었고, 환기구 맨 끝에는 간수가 단추로 열고 닫는 철문이 있었다. 입구 옆에는 식통구가 있고 그 위에 인터폰이 달려 있었다. 담당간수가 문 앞에 와도 아크릴판이 막혀 있어서 말소리가 잘 들리지 않았기에 인터폰을 사용하도록 되어 있었다. 문 위쪽 천장에는 비스듬히 보드가 달려 있고, 왼쪽부터 환기통·형광등(5촉짜리 2개가 들어갈 자리였지만 1개만 끼워져 있었다)·스피커 순으로 부착되어 있었다.

폐쇄독방에 갇히면 아무리 울고 날뛰어도 소리가 밖으로 샐 일이 없었다. 교도관들은 환기, 통풍, 채광이 극도로 열악한 이 비인간적인 시설을 자랑했다. "도둑놈들과 싸우면서 목쉬게 소리 지르고 때리고 묶고 힘들게 고생할 필요가 없어졌네. 폐쇄독방에 한 열흘 푹 가둬놓으면 어떤 놈도 항복하니까."

한국의 감옥 제도는 일본 식민지배에 근원을 두고 있을 뿐만 아니라, 오늘날에도 연수니 시찰이니 하는 명목으로 간부급 교도 관료가 일본을 방문하여 배우고 있다. 특히 비인간적인 관리기술 등을 열심히 배우고 있는 것 같다. 나는 일본에 다녀온 소장이나 교무과장이 놀다온 것을 자랑하는 말을 여러 번 들은 적이 있다. 그 중에는 일본의 보호방을 크게 칭찬하는 이야기도 있었다. 한국의 폐쇄방에 해당하는 것을 일본에서는 보호방이라고 부르는데, 흉악하고 난폭한 사람을 하루 이틀 수용하는 곳이다. 하지만 이조차 인권침해라는 비난이 쏟아지고 있다. 보호방을 너무 쉽게 자주 사용하는 것은 물론이고, 보호방의 존재 자체가 문제라고 보는 것이다. 그런데 대전에서는 근신하라든가, 조사에 필요하다는 이유로 10일 정도는 담당 재량으로 멋대로 수형자를 폐쇄독방에 집어넣었다. 문제수는 물론이고 징벌이 끝난 사람도 애매하게 한 달 또는 두 달까지 가둬두었다. 징벌이라면서 두 달 동안 감금하고도 또 구실을 만들어 이중삼중으로 징벌 기간을 연장하는 일도 있었다. 대전교도소의 더 큰 문제는, 무조건 복종을 강요하기 위해 난동 부리는 자뿐만 아니라 단식을 한 자, 다른 교도소에서 이송되어온 자, 집중적 전향공작 대상자와 같이 흉악하고 난폭한 것과는 무관한 사람들에게도 폐쇄독방이 남용됐다는 점이다.

물고문

우리들은 대구에서 교도소 버스에 타고 고속도로로 대전까지 이송되었다. 나는 대구의 이송자 번호 1번이었는데, 가장 위험한 수인이라는 뜻이다. 대구를 떠날 때 보안과장은 실실 웃으면서 "서승 씨의 일은 대전 보안과장에게 잘 부탁해 두었습니다"라고 의미심장하게 말했다.

대전에 도착하자마자 임광기 주임이 "여기는 대구와는 달라. 각오해!" 대뜸 공갈을 치더니 이유 없이 13사하 징벌 사동의 폐쇄독방에 나를 가두었다. 신귀영 선생도 13사하에 들어왔고, 무기수 11명은 13사중과 16사하의 폐쇄독방에 나누어 수용되었다. 그 외 남은 유기수는 15사하 일반 독방에 수용되었다.

기록적으로 더웠던 그 해 여름, 징벌방은 35도가 넘는 더위 속에서 호흡과 땀으로 인한 습기와 냄새로 가득 찼고, 습기는 벽에서 물방울로 맺혀 흘러내렸다. 아침에 일어나 깔았던 담요를 개면 물기가 축축하게 배어 있었다. 고온다습하여 호흡 곤란으로 숨이 콱콱 막힐 지경이었다.

밤이 되자 콩 볶듯이 요란한 총소리가 들렸다. '전쟁이라도 난 것인가? 우리를 위협하려고 총을 쏘아대는 것일까?' 온갖 생각이 들었다. 밤새도록 이어진 총소리는 악명 높은 대전교도소에서 첫 밤을 보내는 신입들의 불안감을 더욱 부추겼다. 한참 지난 후에야, 교도소 옆에 군 사격장이 있어서 자주 야간 사격훈련을 한다는 것을 알게 되었다.

운동도 독서도 아무 것도 하지 못했다. 12년 전 처음 대전교도소에 왔을 때보다도 더 처우가 나빴다. 담당에게 운동할 수 있게 해 달라는 것과 책을 넣어 달라는 것, 편지를 쓰는 일, 그리고 징벌을 받을 일도 하지 않았는데 징벌방에 넣은 이유를 설명해 달라고 요구했다. 다음날부터 부채꼴 모양으로 구분된 2~3평 되는 독방 운동장에서 15분의 운동이 허락되었지만 그 외는 아무런 소식이 없었다.

다른 동지의 상황은 어떤지 잘 몰랐지만, 공포감으로 위축되어 있는 것 같았다. 나는 3일 후, 부당한 처우에 항의하며 단식을 시작했다. 이튿날, 이동희 조사부장이 경교대 4명을 데리고 나를 지하실로 끌고 갔다. 폐쇄독방 사동의 담당실 아래 지하실은 소리가 밖으로 새어 나가지 않으므로 고문실로 사용되었다. 임주임의 지휘로 이부장과 경교대원들이 나를 묶었다. 수갑을 채워 손목에서 팔꿈치까지 꽁꽁 묶고, 팔을 머리 뒤로 젖혀서 힘껏 당긴 후, 그 포승을 등에서 가랑이 아래로 돌려서 몸을 둘둘 묶었다. 커다란 깔때기에 죽과 소금을 반씩 넣어 입으로 쑤셔 넣는 것과 동시에 양쪽에서 발로 걷어찼다. 소금덩어리가 위에 들어가자 창자가 뒤집히면서 위 속에 들어간 것을 다 토해내고 말았다. 주임이 "짠 모양이네, 물 먹여!" 하자 부장이 한 말 들이 큰 주전자의 물을 얼굴에 들이부었다. 숨을 쉴 수 없었다. 가슴이 터지는 것 같았다. 곧 정신을 잃고 말았다.

반죽음 상태로 방에 실려와 수갑과 포승에 묶인 채로 방치되었다. 묶여 있어서 피가 통하지 않는 것이 매를 맞는 것보다 더 큰 고통이었다. 식사나 볼일 보기도 불편했지만, 잠을 잘 수 없어서 힘들었다. 양팔을 죄고 있는 포승줄의 남은 부분이 등 뒤로 매듭지어져 있어서, 그 매듭 때문에 바로 누울 수가 없었다. 옆으로 누우면 포승줄이 팔을 파고들어 10분도 참기 어려웠다. 이 포승줄이 1cm, 아니 1mm라도 느슨해지기를 바라면서 모로 누운 채 왼쪽으로 오른쪽으로 눕는 방향을 바꿔가면서 고통을 견디는 수밖에 없었다.

수갑과 포승줄은 2주 정도 지나서야 풀었다. 손이 마비되고, 물고문 탓인지 심장 부근에 조이는 듯한 통증이 이후 3년 동안 가시지 않았다.

그 여름 10여 년 만의 무더위로 숨이 막힐 듯한 폐쇄독방에서 식욕을 잃고 건강을 잃어, 조금이나마 신선한 공기를 들이마셔 보려고 변기 위에 비스듬히 누워 환기구에 얼굴을 박고 물가에 밀려 올라온 물고기처럼 입을 뻐금거릴 뿐이었다.

이런 상황은 조금씩 차이가 있었지만 다른 동지들도 마찬가지였다. 사태를 타개하기 위해서는 탄압을 외부에 알릴 수밖에 없었다. 편지도 쓰지 못하게 해서 어찌해야 할지 막막하던 무렵, 7월 29일에 고모와 사촌동생들이 면회를 왔다. 이 사람들에게 이야기해봐야 방법이 없기에 여동생에게 면회를 오도록 전해 달라고 부탁했다. 여동생은 시간이 안 났던지 8월 20일에야 겨우 면회를 왔다. 면회장에서 간수가 멈추라고 하든 말든 고문 받았던 일을 폭로했다. 면회에서 돌아오자 주임이 세차게 걸어차면서 "불만이 있으면 나에게 말하면 될걸, 가족에게 이야기한다고 어떻게 될 것 같나?" 하며 비웃었다. 면회 후 1주일이 지나자, 정말 지옥 같은 폐쇄독방에서 풀려나 18사 보통 독방으로 전방되었다.

항의 자살

2층 건물인 18, 19, 20사동은 담으로 구획된 한 구역으로, 설계 당시부터 비전향수용으로 예정된 독방 사동이었다. 방의 넓이는 폐쇄독방과 같았지만 철문의 시찰구에는 아크릴판 대신 철창이 끼워져 있었으며, 마당 쪽으로 60×100cm 정도의 창이 달려 있어서 통풍이 되었고, 하늘과 마당도 잘 보였다. 벽도 시멘트였다. 하지만 사동의 북쪽 벽을 따라 만든 다섯 개의 독방 운동장은 2평 정도 크기로 햇빛이 전혀 들어오지 않았다. 원래 대전교도소에는 비전향수가 20여 명 있었는데 내가 이송되기 직전에 자행된 대탄압으로, 비교적 젊어서 저항의 선두에 섰던 10여 명은 고문을 받고 폐쇄독방에 갇혔고 노인들 10여 명만이 20사에 남아 있었다. 18사에는 대구에서 온 사람 가운데 바로 전향한 사람을 제외하고 12명 정도가 들어갔다.

법무부에서 직접 기획한 이 대탄압으로 처우가 10년 정도 후퇴했다. 운동 시간은 2시간에서 20분으로 줄었고, 일요일과 목욕하는 날에는 운동도 할 수 없게 되었다. 화단과 채소밭도 갈아엎어졌다. 서로 엄격하게 분리되어 통방도 완전히 불가능하게 되었다.

황필구 선생은 70세 노인이었지만 탄압에 거세게 저항했다는 이유로 지하실에 끌려가서 몽둥이로 다리를 두들겨 맞는 바람에 무릎을 다쳐 보행에 지장이 생겼다. 선생은 폭행과 처우의 개악에 항의하며 1985년 12월, 환기구의 철창에 목을 매달고 자살했다. 선생은 전라북도 김제에서 태어나 이리농업학교에서 축구선수로 이름을 날렸다. 북에서도 농업성에서 일을 했다. 복록수(福祿壽: 행복과 봉록과 수명을 나타내는 7복신의 하나) 노인처럼 머리가 길고 튼튼한 노인이었다. 90세를 넘긴 노모가 고향에서 밭일을 할 정도로 장수 집안이어서 황선생도 건강했다.

황필구 선생이 돌아가시기 두 달 전, 20사에서 이용훈 선생이 자살했다. 선생은 충청북도 옥천 사람으로 청주상업학교를 나와 경성법률전문학교를 졸업했다. 경성법률전문학교는 당시에 경성제국 대학과 함께 식민지에서는 얼마 안 되는 법조인의 등용문으로, 이선생의 동창생은 한국법조계의 요직에 있었다. 그 덕분에 소장이 순회하다가 선생에게 경의를 표하고 안부를 묻기도 했다. 선생은 위장병이 있어서 몸이 약했지만 언제나 젊은 사람들을 이해하려는 개방적이고 자기 희생정신이 강한 분으로, 노인 중에 유달리 더 학생들의 존경을 받고 있었다. 선생은 "나이 들면 젊은이를 우선하고 젊은이를 위해주지 않으면 안 된다. 젊은 사람들에게 존경받으려고 하면 안 돼"라고 입버릇처럼 이야기했다.

황선생도 이선생도 대구에서 오랫동안 나와 함께 생활해온 분들이라서 너무나 슬펐다. 두 번째 희생을 그냥 지나칠 수는 없었다. 간수들이 헐레벌떡 달려오는 발소리가 들리더니 20사에서부터 희미한 외침 소리가 들려왔다. "사람이 죽었다!" 18사에서도 규탄의 목소리가 울려 퍼졌다. "탄압을 그만하라!" "사람을 살려내라!" 7월 이후 위축되어가던 우리들은 드디어 반격의 불길을 올렸다. 문제는 넓은 교도소의 구석구석에 분산되어 있던 동지를 되도록 한 곳에 모으는 일이었다. 교도소와의 교섭 끝에 1985년 10월부터 우리들은 모두 15사로 옮겨가게 되었다.

크리스마스 선물

힘들었던 1985년도 지나가고 있었다. 크리스마스를 앞두고 가톨릭의 김수환 추기경으로부터 장기정치범에게 1만 원씩 영치금이 들어왔다. 정치범 중에는 종교인의 차입이라며 거부하는 사람도 있었지만, 대부분은 호의에 감사하며 고맙게 받았다. 장기정치범은 전향수를 모두 포함하지만, 대전에 있던 전향 정치범은 다른 교도소로 이송되었기 때문에 대전에는 장기정치범이라면 거의 비전향수밖에 없었다. 앞에서 이야기했듯이, 한국에서는 간첩이라는 죄명이 붙기만 해도 두려워서 누구도 관계하지 않는다. 비전향수의 문제가 깊이 은폐되어 외부에 알려질 수 없었던 점도 있지만, 민주화운동이나 인권운동하는 사람조차 비전향수 문제에 대해서는 보고도 못 본 체했다. 김수환 추기경의 차입은, 한국의 저명인사가 한국전쟁 이후 비전향수를 포함한 장기정치범 문제에 관심을 보인 최초의 경우였을 것이다.

마침 9월에 남북이산가족 상호방문이 있어서, 지학순 주교가 평양에 사는 누이와 30년 만에 재회하였다. 바티칸은 70년대부터 북한 선교에 착안해 김추기경을 평양교구 책임자로 임명했다. 이 영치금도 '북한 선교'의 일환으로 볼 수 있지만, 그것만은 아닐 것이다. 전주교도소에 있었던 함세웅 신부와 대구교도소에 있었던 최기식 신부처럼 장기수와 가까이 지내봤기에 비전향수를 잘 아는 사람들의 진언도 있었을 것이다. 무엇보다도 70년대 이후 한국 민주화운동의 정신적 지도자로서 크나큰 구실을 해온 김추기경의 민족 화해와 평화, 억압된 민중에 대한 사랑이라는 신념에서 나왔을 것으로 생각된다. 종교인 중에 박형규 목사도 70년대 초기부터 우리 형제를 시작으로 비전향 장기수에게 관심을 가지고 지원해왔다. 그러나 사회적 관심이 커지기 시작한 것은 준식이가 석방되기 직전인 1987년경부터였다.

오지산을 바라보며

1986년 2월, 나는 15사 3층으로 옮겼다. 15사는 3층 건물의 복식 독방 사동이었다. 복식이란 보통 사동을 두 개 합친 것처럼 10m 정도의 넓은 복도를 끼고 양측에 26방씩 배치된 사동을 말한다. 방에는 서북서 방향으로 창이 있고, 사동에서 담장까지의 거리가 30m 정도라서 시야가 넓고 해도 잘 들어 기분이 좋았다. 특히 3층은 채광을 위해 복도 지붕의 중앙 부분을 삼각형 유리지붕으로 만들어놓았기에 온실처럼 밝았다. 비가 오는 날보다 맑은 날을, 어두운 곳보다 밝은 곳을, 좁은 곳보다 넓은 곳을 좋아하는 나는, 환하게 밝은 15사 3층이 마음에 들었다.

창에서 밖을 보면 바로 눈앞에 감시대가 골키퍼처럼 버티고 있었다.

담장 너머 오른편에 충남방적공장과 아파트가 낮게 웅크리고 있고, 한 가운데 공터를 끼고 왼편은 군 사격장의 둔덕으로 지대가 점점 높아졌다. 비포장길이 사격장 둔덕을 돌아 언덕 아래로 사라져갔다. 고개를 들면, 가깝지도 멀지도 않은 곳에 다섯 손가락을 세운 듯한 오지산(五指山)이 노을에 물든 아름다운 구름에 휘감겨 있었다. 문득 "뛰어봤자 벼룩, 부처님 손바닥이다"라는 속담이 떠올랐다. 공터 비탈에는 공장 기숙사 아낙네들이 만들어놓은 텃밭이 듬성듬성 있고, 비포장도로 가에는 몇 그루의 아카시아와 회화나무가 까치둥지를 머리에 이고 서 있었다. 하늘에는 까치가 느릿하게 날며 춤을 추고, 참새 무리가 소나기처럼 요란한 날갯짓 소리를 내며 먹이를 찾아 떼지어 다녔다. 저녁 어스름의 공터에서는 깔깔거리는 아이들의 높은 소리가 하늘에 울려 퍼지고, 오토바이를 탄 남자, 커다란 보따리를 머리에 인 아줌마, 지팡이를 짚고 걸어가는 노인, 무거워 보이는 가방을 멘 학생들이 비포장도로를 오가는 모습이 콩알처럼 자그마했다.

옥중에서 손이 닿지 않는 속세를 매일 바라보며 산다는 것은 힘든 일이긴 하다. 잊고 있던 옛날이 다시 되살아나 집 생각이 화살처럼 급해지기도 할 거다. 그러나 수십 년을 감옥에서 지낸 노 정치범에게는, 만져볼 수 없는 꽃을 꺾으려 하기보다는 그대로 두고 보려는 담담한 마음이 있었을지도 모른다. 저녁식사와 점검이 끝나면 "자, 티브이라도 볼까" 하고 모두 창가에 나와, 하늘과 산과 새와 사람이 저녁노을에 붉게 물들며 시나브로 어둠 속으로 잠겨가고, 높이 울려 퍼지던 아이들의 소리도 사라질 때까지 가만히 그 자리에 서 있었다.

1986년 여름까지 광주·전주 교도소에서도 비전향수들이 이송되어 옴으로써 대전교도소로의 비전향수 집결이 끝났다. 15사의 상·중·하층에 70명 정도가 들어갔고, 6사하에는 원래 대전교도소에 있으면서

1985년의 탄압 때 가장 격렬하게 저항했던 양회선·김동기·홍경선·왕영안·안영기·김창원 선생 등이 분리 수용되었다. 15사에 옮겨졌다 해도 처우가 바로 좋아질 리는 만무했다. 방은 인터폰으로 감청되고 있었다. 통방을 하면 즉시 폐쇄독방에 집어넣었다. 간수들은 돌맹이처럼 융통성이라고는 털끝만치도 없는 충청도 사람이었다. 높이 2m의 벽으로 구획된 부채꼴 모양의 11개의 독거 운동장은, 넓은 곳은 4평, 좁은 곳은 2평 남짓이었다. 물은 수세식 변소에서 새벽에 나오는 물을 양동이에 퍼 담아 두었다가 사용하였기에 하루에 20분의 운동 시간을 제외하면 방밖으로 나오는 일은 없었다.

인간의 편의보다는 관리 중심으로 만들어진 중구금교도소를 수형자들은 조소의 의미를 담아 '법무부 호텔'이라고 불렀다. 악취가 나서 벌레가 기어나오던 종래의 변소는 수형자에게도 골칫거리였지만 그 이상으로 교도소 당국에도 두통거리였다. 재래식 변소는, 변조(便槽)를 빠져나가 탈옥하는 것을 방지하기 위해 내부를 갈라놓든가 배설물 통로를 구부린다든가 했기 때문에 자꾸 막혀서 변기가 넘쳤다. 이걸 고치려고 변조와 변기를 때려 부수고 고치고 다시 부수는 바보짓을 자꾸만 반복해야 했다. 그 많은 수용자의 배설물과 오수를 인력으로 처리하는 것도 엄청난 일이었지만, 처리할 곳이 없어서 하천에 버리니 벼가 말라 죽는다고 지역 농민들이 맹렬히 반발했다. 교도소에서는 변기가 넘치는 일, 퍼내는 일 등으로 시비와 말썽이 끊이지 않았고, 문제수가 순시하는 간부들에게 변기에서 퍼낸 분뇨를 뿌리기도 해서 골치를 앓고 있었다. 그 때문에 변소를 수세식으로 바꾸는 것은 교도소 당국에게 가장 시급한 문제였다. 그럼에도 불구하고 어느 신문은 "우리나라의 경제수준을 생각할 때, 수인에게 수세식 변소가 달린 호텔 같은 감옥을 지어주며 예산을 낭비해도 되는가!" 하는 사설을 쓰기까지 했다. 간수들은 "너희들 집에도 없는 수세식 변소까지 만들어줬는데 뭐가 부족하냐?"고 생색내곤 했다.

우리들이 나온 후 18, 19, 20사에는 학생들이 들어갔다. '광주 학살'의 원죄 때문에 도덕성과 정통성에 흠결이 있는 전두환 정권에 대한 비판이 날로 높아져갔다. 한국군의 작전지휘권을 가진 미군이 광주시민 학살에 군을 동원했던 전두환의 행동을 지지 또는 묵인했다는 비판의 소리가 높아졌다. 1982년의 부산 미문화원 방화 사건은 한국전쟁 후 처음으로 공공연하게 반미의 깃발을 들고 한국 학생운동이 반제민족해방투쟁 노선을 걷게 되는 아주 큰 계기가 되었다. 동시에 산업 발전에 따라 늘어난 노동자들의 빈곤과 무권리는 프롤레타리아 계급혁명론에 설득력을 갖게 했고, 반독점자본 계급해방론도 학생운동의 중요한 흐름이 되었다.

첨예한 학생운동의 고양에 놀란 전두환 정권은 유화책을 버렸다. 1986년 아시안게임과 1988년 서울올림픽 개최, 기만적인 남북대화 포즈로써 군사정권을 비판하는 국내외의 여론을 호도하는 한편, 1985년 여름 '구미유학생 간첩단 사건'을 발표하고 '학원안정법'의 제정을 기도하며 학생운동을 탄압하는 강경책을 취하기 시작했다. 우리들에 대한 탄압도 이 맥락에 있었다. 계속해서 잡혀오는 학생들의 이른바 불온사상을 순화훈련과 이념교육으로 단련시켜 바로잡겠다며, 전국 감옥에 있는 학생을 모아 대전교도소의 특별사동 구역에 학생훈련센터를 마련했다. 학생들은 1~3개월 훈련을 받으면 조기 석방되었다. 대부분의 학생들은 이 훈련을 거부했는데, 거부하는 학생은 폐쇄독방에 집어넣어 폭행한 후 각 사에 한두 명씩 분산 수용시켰다. 15사에도 '민정당사 점거 사건'과 '수원 노동관리사무소 습격 사건', '남부지구 노동자연맹 사건' 등과 관련된 학생들이 들어왔다. 1986년에는 '구미유학생 간첩단 사건'

관련자 대여섯 명이 들어왔다. 그중에 강용주 학생과는 15사 3층에서 5년 정도 함께 생활했다.

강군은 전남대학교 의과대학 학생이었는데 학생운동으로 제적 처분되었다. '광주 학살'은 그가 고등학교 3학년 때 일어났다. 그도 계엄군의 포악함에 분노해서 데모에 참가했고 시민군으로 활동했다. 전남도청에서의 최후결전 때 도청 옆 수산협동조합을 지키고 있었기에 학살은 면했으나 날아온 총알에 맞아 튕긴 시멘트 파편으로 손등에 상처를 입었다. 그 후 1년간 탄광과 농촌을 돌아다니며 도피 생활을 하다가 이듬해 고3에 복학하고 대학에 진학했지만 '광주 학살'이 그에게 남긴 상처는 그를 반미반독재 투쟁으로 내몰았다.

그가 잡힌 이유는 간단했다. 고등학교 선배인 '구미유학생 간첩단'의 주범 양동화에게 1980년 광주항쟁 증언을 담은 「광주백서」 같은 자료를 건넸다고 하여 간첩죄가 되었던 것이다. 게다가 광주 미문화원 습격 계획을 세웠다고 기소되었다. 당시 광주 미문화원은 미제국주의의 상징으로 학생운동을 하는 사람이라면 누구나 한 번쯤 습격을 상상했을 것이다. 미문화원은 실제로 학생들로부터 수십 회 이상 공격을 받았지만 실행범이라도 5년형 정도의 판결을 받을 때였다. 그러나 그는, 전두환이 올림픽을 앞두고 학생운동에 대한 대탄압을 하려고 본보기로 만든 사건에 운 나쁘게 엮여 무기징역을 받았다. 그는 두뇌가 명석하고 다감다정하고 생기발랄한 청년으로 공부도 열심이었지만 투쟁에서도 선두에 섰다. 아주 고집이 세서 공범 중에 그만이 사상전향을 거부하였고, 1988년의 사면 감형에서도 혼자만 제외되었다.

그는 한국 대학생으로는 처음으로, 1999년에 비전향수로 석방될 때까지 14년간 사상전향제도, 준법서약서제도, 각서 등 '인간 내면 정신세계의 자유'에 대한 침해에 항의하여 단식, 청원서, 유엔 인권위에 대한 제소 등 가능한 모든 수단을 동원해서 격렬히 싸웠다. 그는 그 투쟁을 통하여 세계인권운동사에 남을 위대한 투쟁의 발자취를 남겼다. 출소 후 그는 전남대 의대에 복학했고, 그 후 병원 근무, 개인병원을 거쳐서 광주 트라우마 센터장 등을 역임했으며, 지금은 보안관찰법 피처분자로 처분 무효 소송과 보안관찰법에 대한 위헌 소송을 전개하고 있다.

인간도처유청산(人間到處有靑山)

19년 옥중 생활을 하면서 나는 많은 사람들로부터 도움을 받아 지옥에서 부처를 만난 경험을 했다. 정치범과 학생뿐만 아니라 일반 수형자, 봉사원, '지도', 그리고 독재정권의 폭력장치인 감옥의 간수 중에서도, 심지어 가끔은 사상전향 공작관 중에서도 '인간'과 만났다.

일반수도 크게 보면 대부분 독재정권이 만들어낸 정치적 희생자며 민족분단의 피해자였다. 그런 의미에서 기본적으로 정치범과 공감대를 가지고 있었다. 일반수도 권력에 굴복하지 않고 박해를 참고 견디는 비전향수를 경외의 감정으로 바라보았다. 심지어 폭력을 휘두르는 고문기술자조차도 잘 버티는 사람을 한 수 접고 보았다. 비전향수가 사회에서 상당히 격리되어 있는 것처럼 보이지만, 수난의 민족사에서 다양한 모습으로 민중과 접촉하고 운명을 함께 해왔던 것이다.

1970년대 중반에 포항 깡패 김성기의 후임자로 대구 특사에서 봉사원이 된 사람은 김신일 씨였다. 그는 까만 낯짝이 번들거리는 40대의 시장 상인으로, 눈을 뱅글뱅글 돌리면서 기민하게 움직이는 사람이었다. 얼핏 교활해 보이는 그를 보고 처음에 우리들은 "제2의 김성기인가" 하고 크게 경계했다. 하지만 오래지 않아, 그가 간수의 앞잡이가 되어서 우리들을 괴롭히기는커녕 음으로 양으로 우리를 감싸고돈다는 것을 알게 되었다. 경상남도 산촌에서 자란 그는 국민학교에 다닐 무렵 한국전쟁을 경험했다. 어느 날, 김씨가 주위를 둘러보며 〈김일성 장군의 노래〉를 작은 소리로 불러 보였다. "인민군 아저씨들이 매일 우리 어린이들을 모아 공부와 노래를 가르쳐주고 이야기도 해줬네. 우리에게 식량인 감자를 나눠주고 우리를 업어주니, 우리는 언제나 아저씨들을 졸졸 따라다녔어. 빨갱이가 나쁘다고 말하지만 거짓부렁이야" 하며 빙긋 웃고는 가버렸다. 여전히 살벌했던 특사에서, 아픈 사람에게 약을 갖다 주는가 하면 취사장에서 밥을 더 가져와 나눠 주기도 하고 신문 쪼가리들을 주워오기도 했다. 김씨가 가석방될 거라는 이야기가 들리자 그에게 말했다.

"김씨, 우리들을 위해서 출소하지 말고 좀 더 있어줘요."

"옛끼! 말도 안 되는 농담하지 마!"

대부분의 교도관(간수)들은, 집이 가난한 탓에 충분한 교육을 받지 못해 사람들이 싫어하는 교도관이 되긴 했지만, 원래 노동자와 농민의 자식들이었다. 교도관 시험과 경찰 시험에는 영어가 없었기 때문에, 영어교육이 약한 시골학교 출신자나 고등학교에 가지 못한 사람들이 교정직 시험을 봤다. 또한 교도관 중에 전라도 사람이 많은 이유가 있다. 경상도 군벌의 통치는 경상도 위주로 경제발전을 추진하면서 전라도를 정치경제적으로 소외시키고 사회적 차별을 조장했다. 산업이 없고 가난한 농촌 지대인 전라도에서 많은 사람들이 일자리를 얻고자 서울로 상경하여 도시 빈민이 되었다. 그들에게는 공무원이 작은 돌파구의 하나였다. 소외되고 차별받아온 데다 '광주 학살' 때 고향 사람이 죽임을 당했던 전라도 출신의 교도관은 말할 것도 없고, 과중하고 열악한 근무조건에서 사회적 멸시까지 받는 교도관들의 정치의식은 매우 높았다.

1985년 국회의원 선거에서는 김대중 씨의 선거 출마가 금지되어 있었지만, 김영삼 씨를 비롯한 많은 야당·반정부 인사가 해금되어 출마했고, 정부의 노골적인 개입에도 아랑곳하지 않고 야당이 돌풍을 일으켜 전두환을 당황하게 만들었다. 예상과 달랐던 것 중 하나는, 이제까지 여당의 고정표였던 공무원 표가 대량으로 야당 지지로 돌아선 것이었다. 특히 교도관은 간부를 제외한 90퍼센트 이상이 야당에 표를 던졌다. 80년대 교도관의 의식은 정부에 비판적일 뿐만 아니라 학생운동·민중운동의 발전에 영향을 받아 기성관념과 이제까지 주입된 이데올로기에 불신과 의혹의 눈을 돌리기 시작했다. 우리들에게 사회과학 서적이나 운동권 서적을 빌리러 오거나, 정치와 북한의 실상에 대하여 이야기를 들으러 오는 교도관이 늘었다. 그들의 우정과 지원이 없었다면 옥중 생활은 더욱 괴로웠을 것이다. 또 하나는, 한국이 미국에 예속·종속되어 있다고 해도, 감옥은 한국의 감옥이지 일본 감옥도 미국 감옥도 아니라는 점이다. 옥중 투쟁으로 간수와 싸워가면서도 "이곳은 일제의 감옥이 아니다", "우리들은 동포다. 일제의 간수보다 더 심하지 않나!"라고 말하면, 반민족적인 일부 간부를 제외하면 부끄러워하는 기색을 보였다.

사상전향 공작관은 직업적으로 우리들의 적이었다. 그러나 그들도 여러 부류가 있었다. 고문과 폭력을 전문으로 하는 자, 교활하게 고등 전술을 구사하는 자, 주어진 일을 기계적으로 하는 자, 일을 밥벌이의 하나로 생각하고 요령 좋게 자기 이익을 챙기는 자. 전체로 보면 일에 대해 신념을 가진 사람은 별로 없었던 것 같다. 젊은 사람일수록 이성적인 이야기가 가능했다.

이대용 공작관은 안경을 끼고 살이 쪄서 온화한 교사 같은 풍모의 사람이었다. 테러가 한창이던 1973~74년에도 그는 한 번도 폭력을 휘두른 적이 없었다. 그에게 사상전향제도의 잘못을 설명하면 "나로서는 반론할 수 없어요"라며 부끄러운 듯이 웃었다. 대구에 와서 3년 정도 지나자 "도저히 이 일을 할 수 없습니다. 부산에 돌아가 사법시험 공부라도 하겠습니다" 하며 사직했다.

한 점 부끄러움 없이

전두환 정권은 고문으로 통치하고 고문으로 망한 정권이라고들 말한다. '광주 학살'의 피를 뒤집어쓰면서 정권을 장악해 공수특전대식 폭력통치를 했다. 국가보안법 사건의 피의자는 말할 것도 없고, 데모를 하다 경찰서에 잡혀가면 여학생이라 할지라도 때리고 걷어차는 등 폭행을 서슴지 않았고, 심지어 아무런 거리낌 없이 성폭력까지 일삼았다. 1985년 9월에는 치안본부 대공분실(남영동)에서 김근태 씨에 대한 고문 사건이 일어났다. 1986년에는 부천경찰서에서 문귀동 형사가 조사를 빙자해 권인숙 씨를 성고문하고 이를 은폐했을 뿐만 아니라, 경찰의 폭행을 고발한 권씨를 "성을 혁명의 수단으로 이용하고 있다"며 비방하기까지 했다. 이 '성고문' 사건은 민중의 격분을 불러일으켰다. 1987년에는 경찰이 서울대생인 박종철 씨를 물고문해서 죽인 일이 폭로되었다. 드디어 민중은 군사독재 타도를 외치며 들고 일어났다. '6월 민주화 대항쟁'은 전두환의 재집권 야망을 무너뜨렸다. 이 민중투쟁이 없었다면, 나도 준식도 석방되지 못했을 것이다.

준식은 서울대 법대 4학년 때 투옥되어 17년간의 청춘을 감옥에 묻었다. 7년 형기를 마쳤음에도 다시 10년간 사회안전법 감호처분으로 구속되었다. 만기가 없는 구속이라, 전향서 한 장 쓰면 나갈 수 있었지만 쓰지 않고 버틴 것은 출구 없는 터널을 통과하는 일과 같았으리라. 1987년에 준식은 사회안전법과 사상전향제도에 항의하여 51일 동안 단식했다. 무기한을 선언하고 시작한 단식이 20일, 30일로 이어지니, 준식이 굶어 죽는 것은 시간 문제였다. 10년을 이유 없이 구금하고, 또 다시 무기한 구속을 강요하는 권력이라는 괴물에 대항해 목숨을 건 분노로 맞짱을 뜬 준식의 결의는 이만저만한 것이 아니었다. 나는 바늘 산에 눕혀놓은 망자처럼 몸을 어디에 두어야 할지 몰랐다. 준식을 다른 사람들처럼 죽게 해서는 안 된다고 생각하면서도 아무것도 할 수 없는 무력감에 초조하기만 했다. 이러한 심회를 나는 영실에게 보내는 편지를 빌어서 썼다.

…… 어제는 갑자기 기온이 내려가고 진눈깨비가 어지럽게 날리며 날씨가 나빴지만, 요즘은 줄곧 봄 같은 기후로 개나리도 싹을 틔우고 있다. 오늘 오후부터는 예년 기온을 회복한 건지, 담장 너머로 보이는 긴 둑에는 벌써 들풀의 새싹이 돋아나고 매일매일 초록이 짙어져가고 있다. 작년 가을에 말라 사멸한 풀이 씨를 떨어뜨리고, 그 씨앗이 새로운 생명으로 소생하고 있다. 풀과 꽃은 해마다 똑같이 피지만 같은 꽃과 풀이 아니다. 성경에서는 "땅에 떨어진 한 알의 밀알이 되어……"라는 문구로 표현하는데, 오래전 자연의 변증법적 존재 과정으로 한 알의 씨앗이 부정을 통해 새로운 긍정(새로운 생명)으로 발전한다고 들었던 기억이 난다. 그러나 한 알 한 알의 씨앗에게 삶과 죽음은 절대적인 것이다. 죽음은 각 개체만의 것이다. 더구나 돌멩이뿐인 불모지에 떨어져 싹도 틔워보지 못하고 죽어가는 씨앗에게는 깜깜하여 망망한 어둠밖에 남아 있지 않다. 사멸한 씨앗의 주검이 겹겹이 쌓인 광야에 새싹이 트는 눈부시게 아

름다운 봄, 사멸한 씨앗에게는 사멸만 있다.

(1987년 3월 26일)

단식은 51일로 끝났다. 체중은 30kg 대로 줄고 머리카락도 빠졌다. 그 럼에도 준식은 죽지 않았다. 한국 옥중단식 투쟁사 중에서 가장 길었을 것이다. 내가 아는 한 대부분 3주를 넘지 않았다. 장기간이었을 뿐만 아 니라 사상전향제도와 사회안전법이라는 희대의 악법과 정면으로 맞섰 기에 투쟁의 질도 높았다.

준식은 1988년 5월 25일, 기나긴 터널을 빠져나와 "한 점 부끄러움 없 이" 환히 웃으며 이 세상에 모습을 드러냈다. 준식은 석방 다음날, 나를 면회하러 왔다. 준식이라는 걸 알아볼 수 없을 만큼 야위어서 안경이 엄 청나게 커보였다. 그는 기분이 아주 좋아보였다. "너, 그런 비인간적인 단식을 잘 해냈구나"고 하자, "초인적이라고 말해줘"라며 싱글벙글 웃 었다. 준식답지 않게 장난을 치며 발로 차는 시늉까지 했다. 전날 밤은 경식과 4시간이나 국제전화로 이야기했다며 웃었다. "비행기 값이 더 싸겠다."

나는 "고생했다. 잘 싸우고 잘 나왔다"라고밖에 할 말을 찾을 수 없었 다. 그 대신, 동생의 출소를 알기 전날 밤에 쓴 시를 보냈다.

준식에게
— 너의 석방과 마흔 살 생일에 부쳐

준식아!
오늘은 5월 25일
너의 만 마흔 살 되는 날

꽃다운 청춘을 감옥 속에 다 묻어버리고
머리에 서리꽃이 피는 40대 문턱에서
겨우 사람 같은 생일을 맞는구나!

……
되돌아보면
앞 모를 캄캄한 터널을 지나왔다.
너는 용케도 터널 속에서
바늘 끝만큼의 빛을 봤단 말인가!

아니면
갈 곳은 오로지 지옥이라고
어두움에서 어두움으로
한눈팔지 않고 달려왔단 말인가!

아니면
순진무구한 낙천가로서
정의는 반드시 이긴다고
너와 겨레의 앞날에
휘황한 불빛을 봤단 말인가!

지나고 보면 콜럼버스의 계란이지만
지나올 때는 콜럼버스의 바다였다.

준식아!

너는 언젠가
잃은 만큼 얻어진다고 했지 않은가!

너는 감옥 속에서
세월을 잃고 청춘을 잃고
보통 사람의 평화와 행복을 잃고
아버지와 어머니를 잃었다.

그러나
너는 한 평짜리 방에 앉아
조그마한 눈을 깜박거리면서
사람의 과거와 미래와 현재를
마음의 깊은 곳과 높은 곳을
생각하고 또 생각하고
사람 사랑과 겨레 사랑을 깨닫고 행하였다.
이웃사람과 보살도와 인간해방을 생각하고 살았다.
진정 잃은 것은 너무나 컸지만
잃은 만큼 얻었겠구나!
……

준식아!
이제 너는 반 짐을 덜었지만
반갑고 패씸하고
기쁘면서도 한 많은
5월 25일

이날은
사람 사랑과 겨레 사랑의
먼 길을 떠나는
새날이 되어라!

영실도 그 사이 나오지 않던 여권이 나와서 1년 만에 면회를 왔다. 또 하나 크게 기뻤던 것은 오랫동안 우리들의 석방을 위해 노심초사, 분골 쇄신 노력했던 경식을 17년 만에 만난 것이었다. 이전에도 그랬듯이 풍자와 해학이 금방 튀어나올 것 같은 입매를 하고 있었다. 재기 넘치는 풋풋한 청년 경식은, 둥근 뿔테안경을 낀 중후한 중년 남자가 되어서 나타났다. 쌓이고 쌓인 회한과 쓰라림을 뛰어넘어 재회의 기쁨이 솟구쳐 올라서, 경식의 두텁게 살이 오른 손을 잡았다.

민주화의 힘

1987년 '6월 항쟁' 이후 감옥에서의 힘 관계가 변화했다. 연세대생 이한 열 군이 최루탄을 맞고 죽었다는 뉴스가 전해지자, 교도소 내의 모든 학생들이 들고 일어났다. "전두환 퇴진!", "양심수 전원석방!"을 외치며 3일 밤낮을 철문을 두드리고 구호를 외쳤다. 교도소 안이 소란해졌다. 일반 수감자가 동요하여 가담할 움직임을 보이자 무자비한 탄압이 가해졌다. 그러나 대세는 바꿀 수 없었고, 특사에 대한 처우도 원래 상태로 돌아갔다. 운동 시간도 1시간이 되었고, 화단 가꾸기도 다시 시작되었다. 15사 안은 대부분 자치 상태가 되었다.

1988년 11월, 교도소의 처우가 일대 전환점을 맞이했다. 1988년 국회의원 선거에서 야3당의 의석이 여당 의석을 웃돌게 되자 정부는 과거와 같은 독재권력을 휘두를 수 없게 되었다. '6월 항쟁'으로 전두환 정권의 계속 집권을 저지했다는 민중의 자신감은 정치범 문제를 포함해 과거 통치 방식에 대한 통렬한 비판으로 발전했다. 게다가 이 무렵에는 독재 정권에 의해 투옥된 경력이 민주화 투쟁의 증거와 같아서, 정치가는 자신의 전과를 훈장으로 과시하였다. 그래서 투옥 경험을 가진 재야인사들이 국회의원에 당선되었고, 교도소의 처우에 대한 관심도 높아졌다. 1988년 국정조사에서는 민주당 강신옥 의원 등이 폐쇄독방, 정치범의 실태 등을 시찰했는데, 그때 내게도 다녀갔다. 또한 사회에서는 정치범의 석방을 호소하고, 억압적인 감옥 제도를 비판하는 목소리가 높아졌다.

국회의 강력한 압력에 법무부가 굴복하여, 수형자의 처우를 대폭 개선한다고 발표했다. 11월 15일부터 교도소 내 스피커를 통해 녹음한 라디오뉴스를 매일 내보냈다. 가족이 아닌 사람의 면회도 가족과 동행하면 가능해져서 한 달에 2회 30분씩 허가되었다. 편지는 매일 날마다 매수 제한 없이 쓸 수 있게 되었다. 가다밥도 폐지되어 그릇에 담은 밥을 먹고 싶은 만큼 먹는 자유배식이 이루어졌고, 밥에서 콩이 없어지고 쌀과 보리가 반반씩 섞였다. (콩이 없어진 것은 수입 콩의 가격이 올랐기 때문이었다. 장기 수형자에게는 콩이 귀중한 단백질원이었기 때문에 반대가 많았다.) 신문이나 잡지도 읽을 수 있게 되었다. 이 모두가 우리가 꿈에 그리며 실현하기 위해 막대한 희생을 치렀던 일들이었지만, 정말로 현실이 되리라고는 생각할 수 없었던 일이기도 했다. 민주화의 성과는 그렇게 컸다. 정치의 힘은 컸다. 감옥에서 만고불변의 법이라고 생각하던 것이 하루아침에 변했다.

신문 구독이 허가된 후부터는 한풀이를 하듯이 매일 15, 16종의 신문을 정독했다. 교무과에서 검열해서 2시경에 신문이 사동에 도착하면, 그때부터 오후 3시까지 매일 신문을 읽었다. 원래 한 사람이 한 부만 구독할 수 있었지만, 특사에서 7부 정도 받아서 서로 돌려가며 읽었다. 처음에는 광고의 한 글자까지도 남기지 않고 읽었다. 동생이 면회를 왔기에 신문에서 읽은 사건을 화제로 삼았더니 "모르겠는데. 하루에 신문 한 장 읽을 시간이 없어요"라고 해서, 옥중에 있는 내가 감옥 밖에 있는 동생보다 세상 돌아가는 것을 더 잘 아는 진풍경에 웃었다. 노인들은 읽는 속도가 느려서 다 읽지 못해 운동 시간까지 포기하고서 읽는 사람도 있었다. 운동을 하고, 신문을 읽고, 편지를 한두 통 쓰면 하루가 지나갔다. 차입된 책들과 그토록 읽고 싶었던 월간지를 읽을 시간도 없었다. 모래 속으로 물이 스며들듯 1년 정도는 물리지도 않고 반나절을 신문 읽기에만 썼다. 마침 한국사회의 격동기라서 재미있었지만 역시 1년 정도 읽으니 이 일도 물렸다. 신문을 자유롭게 읽게 되자 지난날의 노력이 허무하게 생각되었다. 다 읽고 나면 속은 기분이 들었지만, 그래도 새롭게 펼쳐지는 역사에 대한 기대가 있어서 읽지 않고는 못 배겼다. 우리들이 신문을 읽는다고 해서 교도소를 곤란하게 한다든가 사회적 문제를 만드는 일은 없었다. 얼마 전까지 신문 쪼가리를 가지고 있다고 해서 폭행하고 두 달 동안 징벌을 먹이던 것은 도대체 무엇이었던가.

사회에서는 전두환의 지배에 대한 분노가 분출했다. 국회 청문회와 신문에서 연일 전두환의 폭정이 폭로되었고, 항간에는 전두환과 그 가족에 관한 통렬한 풍자가 인구에 회자되었다. 전두환에게 붙잡혔던 정치범의 석방 요구는 열화와 같이 격해졌다. 준식의 석방에 이어 재일동포인 강종건 군이 석방되어 사회안전법과 보안감호소의 실태가 세상의 주목을 받았다. 강군은 도시샤(同志社) 대학을 나와 고려대학 대학원에 유학 중이던 1975년 11월에 검거되어 5년형을 받았다. 1979년 7월, 전주에서 대구로 이송되어와서 1981년 2월, 사회안전법으로 감호처분을 받아 청주로 갈 때까지, 그와는 1년 반 정도 대구교도소에서 함께 지냈다. 방에서는 열심히 공부하고, 투쟁할 때는 앞뒤를 안 보고 싸웠다. 청주에 가서도 석방될 때까지 조금도 물러서지 않고 사상전향제도에 반대하며 준식과 함께 싸웠다.

9월 말부터 양심수 전원석방을 요구하는 전국 정치범 통일단식투쟁이 있다는 정보가 들어왔다. 이 소식을 듣고 대전에서도 단식투쟁을 조직하여, 나는 10월 10일부터 단식에 들어갔다. 단식 15일째인 10월 24일, 준식과 문익환 목사가 면회를 왔다. 문목사는 등이 꼿꼿했고 나이보다 젊어 보였다. 문목사는 이야기를 다 듣더니 "우리들이 모든 분들의 요구를 실현시키고 장기수를 석방되도록 최대한 노력을 할 터이니, 식사하기 바랍니다"라고 간절히 말씀하셨다. 문목사의 이야기를 단식 중인 모두에게 전하고 한 사람 한 사람의 의사를 확인해서 다수의 찬성으로 단식투쟁 종결을 결정했다. 이 단식 중에 쓴 편지에는 단식하면 어떤 상태가 되는지에 대해 씌어 있다.

이번 단식투쟁을 마치며 무엇을 얻었는가를 생각해보면 구체적으로 손에 잡히는 것은 없다. 그렇다고 실망한 건 아니다. 다만, 모든 일의 끝이란 게 그렇듯 미진한 감이 남는다. 자기 체력의 한계까지 (단식투쟁을) 끌고 나갈 수 없게 된 것은 특히 더 아쉽다. ……
26일 오전에 체중을 재보니 65kg으로, 시작할 때보다 9kg이 빠져 있었다. 사나흘 미음을 먹었더니 해면이 물을 빨아들이듯 세포가 모든 수분과 영양을 빨아들여 70kg 정도까지 회복된 듯하다. "곡기를 끊는다"라는 말로 옛날에 단식이나 절량(絶糧)을 나타냈지만, 곡물이 인체에 어느 정도의 의미가 있는가 하는 것은 실제로 기아를 경험해보지 않으면 알 수 없는 일이다. 등과 손발의 근육이 오그라들고 온몸의 힘이 쑥 빠지고 한기를 느끼다가도, 미음 한 그릇 마시면 바로 증세가 사라지며 몸 안에서 올라오는 힘과 따뜻함을 느낀다. 기분 좋은 땀이 땀구멍에서 송송 솟아 나온다. 무엇보다도 한없이 편안한 잠에 푹 빠져들 수 있다. 생명의 더없는 행복의 순간을 느낀다. 기아가 인간에게 얼마나 큰 형벌인가. 일부러 따져보지 않아도 영양분의 순환이 생명의 원리임을 실감한다. ……

단식 일주일째엔 혈압이 내려가고 입 안에서 닭똥 같은 냄새가 나는데다 심장에 압박이 느껴져 다소 힘들었다. 그 다음부터는 편해졌고, 힘은 없지만 비교적 맑고 고요한 나날이 이어졌다. ……

밥을 먹기 시작한 지 1주일이 지나자 심장의 동통이 사라지고, 실제 식욕보다 그 사이 억제되어 있던 상상의 식욕이 해방되어 무엇이든 먹고 싶은 상황이 되었다. 세계요리대백과를 펼쳐놓고 거기에 나오는 요리를 닥치는 대로 먹고 싶다는 되지도 않는 상상도 하지만, 우선 지금 먹고 있는 된장국과 배추김치가 천하 별미다. 옛날에 배가 고파서 물을 마시고 배를 채운다는 이야기를 책으로 읽은 적이 있었지만, 정말로 배를 곯게 되면 물을 마시는 것조차도 어렵다. 물을 마시면 헛구역질이 나서 목구멍으로 물이 넘어가지 않는다. 목이 마르면 반 컵 정도의 물을 몇 번에 나누어서 겨우 넘긴다. ……

(1988년 10월 30일)

단식투쟁 성명은 당시 우리들의 인식과 문제를 전해준다.

성명서

지금 세계는 화해와 평화의 시대로, 우리는 분단시대에서 통일시대로 접어들고 있다. 미제에 의해 강요된 분단은 평화와 번영과 행복을 꿈꾸는 동포의 바람을 짓밟고, 이후 반세기 동안 피와 눈물의 잔혹한 시대를 가져왔다. 그러나 우리가 민중의 크나큰 용기로 이어받아온 반미·반파쇼·민족통일·민주화를 위한 끈질긴 투쟁은 4·19 학생혁명, 5·18 광주민주항쟁으로 이어져 6월 민주화대항쟁의 승리를 이끌어내고, 민주화와 통일에의 전기를 맞았다. 그럼에도 불구하고 미제와 군사독재정권은 이 승리의 성과를 왜곡하여 군정 연장을 획책하고 민주화와 통일에의 열망을 온갖 수단으로 봉쇄하고자 광분하고 있다.

민중의 피와 눈물을 빨아먹는 광폭한 압제자 미제와 군사독재는, 통일과 민주화를 속삭이면서 구시대의 유산을 그대로 온존하려고 획책하고 있다. 통일인가 분단인가, 민주화인가 독재인가의 중대한 갈림길에 직면해 있는 우리 동포, 모든 민중은 지금 결연한 각오로 민주화와 통일의 길, 영구한 번영의 길로 나아가지 않으면 안 될 때이다. 이에 분단시대 반세기를 통해 내내 변하지 않는 파쇼 억압의 현장, 여기 감옥에서 우리는 다음과 같이 주장하며 단식투쟁을 전개한다.

1. 사상전향제도는 반만 년 우리 겨레의 역사에서, 일제가 우리 민족 노예화의 극치로 양심, 사상, 내면 정신세계까지도 노예화하기 위하여 이 땅에 심어놓은 아주 흉악한 억압장치다. 일제 패망 이후,

미제와 그 앞잡이들은 민족분단 통치를 위해 가장 유용한 수단인 일제 폭력통치기구를 온존·확대 재생산하고, 양심에 대한 파쇼통치의 핵심으로 사상전향제도를 계승, 발전시켰다. 전향이라는 말과 제도를 창출했던 당사자인 일본에서는, 패망 이후 군국일본의 파쇼통치의 매우 흉악한 장치로서 지탄을 받아 곧 모습을 감추었음에도 불구하고, 이 땅에서는 일제 통치의 망령으로 되살아나 반통일·반민주의 괴물로 성장했다. 전향은 인간의 양심과 자주성, 천부인권성의 포기를 의미하며, 전향제도를 반대하느냐 마느냐의 문제는 바로 인권과 양심의 자유, 민주주의와 민족 양심을 지킬 것인가 말 것인가 하는 시금석이다.

2. 국가보안법은 국가와 민족을 위한 것이 아니라, 수많은 날조극을 통해 정권안보를 보장하는 장치로서 민중을 억압하고 민족통일을 저해해왔다. 사회안전법은 일제와 나치의 악법의 정수를 부활시킨 것이다. 정치적 범죄행위이자 위헌행위이며 재판 절차 없이 권력자의 자의에 의해 죄 없는 사람을 무기한 구속하는, 현대 세계에 유례없는 악법이다. 민주화의 열화 속에서 악법 폐지를 외친 지 1년 가까이 되었음에도 불구하고, 제6공화국의 온갖 화려한 화장과 겉치레에 의해 제 3·4·5공화국(박정희 정권~전두환 정권) 군사파쇼의 추악한 몸통이 그대로 가려져 있다. 악법은 반드시 폐지되지 않으면 안 된다.

3. 노정권은 양심수의 석방, 대사면을 만인 앞에 공약하면서 탄생했지만, 수차례에 걸친 사기극으로 공약은 땅에 떨어지고 기대는

불신으로 변했다. 민심을 오도하기 위한 미봉책은 군사정권 계승의 본질을 더욱더 명백히 드러낼 뿐이다. 간첩이라는 날조된 죄명과 미전향을 핑계로 대전교도소의 우리 양심수들을 석방 대상에서 제외하고 있는 실정이다. 형법의 간첩이라는 죄명은 날조를 위해 멋대로 적용되어왔다. 우리들은 국가 및 군사기밀을 탐지하거나 누설한 사실이 없다. 간첩의 오명은 반공 히스테리를 유발시키기 위한 속죄양을 만들어내기 위해 날조된 것이다. 전향제도의 부당성은 앞서 진술한 대로이지만, 전향을 통해서 독재권력에 대한 노예적 맹종을 석방 조건으로 하는 것은 근대법의 정신에 반하고, 민주국가라고 칭할 자격조차 없는 것이다. 더구나 미전향을 이유로 신체장애인, 병자, 80세 가까운 노인까지 징역 30~40년을 넘어 죽을 때까지 복역하게 하는 것은, 비인도·반민족의 추악한 본질을 드러내는 것이다.

4. 우리나라의 행형법은 일제의 조선감옥령에 그 모태를 두고, 역대 독재정권의 민중탄압의 도구가 되어온 비민주적·반인권적 법이다. 옥중의 인권―생명과 건강의 보장, 양심·학문·예술의 자유―보장을 기초로 하여, 운동, 집필, 독서, 서신, 면회, 학습기재 사용, 건강진단, 진찰, 투약치료 등의 문제가 대폭으로 개선되지 않으면 안 된다. 특히 미전향을 구실로 수십 년 동안 양심수에게 가장 비인도적이고 불이익한 처우를 적용해온 현재의 행형제도는 폐지되지 않으면 안 된다.

- 일제 잔재, 분단과 민족 증오의 도구, 양심의 자유를 유린하는 사

상전향제도를 철폐하라!

- 비인도, 반민주, 파쇼통치의 악법 국가보안법, 사회안전법을 폐지하라!
- 우리들은 간첩이 아니다. 양심수를 전원 석방하라!
- 인권을 유린하는 일제 유산, 행형법을 개정하라!
- 참된 민주화와 민족통일의 승리를 쟁취하자!

통일염원 44년(1988년) 10월 15일
대전교도소 양심수 일동

1988년 12월, 제5공화국(전두환 정권) 청산의 일환으로 정치범의 사면이 단행되어 비전향수와 일정한 복역 연수를 채우지 못한 전향정치범 등을 제외하고 200명 정도가 석방되었다. 나는 이때 무기형에서 20년의 유기형으로 감형되었다. 사면이 있었던 12월 21일, 공주교도소에서 막 석방된 장기표 씨가 계훈제 선생과 이부영 씨와 함께 면회를 왔다. 9년 만에 만난 장씨는 나를 껴안았다. 그리고 대구에서 한때 함께 살았던 노인들의 안부부터 물었다. 나는 그와 재회했다. 그는 언젠가 노인들과도 재회할 것이다.

나는 체포되었을 때 '간첩'의 오명을 쓰고 빨갱이 딱지를 달았기에, 한국에서는 더할 나위 없이 고독한 존재였다. 깊이 분열되어 있던 우리들은 누가 민족분단의 피해자인가 하는 인식의 변화를 통해 서로를 알게 되었고, 우리들의 적과 싸우는 중에 서로 같은 민족으로서, 같은 민중으로서 재회했다. 우리나라의 아이러니는 전국토가 감옥화되어 감옥이 감옥이 아니게 된 것이다. 감옥에는 정치범이 넘쳐나고, 사람들은 정치범이 아닌 것을 부끄러워했으니 정치범이 정치범(범죄자)이 아니게 되었다.

『신동아』1990년 5월호에 김용옥 고려대학교 교수는 나에 관해서 다음과 같이 썼다.

"서승(徐勝)은 이름 그대로 승자(勝者)다. 그는 '이긴 자'이다. 기나긴 자기와의 투쟁을 통하여 서서히[徐] 이긴[勝] 자다. 그의 비전향 19년은 바로 우리 민족사의 가장 쓰라린 현실 속에서 살아남은 양심이며, 그가 간첩에서 간첩임을 통하여 간첩이 아닌 무죄인이 되었다는 그 삶의 역정이야말로 우리 민족 민중의 인식체계의 전환의 위대한 상징이다. 간첩을 간첩이 아닌 '사람'으로서 바라볼 수 있게 우리를 만들어줌으로써 우리를 '사람'으로 만들어온 위대한 고난의 역정을 실현한 승자인 것이다. 눈물 한 방울 내보이지 않으시고 소리 없이 돌아가신 서승의 어머님께 역사의 양심은 고개를 숙일 것이다."

이 글이, 나를 빌려서 간첩이라 불린 정치범들 전체에 대해 말하고 있음은 말할 나위도 없다.

통일에 대한 염원, 자유를 향한 꿈

내가 감형됨으로써 자유의 몸이 되는 것이 시간문제가 되니, 여전히 그때까지 남아 있던 60여 명의 비전향수의 석방에 대한 염원을 다시 생각하지 않을 수 없었다. 비전향수는 어떠한 사상적 타협도 하지 않고 '순수성'과 '지조'를 지키며 옥중에서 죽을 각오를 한 사람들이었다. 그러나 그들이라고 자유와 해방을 바라는 마음이 없는 것은 아니다. 오랜 옥중 생활에서 몇 번이나 해방에 대한 기대로 가슴이 뛰기도 했다. 고향에서 기다리는 사랑하는 사람과의 재회를 바라며 몸이 안달하기도 했다. 그들은 혁명가로서 민족이 해방되고 통일이 현실이 되어 혁명이 승리하는 가운데 석방되기를 가장 바라고 바랐지만, 석방의 여러 가능성을 결코 배제한 것은 아니었다.

1985년, 내가 찜통 같은 폐쇄독방에 갇혀 있을 때, 탄압의 총지휘자 배응찬 소장은 스피커로 "독방에서 고집피우고 있는 너희 좌익수들은 전쟁이라도 나서 북괴가 구하러 와줄 거라고 생각하고 있을지 모르지만, 어림도 없는 소리다. 대한민국은 옛날과 다르다. 북괴가 공격해오면 초전박살이다. 어서 '적화통일'의 망상을 버리고 자유대한의 국민이 되라"고 방송했다. 그러나 이것이야말로 소장의 망상이었다. 전쟁이 나면 누구보다도 먼저 처분될 것이 비전향수라는 것은 한국전쟁 때의 경험에서도 명백한 것이었다. 전쟁을 가정한 비상훈련 때마다 처분의 시나리오를 연습하고 있었다.

1976년에 판문점에서 미군 병사가 포플러 나뭇가지를 베어버린 일 때문에 북한군과 미군 경비병 사이에서 충돌이 일어나 미군 병사가 죽었다. 제7함대가 출동하고 괌에서 B52 폭격기가 날아와 군사적 긴장이 높아졌을 때, 특사 주변에는 무장 간수들이 배치되었다. 매월 시행되던 민방위훈련에서는 폭격기의 공습을 가정해서 방공호에 대피하는 훈련을 시키지만, 특사에서는 거꾸로 문을 걸어 닫고 문 아래쪽에 달린 쇠고리에 쇠사슬을 꿰어 모든 방을 이어버린 일도 있었다. 혹시라도 안에서 문을 걸어차 문이 열릴까봐 만들어져 있는 장치였다. "폭격과 화재가 발생하면 아무 데도 도망가지 못한 채 죽으란 말인가. 뭐가 대피훈련인가!" 정치범들은 대피훈련을 비웃었다. 비전향수들은 이럴 때마다 언제나 '처분'의 그림자를 느꼈다. 그러니 비전향수만큼 평화를 바라는 사람은 없었다고 하겠다.

일찍이 남과 북은 각각 '민족해방·통일'과 '멸공통일'을 내걸고 치열한 내전을 벌였다. 그 후 몇 번이나 무력전쟁의 위기를 겪어왔다. 38선은 남북 어느 쪽에도 국경이 아니다. 지금도 여전히 휴전선이고, 그런 의미에서 전쟁은 계속되고 있다. 그러나 국제간, 남북간의 힘의 균형과 정치 정세, 나아가 남북동포의 평화에 대한 염원에 의해 전쟁의 재발이 억지되어왔다. 한국전쟁 이후 한국 땅에서 전쟁이나 지역분쟁이라고 할 만한 사건이 없었던 것을 보더라도, 사람들의 고정관념이나 선입견과는 다르게 남북한의 상황은 제3세계 중에서는 의외로 안정적이라고 생각된다. 특사에 갇힌 정치범들의 대부분이 1972년 '7·4 남북공동성명' 이전에 남한으로 내려온 사람이라는 점에서도 알 수 있듯이, 남북의 상호 침투는 그 이후에는 크게 줄어들어서 객관적으로는 남북 간의 현상 고착도가 높아졌다고 할 것이다.

비전향수가 간절히 바랐던 것은 평화통일에 의한 '해방'이었다. 통일이야말로 그들의 바람이고 생애의 목표였다. 통일이야말로 가장 아름다운 자유를 그들에게 가져다줄 수 있다. 그러나 그 아름다운 꿈을 이루지 못하고 많은 정치범들이 옥중에서 죽어갔다. 통일은 가까이 갈수록 멀어지는 신기루 같았다.

과거에 분단국과 적대국 사이에 포로 및 정치범의 교환이 이루어지는 일이 종종 있었다. 남북한은 한국전쟁 이후 반세기 동안 지극히 예외적으로 어떠한 정치범 교환도 하지 않았다. 비전향수들 사이에서는 한때 석방 가능성의 하나로 정치범 교환을 생각했던 적도 있었다. 1968년에 미국 간첩선 푸에블로호가 북한에 나포되어 80여 명의 미군 병사가 억류되었던 때나, 베트남전쟁이 끝나고 한국 병사와 정보기관원이 포로로 북한에 넘겨졌다는 소문이 돌았을 때는, 그들과 교환되지 않을까 하는 기대가 높았다.

1978년 9월에는 상당히 직위가 높아 보이는 중앙정보부 요원 두 명이 교도소에 왔다. 그들은 비전향수 전원과 차례로 면담하고, 건강과 수용 생활상의 애로 등을 들은 후, 만약에 석방되면 어디로 가고 싶은지를 물었다. 그러고는 "좋은 소식이 있을지 모르니까, 몸 건강히 지내시오" 하고는 사라졌다. 이에 대한 우리들의 판단은, 정치범의 교환 또는 남북관계를 타개하기 위하여 정치범을 북송하거나 국외 추방하는 게 아닐까 하는 것이었다. 당시 한미관계가 악화되어 한국이 독자 안보체제를 구축하기 위해 진해 군항을 소련에 빌려줄 것이라느니, 핵개발을 하고 있다느니 하는 등의 이야기가 항간에 떠돌았다. 북에서도 남북대화의 조건으로 주한미군의 철수, 국가보안법의 폐지와 함께 정치범의 석방을 계속해서 내걸고 있었기 때문에 교환이나 송환 이야기는 현실적일 수 있다고 여겼다.

그러나 냉전시대의 결산으로서 비전향수의 석방은 1994년에 이르는 지금까지도 여전히 남북 간 해결에 이르지 못하고 있다. (2000년의 6·15 남북공동선언으로 그해 9월에 63명의 비전향 장기수의 평양 송환이 이루어졌다.) 80년대에 한국에서 반미 민족자주의 기운이 높아지던 가운데, 북한 사람들을 동포로 보는 생각이나 정치범을 민족자주화, 통일운동의 선구자로 재인식하려는 견해가 나타났다. 보안처분이라는 명목 하에 재판 없이 무기한 구속하고 가혹한 형벌을 가하는 사회안전법과, 70~80세나 되는 병자를 수십 년 동안 감옥에 가두는 비인도성이 다시 국내외의 비판의 도마 위에 올랐다. 내가 석방된 이후, 70세 이상이나 위독한 환자 등 무기형의 비전향 정치범 일부가 석방되었다. 1993년 3월에는 한국전쟁 중에 체포되어 34년간 감옥과 감호소에서 비전향으로 일관했던 이인모 선생이 인도적 이유로 북으로 송환되어 가족과 재회했다. 이것은 민족의 마음을 숙연하게 하는 휴먼스토리로서 한국의 많은 사람들에게 지지를 받았다. 이 땅 위에서 가장 은폐된 곳, 남북분단의 가장 깊은 틈새인 정치범 특별감옥에 있던 우리들로서는 예상할 수 없었던 크나큰 변화였다.

그래도 계속되는 전향공작

그래도 전향공작은 계속되었다. 신참은 완강한 비전향수를 만나서 지혜가 붙기 전에 폐쇄독방에 넣어 고립시켜서 전향시켰다. 만기가 임박한 비전향수에 대한 집중공작도 있었다. 1988년에 만기를 맞은 기세문 선생과 박판수 선생의 경우, 전향하지 않으면 감호소에 보내겠다고 가족을 협박해서 전향서에 가족의 날인을 찍었다. 남민전의 이문희는 본인이 무슨 수를 써도 찍지 않자 오빠에게 대신 지문을 찍게 했다.

고려대학을 나와 무역회사에서 일을 한 이대식 선생은 1971년 '영남통일혁명당 재건 사건'에 관련되어 무기형을 받고 1973~74년의 무서운 고문도 참아내며 비전향으로 일관해왔다. 그런데 1987년에 80세인 늙은 아버지가 위암 수술을 하고 여명이 얼마 남지 않게 되었다. 아버지는 경북고에서 한문교사로 일했고, 조선시대 유학자 이퇴계의 종손으로 영남유림의 거목이었다. 아버지 역시 뼈대 있는 민족주의자로서 반공법으로 두 번이나 체포되기도 했다. 아버지는 죽기 전에 자식을 출소시키려고 고등학교 제자인 정해창 법무장관을 찾아갔다. 그러나 그는 "전향하면 석방한다"던 은사와의 약속을 깼고, 이대식 선생은 전향서를 썼음에도 불구하고 부친의 임종을 보지 못하였다.

박기만 선생은 서울 출신으로 중학교에서 미술선생을 했다. 1955년에 투옥되어 무기징역형을 받았다. 60년대 초에 대전에서 열병을 앓아 소리를 내지 못하게 되고 다리도 못쓰게 되었다. 그로부터 선생은 70세가 될 때까지 30년 가까이 손으로 필담하는 생활을 해왔다. 1988년 말 정치범의 성탄절 석방 때 노약자 장기정치범의 석방이 논의되어, 박기만 선생과 반신불수의 조용순 선생, 유한욱 선생, 80세를 넘긴 차만석 선생 등이 거론되었다. 법무부 중앙에서는 석방 5일 전에 석방 방침을 전달하였음에도 불구하고, 공작반에서는 마지막까지 전향서를 강요하며 선별 석방을 시행했다. (끝까지 전향을 거부한 유한욱, 조용순 선생은 석방되지 않았으며, 조용순 선생은 1989년 초 끝내 옥사했다.)

가장 추악한 본질을 드러낸 것은 최주백 선생의 경우였다. 선생은 충청남도 서산의 농가에서 태어나 의용군에 참가해 북으로 갔다. 50년대 후반에 고향에 돌아와 체포되었고 무기형을 받았다. 큼직한 발에 안짱다리로 걷는 선생은 순박한 농민의 마음을 가지고 있었다. 1986년 위장에 이상을 호소하기 시작해 7월에 암으로 밝혀졌으나 때는 이미 늦었다. 우리들이 강력하게 요구해 9월에 병사에 들어갔지만 아무런 대책도 없이 11월에 병사했다. 공작반에서는 이미 늦은 것을 알면서도 "전향하면 수술시켜 주겠다"며 압박했다. 선생이 말을 듣지 않자, 선생이 숨을 거둔 후 시체의 지문을 전향서에 찍어 비전향수에게 선생이 전향했다고 선전하고 다녔다.

최재필 선생도 암이었다. 공작반에서는 "전향하면 수술을 시켜주겠다"며 속이고 선생을 광주교도소에 이송시켜버렸다. 선생은 그로부터 얼마 후인 1987년에 병사했다. 1983년에 암에 걸려 대구에서 병사한 노천도 선생도 같은 경우였다.

재회

1990년 2월 28일

1988년 12월에 나는 20년의 유기형으로 감형되어 만기가 있는 수인이 되었다. 적어도 5년 후면 석방되는 것이다. 1984년부터 1987년까지는 우리들의 옥중 생활에 출구가 보이지 않던 가장 어두운 시기였다. 준식의 필사적인 행정소송도 권력에는 아무런 아픔도 가려움도 주지 못했다. 계란으로 바위를 치는 허무한 노력이라는 생각이 들었다. 나는 '감옥에서 생매장'이라는 선고를 받고 있었다.

1987년에는 영실의 여권마저 나오지 않아서 가족들도 의기소침해 있었다. 그러나 1987년 6월부터 1년 동안 상황은 완전히 바뀌었다. 나는 내게 만기가 있다는 사실에 당황했다. 17년간을 무기수라는 꼬리표를 붙이고 살아왔기 때문이다.

나를 석방시키려는 운동은 단숨에 가속도가 붙었다. 석방운동의 일환으로 나의 성형수술 가능성도 생겼다. 1989년 3월, 미국의 '인권의사회' 의사가 성형수술의 가능성을 타진하기 위해 교도소를 방문했다. 타인에게 불쾌감을 줄지도 모른다는 점을 제외하면, 나 자신은 언젠가는 썩어지고 땅에 돌아갈 육신의 겉모습에 그다지 관심이 없었다. 하지만 기능 회복 수술은 가능하다면 언젠가는 해야만 했다. 손바닥이 타 붙어서 손을 펴기가 어려웠다. 왼쪽 새끼손가락은 당겨서 점점 직각으로 오그라들고 있었다. 왼편 옆구리는 타면서 붙어버려서 손을 똑바로 위로 올릴 수 없었다. 오른쪽 눈꺼풀은 세 번이나 수술을 했음에도 잘 때 감겨지지 않았다. 입은 5cm 정도밖에 벌리지 못했다. 턱도 당겨서 목을 돌리거나 할 때 불편했다.

감옥에 있을 때 성형수술을 받는 것이 석방을 앞당길지 어떨지는 잘 알 수 없었다. 그러나 '지금은 시간이 어느 정도 있으니까, 감옥에서 수술하는 편이 좋을지도 모른다'는 생각이 들었다. 법무부에서는, 서울의 병원에서 수술을 하면 사람 눈에 띄기 쉽고, 많은 사람들이 병원을 방문할 염려가 있으니 보안상 문제가 생긴다며, 전주예수병원에서 수술해야 한다는 조건을 붙였다. 비전향수는 물론 일반 수형자도 함부로 외부 병원으로 내보내지 않는다. 외부 병원에서 며칠에 걸쳐 수술하는 것은 죽을 정도의 병이 아니면 불가능한 일이었다. 도망갈 가능성이 있고, 경비하는 데 적어도 5~6명의 간수를 배정하지 않으면 안 되기 때문이다. 내 경우는 법무부가 비용을 부담하고, 생명에 직접 관계없는 성형수술을 6~8개월이나 걸려 받게 하는 한국 교도사상 유례가 없는 일을 해준다는 것이다. 9월에 아산중앙병원의 성형외과 과장 정박사가 면회 와서 그의 집도로 수술을 하기로 했다. 그러나 그는 미국 시민권자라서 한국에서의 비자 조건이 서울에서 50km 이상 떨어진 곳에서의 의료 행위를 금지하고 있었기에, 결국 수술은 무산되고 말았다.

11월 15일에 인제대학 백병원의 백세민 박사가 방문했다. 바로 그 전날, 보안사에서 두 남자가 왔었다. 그 중에 전박사라고 불리는 백발의 남자는 일본 호세이 대학에서 유학하고 돌아온 판단관(정보의 분석이나 판단을 하는 고위 문관)이었다. 그들은 "수술을 받는 게 신상에 좋을 거요"라며 수술을 조건으로 석방을 암시했다. 왜 그들이 수술에 이토록 집착하는지 대략 짐작이 갔다. 나는 결론을 냈다. "보안사에서 수술을 바란다면, 만약 그 때문에 석방이 늦어져도 수술은 하지 않겠다."

여소야대(1988년 선거에서 3야당의 합계 의석이 여당의 의석수를 상회했다)의 정국에서 국정을 논의하기 위해 1989년 12월 15일, 여야 4당 당수 회담을 했다. 그 자리에서 김대중, 김영삼 두 사람은 노태우 대통령에게

1988년 사면에서 누락된 정치범의 석방을 강력하게 요구하였다. 비전향수를 포함한 장기구금 정치범 문제가 공식석상에서 처음으로 언급되었다. 김영삼 씨는 1월에도 나를 개별적으로 거론하며 석방을 요구하였다. 그 후 내가 석방될 때까지 김영삼 씨는 다시 두 번이나 내 석방을 촉구했다.

1990년 2월에 들어서자 교무과장은 몇 번이나 나를 불러내어 수술을 받으라고 권했다. 2월 중순에는 국가안전기획부(옛 중앙정보부)에서 사람이 와서 상처와 전신사진을 몇 장이나 찍어갔다. 내가 '3·1절'에 석방될 거라는 소문이 퍼졌지만, 면회를 왔던 경식은 특별히 낙관하는 것 같지도 않았다. 신문 지상에서 내 석방을 군과 국가안전기획부, 보안사 등의 공안세력이 강력하게 반대하여 난항을 겪고 있다는 보도가 있었다. 2월 24일, 대학원 동기생인 한상진 교수가 면회 와서 "석방되는 건 확실하지만, 공안세력이 완강하게 반대하고 있어서 26일에 각료회의에서 최종 결정을 한다"고 전해주었다.

마침내 석방이 결정되었다. 석방 전날, 교무과장이 나를 불러 말했다.

"돈을 벌 방법을 알려줄까요. 내일 아침, 출소하면 보도진이 당신을 기다리고 있을 겁니다. 모두 당신 사진을 찍고 싶어할 겁니다. 두건을 써서 보도진이 사진을 찍지 못하게 하고, '사진을 찍고 싶으면 1억 원을 내라'고 말하세요."

"누가 1억 원을 내고 내 사진을 찍겠습니까?"

"그러면 두건을 한 채 곧바로 일본에 가서 입원하고 성형수술을 받으세요."

그는 마지막 코미디를 연출했다.

2월 28일 새벽 4시, 방문이 열렸다. 밖은 아직 캄캄했다. 특사의 동지들은 밤새 잠 한숨 못 자고 마치 자기의 석방을 기다리는 양 내 석방의 순간을 기다리고 있었다. 문이 열리자 각 방에서 소리가 터져 나왔다.

"서선생, 건강하게!"

"서승 선생, 또 만나요!"

3층에서 2층, 그리고 1층까지 내려오면서 방마다 식구통(식통구라고도 함)을 열고 동지들과 한 사람씩 악수를 나눴다. 15사의 철문이 큰소리를 내며 열리자 모두 합창하듯이 외쳤다.

"서동지! 잘 가세요!"

지금은 독립기념공원이 된 서울구치소의 10사하 복도에서. 1999년.(사진 손승현)

나가며

의지가지없는 석방자의 출소 풍경은, 새벽에 감옥 문에서 낡은 구두처럼 내팽개쳐진 후 다시는 감옥에 들어오지 않을 거란 미신으로 두부를 발로 으깨고, 교도소를 향해 침을 뱉은 후 황급히 사라지는, 쓸쓸하고 초라한 것이다. 그러나 내 출소를 위한 무대는 제법 크고 아주 치사하게 꾸며져 있었다.

서울에 있는 준식의 아파트까지 나를 호송하기 위해 호송차량단이 편성되었다. 나를 승용차에 태우고 교무과장과 보안계장이 양옆에 앉고, 서울 서부서의 대공과장이 조수석에 포진했다. 선두 차량인 지프차에는 공작관과 형사가 타고, 뒤에 오는 밴에는 내 짐을 싣고 부장과 담당이 탔다.

"흥, 대단한 VIP 대접이네요. 왜 이렇게 거창하답니까?"라고 했더니, 교무과장이 "서승 씨를 무사히 보내드리기 위해서입니다"라고 짐짓 위해주는 말투로 둘러대더니 선글라스를 준비해 두었으니 쓰라는 둥 창밖을 보지 말라는 둥 하면서 성가시게 굴었다.

교도소 외곽의 바깥정문에는 내 출소를 취재하기 위해 보도진들이 밤새 기다리고 있었다. 보도진을 따돌리기 위해 나를 태운 차는 정문을 나와 바깥정문으로 나가지 않고, 담장에서 몰래 왼편으로 꺾어서 담 밖에 쳐진 철망에 직원 출입용으로 낸 작은 옆문을 지나 사격장 둔덕에 이어지는 좁은 길로 향했다. 그 길로 가는 오르막 비탈에는 출퇴근하는 직원들이 오가며 밟아서 생긴 길이 나 있었는데, 차를 통과시키기 위해 하루 전날 급하게 길을 넓혔다고 했다. 길은 울퉁불퉁하고 질퍽거려 차가 뒤집어질 것처럼 기울어지고 미끄러지다가 겨우 기어 올라갔다. 비탈 끝까지 오르자, 조금 전까지 내가 있던 15사 3층 11실 뒤편으로 아침 해가 떠오르는 게 보였다. 저 방의 격자문 사이로 온종일 바라보던 풍경 속에 지금 내가 있다. 커다란 풍경을 품었던 작은 창문이 고약처럼 하얀 옥사의 벽에 달라붙어 있었다. 저 창에서 내 새로운 세계를 향한 출발을 필경 지켜보고 있을 옥중 동지들의 얼굴이 한꺼번에 떠올랐다.

쉴 새 없이 무선으로 본부와 연락을 취해가면서, 호송차량단은 경부고속도로를 타고 서울로 향했다. 대략 2시간, 완만한 구릉을 넘자 고층건물의 숲 같은 서울이 시야에 들어왔다. 복잡한 시내를 벗어나 서울 서북편 야산에 있는 준식의 아파트 주차장에 진입했다. 차에서 내리자 영실이 울면서 안겨왔다. 그 뒤로는 경식과 사촌동생 순전이, 그리고 조금 떨어져 엉거주춤 서 있는 준식이 나를 맞았다. 그 후부터는 카메라 플래시가 터지고, 마이크가 전후좌우에서 들이밀어지고, 두부를 입으로 우겨넣고, 광란의 인파의 소용돌이에 휘말렸다. 경식과 순전이 밀치락달치락하면서도 인파의 소용돌이에서 가까스로 나를 끌어내 아파트 9층까지 데려갔다. 깔끔한 방에는 준식의 가족과 친척들, 고모, 사촌형제, 일본에서 온 지원자 분들, 축하하기 위해 방문한 출소 정치범, 재야운동 지도자 등으로 가득했다. 탁자 위에는 정성을 다한 진수성찬이 가득 놓여 있고 우리들은 축하의 잔을 들었다. 사람들은 무슨 얘기라도 듣고 싶어 했다.

"출소해서 제일 먼저 마신 술 맛이 어때요?"

"좀 심심한데……, 좀 더 센 게 좋을까."

폭소가 터져 나왔다. 20년 가까이 알코올을 입에 댈 수 없었던 나를 배려해 와인을 준비한 것 같았다. 그러나 살아서 다시 돌아왔다는 감개, 또다시 형제를 안아보는 기쁨, 좋은 사람들과의 재회의 감동을 축하하는데 와인은 아무래도 약하고 너무 점잔 빼는 것 같다는 느낌이 들었다. 잠시의 축하연 후 휴식 시간도 없이 오후에는 기자회견을 위해 광화문에 있는 프레스센터로 향했다.

역시 흥분해 있었던 것일까? 발이 땅에 닿지 않았다. 좌우의 안전도 확인하지 않고 차도를 건너가려고 발을 내딛는 나를 경식이 확 잡아당겼다. "위험하잖아! 잘 보고 건너야죠." 차도 신호도 횡단보도도 없는 감옥에서 19년을 보낸 나는 문명사회의 약속이나 초보적인 생활습관마저 깡그리 잊고 있었다. 19년 동안 새롭게 바뀐 서울의 쭉 뻗은 큰 도로는 내게 특별히 놀랍지는 않았다. 감옥에서도 책이나 소문으로 서울이 어떤 곳인가 하는 개념은 만들어져 있었고, 겉만 번지르르한 것에 대한 부정적 심정도 있었을 것이다. 그러나 당시 확실히 자각한 것은 아니었지만, 속세에 살고 있는 많은 사람들이 길을 건너며 서로 부딪히지 않고 적당한 거리를 두고 있는 것이 훨씬 익숙하지 않은 일이었다. 오랫동안 새장 안에서만 살던 새가 높은 하늘을 나는 법을 잊어버리는 것처럼, 사람과 사람의 마음의 거리를 어떻게 유지하면 좋을지 잘 알 수 없을 때가 종종 있었다.

프레스센터는 100여 명의 신문·방송·TV 기자, 카메라맨 등으로 붐비고 있었다. 이렇게 기자회견 하는 것도 난생 처음 일이었다. 흘러가버린 고통의 세월, 우리 형제의 석방을 그토록 바라고 기다리다 '그날'을 보지 못하고 세상을 떠난 부모님을 떠올리면서 목구멍으로 뜨거운 것이 솟구쳐 말을 제대로 잇지 못했다. 그러나 나는 옥중에 남겨진 동지들과 조국분단의 현실을 생각하며, 마음을 다잡아 말을 이어갔다.

첫째, 19년간 수많은 곤란을 당하였고, 그 속에서 수많은 방황을 반복하면서도 양심을 지켜 비전향으로 출소한 것은 나의 작은 성공이다. 둘째, 출소하기까지 부모님에게서 가장 큰 도움을 받았다. 자주적인 인간으로, 비굴하지 않은 인간으로, 마음도 몸도 건강하게 살라시던 부모님의 말씀을 잊을 수 없다. 셋째, 냉전분단체제의 골격을 이루고 있는 국가보안법을 비롯한 악법을 폐지하고, 민족화해를 실현하여 통일을 완수해야 한다. 넷째, 늙고 병든 정치범들을 남겨둔 채 나 혼자 석방된 것은 유감이다. 다섯째, 사상전향제도는 양심·사상의 자유에 반하고, 민족을 분단하는 체제의 이데올로기적 장치이며, 결국은 분단체제를 받쳐주고 있는 것이다. 통일을 염원하기 때문에 이것은 받아들일 수 없다.

이어서 기자들이 질문을 했다. 많은 기자들이 내 화상에 대해 센세이셔널한 흥미를 보이며 냉전적 흑백론에 의한 단죄에는 관심을 가지면서도, 분단의 골짜기에서 신음하는 정치범이나 민중의 절규, 분단된 민족의 부조리한 운명과 비인간적인 상황이라는 보다 본질적인 문제에는 별 관심이 없다는 것을 알아차리고 실망하지 않을 수 없었다.

사람과 사람이 이해득실을 가지고 서로 다투고 싸우며, 지배와 억압이 층층이 쌓이고 위장되어 새끼줄처럼 얽힌 망망한 세상에 다시 발을 디뎠다. 눈이 획획 돌아갈 만큼 변해가는 이 세상의 거센 물살 한가운데로, 19년이 지나도 변하지 않는 분단된 민족과 인간이라는 무거운 짐을 싣고 나는 배를 띄웠다.

부록

서승 화보 | 일본어판 해설 |
초판 추천사 1 | 초판 추천사 2 | 서승 연보

서승 화보

1. 교토 아라시야마에서 가족과 함께. 아버지와 어머니, 형, 앞줄 가운데가 동생 준식, 어머니 품에 안긴 아기가 경식. 서승은 앞줄 오른쪽에 서 있다. 1952년경.

2. 서울대학교 대학원 시절. 1969년.

3. 창덕궁 후원에서 어머니와 함께. 1965년.

4. 첫 공판 때 피고인석에 앉아 있는
서승과 서준식. 1971년.

5. 첫 공판에서. 안경테를 걸칠
귀조차 없어져서 머리 뒤로 흰 천을 묶어
안경을 고정했다. 1971년.

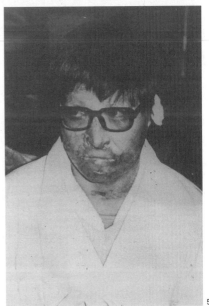

6

7

6. 항소심 공판을 끝내고
서울구치소로 돌아가기 위해
호송차로 걸어가고 있는 서승.
교도소에서 구입한 겨울 한복을
입고 있다. 1972년.

7. 재판을 방청하러
일본에서 온 영실과 어머니와
일본 NCC 쇼오지 목사.
쇼오지 목사는 일본에서 서형제의
석방운동을 이끌었다. 1971년.
(오른쪽부터 한 사람 건너 목사,
어머니, 영실)

296

8. 1973년의 대전교도소
입구. 대전교도소는
1984년 대전 외곽으로
이전했다.

9. 서형제와 한국의
정치범 석방을 요구하는
일본 시민들의 도쿄
가두시위. 1980년.

10. 1990년 2월 28일, 19년 만에 석방되었다. 서울 응암동 준식의 아파트 마당에서 형제들과 함께.
왼쪽은 영실, 오른쪽은 경식. (사진 마키다 기요시)

11. 1990년 여름 일본 하코네 온천에서.
왼쪽부터 조선 무용가 이미남, 개반 맥코맥
호주 국립대학 교수, 서승, 작곡가 윤이상,
칼럼니스트 정경모, 브루스 커밍스 시카고 대학 교수.

12. 케네디 재단 앞에서 케리 케네디(왼쪽에서 두 번째),
서승, 하버드 옌칭 연구소의 에드워드 베이커
교수(맨 오른쪽)와 함께. 1990년 9월.

13. 도쿄 일본변호사연합 회관에서 개최된
리츠메이칸 대학 교수 취임 축하파티.
왼쪽부터 아주사와(梓澤) 변호사, 부인 박선미, 서승,
임철 츠다 쥬쿠(津田塾) 대학 교수. 1998년.

14. 2005년 6월, 리츠메이칸 대학에 코리아
연구센터를 설립했다. 사진은 2007년 10월
김대중 전 대통령 방문시 코리아연구센터 현판식.
간판 글씨는 김대중 전 대통령이 썼고, 전각은
채의진 문경 민간인학살유족회 대표가 새겼다.

15

15. 도쿄 히비야 야외음악당 단상에서 넬슨 만델라와 함께. 1990년 10월.

16. 강용주의 석방. 강용주의 출소를 맞이하기 위해 안동교도소를 방문했다. 1999년 2월.

17. 옥중 동지들과 함께 다시 찾은 서울구치소. 왼쪽부터 홍명기, 최하종, 서승, 김인수. 1999년.(사진 손승현)

18. 34년을 복역한 대만 최장기 양심수 린슈양 선생과 함께. 선생은 대만 노동당 결성에 중심적인 역할을 했다. 1996년.

19. 43년 10개월을 복역한 한국 최장기 양심수 김선명 선생과 함께. 선생은 2000년 9월 2일 북으로 송환됐다. 1996년.

20

21

22

20. 2014년부터 오키나와, 대만, 만주 등지의 역사 수난자와 함께하는 '동아시아 평화기행'을 기획, 진행하고 있다.
2018년 1월 평화기행 참가자들과 오키나와 사키마 미술관 <오키나와 전도> 앞에서.
사키마 미술관은 오키나와 후텐마 미군기지와 인접, 전쟁의 참혹함을 담은 예술작품을 전시하고
평화를 생각하는 공간이다.(사진 최희주)

21. 뉴욕에서 열린 '전쟁 반대, 야스쿠니 신사 반대' 거리 시위. 인권, 문명, 평화의 눈으로 야스쿠니 신사를
바라볼 것을 촉구했다. 2007년 11월.

22. 2018년 1월 '대만 평화기행' 참가자들과 금문도 해안방위 테마관에서. 대륙 반공 전진기지였던 금문도는
대만에서 가장 오래도록 1992년까지 계엄통치 하에 있었다. 테마관은 계엄령 해제 운동과 계엄 시기 물품 통제,
이산가족 등 당시 금문도인들의 삶과 고통을 보여주고 있다.(사진 황평우, 겨레하나 제공)

23. 2011년 제1회 '진실의 힘 인권상' 수상.
"오늘은 상상하기조차 힘든 고통을 인내해온
이들에게 우리의 존경을 표하는 날".
유엔이 정한 고문생존자 지원의 날인
6월 26일에 시상식이 열렸다. (사진 장성하)

24. '기억의 루트' 참가자들과 함께
당시 수감됐던 서울구치소를 찾았다.
서울구치소는 1998년부터
서대문형무소 역사관이 되었다. 2017년.
(사진 장성하)

일본어판 해설

미즈노 나오키(水野直樹, 교토 대학 조교수)

이 책은 70~80년대 한국의 정치범 감옥을, 거기 갇혀 있던 정치범의 입장에서 기록한 희귀한 책이다.

1981년에 이와나미 신서에서 일찍이 『서형제 옥중에서의 편지』(서경식 편역)가 출판되었다. 우리들은 그 책을 통해 감옥에 갇혀 있는 서형제의 정신적인 힘겨운 싸움을 알 수 있었으나, 서형제는 옥중에서 가족에게 보낸 편지라는 제한 때문에 적을 수 없었던 일들도 많았다. 서승 씨가 석방된 지 4년이 지난 지금, 우리들은 옥중 상황을 자세하게 적은 이 책을 접하게 됐다. 여기에는 우리가 상상조차 할 수 없는 정치범의 비참한 지경과 그 속에서도 때때로 살아 있는 유머가 함께 기록돼 있다.

감옥에서 죽음으로 내몰리는 수많은 정치범들의 비참함, 다른 한편으로는 정치범과 교도관과의 응수에서 느껴지는 유머, 비전향 정치범 감옥이 "대한민국에서 가장 큰 사상과 언론의 자유가 있다"는 역설. 이런 이야기들은 19년이라는 긴 옥중 생활을 체험한 서승 씨가 아니면 쓸 수 없는 이야기들이다.

서승 씨는 재일조선인으로서 1945년 4월 교토에서 태어났다. 일본이 전쟁에서 패배한 것은 그로부터 4개월 후의 일이었다. 일본의 식민지 지배를 받았던 조선은 해방되었지만 미·소 양국에 의해 남·북으로 분단되어 제각기 정통성을 주장하는 정권이 성립하는 사태가 벌어졌다. 그 상황은 지금까지 계속되고 있다.

식민지 시대에 일본으로 이주한 많은 조선인들이 해방 직후 귀국했지만, 여러 사정으로 일본에 머문 사람도 많았다. 전쟁 전부터 이어져온 일본사회의 조선인에 대한 차별 환경 속에서 재일조선인은 남북통일, 조국 귀환의 기대를 품으며 전후 일본에서 살아왔다. 일본에 정주할 생각을 지닌 사람이 늘어나는 것은 자연스러운 일이었다.

이런 상황에 하나의 변화가 생긴 것은 1965년 일·한 조약이 체결되면서부터였다. 일·한의 국교 수립으로 양국의 관계는 여러 면에서 긴밀해졌고, 재일한국인도 조국과의 유대를 강화할 수 있게 되었다. '모국 유학생 제도'가 마련되자 젊은 세대의 재일한국인들은 조국에 장기체류하며 언어·문화·역사 등을 배우는 기회를 가졌다. 서승 씨가 일본의 대학을 졸업한 후 서울대학교에서 공부한 데에는 이런 배경이 있었다. 서승 씨를 비롯해 많은 젊은 한국인은 새로운 삶을 개척하려는 큰 희망을 품고 있었던 것이다.

그러나 재일한국인을 맞이한 한국 사람들의 관점과 인식은 그것과 다른 방향으로 작용하는 경우가 많았다. 재일한국인의 '일본화'된 생활 관습이나 언어에 대한 위화감과 반발, 남·북의 지지자가 같은 가족 또는 친척으로 함께 살거나 교제하고 있는 재일한국인 사회에 대한 이해의 결핍 때문에 재일한국인을 다른 존재라고 강조하는 경향이 강했던 것은 부정할 수 없다. 그것은 수많은 '재일한국인 유학생 간첩단 사건'을 낳는 배경이 되었고, 1970년대 한국에서 재일한국인 정치범에 대한 관심을 거의 찾아볼 수 없었던 상황과도 연결된다. 다만 이 책에 쓰여 있듯이,

옥중에서는 재일한국인을 포함한 '반국가 정치범'과 학생 등 '반정부 정치범'의 공동투쟁이 1970년대 중반에 이미 시작되었고, 그것이 그 후 재일한국인 정치범에 대한 관심의 확대로 이어진 것도 지적해두지 않으면 안 될 것이다.

서승 씨가 조국에 유학한 1960년대 말에서 1970년대 초는 박정희 정권이 전환기를 맞고 있었던 시기다. 일·한 조약 이후 일본을 비롯한 선진 자본주의 국가들에서 자본과 기술을 도입하여 경제 개발을 추진하던 박정희 정권은 장기집권을 위한 독재체제로 재편성하는 과정을 걸었다. 박대통령은 3선을 금하던 헌법을 개정한 뒤, 1971년 4월 대통령 선거에서 야당 후보 김대중 씨를 누르고 3선 대통령이 되었다. 서형제 사건이 발표된 시점은 대통령 선거를 불과 일주일 앞두었을 때였다.

1972년, 박정희 정권은 대통령 권한을 한층 강화하는 유신을 제정하여 이른바 유신체제를 구축했다. 그 아래서 노동자의 권리는 제한되었고, 정권을 비판하는 야당 정치가나 학생, 종교인의 민주화운동은 심한 탄압을 당했다.

박정희 정권의 이러한 독재 강화는 국제정세에 의해서도 정당화되었다. 베트남전쟁의 장기화, 한국의 베트남 파병, 그리고 미국의 패퇴에서 나타나듯 동아시아에서 동서 냉전이 매우 엄중한 국면을 맞이한 시기였다. 그것은 박정희 정권에게 독재체제의 구실을 줬다. 1972년에 남·북조선이 '자주적·평화적 통일'을 원칙으로 하는 '7·4 남북공동성명'을 발표하며 잠시 남북 교류가 이뤄졌지만, 인권을 탄압하는 독재체제에는 변화가 없었다.

일본에 의한 식민지 지배 유산, 한국전쟁과 분단 고착화에 따르는 남북의 군사적 긴장, 동서 냉전과 경제 개발을 배경으로 하는 독재체제의 강화, 이런 요인들이 쌓이면서 억압적인 유신체제가 성립하여 그 아래에서 수많은 정치적 사건이 만들어지게 되었던 것이다. 감옥 안의 정치범에 대해 폭력을 수반한 사상전향 강요가 이뤄진 것은 이 책에 쓰인 대로다.

한국에서 정치범·사상범이라고 일컬어지는 사람을 다스리는 대표적인 법률이 '국가보안법'이다. 이승만 정권이 성립된 1948년에 만들어졌다. 북조선 등을 '반국가단체'로 규정하고 '반국가단체'와 일체의 접촉을 금지함으로써 조선반도에 남북 분단을 고착화하여 한국의 정치·경제·사회·문화·사상 등 국가와 사회 모든 측면을 통제해왔다. 박정희 정권 시대에 만들어진 반공법이 1980년 국가보안법에 통합되는 등 국가보안법은 몇 차례 개정을 통해 현재에 이르렀지만 그 기본 골격에는 변화가 없다. 한국의 헌법이 정권 교체 시기마다 개정되어 크게 변화해왔던 것에 비하면, 국가보안법이야말로 남북조선의 관계를 규정하는 한국의 '기본법'의 성격을 가지고 있음을 알 수 있다.

그러나 우리가 잊어서는 안 되는 것은 국가보안법에서 볼 수 있는 인권 억압의 제도가 일제강점기 일본의 법률·제도를 이어받았다는 점이다. 일제강점기 일본의 치안유지법과 한국의 국가보안법의 유사성은 자주 지적되어 왔지만, 이 책에서는 특히 사상전향제도나 감옥의 제도 그 자체가 일제의 그것을 이어받았다고 지적하고 있다. 조선에 대한 식민지 지배가 이런 형태로 상흔을 남기고 있는 것을 이 책을 읽으며 강렬하게 느낀다.

서형제 사건은 일본을 비롯한 세계 각지에서 많은 사람들의 관심을 불러일으켰고, 구원의 목소리로 이어졌다. 서승 씨가 큰 화상을 입은 것,

그리고 1심에서의 사형 판결은 사람들의 관심을 모았고, 활발한 구원운동으로 이어졌다. 서형제, 그 중에서도 서승 씨는 한국 정치범의 대표적 존재로 널리 알려지게 됐다.

70년대의 시인 김지하 씨의 체포·투옥, 김대중 씨 납치 사건, 두 명의 일본인을 포함한 많은 피고들이 재판을 받은 '민청학련 사건', 연이어 발표된 '재일한국인 간첩단 사건', 그리고 80년대 들어서면서 벌어진 광주항쟁, '내란음모 사건'의 김대중 씨를 비롯해 한국에서는 수많은 정치범들이 만들어졌지만, 서형제 사건에 대한 국제적 관심은 끊어지지 않았다. 그것은 그들 삶의 방식과 주장이 법정이나 옥중 편지를 통해 전해지는 한편, 감옥 안에서 자행된 사상전향의 강요, 서준식 씨가 형기를 만료한 후에도 계속 투옥되었던 일 등으로 인해 오히려 넓어지고 강화되었다고 할 수 있을 것이다.

일본과 세계 곳곳에서 일어난 구원운동은 사형을 무기징역으로 경감시키거나 서승 씨의 입원 가료(加療)를 실현시키는 효과를 가져왔다. 또한 서형제에 대한 관심의 지속이 폭력적인 사상전향의 강요를 완화시키는 구실을 했을지도 모른다. 그러나 석방을 이뤄내기 위해서는 한국 자체의 민주화운동의 고양을 기다리지 않으면 안 되었다.

1979년 박정희 정권이 붕괴하고 민주화에 대한 기대가 높아졌지만, 이 '서울의 봄'은 또다시 군부에 의해 짓밟혔다. 광주 민중학살을 발판 삼아 등장한 전두환 정권은 억압 정책을 부분적으로 수정하면서 독재체제의 유지를 도모했다. 그러나 70년대부터 탄압에 굴하지 않고 전개되어온 민주화운동은 1983년 전후에 또다시 힘을 되찾아 차차 폭넓은 민중을 끌어들였다. 학생·노동자 속에서는 사회주의를 지향하는 급진적인 움직임도 나타났다. 무엇보다도 일정한 경제성장을 이룬 한국에서 노동자의 권리를 계속 짓누르는 것은 더 이상 용납되지 않았다.

서울올림픽 개최 결정, '한강의 기적'이라고 일컬어지는 경제성장 등으로 한국이 세계적인 주목을 받는 과정에서 정치범을 둘러싼 상황도 조금씩 변화해갔다. 서승 씨는 1983~84년의 시기를 '감옥의 봄'이라 부르고 있다. 그 이후 반동의 시기도 있었지만, 한국사회가 전체적인 민주화로 이행해가는 움직임이 감옥까지 파급된 것은 확실하다.

민주화운동이 가장 고조되었던 때는 1987년 '6월 항쟁'이었다. 전두환 대통령이 정권을 노태우 씨에게 인계하는 형태로 강권체제를 유지하려고 하자, 한국 각지에서 광범위한 민중의 시위가 이뤄졌다. 노태우 씨는 '6·29 선언'을 내고 사태 수습을 하지 않으면 안 되게 되었다. 이때의 민주화 약속이 모두 실현되었다고 할 수는 없지만, 민주화운동의 고양은 확실히 정치범의 운명에 영향을 미쳤다.

형기 만료 이후 10년을 더 투옥 당했던 서준식 씨는 1988년 5월, 17년 만에 석방되었다. 이듬해 9월에는 서준식 씨 투옥 연장의 근거가 되었던 사회안전법이 폐지되었다. (그 대신 석방 후의 정치범을 감시하기 위한 보안관찰법이 제정되었다.) 그리고 서승 씨가 징역 20년으로 감형된 후 1990년 2월 석방되었다.

이 책에는 1970~80년대 감옥에 갇혀 있던 정치범·사상범의 생생한 모습이 그려져 있다. 그 중에는 한국전쟁 이래 40년간이나 옥중 생활을 강요당한 노인도 있다. 서형제 등 정치범이 석방된 후에도 여전히 감옥에 갇혀 있는 사람들이 많다. 서승 씨는 그들의 자유를 바라며 그 한 사람 한 사람의 이름, 경력, 옥중 생활을 기록하고 있다. 그들은 조선반도 분단의 '희생자'들이다. 그리고 그 배경에는 몇십 배 몇백 배에 이르는 '희생자'들이 존재하고 있다. 이미 세상을 떠난 사람까지 헤아리면 수천

배 수만 배에 이를 것이다. 지금도 조선반도의 어두운 한구석에 수인으로 붙잡혀 있는 사람들의 존재를 잊어서는 안 될 것이다.

1993년에, 한국전쟁 이래 비전향 정치범으로 투옥되어 있었던 인민군 종군기자 이인모 씨가 북조선 가족에게 송환되었다. 한국에서 널리 알려지게 된 정치범·사상범을, 남북 분단의 고난을 함께 겪어온 동족·동포로서 받아들이려는 움직임이다.

이 책은 서승 씨 자신의 옥중 기록임과 동시에 새로운 미래를 지향하는 움직임을 감옥 속에서 희망을 가지고 주시해온, 그리고 지금도 주시하고 있는 사람들의 기록이기도 하다.

(1994년)

'서승의 옥중 19년'에 부쳐

임헌영 (문학평론가, 중앙대 국문과 겸임교수)

여기 불길이 있다

여기 불길이 있다, / 그것은 따뜻하다, / 나는 따뜻하고 / 온몸이 편해진다. // 하늘에 새 불빛을 칠하는 것은 / 이 사람의 생명을 위한 것. / 증오가 불타오른 그 모든 날, / 그 어둠이 푸름을 가린 그 모든 날, / 그리고 앞으로 다가올 날, 검은 연기가 고요히 소용돌이칠 때 / 이 사람은 하늘에서 행동을 보살펴준다. // 여기 불길이 있다, / 뜨겁다 / 나는 타오르고 / 온몸에 기운이 솟구친다, // 이 사람이 팔을 벌려 이끈 것은 / 침묵의 안전을 위해서가 아니다. 그의 두 눈의 힘이 하늘에 번져 있듯이 / 말의 힘은 공기 중에 드리워져 있다. / 그리고 이 사람이 공기 중의 연기를 깨끗이 태우는 동안 / 참을성 없는 기다림의 시기가 다가든다. // 여기 불길이 있다, 어떤 감옥도 / 이 사람의 온몸에서 죽일 수 없는 불길, 그리고 그것을 나는 ×××에게서 본다.

— 존 메쉬크자이, 「그리고 그것을 나는 ×××에게서 본다」

이는 한때 영국에 망명했던 남아프리카의 아프리카민족회의(ANC)

소속 시인이 쓴 작품이다. 퀴즈는 아니지만 앞의 시에서 XXX가 무엇인지를 알아맞히는 데는 그리 긴 시간이 걸리지 않을 것이다. 바로 28년 동안이나 감옥에 갇혀 있었던 남아프리카공화국의 넬슨 만델라 대통령이다. 과연 그는 불길이었다. 그 불길은 증오조차 다 태우고 사랑의 뜨거움으로 바뀌어 마침내 역사적인 혁명의 에너지로 승화했다. 90년대 이후 세계사가 마치 코페르니쿠스 이전 시대로 퇴화라도 하듯 가재걸음을 치는 가운데, 반평생을 감방에서 보낸 이 조용한 흑인 노인이 그나마 지구는 돌고 있다는 사실을 저 아프리카의 한 모퉁이에서 입증해주었다. 감방도 원자탄이나 쿠데타처럼 역사를 바꾸는 힘이 있다는 사실을.

그런데 내가 지금 무슨 말을 하고 있는가. 왜 먼 나라의 대통령을 화두로 삼는가. 1990년 2월 11일 만델라가 석방되었을 때 세계의 모든 언론들이 흥분하여 남아프리카공화국의 백인탄압정권에 대한 분노의 불길을 태워댔다. 그 축제 같았던 분위기 속에서 우리는 얼마나 참담했던가. 징역 밥그릇으로 따진다면 우리에게는 만델라 정도는 숱하고, 오히려 그를 능가하는 장기수가 득실거리지 않는가. 또한 활동 면이나 사상적인 성숙도를 보더라도 만델라에 뒤지지 않을 고매한 투옥자들이 우리나라에는 얼마나 많은가. 만델라에게 쏠린 세계의 관심을 지켜보며 한반도의 초라한 운명을 상기하는 순간, 우리에게도 한 투사가 나타나 세계의 이목을 집중시켰다.

바로 재일교포 서승이었다. 만델라의 석방보다 17일 뒤인 1990년 2월 28일, 그는 비전향수의 신분으로 대전교도소에서 풀려났다. 지리적으로나 역사·문화적 조건, 투쟁 방법과 당면 과제 등에서 많은 차이가 있었음에도, 출옥 동기생인 이들 두 사람은 20세기 후반기 반제국주의 민족해방운동의 상징적 인물로 정평이 나 있다. 만델라가 아프리카 민족주의의 불사조로 부활했듯이, 서승은 한국뿐만 아니라 일본을 비롯한 아시아 민족운동의 불사조로 20세기 마지막 한 세대를 장식했다.

80년대 이후 뜨거워진 우리 민족운동사적 전통 아래서 어째서 만델라의 책은 번역, 출판되었으나 정작 우리의 문제를 정면에서 다룬 서승의 글은 단행본으로 정리되지 못했는가 하는 자책이 자괴감으로 변할 즈음에서야 여기 한 권의 책으로 나오게 되었다. 일본어판이 이미 1994년에 나왔는데 이제서야 한국어판이 나온다는 사실은 그간 전개해온 우리 민족운동사가 지녔던 많은 문제점을 시사하는 대목이기도 하다.

분단시대의 한국민족운동사는 거칠게 말하면, 이론과 실천의 총화로서의 8·15 직후 전통적 운동 노선에서 이탈하여 이른바 '계몽파'라고 부를 수 있는 학문·문화예술·교육·종교 운동, 반독재 민주운동에 주력했던 정치세력, 노동자·농민운동에 초점을 맞췄던 민중운동, 그리고 학생운동 등으로 확대·심화되어 왔다. 교묘하게도 일제 식민지시대부터 8·15 직후까지 면면히 이어져온 전통 민족운동 세력은 철통같은 국가보안법의 테두리 안에 갇혀 설사 석방되었다손 치더라도 일단 변혁운동의 주류에 참여시키지 않는 게 공식처럼 통용되어 왔다. 그 결과 통일전선적 개념으로서 민족운동이 불가능하게 되어 80년대 민족운동의 절정기에도 별 거름이 안 되는 이론투쟁으로 분파주의의 전성기로 허송세월했으며, 그게 민주적 정권교체를 이룩할 수 없도록 만든 부작용이 되기도 했다.

이런 풍토 속에서 많은 연구들은 전통적 민족운동의 역사와 실천에서 배우기보다 외국의 사례 인용에서 진로를 모색하는 방법론이 우세했다. 바로 서승으로 상징되는 현대 한국민족운동의 실천가들에게 춤출 멍석판을 제공하지 않은 연유이기도 하다. 그렇다고 세칭 '장기수'로 통용되는 운동가들에게 우리 시대의 이론 영역까지 담당해줄 것을 기대해야 된다는 논리가 아니라, 연구자들에게 보다 현실적인 시각 교정이 필요하다는 사실을 강조하고 싶을 뿐이다. 만델라와 같은 위대한 투사가 수

두룩한 나라에서 그들에 대한 관심과 연구가 너무 소략한 데 대한 푸념인 셈이다. 이 저서를 단순한 옥중기 정도가 아닌 다른 차원으로 접근해 달라는 주문을 하기 위해서 너무 서론이 길어졌나보다.

서승의 빼앗긴 인생 19년

1971년 3월 6일, "2년에 걸친 서울대 대학원 석사과정을 마치고 교토 집에서 마지막 겨울방학을 지내고 (서울로) 돌아오는 길"에 서승은 희한하게도 자신을 찾는 기내방송을 들었는데 스튜어디스가 탑승 확인이라고 해명해주었다. "새 학기부터는 교양과정부 조교"를 맡기로 된 이 26세의 재일교포 유학생은 김포공항에 도착하는 즉시 보안사 옥인동 분실로 연행, 2주일 남짓 조사 끝에 "그들이 원하는 조서"를 작성한 뒤, "재일교포 학생이니까 반성할 기회를 주겠다. 이후 국가에 충성할 것, 이후 행동에 따라서 처벌하지 않도록 하겠다. 여기서 있었던 일은 일절 입 밖에 내지 말 것"이란 말을 듣고 일단 석방되었다.

심신이 지쳐 있던 그의 집으로 보안사 요원들이 다시 들이닥친 것은 4월 18일 저녁이었다. 이날 낮 4·27 대통령 선거를 열흘 앞두고 장충단공원에서 김대중 후보의 유세가 있었는데, 그 탄압 속에서도 100만 인파가 몰려들어 항간에서는 정권교체설까지 거론되는 판국이었다. 왜 하필 이날 그를 연행해 갔느냐 하는 물음은 이내 해답이 나왔다. 보안사 서빙고 대공분실로 재연행해 혹독한 고문 속에서 서승에서 들씌운 굴레는, 첫째가 서울대에 지하조직을 만들어 군사훈련 반대와 박정희 3선 반대를 배후조종했다는 것, 둘째는 김상현 국회의원을 통해 김대중 대통령 후보에게 불순한 자금을 전달했다는 것이었다.

목적은 뚜렷하고 사건은 허위일수록 고문은 잔혹해진다. 서승이란 교포 학생 하나를 고문하여 학생운동과 대통령 선거를 유리한 국면으로 바꾸려는 각본이라면 아마 그 대상이 누구라도 혹독한 고문 앞에 굴복할 수밖에 없을 것이다. "만약 이 줄거리를 받아들인다면?"이란 공포감은 고문에 못지않은 고통이었으리라. 이 장면, 이 고문의 장면을 우리는 신상웅의 장편소설 『심야의 정담』이나, 정도상의 중편소설 「친구는 멀리 갔어도」 같은 데서 실감나게 읽을 수 있다. 고문의 직접적인 피해자이면서도 서승은 이 저서에서 초반부의 클라이맥스인 이 장면의 묘사법으로 건조체에다 사무적인 수법을 쓰고 있다.

요약하면 그는 수사관과 감시병이 자리를 비운 사이에 겉옷을 벗어버리고 난로의 경유를 온몸에 뿌려 불을 붙여 분신자살을 시도한 것이다. 살아서는 도저히 고문을 이겨낼 수 없는데다 각본대로 되는 데 대한 양심의 가책이 그로 하여금 생명을 포기하게끔 몰아간 것이다.

팔을 감싸고 있던 얇은 스웨터가 타들어가면서 바늘로 찌르는 듯한 통증이 온몸에 퍼졌다. 경비병이 눈치채지 못하도록 이를 악물고 비명을 참았지만, 기세가 붙은 불길이 어깨에서 얼굴로 옮겨오자 도저히 견딜 수 없게 되어 "으~ 윽~ 으악~" 하는 비명이 목구멍을 비집고 나와버렸다. 그러고는 시멘트 바닥에 나뒹굴었다. 죽으려고 했는데 본능적으로 불을 끄려고 했다. 죽어야 한다는 의지와 죽음에 대한 본능적 공포 사이에서 갈등하며 데굴데굴 굴렀다.

　―「제1장 보안사」에서

이렇게 그의 비극은 시작된다. 74kg의 몸무게가 40kg으로 줄어들었고, 한 달여에 걸친 수술로도 "원자탄으로 타들어간 들판처럼 타 문드러진 나의 얼굴"은 옛 모습을 되찾을 수 없게 되어버렸다. 아, 서승의 얼굴! 민족분단의 숱한 비극 속에서 그의 얼굴만큼 우리 시대의 아픔을 축약

시켜주는 상징도 흔하지 않으리라. 사형수나 옥사자 말고 살아나온 사람 가운데 누가 서승의 그 참담한 모습을 넘어설 수 있을까. 일제시대에 징역 살다가 앉은뱅이가 되어버린 김창숙을 우리는 익히 알고 있으며, 분단시대에도 고문과 징역 속에서 불구자와 정신병자가 속출했지만, 서승의 모습은 그것 하나만으로 민족분단의 대서사시에 다름 아니다.

그런 몰골로 같은 해 6월 말경 그는 서대문구치소로 옮겨져 재판을 받고 사형수에서 무기수가 되어 대전교도소(1973. 3. 20), 대구교도소(1973. 4. 2), 대전 중구금교도소(1985. 7. 15)에서 20년 감형(1988. 12. 21)에 이어 석방(1990. 2. 28)되었다. 여기에다 동생 서준식의 고통까지 합치면 '서형제 사건'은 가히 20세기 후반 세계적 인권탄압의 상징이라고 할 만하며, 무슨 상이나 표창으로도 보상받을 길 없는 우리 시대의 속죄양에 다름 아니다. 이 사이에 그는 어머니와 아버지를 잃었다. 청춘과 인생을 잃어버린 그는 이름풀이 그대로 서서히[徐] 승리[勝]할 운명인지 출옥 이후 그간 못했던 각종 활동을 맹렬히 전개하고 있다.

서승을 아는 사람들은 예외 없이 활달성, 활동력과 포용성, 기민성에 대해서 찬사를 보낸다. 그가 처음 한국으로 유학을 와서 정했던 하숙집은 김상현 의원 집이었다. 국회의원이 무슨 하숙이냐고 하겠지만『재일한국인』의 저자로 일본 동포들에게 널리 알려져 있던 김의원은 서승 말고도 구말모 씨 등 일본에서 유학 온 사람들에게 하숙을 제공해서,『한양』지 사건 등 일본과 관련된 사건이 터질 때마다 수사기관에게 내사를 당해온 처지였다. 특히 자신의 집에 머물렀던 서승 사건의 경우에는 중요한 표적이 되었다. 김의원은 당시 수사를 받을 때 그 사건의 정치적 파장을 알고 선수를 쳐서 "아예 나를 삼팔선으로 끌고 가 북으로 가게 만들어서 총살시켜버려라. 그러고는 김상현이 월북하려 했다고 발표하면 되지 않느냐"고 항변했음을 사석에서 토로한 적이 있다. 양명산과 조봉

암, 그 이후 선거 때마다 등장했던 남북관계의 미스터리가 바로 1971년 서승의 불꽃으로, 타죽기의 자살 시도로 불발에 그쳤다고 하겠다.

김상현 의원은 서승을 "활동적이고 다방면에 걸친 수재"라고 평했는데, 아마 지금 서승을 아는 사람들은 누구나 이 말에 동의할 것이다. 그는 성격처럼 모든 분야에 걸쳐 백과전서적인 지식과 교양과 취미와 소양을 갖춘 탁월한 영혼의 단련사이다. 그의 독서의 폭이나 깊이는 거의 측정이 안 될 정도인데 심지어는 세계 각국의 노래나 식도락의 경지에까지, 그는 대화의 상대를 경탄하도록 만든다. 가끔은 재일교포 작가 이양지의 소설에 등장하는 인물처럼 모국에서 태어나 자란 사람들에게는 생뚱한 부르주아적인 성향을 불쑥 풍길 때가 없지 않지만, 어떤 면모로 보든 그는 이론과 실천을 겸비한 우리 시대의 전위적 혁명가이다. 분단 한국사는 서승과 같은 인물에 이르러 단절되었던 민족운동의 맥락이 정통성을 이어가는 계기가 되는데, 이 책은 바로 그런 역사적인 의미를 지니고 있다. 이것은 단순한 징역살이의 회고록이 아니라 민족운동의 정통성이 어떻게 창출, 성장, 계승, 발전되고 있는가를 추적하는 형식을 취하고 있다. 대체 그가 주장하는 우리 시대의 민족적 과제는 무엇일까.

이데올로기 종언 시대의 민족운동

서승은 이 저서의 목적을 아래와 같이 요약한다.

> 이데올로기 시대는 끝났다고 일컬어지는 오늘날, 사상이나 신조를 지키기 위해 감옥 안에서 싸우는 일이 얼마나 의미가 있느냐는 의문이 있을 것이다. 나아가 모든 것이 변해가는 요즘 세상에 하나의 사상을 지킨다는 것은 '각주구검(刻舟求劍)'의 우를 범하는 식이 아니냐는 지적도 있을 것이다. 그러나 정치범들이 희구한 민족통일

과 자주, 정의와 평등의 이상이 한반도에 이미 실현되어 그 의미가 없어졌다고는 생각되지 않는다. 변해가는 세계에서 변하지 않는 것의 소중함을 그들은 몸으로 보여주고 있다. 폭력이나 강제 앞에 무릎을 꿇지 않고 인간의 존엄을 지키는 투쟁은 어떤 세상에서도 귀중하다고 하겠다. 그런 이유로 나는 그들이 싸워온 삶을 한 토막이라도 써두고 싶었다.

—「시작하며」에서

무엇을 썼는가는 곧 어떻게 싸울 것인가와 통한다. 우리 시대는 이미 변혁운동과 사상에 대하여 불신임안을 제출한 지 오래된 것 같은 착각이 드는데, 다른 한편으로 전혀 달라진 것은 없이 오히려 비관론이 심화된 점만 도드라져 보인다. 2000년대 한국 민족운동의 방향은 어디일까 하는 문제는 지난 시기 민족운동의 정통을 어디에서 창출하느냐와 통하는 문제이다.

한국 분단사에서 민족운동의 갈림길은 북한을 어떻게 보느냐는 데서 시작된다. 민족개조론과 민족독립론의 대립이라는 근대 식민지 시기의 운동사는 8·15 이후 친일파와 토지 문제의 처리방법, 그리고 통일조국 수립과 분단국가 추구에서 좌우 이데올로기로 나누어졌다. 이후 한국사에서 북한을 보는 관점으로 첫째, 항일독립운동만 수긍하는 입장, 둘째, 친일파 척결 등 8·15 직후의 상황에 대한 긍정적 접근, 셋째, 주체사상 형성 이전 상태를 수렴하는 자세, 넷째, 주체사상까지는 수긍하는 입장, 다섯째, 김정일 정권도 수긍하는 것 등 다섯 단계로 나눠볼 수 있다. 물론 이 다섯 가지의 어디에도 해당되지 않는 반공 이데올로기적 성향이 압도적 다수를 차지하고 있는데, 이 극우적 논리는 일제 식민통치의 긍정적 평가에서 군사독재의 옹호론으로 그 맥이 닿는다. 한국 민족운동은 이 다섯 단계에 대한 인식과 태도 여하에 따라 운동가의 기본자세가 결정된다. 남한에 대해서도 비슷한 관점을 설정할 수 있다. 예를 들어 첫째, 일제시대 부르주아 항일운동을 수긍하는 것, 둘째, 8·15 직후 민족진영 중 양심적 중립성과 반탁운동 등을 긍정적으로 보는 것, 셋째, 개발독재에 대한 긍정, 넷째, 문민정권의 수용, 다섯째, '국민의 정부'에 대한 전면적 긍정 등, 단계적 접근이 가능하다. 극우파가 있듯이 극좌파가 존재한다면 아예 이 다섯 가지의 어떤 요소도 부인하고 식민체제로 몰아붙일 수도 있다.

남북한은 이처럼 그 인식과 정도와 자세에 따라 여러 유형의 변혁과 민족민주운동의 이론과 방향 설정 및 대응자세가 달라질 수밖에 없을 것이다. 부연하면, 넷째 단계에서부터 허물어지기 시작한 민족운동은 다섯째 단계에 이르러 자의반 타의반 동조라도 하는 듯이 보인다. 그러나여전히 민족운동은 남아야 하고, 과제는 미해결이란 입장이 절실하다.

한국의 경우, 대부분의 민족운동가들은 분단현실과 독재체제에 대한염증, 사회부조리 등에 대해 인식하면서 각성(세칭 의식화)된다. 지식인적 민족운동의 접근 중 대표적인 것이 바로 이런 유형이다. 이보다 절박한 방법론으로 구체적인 삶의 현장성을 들 수 있는데, 예를 들면 가난해먹고살 길을 찾다가 사회체제의 모순을 깨닫게 되는 따위라 하겠다. 대게 이 두 유형이 한국 운동권의 형성 요인인데, 여기서 전혀 예기치 않는유형이 하나 있다. 진리이기 때문에 믿는 것이 아니라 자신이 믿기 때문에 그걸 진리로 만들어야 한다는 능동적이고 주체적인 운동가 유형이바로 그것이다.

서승은 어떨까. 위에 든 한국적 각성 과정이 아닌 재일교포들이 겪는보편적인 민족의식의 각성에서 이내 능동적이고 주체적인 변혁운동가로 전환한 예에 속한다고 볼 수 있다. 그들의 민족, 조국관은 일본에 살면서 반제국주의적 성격을 강하게 지니게 된다(「민족사의 본류에 서서」 참조,『첫 걸음을 내딛을 때』, 일본평론사, 1995). 말하자면 한국에서 찾아보기 어려운 유형의 민족운동가이다. 그러기에 서승에게는 위의 다섯 가지 남북한을 보는 방법에 따른 변혁운동론 같은 논리가 적용되지 않고 그 너머에 존재하는 혁명가 유형이라 하겠다. 서승 정도라면 그가 하는 일은 뭐든지 옳다는, 말하자면 진리이자 옳기 때문에 그걸 위해 싸우는 것이 아니라, 자신이 믿는 것을 진리로 옳도록 만들어야 한다는 입장이다. 이것은 곧 세계관과 인생관이 일치된 단계의 혁명의식이다. 바로 이런 자세가 그로 하여금 부단한 활동가로 만드는 기본 요인이 된다.

서승은 90년대를, '동구식 사회주의'의 붕괴와 이라크에 대한 미국의 폭격 등으로 상징되는 세기말 시대를 "아시아에 평화와 화해, 풍요와 번영의 시대가 온 것 같은 환상이 마구 뿌려지고 있다"고 보고 있다. 그는 포스트 냉전시대란 "종래 미소 대립의 국제 정치구조는 붕괴되었다고 말할 수 있으나, 그것은 소련의 자기붕괴에 따른 것이지 결코 양국이 냉전구조 해체를 합의하거나 결정한 것은 아니었다. 즉 미국의 냉전 이데올로기, 군산복합체제 그리고 군사·정치적 세계 지배가 해소되고 화해와 평화구조가 지구에 확립되었음을 의미하는 것은 아니다. 미국을 정점으로 하는 선진국 간의 공조에 의해 지구는 지배되고 있고, 제3세계 내부는 분단, 혼란, 대립, 무력화되고 있는 것이 오늘날의 세계이다"(이상 「대만 민중투쟁 대탄압의 현장을 찾아서」,『역사비평』, 1996년 여름호)는 것이 서승의 국제관이다.

세계사의 변화에도 불구하고 한반도의 통일론이 여전히 냉전구조 속에 갇혀 있다고 보는 그로서는 인간다운 삶의 보장을 위하여 반제 민족해방운동과 함께 민주주의 사회의 건설이라는 지상과제를 저버릴 수 없다. 여기서 그는 "적극적 민족의식"이란 용어를 창출해낸다. 그는 고등

320

법원 최후진술에서 "적극적 민족의식이란 자국의 문화, 역사, 전통, 언어 기타 모든 사정을 깊이 이해하고 인식하며, 그것들을 사랑하고 긍지로 여기는 것이며, 그래서 실제로 풍요롭고 통일된 세계에 자랑할 수 있는 조국을 갖는 것이며, 나아가 전 민족적 일체감을 확고히 하여 연대를 강화하는 것입니다"라고 풀이해준다. 이런 논리는 상고이유서에 보다 정교하게 반영되었는데, 그것은 7·4 남북공동성명에 기초한 민족통일 의지의 구현과 이에 위배되는 일체의 적대적 탄압적 법률과 통치의 부당성을 지적하는 것으로 승화되어 나타난다.

이런 사상적 바탕 위에서 서승은 출소 후 비전향 장기수 문제를 가장 비중 있게 다루고 있는데, 그것도 국내 차원을 넘어 동아시아로 지평을 확대하고, 시대적으로도 일제 식민통치에서 현대의 미국 지배체제에 이르기까지 두루 포함시킨다. 그의 주도로 이룩된 '동아시아 인권과 평화를 위한 회의'는 이미 대만과 제주도에서 2회에 걸친 국제학술심포지엄을 개최했고 1999년에는 오키나와, 2000년에는 광주에서 계속 개최할 예정이다. 그는 제2차 세계대전을 전후해서 발생했던 대규모 인권탄압과 학살만행을 '국가 테러리즘'으로 보고 있으며, 그 폭력의 국제적인 배후세력으로 일본과 미국을 지목하고 있다. 따라서 그가 주도하는 이 심포지엄은 반제국주의적 성향을 강하게 띠고 있다.

'국가 테러리즘'에 대한 대응으로 그는 비전향 사상을 고수한다. "사상전향이란 국가권력에 대항한 사람이 국가사상에 동조하거나 국가권력에 복종할 것을 서약하는 것"이라고 규정하는 그는 이 책 후반부에서 상당량을 바로 이 문제의 추궁에 바치고 있다.

비전향이란 사상적으로는 민족운동의 정통성 확보에, 양심적으로는 사육신이나 역대 애국지사들의 마음가짐을, 정치적으로는 민주주의에 대한 확고한 신념으로, 어떤 사이비 민주정권에도 굴종, 협력하지 않는 의지를 상징한다. 그래서 통일운동의 전위로서 굳건히 앞설 수 있는 세력은 역시 그들이어야 한다는 점을 간과할 수 없다.

물론 언제부터인가 한국의 독재정권도 세련되어 북한에서 넘어오는 사람은 아예 투옥 절차까지 생략해버린 지 오래이다. 고작해야 한국 출신자와 해외교포들은 여전히 국가보안법의 위력에서 벗어날 수 없고, 만약 걸려들면 전향 문제에 부딪히게 된다.

이 책이 전해주는 것처럼 비전향자는 그간 갖은 고문과 학대와 협박을 딛고 신념을 지켜온, 실로 영웅적이래도 지나치지 않을 삶을 살아왔다. 김하기의 소설 『완전한 만남』에서 실감 있게 그려져 있는 이들의 존재는 곧 분단시대의 마지막 증언자이기도 하다. 그러나 한편으로 한국 사회에 가족적 뿌리가 있는 국가보안법 위반자들은 거의가 전향수라는 점과, 재일교포나 남파 인사들이 주축이 되어 비전향 사상을 실현하고 있다는 사실을 대비시켜볼 필요는 없을까 하는 생각을 이 책을 놓으면서 하게 된다.

에드거 스노의 『중국의 붉은 별』이나, 존 리드의 『세계를 뒤흔든 10일』 같은 희대의 르포를 읽는 감동에 못지않은 설렘으로 이 책을 읽는 동안, 나는 뜨거운 눈물을 많이도 삼켰다. 왜 이다지도 많은 선량한 사람들이 가혹한 시련을 당해야만 하며, 그럼에도 역사는 왜 요 모양 요 꼴인가에 대한 분노가 숙여지지 않았다. 석방된 뒤에도 감방에서의 악몽에 시달리다가 눈을 떠서 천장을 보는 순간 "아, 꿈이었구나" 하며 안도하는 순간을 자주 체험한다고들 한다. 언제나 그 악몽으로부터 해방될 수 있을까. 석방 그 자체가 목적이 아니라 악몽이 없어지는 날이 와야 할 것이다.

(1999년)

한국 인권사의 한 상징

박원순 (참여연대 사무처장, 변호사)

꽃처럼 스러진 청춘

나는 몇 년 전 '일일감옥체험'에 참여한 적이 있다. 민가협에서 매년 실시하고 있는 '하루체험'은 감옥을 실제와 똑같이 만들어놓고 사회 명사들을 하루 동안 수감함으로써, 양심수의 고통과 고난에 동참하도록 하자는 취지에서 지금껏 이루어지고 있다. 좁은 공간과 불량한 식사와 엄격한 간수의 감시가 실제처럼 이루어지고 있지만 도무지 실감이 나지 않았다. 하루만 지나면 풀려날 감옥 생활이 실감이 날 리가 만무하다. 이영희 선생은 감옥 체험을 이렇게 권하고 있다.

> 당신은 혹시 길이 여덟 자, 너비 넉 자 크기의 관 속에 들어가 누워본 일이 있습니까? 어떤 느낌일까요? 경험이 없어서 상상이 안 가지요. 그 관의 크기는 0.9평입니다. …… 그만하면 아시겠어요? 시체를 넣는 관이 아니라 지난 세월, 비인간적인 독재정권 아래서 수천, 수만의 정치수, 사상수, 양심수, 확신수들이 쳐 넣어져 신음해야 했던 이 나라 교도소와 형무소의 감방 독방의 모습입니다. …… 나는 어제까지 독재체제의 법복을 입었거나 지금도 입고 있는 분

들에게 한 가지 간절히 권하고 싶은 일이 있습니다. 1년은 너무 길고 단 하루만이라도 그 관 속에서 살아보십시오. 한증막 속같이 숨이 턱턱 막히는 그 관 속에서 이 영상 36도의 여름날, 구더기를 쓸어내면서 세 끼의 식사를 하고 나오면 조금은 심정이 달라질 것입니다.

적어도 감옥이란 이런 정도는 되어야 하지 않을까. 바로 이런 감옥에서 서승은 만 19년을 꼬박 지내고 나왔다. 그의 꽃다운 청춘이 0.9평의 감방 속에서 스러진 것이다. 박정희, 최규하, 전두환, 노태우, 네 대통령의 치하를 모두 감옥에서 보냈으니 한국 현대사의 후반부를 전부 감옥에서 지샌 것이다. 판·검사에게 단 하루만이라도 들어가 보라고 권유한 지긋지긋한 독방에서 서승은 6,929일을 깨고 나왔다. 감옥 속에서 시간을 보내는 것은 너무나 힘들어 세월을 깬다고 말한다. 그 긴 세월을 그는 하루같이 지내고 우리 곁에 살아 돌아온 것이다. 연행되어 갈 때, 고문받을 때, 자살을 기도할 때, 사형선고를 받을 때, 그 스스로 살아서 이 세상에 다시 나올 수 있으리라고 생각하지 못했을 것이다. 그러나 세상의 밝은 햇빛은 마침내 그 어두운 감방을 비추었다.

개인적인 옥중 기록이자 한국 행형사, 인권사의 기록

한 장의 사진이 다가온다. 흰 수의를 입은 채 법정에 서 있는 장면, 형체를 쉽게 알아보기 힘들 정도로 화상을 입은 이 수인의 얼굴, 굵고 검은 안경을 걸칠 귀조차 녹아버려 안경을 머리 위로 묶은 흰 천. 이 모든 것이 기이하게 클로즈업된다. 한국의 현대사, 인권사에서 결코 잊혀질 수 없는 한 장의 사진이다. 바로 '재일교포학생 학원침투 간첩단 사건'으로 불리워진 이 사건의 주인공 서승의 얼굴이다.

"원자폭탄으로 타들어간 들판처럼 타 문드러진 얼굴"…… 그 자신이 쓴 이 처절한 표현처럼 그의 일그러진 얼굴은 그 자체로 한국 인권, 아니 고난의 한국현대사의 한 상징이 되었다. 그는 그 긴 세월을 살아남아 그 흉한 얼굴을 그대로 세상 사람에게 보여주면서 그 얼굴보다 더 흉칙한 독재정권의 몰골을 드러내주는 선전탑이었다. 바로 그 점 때문에 그는 필요 이상으로 더 감옥에 머무를 수밖에 없었는지 모른다.

그러나 그가 한국 인권의 상징으로, 한국현대사의 비극의 중심으로 자리잡게 된 것은 단지 그의 얼굴에 기인하는 것은 아니다. 식민지 지배와 민족분단의 고통을 고스란히 껴안은 재일교포 출신, 독재정권의 심장부인 보안사를 거치면서 받게 된 고초와 목숨을 건 저항, 전향에 대해 기나긴 세월 버티기로 일관한 그는 자신의 몸을 불살라 이 땅의 모든 모순과 악법을 드러내는 선지자로 선택된 운명이었다.

남북 본국에서 '장기판의 말(馬)' 정도로 여겨지던 재일교포의 운명이 가장 비극적으로 조명된 것은 바로 흔히 간첩단 사건의 희생양으로 이들이 선택되었다는 사실이다. 김병진의 『보안사』를 빌리지 않더라도 한국과 일본을 왕래하는 재일교포 유학생이나 실업가들은 잠재적 '간첩' 용의자들이었다. 언제든 필요하면 연행해 고문하고 꾸며낸 간첩으로 만들 수 있었다. 조총련 사람들과 함께 어울려 살 수밖에 없는 재일교포의 생활 현실, 국내 안보 인식과 공안기관에 대한 이들의 무지, 어눌한 한국어 실력과 사고무친에다 국내 무연고 등이 이들을 간첩단으로 모는 데 가장 유리한 조건을 만들고 있었다. 보안사가 발간한 한 책에는 재일교포 유학생이 한국에 입국하면 곧바로 이들의 호적등본을 입수하는 등 내사에 착수한다고 자랑스럽게 기술하고 있다. 재일교포는 한국 공안기관들의 공적의 먹이가 될 가능성이 상존하고 있었다. 한국에 입국하는 순간, 서승 형제의 운명은 그렇게 정해졌는지도 모른다.

서승은 처음부터 다른 양심수와 다른 존재일 수밖에 없었다. 그는 한국에서 태어나고 교육받은 학생들이나 노동자 출신 양심수와는 다른 차원의 수인이었다. 학생운동이나 노동운동에 종사하다가 좌경용공으로 몰려 국가보안법의 딱지를 달고 구속되는 것은 기실 흔한 일이었다. 이들은 정권이 바뀌거나 정치정세가 달라지면 어느 아침 석방되게 마련이었다. 제대로 형기를 다 사는 경우가 드물었다. 그러나 서승은 달랐다. 그는 북한을 방문하고 돌아온 '간첩'이었다. 간첩이라는 말 한마디로 그와 그 가족에 대한 대우는 처음부터 달라질 수밖에 없다. 가슴에 붙인 딱지의 색깔부터 달랐다. 감형, 가석방, 귀휴라는 단어와는 처음부터 담을 쌓고 지내야 했다. 그 대신 누진처우 규정, 전향공작, 고문과 친구처럼 지낼 수밖에 없었다.

그러므로 체포, 고문, 분신자살 기도, 재판, 사형선고로 이어지는 드라마 같은 사건 전개는 단지 서막에 불과하였다. 짧은 고통, 긴 회한의 시간이었다. 이미 북한공작원 출신 등 장기수들에게 전설처럼 행해져 오던 전향공작을 그는 온몸으로 저항하면서 단호히 반대했으며, 그러한 행동으로 인하여 전향공작의 실태가 세상에 널리 알려졌다. 그리고 장기수들의 실체와 그들의 얼굴이 비로소 세상에 알려지고 이들에 대한 후원, 석방운동이 벌어지게 되는 계기가 되기도 했다.

1971년 3월 6일부터 1990년 2월 28일까지 이 긴 세월 동안의 옥중 생활을 그는 놀랍게도 자세하고 섬세한 필치로 그리고 있다. 이 나라에도 고정훈의 『명인 옥중기』를 비롯해 많은 옥중 기록이 남아 있다. 그러나 이 책만큼 처절하고도 극적인 기록은 없다. 이 기록은 서승 자신의 개인적 옥중 기록이자 한국 행형사, 인권사, 정치사의 기록이기도 하다. 그의 삶 자체가 이미 우리 시대와 민족의 수난을 품어 안아 보편성을 획득한 것이다. 그러므로 이 기록 속에 지난 100년 동안의 전근대성과 왜곡된 민족사가 한 덩어리의 모순으로 드러나 있다. 거기에 일제의 유산과 분단의 아픔과 독재의 고통이 그대로 녹아 있다. 따라서 이 기록은 민족사의 비극의 원형으로 영원히 남을 것이다. 다시는 반복될 수 없는 수난의 현장으로 보존될 것이다.

한국 인권의 상징이 되다

1991년 12월의 어느 겨울 새벽, 스위스 바젤 역. 새벽 안개가 자욱이 끼어 있었지만 쉽게 알아볼 수 있었다. 당시 영국에 거주하고 있던 나는 미국에서 날아와 독일을 여행하고 있던 서승 형과 함께 그곳에서 만나기로 약속을 했다. 우리는 초행길이었지만 별 착오 없이 정해진 시간에 서로 나타났다. 왜 하필이면 그곳에서 만나기로 약속을 하였는지 기억조차 나지 않지만 이국의 한 기차역에서 만난 것은 영화 속의 한 장면 같았다. 그리고 우리는 제네바로 갔다. 유엔 인권위원회의 회의에 참석하기 위해서였다.

제네바는 인권의 도시였다. 인권회의가 수시로 열리고 인권단체들이 상주하고 있었다. 그해 12월에도 한 달 내내 각국의 정부 관리들과 인권 관련 인사들이 제네바 유엔 건물에 모여 토론하고 있었다. 각국의 인권 상황이 제기되고 해당 국가의 정부 대표가 답변하였다. 유엔 자문 자격을 획득한 인권단체 대표자들의 발언도 이어졌다. 지루하고도 열띤 말의 성찬이었다. 중간중간의 휴식 시간에는 회의장 회랑과 식당에 삼삼오오 모여 인사와 대화를 나누었다. 그 가운데에서도 그는 단연 두각을 나타냈다. 그의 얼굴은 이미 세계적으로 널리 알려져 있었다. 한국 인권의 상징, 그 자체였다. 더구나 그의 활달한 성격과 태도는 세계 인권운동가들을 사귀는 데 서툰 영어를 충분히 극복하고 있었다.

서승은 국외로 나가 천하를 주유하다가 일본 리츠메이칸 대학에서 전임교수가 되어 이제 새로운 인생을 출발하였다. 물론 그 가운데에서도 대만과 오키나와, 일본과 한국의 인권 피해자들과 관심 있는 시민들을 연결하여 '동아시아 인권과 평화를 위한 국제회의'를 조직하는 등 그의 발걸음은 여전히 분주하기만 하다.

우리는 침묵하고 방관하고 외면해오지 않았는가

1992년 미국으로 간 나는 서형제와 특별한 인연을 맺고 있던 교토 대학의 미즈노(水野直樹) 교수를 만났다. 그는 '서형제를 구원하는 모임'에서 활동했는데, 마침 엔칭 연구소에 교환교수로 와 있던 중이어서 나와 자주 어울렸다. 그런 그가 어느 날 자신의 집을 방문한 나에게 책 한 권을 선물하였다. 『서형제를 구원하기 위해』라는 책이었다. 1971년 서형제가 감옥에 간 뒤 석방된 1990년까지 발행된, '서형제를 구원하는 모임'의 회보 합본이었다. 정확히 1,700쪽에 이르는 이 방대한 분량만이 사람을 압도하게 만든 것은 아니다. 문제는 19년 동안이나 지속된 그 모임, 그 자체였다.

이 회보에는 현해탄 건너 일본의 지식인, 시민들이 이 비극적인 운명의 재일교포 형제에게 보내는 격려와 애정, 관심이 온통 그대로 배어 있다. 한국과 일본, 미국과 유엔, 유럽 그 어느 지역에서도 이 형제를 구원하기 위한 활동이 벌어지지 않은 곳은 없었다. 1981년 10월 22일 서승이 사형을 선고받은 직후, "서승 군에 대한 사형 판결에 즈음하여 호소합니다"라는 기사로 시작된 이 회보는 눈이 오나 비가 오나 끊어지지 않고 이들이 석방되는 날까지 지속되었다.

『6백만 명이 죽는 동안』이라는 책자를 통하여 6백만 명의 유태인이 죽어가는 것을 방관한 미국의 무관심과 책임을 통렬하게 물었던 CBS 기자 아서 모스는 "우리가 대량학살의 방지를 위해서는 살인자, 피살자만이 아니라 방관자의 입장에서도 왜 그런 일이 벌어졌는지를 해명해야 한다"고 단언하였다. 버트런드 러셀이 주도하여 스톡홀름과 코펜하겐에서 열린 국제전범재판소는 베트남에서의 미군범죄를 방관한 인류를 '침묵의 범죄'로 낙인찍었다.

지난 1970년대 끔찍한 인권탄압이 이 땅을 휩쓸고 있던 그 당시, 우리는 과연 어떻게 살았는가. 죽음에 직면한 채 한 시간 한 시간, 하루하루를 19년 동안 감옥 속에서 신음하고 있는 사람이 있을 때 우리는 무엇을 하고 있었는가. 우리는 침묵하고 방관하고 외면해오지는 않았는가. 준법서약, 국가보안법, 보안관찰법이 그대로 잔존하고 그것 때문에 피해를 입었던 사람들이 아직도 그 고통의 기억 속에서 몸부림치고 있는 지금도, 우리는 망각 속에 잠들고 있지 않은가. 그 고난의 행군을 통하여 희생된 그들의 몸값, 그들의 빼앗긴 자유의 대가를 우리는 치렀는가. 한 세기가 끝나기 전에 우리의 역사와 미래는 그 대답을 기다리고 있다.

(1999년)

서승 연보

1928   아버지 서승춘, 어머니 오기순, 일본에 건너감.

1945   4월 3일, 교토 북쪽 슈잔(周山)에서 태어남.

        8월 15일, 8·15 해방.

1960   4월 19일, 4·19 학생혁명.

1961   5월 16일, 5·16 쿠데타.

1964   4월, 교토의 고등학교를 졸업하고 도쿄 교육대학에 입학.

1965   베트남 파병 결정, 한일기본조약, 정부 모국유학생제도 추진.

1967   3월, 동생 서준식, 한국에 유학. 이듬해 1968년 서울대 법과대학 입학.

1968   3월, 도쿄 교육대학 졸업, 한국에 유학.

1969   3월, 서울대 대학원 사회학과 입학.

        10월 17일 박정희의 3선 연임을 허용하는 3선 개헌.

1971   3월, 대학가를 중심으로 군사교련 반대운동, 3선 저지운동 확산.

        3월 6일, 김포공항에서 연행됨, 보안사에서 2주 남짓 조사 명목으로 고문 받고 일단 석방.

        4월 18일, 서승과 서준식 재연행, 체포. 고문을 견디다 못해 자살 기도(그 후 국군수도통합병원에 2개월 남짓 입원).

        4월 20일, 육군보안사령부 '재일교포학생 학원침투 간첩단 사건' 발표.

        4월 27일, 대통령 선거, 박정희 당선.

        6월 말, 겨우 걷게 되자 서울구치소 수감.

        7월 19일, 서울지방법원에서 첫 공판, 큰 화상을 입은 서승의 법정

출정 사진이 전 세계에 알려져 충격을 줌.

10월 22일, 제1심 사형 판결. 동생 서준식은 징역 15년.

1972   1월 7일~10월 25일, 국군수도통합병원 기능회복 수술을 위해 재입원.

7월 4일, 7·4 남북공동성명.

5월 23일, 동생 서준식 징역 7년 확정.

10월 17일, 비상계엄령 발포, 유신쿠데타.

12월 7일, 제2심 무기징역 판결.

12월 27일, 유신헌법 공포, 보안처분조항 도입.

1973   3월 13일, 상고 기각, 무기징역 확정.

3월 20일, 서울구치소에서 대전교도소로 이감.

4월 2일, 대전교도소에서 대구교도소로 이감.

6월, 대전·대구·광주·전주, 4곳의 교도소에 '사상전향 공작반'이 설치되어 그 후 본격적인 전향공작·테러 시작.

8월 8일, 김대중 납치 사건.

1974   1월 8일, 긴급조치 1호 발포(이후 1975년 3월 13일까지 9호가 발포됨).

8월, 앰네스티 인터내셔널(국제사면위원회) '세계의 양심수'로 선정.

1978   5월 27일, 동생 서준식, 7년 만기 형을 종료했음에도 '사상전향'을 거부했다는 이유로 사회안전법상 보안감호처분을 적용, 청주보안감호소에 재수감.

1979   10월 26일, 박정희 암살 사건.

1980   5월 20일 새벽, 어머니 오기순, 암으로 사망.

5월 18일~5월 27일, 5·18 민중항쟁.

8월 27일, 전두환, 11대 대통령으로 당선.

1981   3월 3일, 전두환, 제12대 대통령 취임.

1982   부산 미문화원 방화 사건.

1983   5월 9일, 아버지 서승춘, 암으로 사망.

1985	전두환 정권, 학원안정법 제정 기도.
	7월 15일, 대전 중구금교도소로 이감. 물고문을 당함.
1987	3월 3일, 준식, 사회안전법과 사상전향제도 폐지를 요구하며 51일 동안 단식.
	6월, 민주화대항쟁.
	12월 16일, 제13대 대통령 선거, 노태우 당선.
1988	5월 25일, 동생 서준식 석방.
	12월 21일, 정치범 특별사면조치로 징역 20년으로 감형.
1989	5월, 사회안전법 폐지. 최남규, 이종 등 비전향 피보안 감호자 52명 석방.
1990	2월 28일, 석방.
1991	2월, 캘리포니아 대학(버클리) 사회학과 객원연구원.
1992	5월, 미국 북 캘리포니아 소재 비영리단체 〈STIK(Stop Torture In Korea)〉 상임이사.
1994	4월, 리츠메이칸(立命館) 대학 시간강사(치안법과 인권).
1995	4월~9월, 오사카 대학 시간강사.
	타다요오코(多田謠子) 인권상 수상.
	국제심포지엄 '동아시아 냉전과 국가테러리즘' 국제 사무국 코디네이터(2003년까지).
1997	2월, 대만에서 '동아시아 냉전과 국가테러리즘' 제1회 국제심포지엄(그 뒤 1999년 여름 제주도, 1999년 겨울 오키나와, 2000년 광주, 2002년 3월 교토, 10월 여수 등 모두 6회에 걸쳐 국제심포지엄).
1998	3월, 김대중 대통령 취임 특사로 70세 넘은 비전향 장기수 6명 석방.
	4월, 리츠메이칸 대학 법학부 교수(비교인권법).
	7월, 법무부, 전향제도 폐지하고 준법서약 도입하겠다고 발표.
1999	2월 25일, 강용주 석방.
	7월 10일, 쌍둥이 하연, 긴나 탄생.
2000	6월 15일, '6·15 남북공동선언' 발표.
	9월 2일, 비전향 장기수 63명 북으로 송환.

2001	11월, 일본평화학회 이사(2008년 12월까지).
2003	1월, 캐나다 빅토리아 대학 객원연구원.
2004	8~9월, 연세대학교 사회학과 객원연구원.
2005	6월, 리츠메이칸 대학 코리아 연구센터 설립(2010년 3월까지 센터장, 이후 연구고문).
2006	8월, 〈평화의 촛불을! 야스쿠니의 어둠으로 – 야스쿠니 반대 동아시아 공동행동〉 공동대표(현재까지).
2007	10월, 김대중 전 대통령 리츠메이칸 대학 방문기념 강연. 명예박사 학위 수여식. 코리아 연구센터 현판식.
2011	3월 31일, 리츠메이칸 대학 정년퇴임.
	4월 1일, 리츠메이칸 대학 특임교수, 리츠메이칸 대학 코리아 연구센터 연구고문.
	6월, 제1회 진실의 힘 인권상 수상.
2013	8~9월, 대만 대학 고등인문연구원 객원연구원.
2014	오키나와, 대만, 만주 – 역사의 수난자와 함께하는 〈동아시아 평화기행〉 기획 진행(2018년 현재까지).
2015	8~9월, 대만 사범대학 동아연구원 객원연구원.
2016	3월 31일, 리츠메이칸 대학 특임교수 퇴임, 동 대학 시간강사.
2017	3~6월, 제주대학교 재일 제주인센터 객원연구원.
2018	4월 19일, 우석대학교 석좌교수.
	10월 16일, 우석대학교 동아시아 평화연구소 설립, 소장 취임.

옥중 19년

초판 1쇄 발행 2018년 4월 3일
초판 2쇄 발행 2019년 3월 20일
지은이 서승 **펴낸이** 박동운 **펴낸곳** (재)진실의 힘
출판등록 제300-2011-191호(2011. 11. 9)
주소 서울시 종로구 창덕궁길 29-6 5층 **전화** 02-741-6260
홈페이지 www.truthfoundation.or.kr **이메일** truthfoundation@hanmail.net

기획 송소연 **편집** 김혜형 **디자인** 공미경
제작·저작권 관리 이사랑 **인쇄·제본** 한영문화사

* 책값은 뒤표지에 적혀 있습니다. 잘못 만든 책은 산 곳에서 바꾸어 줍니다.

ISBN 979-11-957160-2-9 03810

* 이 도서의 국립중앙도서관 출판예정도서목록(CIP)은 서지정보유통지원시스템
홈페이지(http://seoji.nl.go.kr)와 국가자료공동목록시스템(http://www.nl.go.kr/kolisnet)에서
이용하실 수 있습니다. (CIP제어번호 : 2018008276)